有爱的青春陪伴者

萝北二饼 著

夏日四十六

江苏凤凰文艺出版社

图书在版编目（CIP）数据

夏日回声 / 萝北二饼著. -- 南京：江苏凤凰文艺出版社，2024.1
ISBN 978-7-5594-8057-6

Ⅰ.①夏… Ⅱ.①萝… Ⅲ.①长篇小说-中国-当代 Ⅳ.①I247.5

中国国家版本馆CIP数据核字(2023)第194108号

夏日回声

萝北二饼 著

责任编辑	王昕宁
特约编辑	年 年
出版发行	江苏凤凰文艺出版社
	南京市中央路165号，邮编：210009
网　　址	http://www.jswenyi.com
印　　刷	长沙鸿发印务实业有限公司
开　　本	880mm×1230mm 1/32
印　　张	9
字　　数	286千字
版　　次	2024年1月第1版
印　　次	2024年1月第1次印刷
书　　号	ISBN 978-7-5594-8057-6
定　　价	42.80元

江苏凤凰文艺版图书凡印刷、装订错误，可向出版社调换，联系电话025-83280257

目录

楔子 /001
星球宇航员 001 号

第一章 /002
暗恋星球宇航员路线规划中

第二章 /026
两名宇航员的飞行与找寻

第三章 /048
玫瑰与飞行器的秘密

第四章 /086
银河冲浪,只为与你的星球相遇

第五章 /117
冬夜的宇宙飞行游记

第六章 /136
地球与开普勒-452b,我与你

第七章 /170
她和他的距离,像是太阳和海王星

第八章 /198
编号 1972,请应答,编号 1972

第九章 /223
暗恋星球宇航员,编号 1972,请求降落

目录

星球番外一 /241
如果你还爱她，就去找她

星球番外二 /246
年少时，没有说出口的秘密

星球番外三 /251
那年冬天，最美的一场大雪

星球番外四 /257
最美不过，和你一起躲雨的少年时光

星球番外五 /262
我想以世纪和你在一起

星球番外六 /269
夜空中，我不再是孤独的星星

星球番外七 /274
"暗恋星球"号请求起飞，目标，永恒星

星球特别番外 /279
暗恋星球飞行手册

- 楔子 -
星球宇航员 001 号

你相信一见钟情吗?

如果拿这个问题去问刚十四岁的倪漾,她一定会坚定不移地告诉你"不相信",只有桌上的数学题才是她的归宿!

那如果是问二十四岁的倪漾呢?

答案可能会变了一半——非常相信。

其实,当四十四岁的倪漾面对最大的孩子已经到情窦初开的年龄时,瞅瞅身旁的那个人,还是会偶尔精神恍惚。

但事实将来还会证明,于九十四岁的倪漾而言,真的是那个她一见钟情的少年,陪她走到了最后。

而这个故事,也要从倪漾十四岁零一百四十一天那日,开始讲起。

- 第一章 -

暗恋星球宇航员路线规划中

1. 从做同桌开始的飞行日记

六月的椹南市已然进入盛夏,堆满多余课桌的走廊上熙熙攘攘的,夹杂着紧张和心浮气躁的小声呼气。

倪漾握着错题集的手心已经微湿,她悄悄做完不知道多少个深呼吸,强迫自己把所有的注意力都集中在黑色和红色的字里行间。她的身边不时有人经过,有人把复习资料塞进包里装好,有人叹了口气,英勇就义般走进考场。

人来人往,而倪漾就坚守着面前的那个四方的小课桌。所幸还有几个人和她一样,仍旧没有进考场,做着最后的准备。

走廊里的人越来越少,就连洗手间外面的长队都已经不见踪迹。不经意地瞥上一眼左手腕的手表,倪漾一双眼睛不安地扫过站在考场门口,正盯着他们这帮"钉子户"的监考官。

监考官是倪漾最怕的那种四五十岁、短鬈发、戴着眼镜、面无表情的老师。视线猝不及防地对上,倪漾心一颤,甚至有了想要扔掉复习资料就往教学楼外跑的冲动。

"把材料都收起来,马上就考试了。"也许就是这一眼,让监考老师突然开口,"门口的考生拿好自己的考试用具,过来签字。"说完,她的视线依旧落在倪漾身上。

倪漾已经湿透的手心顿时冰凉，她咬住下嘴唇，飞速地将手上的资料塞进包里，拿起早已准备好的透明文件袋，小跑两步到考场门口。

按理说，这场考试她本不应该紧张的，凭借初三几次模拟考中的排名，她已经事先和堪南一中签了降分保底协议，即便发挥失常，也可以按一中的分数线减二十分录取。但是，她就是有考试怯场的毛病。

在考生确认表上，几十个黑白打印模糊得很的一寸照片排列在一起，倪漾找自己的照片找了许久。这个过程，让她的心更慌了。

最可怕的是，这个考场里只有她一个一中初中部的学生。

她的座位在第四列倒数第二个位置，倪漾悄悄做过两个深呼吸，左手轻捂着自己已经快要跳出来的心脏，快速走到第四列和第五列之间的过道口。

进考场晚一些可以多复习一会儿，同时也意味着，当你踏进考场的那一刻，好几十双眼睛都会不由自主地盯着教室前面的你。

倪漾只觉得，自己的脑袋都要炸了。

"啪！"

这一道笔掉的声音，几乎打破了她最后的防线。刚刚还快速走着的她突然停住，僵直在原地。

她左前方一个头发微长的男生，弯腰从另一侧的过道捡起水笔。起身的那一刻，他痞笑着小声对隔着一个过道正趴着的男生说道："兄弟，一会儿答题卡往这边推一推呗。"

趴着的男生依旧保持着刚刚的姿势，没有抬头。

考前，倪漾的班主任特地强调过不要穿一中的校服来考试，怕学生可能被不怀好意的人盯为作弊目标。在某种程度上，答案给别人抄抄不是重要的，最重要的是，怕抓作弊时被误认为是协同作弊。而另一方面，如果强硬地拒绝，也容易激怒对方，对自己的安全产生威胁。

"喂，我跟你说⋯⋯"发现自己被忽视，正处于"中二"时期的男生火气顿时上蹿。他一边小声咒骂着，一边扭过头来，看到同样一动不动杵在原地的倪漾，眉头皱得更深了，凶神恶煞的，"看什么看？你怎么还不走？"

就在他威胁的同时，监考老师的声音也从门口响起："那位女生怎么还不到自己的座位上？"

说不清是被考试紧张弄蒙的，还是被老师说的事情真实上演吓蒙的，倪漾眨眨眼才缓过来，深吸口气，她反而对着那个流里流气的男生笑了："不好意思，刚刚我的笔掉在地上了，谢谢你帮我捡起来。"说完，她还真的把手伸了出去，手心朝上。

倪漾有两颗小虎牙，配上两个浅浅的梨涡，笑起来很甜。

面对这无公害的笑容，男生明显一愣。毕竟是半大的孩子，他看了看手心里自己唯一的一支涂卡笔，在监考老师三双眼睛的注视下，吞吞吐吐道："不是……我……这笔……"

"啊？对，不是你的，是我的。"倪漾依旧浅笑着，伶牙俐齿地接话。

空气一时间凝固了。

主考官看了一眼手表，严厉地道："我现在要读考场守则，请考生们快速回到自己的座位上。"

"再跟大家说一遍，考试中不许相互借东西，也不许交头接耳。"刚刚站在门口的那位女考官，也出口警告。

这边依旧僵持着，距离最近的那位考官见状，正要走过来。

看着时间也差不多了，倪漾坦然地耸肩："算了，你这么喜欢这支涂卡笔，就送你了。"

说完，她转过身去，长长的马尾在空中画了一个漂亮的弧线。也就是这一个转头过去自然掠过的视线，让同时从桌上直起身望过来的少年，就此便深深地烙在她的心里。

干净利落的深褐色短发，棱角分明的脸和高挺的鼻梁。他坐得很笔挺，或许是刚刚迷糊了一会儿还没有清醒，又或许他本人就是清冷的气质。

少年只是淡淡地扫了她一眼，视线随后垂直落在身侧的男生身上："如果你喜欢橡皮，我也可以送给你一块。"

是很干净的声音，还带着些许这个年龄的稚气。

那场考试，倪漾的脑袋一直都是蒙的。她的脑子里全都是他望过来的样子，还有答题间偷偷抬起眼收进眼底的他专心答题的背影。

南华中学的季清延。

这是她知道的有关他的所有信息，全是在后面几场考试签到时，偷偷从表格上看到的考生信息。

之后这个人，似乎就只能出现在她的梦里。

什么时候会再见面呢？

一定会再见面吧。

椹南市很大，一年过去了，她再也没有见过他。

高二开学第一天的闹钟仿佛梦里的配乐，倪漾是永远听不到的。

七点半，又是该死的七点半。

慌乱地洗漱换衣之后，她抓抓自己乱糟糟的头发，手上拿着前一天买好的面包，飞速地冲出家门。

一中离她家不远，近到走路只需要七分钟。七点四十分之前到学校时间足够，只是人已经有些狰狞到不成人形。

脚刚踏上高中部二楼的大理石地面，她理了理自己已经不知道飞去哪里的刘海，挂上招牌浅笑，放慢脚步，神情轻松得仿佛刚刚狗喘一样的人不是自己。

"又睡过头了？"倪漾脸上因为奔跑的潮红还没有完全褪去，全被好友箫烛收进眼底。箫烛翻出一包纸巾，贴心地递了过来。

倪漾索性也不装云淡风轻了，刚刚轻扬耳边秀发的文气劲儿，全部化作真实的大喘。她一屁股坐在箫烛旁边的空位上，撕开面包的包装袋："没迟到就行。"

从她手里掰了一块丢进嘴里，箫烛一边大口嚼着，一边神秘兮兮道："哎，你有听那个小道消息吗？"

"什么？"嘴里被塞得很满，倪漾说话含混不清，"今年换班主任了？"

一中往年学理科的学生非常多，今年也不例外。理科实验班不过就是曾经的高一全科实验班抽出几个学文的学生，又补进来几个，整体上几乎不动。

正说着，熟悉的班主任就踏进了教室。他把手上的教案放在讲桌上，又走到门口，拍拍手："同学们背好自己的书包，老规矩，按照学年排名在走廊里排队站好。排在前面的同学，可以先选择位置。"

一片喧闹中，拉动桌椅的声音不断，倒也符合刚开学时大家的浮躁。

"比这个爆炸多了，"箫烛指指周围也在交头接耳的同学，把刚刚没说完的话继续说完，"听说今年从南华实验班跑来一个。"

"啊？"倪漾的反应不比周围的人来得差，她瞪大眼睛，嘴巴里的面包渣险些掉出来,"南华真能放人来咱们学校?"

椹南市人都知道,南华中学和椹南市一中是全市最好的两所中学,不分伯仲。

南华在偏南一些的老城区巷子里,文化底蕴深厚,却是搞素质教育搞得最上头的,学生出了名的多才多艺、全面发展,学校活动也很多。而偏北一些的一中是从老校区迁到新校区的,离大学城很近,深受分数至上主义熏陶。

南华学生觉得一中的人都只会读书不会玩,而一中的又觉得南华人人心浮气躁,互相看不顺眼。

这两所学校的优质生源,也大多是初中高中一路在同一所学校读上来的,更加剧了它们之间的竞争。每年不论是各科竞赛,还是最终的高考,两所学校的学生都铆足了劲一较高下。

"南华实验班的人读到一半转学来一中,从某种意义上可以算是我们的胜利吧?"箫烛眨眨眼睛,有些嘚瑟地拎起自己的书包,拉着倪漾朝教室外走,"不过应该也只是传闻,大家都没确切的消息,而且也不知道是文还是理。"

也就只有南华和一中各自的学生才清楚,学校抢本校的尖子生都多么努力。但也谢谢学校的政策,让倪漾在中考跳水的情况下,还能被录回来。

权当那小道消息是个玩笑,倪漾耸耸肩,左手提着书包,身子一转,单肩背上。出班级门之前,她有意向整个教室后面扫过一眼,盘算着挑个哪里的座位,风水比较好。

但好像……这次是单数的桌椅。

"我们班是单数?"分完文理之后,倪漾也不清楚现在班里有多少人。

第一次听说实验班刚开学就是单数,箫烛也有些惊讶:"应该没有问题,多了的桌椅,开学之前就应该被老师搞走了。"

排座的成绩按照期末考的语数外物化生六门计算,倪漾偏偏当初是靠文科在高一杀出重围。这样六门来算,就排到了队伍中后的位置。

眼睛在眼眶中转了一圈,倪漾咬唇,笑嘻嘻地跟箫烛,还有那些站在前面和自己关系不错的人道:"一会儿就别顾及我了,咱们班八成是个单数班,我左手写字总跟同桌打架,还是一个人坐后面吧。"

"没事啊,你坐左边就好。"箫烛一愣,拉住就要往后走的人。

006

倪漾叹了口气，给所有人一个放心的眼神，笑了笑，有些无奈："要是班主任又突然让同桌之间互换座位，不打架才怪。"

说完，她转身将那些担忧的眼神屏蔽，心底也有些苦涩。她低着头，找到自己的位置，排进队伍里。其实她本来不在意这些的，只是小学和初中的时候，曾经被两三个并不能算是友好的同桌嫌弃过。

那个时期，又刚好是小朋友最在意别人想法的时候。虽然不愿意承认，但这件事也是在那一刻起，成了倪漾心底很介意的一件事。

班主任已经不是第一次搞这种换位活动，大家都熟练地找好自己的位置，很快便轮到倪漾。她背着包，浅笑着坦然地走向那个后排单独的座位。坐下的那一刻，她在心中悄悄地呼了一口气。

从包里翻出自己的记事本，倪漾打算将之前预习过的笔记再看一遍。教室里开了风扇，微风吹起她前额的刘海，让她心里痒痒的。

前排的同学都在跟同桌说笑，其实……坦白地说，她还是有一点点后悔的。

"不好意思，请问我可以和你换个座位吗？"惆怅间，一道男声突然在头顶响起，是她在班里从来没有听过的声音。

倪漾以为是从普通班转入的同学，错愕地抬头，却也在那一瞬愣住。

男生深褐色的眼睛干净清澈，声音也是："我用左手写字，怕会打扰别……"

说到一半，随着倪漾抬头的动作，他的视线也终于可以落在她拿着笔的左手上。顿了一下，他的声音里带着温暖的笑意，好看的眼睛也跟着轻轻眯起："我们做同桌吧？"

啊，他也有梨涡，浅浅的。

他是叫季清延，对吧？

2. 很想告诉他，我终于再度遇见你

他真的也用左手写字吗？

那……这会不会是他们之间，一个小小的，名为缘分的默契？

倪漾收拾好自己的文具，跟着季清延走到旁边并列放着的两张课桌边，精神还有些恍惚。

这一切都好不真实，毫不夸张地说，这就像是一个多年只能在银幕前幻想的追星女孩，突然有一天那位偶像从银幕里跳出来了，然后笑笑对你说：嗨。

盯着他走在前面的背影，她小心翼翼地咽下口水，又悄悄掐了一下自己的胳膊。

不是梦。

在那一瞬的疼痛过后，倪漾控制不住地咧开嘴，笑得静音，但又猖狂，嘴角都要飞到天上。以至于在他身边坐下后，她只能用靠近他的那只手撑着脑袋，把头扭向一边，装作看班内风景。

如果让新同桌发现自己是个能对着乌黑油亮的桌面傻笑的二愣子，那她就亏大了！

季清延不是最后一个进班的，排在他后面的，是几个从普通班考进来的学生。按照一中的传统，应该是他们都参加了开学前的实验班进班考试，只不过季清延是第一。

分完座位，班主任老刘站在讲台上敲敲黑板，笑得和蔼："新来到咱们班的几位同学，做个简短的自我介绍？"

这种活动反正比上课要有意思多了，在全班轰鸣的掌声下，新同学都站起来做了不算长的自我介绍。有人幽默有趣，有人腼腆得可爱，班里的气氛也因为这个小活动而炒热起来。

轮到最后一个人，老师在讲台上叫了一声"季清延"，却没有任何的回应。

倪漾这才把挡着自己视线的那只手放下。

身边的人以冲着她的方向闭着眼趴在桌上的姿势，赫然出现在她的眼前。她呼吸一滞，视线从他前额的碎发顺着他白皙的鼻梁，滑到他被胳膊挡了一半的唇上。

浅红色的嘴唇，薄薄的。

倪漾下意识地抿起唇，伸出食指，想戳他一下把他叫醒。谁知，手指刚触及他手臂，原本还乖顺闭着眼的男生，瞬间睁开眼。

时间似乎回到了一年前的那场考试上，依旧是炽热的夏日，他的视线毫无预兆地闯进她的眼底。

倪漾赶紧垂下眼睑躲避他探究的目光，刚刚还伸出去的手指，顺势就

不知道怎么回事，跑回自己的脖子上。她紧张地摸着自己的脖颈，声音几乎是从唇瓣里挤出来的，模模糊糊："自我介绍。"

季清延又看了一眼已经正过身子去的女生，才直起身，望向讲台。他没有思索太久，站起身微微鞠了四十五度的躬："季清延。"

清朗的声音在教室内四散开，只有简单的三个字，此外再无任何信息。

他坐下的那几秒钟，全班鸦雀无声。不过好在老刘带班经验丰富，早已见怪不怪，熟练地把话题引到新学期的课前嘱咐上。

季清延真的很喜欢趴在桌上，上课趴，下课也趴，好像昨晚通宵过一样。不过这也方便倪漾上课的时候偷偷观察他，那些上一次见面没有看清的细节，全都在她脑海里，重新更新了一遍。

他的鼻梁上有一颗小小的棕色的痣，睫毛虽然不浓密，但长长的。

人如其名，很文气。比起理科学霸，他可能更像是如沐春风的文学少年。脑内突然蹦出这样的形容词，倪漾被自己逗乐，躲在课本后偷着笑了两下。

下课后，她按照老规矩陪箫烛去小卖部买水，顺便带回来一板AD钙奶。

新学年刚开学，大部分新生还没有摸清小卖部的地点，正好免去了排队的苦恼。箫烛美滋滋地灌进两口冰可乐，打个嗝眯起眼睛，佯装生气道："说着不跟我们做同桌，结果跑去和季清延一起坐？"

她快走两步超过倪漾，一个猛地刹车转身，指着倪漾逼问："说，你是不是接应敌军的叛徒，暑假里被策反的？"

倪漾无视面前这个"神经质"，熟练地把一根吸管插到最左边的那瓶AD钙上，拿着一排，像是吹口琴一样地咬上吸管："他也拿左手写字。"

她又猛吸一口，皱起鼻子："但我觉得他很有可能是想上课睡觉时不被打扰，才选择坐单人的位置。结果没想到我也左手写字，当场尴尬。"

时间过去太久，她的记忆里只有考试时他抬头的正脸，还有一个模糊的考场上的背影。至于他到底是左手答卷，还是右手，这种细节她早已记不清楚。

可是如果当时她发现了这个细节，应该会惊讶的吧？

但那时她好像没有惊讶。

又跟箫烛一起抱怨了两句刚刚讲的课什么都不会，两人就晃荡回了班里。倪漾坐下的时候,季清延依旧是趴在桌上的。

倪漾索性也不管他,找出下一节的课本开始预习,一边翻着书,一边吸着她的 AD 钙,生活滋润有声。

正看着,坐在前面的男生笑嘻嘻地转过头:"可以借我看看刚刚的笔记吗?"

他们从初中起就是同班同学,已经熟得很。倪漾点点头,从抽屉里翻出自己的笔记本递给他。递出去的同时,她也察觉到他有意无意地瞟一眼自己的 AD 钙奶。

她拆了一瓶像往常一样送给他,在喧闹的环境里又看了两行书,只感觉旁边的人一动。季清延直起身把桌面上的课本换成下节课的,之后动作停顿两秒,才转过头,看向自己的同桌。

倪漾正叼着吸管,察觉到视线也转头。四目相对,一时间不知道该说些什么。她含着吸管口齿不清,有些木讷地在满脑子的《中文日常交流初级对话》中,搜索出一句还算合适的开场白:"你醒啦?"

男生微皱着眉,从喉咙里发出一声:"嗯。"

心中一跳,倪漾仿佛怕冷场尴尬一般,赶快找个话题补上:"你刚刚做自我介绍,说得好短。"

"你们在见到我之前,应该就已经很了解我了。"他的声音淡淡的,比起一年前多了一份沉稳,褪去了一份稚气。

想起之前自己和箫烛议论南华中学的话,倪漾的脸一下子就红了。

老话说得好,不要总在背后议论别人,不然就是给自己挖坑。

她干咳一声,手上慌乱地把刚刚撕过口的塑料膜全都扯下,团成团塞进手心:"还习惯吗?"

"温度适宜,老师上课音量波动不大,课堂纪律不错,课桌大小刚好,适合休息,"他一本正经地说着,脸上毫无笑容,"就是梦里不知道怎么回事,天外传来一阵吸吸管的声音,很有节奏。"

闻言,倪漾在课桌上码齐 AD 钙的手一抖。紧接着,一只手出现在季清延的面前,手心里是奶白的瓶身。

一板 AD 钙奶一眨眼就送出一半,她的声音中还有些心疼:"喝吗?"

说话时,她的嘴唇一开一合,散开些香甜的味道。

靠在椅背上的男生搭了一下眼皮,鼻梁上棕色的小圆点,在白皙的皮

肤上很是惹眼：“喝。”

他好像真的是习惯用左手的人。他接过AD钙用的是左手，扎吸管用的也是左手，就连无意中从抽屉里抽出课本的主力手也是左手。

这些小动作全都被倪漾收进眼底，她将瓶底最后的牛奶喝掉，在他察觉到视线之前，又讪讪地转头回去看书。

上午的几节课都不算太难熬，倪漾知道自己理科薄弱，暑假里已经把所有的知识点都自己过了一遍，跟上老师的速度也并不难。

中午下课的铃声一打，即便老师还没有说下课，班里已经开始有了轻微的收拾文具的声音。倪漾把最后的板书抄在笔记本上，抬起纤细的右腕看过一眼手表，在老师离开后，才将笔袋的拉锁拉上。

班里逐渐吵闹起来，还没等她叫他，季清延已经先醒了。

他断断续续地睡了一上午。

"课都上完了，你终于清醒了？"倪漾揶揄一句，把书桌上的书本都整齐地放入抽屉。

她的动作顿了一下，从抽屉里抽出一个笔记本："我这里有上课的所有笔记，你需要抄一下吗？"

墨绿色没有任何花纹的本子，看上去质感很好。硬质封皮右下角用黑色的水笔工整地竖着签了名字，要仔细看才能发现。

喉结轻微地滑动，季清延垂下眼睑，双手接过她递来的笔记本。略粗糙的硬质封皮触感摩擦得指尖痒痒的，他翻开内页，扫了一眼。

倪漾记的内容很详细，也很有条理。是乖学生会做的笔记，但也绝对不是学得好的学生写出来的笔记。

话刚到嘴边却还是没有说出来，季清延将最后一个字看完才合上笔记本，前前后后不过六七分钟。

倪漾已经收拾好站起身，把椅子推进桌底后，才诧异地发现他已经把本子还了回来。

男生利落地起身，先一步离开自己的位置："谢谢。"

季清延这个人，是有一点怪。

"怎么还不走？"萧烛已经等得有些不太耐烦，她一把拉过还在发呆的倪漾就往食堂冲。

在食堂盛完饭，萧烛才斟酌着用词，一边找位置，一边道："你这个新同桌看上去不是特别友好。"

"没有，"倪漾端着餐盘，垂下眼睑，"可能只是学霸的古怪脾气而已。"

找到一处空桌子，箫烛风风火火地把餐盘往桌上一放，就去拿两个人的餐具。一来一回，她发现倪漾坐在餐盘旁居然还在发呆，终于受不了地用手在倪漾眼前晃晃："你今天怎么了？呆头呆脑的。"

季清延刚好就在不远处靠窗的位置一个人吃饭，他左手拿着勺子，正不紧不慢地吃着，耳朵里塞着耳机。

一中只有一套蓝白色的运动校服，不同于其他男生选择随性宽大的码数，崭新的白色短袖T恤穿在他身上，刚好合身。干净的衣服上没有打篮球后随意擦汗留下的污渍，也没有被水笔划过的痕迹。湖蓝色的运动裤裹在他修长的腿上，整整齐齐的，裤脚也没有随大流似的挽起露出脚踝。

他正安静地低头吃饭，右手随意地搭在桌上，手腕上黑色的腕表衬得他的手臂线条好看得很。

倪漾收回视线，接过箫烛递来的筷子，见坐在对面的人依旧盯着自己，才反应过来，连忙解释："可能是暑假的作息还没调整过来吧？脑袋空空，人在一中，脑子却不在。"

"不过也苦了你了，在理科待着。"箫烛信以为真，叹了口气，用筷子扒拉一下餐盘里的鸡块。

上个学期期末，倪漾因为想学文而跟家里大吵一架。一中也更偏向于理科生的培养，在学校和家里的双重压力之下，最后她不得不留在理科班。倒也不是学不会物化生，只是对于逻辑思维很差的她而言，学好这些，要付出比别人更多的努力。

倪漾用勺子搅了一圈碗里的大米粥，抬起眼，又习惯性地寻找季清延的身影："没事，也算是一种幸运吧。"

和最好的朋友依旧在一个班，还遇见了他。

她一直以为学理是她痛苦的开始，但意想不到的是，这竟然成就了她最美好快乐的时光。

即便是低头看着自己餐盘里的饭菜，倪漾的余光都没有离开过三点钟方向的靠窗位置，直到另一个餐盘在那张桌上放下。餐盘稳稳地放在桌上的同时，她也跟着抬起头。

是隔壁另一个理科实验班的女生，倪漾经常和她在走廊里打照面。一来二去面熟，见面也会笑着打个招呼。

"他们认识？"嘴巴先大脑一步问出来，倪漾呆呆地望着那个女生在季清延面前坐下，两人正说着什么。

萧烛被她这突如其来的一句问句问蒙，顺着她的视线看过去，才恍然大悟。萧烛咬着筷子耸耸肩："我不知道啊。不过那姑娘以前去参加过竞赛，估计是在竞赛上认识的吧？"

在粥碗里画圈的勺子比刚刚慢了一些，冗长的沉默后，倪漾才回了一句："哦。"

她记得季清延，是因为考场上的一面之缘。但重逢让她冲昏了头脑，忘记他们也就只有这一面的缘分。

他会记得她吗？

短短一天，倪漾的心情大起大落，明明在学校才待了不过四个多小时，心却已经掉在了谷底。

吃完饭，她回到教室就直接趴在了桌上。

班主任老刘带班有一个习惯，每天中午都会强制学生趴在桌上睡半个小时。一到时间，班长就把窗帘拉好，灯也关上。如果不睡，就会被老刘拎出去，奖励一套奥数卷子。

这一天脑袋想得太多，倪漾还没等到午休时间，就在嘈杂的教室里迷糊了过去。

她又梦见了季清延，梦见了中考考场上，他抬头看向自己的那一眼。

"大家醒醒了，"老刘照常扯着嗓门在班里喊三遍当起床铃，怕这不够劲，他还使劲地拍拍手，"还有十分钟上课，没睡醒的出去洗把脸。"

倪漾挣扎着睁开眼，班里的白炽灯已经全部打开，强烈的白光刺得她只能眯起眼睛。好不容易适应了光线，眼前的虚影也重合成了真实。

那个刚刚还出现在她梦里的人，此时正趴在桌上，脸冲向她。他已经醒了，也应该是和她一样在适应着光线，但那双眼睛，是看向她的。

倪漾能看清楚他鼻梁上那一颗小圆点，其实是位置稍微偏移的两个更小的圆点。她甚至能感觉到，他和她的一呼一吸，后背的起伏，都在同一个频率。

他们就这样看着对方。

倪漾不知道季清延在想什么,但他也没有撇开视线。她清晰地听见自己的心跳越跳越快,越跳越快。

那一刻,她忽然有点想哭。

3. 校服上的褶皱与慌乱的手

凌晨四点半,洒水车准时响着欢快的曲子从窗外的马路上慢悠悠地驶过。

季清延伸了一个懒腰,从书桌前起身,纤长的手指拿过桌上的玻璃杯。他另一只手揉着眼角,打着哈欠走到窗边。

天已经蒙蒙亮了,清晨遛弯的大爷还没出家门,几乎整个椹南市都在熟睡之中。

活动一下眼球,他将杯子里剩余的水喝光。

他的房间在冲向小区外道路的那一侧,透过窗能看到马路对面长条状的绿化带,平日里早上也经常能听到老爷爷拍手健走,还有老太练声的声响。

玻璃水杯和窗台碰撞,发出一声清脆的响声。季清延关上窗,转身随手拿起遥控器将空调打开。

太阳出来,气温也跟着上去了,开窗恐怕会被热死。

等再回到书桌边时,他一直安静的手机,突然振动了一下。瞥过一眼消息提醒上"傅云实"三个大字,季清延将刚刚做完的题订正完答案,才慢悠悠地看昔日老友又在哔哔赖赖些什么。

傅云实倒是简单,发了一张照片,后面附上文字。

傅云实:老季,这道题有思路吗?

季清延眼皮一跳,无奈地扯着嘴角,将那张照片放大。

看卷面上的内容,应该是南华祖传的开学变态预习摸底考,专考这个学期应该学的知识,而不是以前学过知识的摸底考。

季清延:没学。

那边没有让他等很久,立刻便回复。

傅云实:你真转去一中了?

拿着手机沉思一会儿,季清延才缓缓地回了一个字。

· 014 ·

季清延：嗯。

他这次从南华转到一中，事先没有和任何人说。傅云实是第一个知道，也是唯一一个从季清延自己这里知道的人，并且，还是在他参加完一中的转学分班考试之后，才被通知。

傅云实实在想不通季清延为什么会转走，在南华，几乎人人都知道他们两个"相爱相杀"。每次考试，不论多难的试题，他们都能拿到令人仰望的分数。普通难度的考试里，接近满分更是家常便饭。

他们两个在学校里都属于独来独往的类型，两个人放在一起，倒是有一些惺惺相惜。时间久了，他们也就把彼此划进自己小得不能再小的朋友圈子。

傅云实：我今天不到五点就起来学习，好久没这么用功，六校联合期末考你可要小心了。

在等待回复的时间里，季清延已经把为数不多的错题，全部总结整理完毕。他将本子合上，轻笑着摇摇头。

季清延：哦，我准备睡觉了。

傅云实一直认为，南华是椹南市最适合季清延的学校。

季清延这个人很魔鬼，他有自己的一套学习方法和安排。因为觉得深夜安静效率高，他一直过的是西半球的时间——白天在课上睡觉，从晚自习开始学习到凌晨，上学之前，再像午休一样稍微休息一会儿。

在南华，老师们习惯了这个特别的学生，几次谈话之后看他成绩稳定，也就不再多管。但转到一中，那个以学习习惯和成绩为重的学校，谁也不知道会发生什么。

又用凉水洗了一遍脸，傅云实叹了口气。他还是没有问季清延那一句，"你见到你想见的那个人了吗"。

终归还是有些隐私的问题，他们都不是会轻易提及私事的人。

他知道这件事，也只是季清延去年不经意间，看着市文明学生的展板，无意中说漏嘴了一句话。

还是看造化吧。

他用毛巾擦干脸上的水珠，见手机上已经没有新的消息，指节一动，整个屏幕也暗了下去。

刚开学没几天,季清延已经有些不适应自己上学期间的作息,闹钟响了六个,才艰难地从被窝里爬起来按掉。

季爸爸调来这个区工作之后,一家人就搬回了季爷爷的老房子。所幸老房子离一中不远,走路不到十分钟也就到了。比起以前去南华上学,他可以晚起一会儿。

"清延。"刚收拾完拎着书包出房间,季清延就被坐在餐桌旁的年轻女人叫住。

见他愣了一下,她连忙站起身,几乎是抢夺一样地拿过他的包:"我看你昨天都没怎么吃早餐,是因为吃不习惯吗?我今天给你做了点别的,要不要尝尝?"

"不用……"最后一个"了"字还没有说出口,他见面前只到自己胸膛的女人沮丧地垂下头,还是把剩下的话咽了下去。

他将双手插进裤子口袋里,走到桌边坐下:"我把牛奶喝了,剩下的带一些去学校,要来不及了。"

他的声音淡淡的,垂着眼睑没有再去看她。

看上去年龄不大的女人立刻喜开颜笑,抱着塞满考卷和习题册的书包,赶忙趿拉着拖鞋回到餐厅。一阵翻箱倒柜之后,她撕开一大包零食的包装,从里面大大咧咧地抓了几把独立包装的焦糖饼干,放进他的背包里。

一串响声惊动了正安静吃饭的季清延,他抬眼看过去的时候,女人也在看着他。没想到他会望过来,她手里的饼干掉了两小包出来。

她笑得有些尴尬,但更多的是不知所措:"你刚转到一中,没有什么朋友。我想着……如果带些零食跟大家分享,你就能有挺多的朋友……"

用保鲜袋把土司和鸡蛋装好,季清延走过去,单手拿过自己的包。

本来就不轻的包,因为这些饼干,更加满满当当。他没有做过多的停留,背好包就往玄关走:"谢谢阿姨。"语气淡漠而又疏离。

面对这个出现在自己生活里的陌生人,他依旧不知道该如何与她相处。

季爸爸两年前再娶了这个年轻的女人,同年调任到这个区。他不想掺和进他们的生活,选择自己一个人住在南华那边的家,今年才在多次的父子谈心后,同意搬过来。

他不知道,这是不是一个对的选择。

将送到玄关依旧看着他的人关在门后,少了那双小心翼翼的眼睛投来

的注视,季清延才缓了一口气。

站在自家门口愣了一会儿,他才自嘲般地勾起嘴角,从裤子口袋里摸出耳机戴上。

但无论如何,他也阴错阳差地再次遇见了她。

从小区里走至街道,季清延神情淡漠地站在街边,等着车流放缓,找机会走到马路对面。这一段是接送一中学生的家长必经的路段,车很多。他在街边等着,随手掏出手机,低头换了一篇英语听力听着。

车速缓下来,他抬起头,刚刚还在面前龟速挪动的白色 SUV,终于从他面前移走。越过黑色轿车的车顶,他无意间扫到那个扎着马尾的女生,正怀抱着一本书疾走过去。

倪漾。

他在心里默念一遍她的名字。

这个名字念出来,真的会让人不自觉地嘴角上扬,可能是因为"倪"这个字吧。

等车流完全停下来,季清延才穿过马路,走到对面。他跟在倪漾身后不远的地方走着,耳朵里的英语听力正放着昨天的新闻,偶尔有几个刚上初中的小男孩,背着书包笑着跑斗着经过。

平凡的一天,心底却另外有一份隐隐的快乐。

倪漾昏头昏脑地背了一路的课文,到教室把作业都交齐之后,就趴在了桌上。即便是坐姿扭曲地趴着,她的脑子里,依旧不停地闪着古文中的句子,像是个不能暂停播放的老电影。

但是……

她将头转向另一侧,勾起嘴角重新趴好。

即便是一个空荡荡的座位,她却也能因此,快乐地开启新的一天。好像上学再也不是一件困难的事情,就连睡眠不足之后的起床,也完全可以通过意念就诈尸般强制地跳起来。

余光瞄到教室前门出现那个高高瘦瘦的身影,倪漾立刻从桌上抄起刚刚随手扔在一边的语文书,依旧用最靠近他那一侧的手撑着脑袋,强迫自己多关注上面背过好几十遍的文字。

本来已经背熟的课文,似乎在那一刻开始,又和她重归陌生。课本上的每一个字她都能念出来,只是把视线移开之后,脑子又是一片空白。

倪漾服了自己似的叹一口气，扯出一个紧张到有些僵硬的笑容，转过头用自认为甜美的声音打招呼："早。"

身边的男生正从包里将书本拿出来，听到这尴尬得仿佛是被胁迫才发出的问候，他顺手把书本码齐。

还没有等来他的回复，倪漾只觉得自己肩膀上一沉。反应过来时，萧烛已经趴在她的背上。

萧烛搂着倪漾，兴奋道："下周周末我们打算和南华动漫社搞一个交流活动，倪大摄影师愿不愿意来帮我们拍照！"

南华？

听到这两个字，坐在位置上的两个人，都不约而同地挑起眉毛。

倪漾向后扭过头，有些惊讶："你不是应该退出社团了吗？"

一中只允许高一、初二和初一这三个年级进行社团活动。

"嘿嘿，"萧烛腼腆地笑了，从倪漾的身上起来，"刚开学这段时间，学校不会发现的。等这次交流活动过去之后，我就正式退出了。"

她双手合十，真诚地恳求："这是我们时隔很多年之后，终于有了再和南华单独交流的机会，到时候我们可能会一起出一组图。其他年级的小朋友我又不是很了解，我只信任你的水平。求求大神了，我们不能在南华面前丢脸。"

倪漾还没来得及捂住萧烛的嘴巴，伸出去的手僵在空中。她惊恐地向季清延的方向看了一眼，那人却神态自若，好像没有受到什么影响。

"好了好了，我知道了。"明明他没有看过来，倪漾还是脸一红，把萧烛伸过来的手撑在一起，大力地往前一推，"赶紧回去吧，你这个语文课代表别来祸害我这个节节课被叫起来背诵全文的幸运儿了。"

几乎是用轰的，在萧烛不停的"一会儿下课去小卖部啊"的嘱咐下，倪漾赶紧把这位哪壶不开提哪壶的好友送走。

吵闹之后再坐回座位上，倪漾反倒是一个字都看不下去，挫败似的把书合上。与此同时，旁边的人用纸巾擦过一遍桌面，轻声道："早。"

就这么一个字，吓得倪漾差点跳起来，心都快要飞出身体。

他好像是有早上擦一遍桌面的习惯，椹南市灰尘大，细致些擦，总会擦出一些灰。盯着他漂亮的手指将干净一面的卫生纸展开，团成团，她不自觉地眨眼。

倪漾这个人，给点阳光就灿烂。

本来以为以他的性格，应该不会理自己。但既然他会在几分钟后，还记得回应自己的问候，那……

她抱着试试的心态，探头过去："刚刚我们说南华，你别介意。"

"没事。"季清延把纸团在掌心里压了压，声线毫无波动，"也算是竞争校，可以理解。"

"那你……"想问他为什么转学过来的话，在视线触及他转过来的脸时，她却换成另一个问题，"认不认识傅云实啊？"

她脸上挂着尴尬至极的笑容，其实她也不知道自己为什么会拿这话来临时救场。

倪漾后悔地闭上眼睛，恨不得打自己一巴掌，强撑着笑，硬着头皮解释："轰动全市的只扣五分的中考考神，我想在月考之前一睹真容，拜一拜。"

季清延眼皮一跳，面无表情地睨一眼正狗腿笑着的女生，冷冷地吐出四个字："舍近求远。"

说完，他就以昨天的姿势熟练地趴在桌上，准备进入梦乡。

什么叫舍近求远？

倪漾小心翼翼地拽拽他的短袖袖口，凑过去仍没放弃："你也是南华实验班的，不可能不认识考神吧？"

"不认识，"季清延半抬着头，隔着手臂的声音有些模糊，"他只保佑自己，不普度凡人。"

"但女人总是贪心的，"倪漾一本正经地认真说着，已经忘记挑起这个话题的初衷，手指还扯着他的袖口，"你要是带我拜考神，我就免费给你带一个月的AD钙。听说他不仅学习好，还特别帅，人也特别好，非常绅士……"

季清延连眼皮都懒得抬一下，将脸扭向另一边趴下："挺好一小姑娘，就是耳朵不太好使。"

"嗯？"

倪漾一直没想明白季清延是想表达什么，但这不妨碍她一下课，就立刻拉着箫烛直奔小卖部。

刚一阵疾风似的跑回座位上，前座的那个男生也回来了，抱着两个包裹。他把其中一个放在倪漾桌上，冲她笑笑："刚刚去门卫那里拿快递，看到你的，就顺便拿上来了。"

倪漾正忙着拆 AD 钙的包装，一时愣住，没有反应过来："我的？"

"嗯，上面写着高二（1）班倪漾，"他把包裹又往她的方向推推，"估计是惊喜礼物之类的吧？"

"不是你为了报复我就行，我真怕因为上个学期期末没帮好你的忙，你就从此记恨我，给我寄死老鼠。"倪漾扫了一眼包裹上的信息，笑着揶揄两句，分给他一瓶 AD 钙。

两人正聊着，旁边本在睡觉的男生站起身，走出了教室。

目光偷偷追随他的身影，直到他消失在前门，倪漾才用裁纸刀把纸盒打开。包裹里是两枚御守，还有一个手账本。

两枚御守一个是深蓝色的，一个是红色的。

果然，她那个聪明机智的表哥，还是猜到了她在电话里委婉表示想帮朋友也求一个，到底是什么样的朋友。

不知道刚刚出去做什么了的季清延，过了一会儿，又回到座位上。动作间，他不自觉地瞥了一眼快要笑成花的女生。

不出所料，几秒钟之后，他的短袖袖口就被轻微地扯动。

"嗯？"季清延偏头，脸上还有睡觉时留下的浅浅红印。

眼前的女生笑着伸出手，梨涡甜甜的。白净的手心里，躺着一枚深蓝色的御守，上面用线绣着——考试顺利。

"我表哥从日本寄来的新学期礼物，送你一个，"她眯起的双眼像两个弯弯的月牙，"就当是给新同桌的见面礼了。"

视线在她的脸上扫过，半晌，他才伸出手，拿起那枚御守握在手心，垂下的睫毛，在眼下形成一小团阴影："谢谢。"

"我没有什么可送的，"季清延从刚在办公室里拿回的一沓卷子中，抽出倪漾的，"送你一张数学卷子？"

一口气狠狠地梗在胸口，倪漾看着那张满是红点的卷子，只感到自己的脑袋"嗡嗡"的。

手里的 AD 钙顿时就不甜了，她伸手，鼓起腮，把他的卷子也找出来。

他就错了两道题，她的反撑计划失败。

倪漾又恶狠狠地吸一口 AD 钙，丧气得快把脑袋磕在桌面上："我好

怀念以前可以掰着指头算数的单纯日子……"

季清延无情地把自己的卷子从她手里抽出来，声音里还带着些没睡醒的沙哑，友情提议："建议你买一本小学六年级的口算题卡，每天锻炼一下，做做复健。"

"见过一个暑假过去之后格式化脑袋的，没见过格式化得这么干净的，算数都算不会了，"眼看倪漾的双眼里已经燃起火苗，他抿唇，想了半天才挑眉，憋出一句自认为算是安慰的话，"没事，别担心。"

"六年级这个难度的口算题卡，对于现有的计算需要来说，已经够用了。"他淡然地将话说完，又淡定地从倪漾手中抽过那一瓶没开过的 AD 钙，"谢了。"

倪漾眼睁睁地看着他把那一沓数学卷子对折放进她怀里，声音是和刚刚完全不同的轻柔："买口算题卡之前，先把卷子发了吧？"

"啊？"倪漾被"口算题卡"这四个字刺激得不小，"我不是数学课代表。"

"我也不是。"季清延盯着她的双眼，不好意思地摸摸自己的鼻梁，那颗棕色的小圆点一会儿显现，一会儿又藏起来，"我认不清人。"

倪漾能说她已经神志不清，两眼一黑也认不清人了吗？

坐在倪漾前座的男生听到他们僵持，放下手中的笔，转过头："要不然给我吧？"

"不用了。"两个人几乎是异口同声。

空气安静了两秒，倪漾赶紧解释："那个……我……"

"我去发，你跟我一起？"一沓卷子被拿来拿去，最后还是落回季清延的手上，"我认名字，你告诉我是哪个人，正好可以有机会认识一下新同学。"

倪漾鼓着嘴巴又吸了一大口 AD 钙，脸上不情愿地站起身，实则心里百八十个小人锣鼓喧天吹唢呐。她强压着笑跟着季清延在班里溜达了一圈，真是苦了她被两股力量对抗到快抽搐的脸颊。

他指向卷子上名字的左手食指，骨节分明，修长又白皙。

每次她告诉他这个名字对应的是哪个人时，他都会反复地把名字和人脸确认很多遍，认真得有些可爱。但她更喜欢的是，他会把卷子扣放在每个人的桌子上，隐去分数。

他身上有很多的小细节，每发现一个，就让她觉得自己当时能一眼在人群里发现他，真是太有品位。

宝藏啊，真的是宝藏！

"林榷。"季清延将最后一张卷子上的名字，指给她看。

"坐我前面那个天天抢我 AD 钙的，"倪漾立刻从脑内的小剧场回到现实，撇撇嘴，嫌弃得连指都懒得指一下，"你居然不用反应就能念出他的名字。这个字很多人在'商榷'里面认识，单看就不认识了。"

"我以前有个朋友是打辩论的，天天跟一个玩模联的小鬼吵来吵去，这个字再熟悉不过。"破天荒地把林榷的卷子第一页看了一遍，季清延随口说着。

"打辩论？傅云实吗！"倪漾激动地伸出拳头，又在快要砸上他肩膀的时候，猛然停住，亮出虎牙，"露馅儿了吧？"

"他这套卷子也答得不错。"季清延自动过滤掉她的话。

倪漾见状，贼兮兮地笑着跟上，嘴上还不忘揶揄："哎，你越躲避傅云实的话题，就越……"

话说到一半，她被季清延抓上手臂，身体不受控制地往旁边一跌。

身后两个抢夺卷子的男生打斗着经过她身后，而倒退扬着卷子逗人的那个男生，是他们班的拔河主力。倪漾惊魂未定，再抬头，意外地发现那双干净的眼睛，就在离自己近得不能再近的地方。

他的下颌和她的鼻尖，似乎只有五六厘米的距离。她不自觉地屏住呼吸，连忙向后退了一步，将脸撇到一侧，不敢再去看他。

就连手，也慌乱得不知道，是在抚平校服上的哪一处褶皱。

周末，一中响应"减负"号召，高一和高二只补周六一天课，五点放学。上完最后一节课，倪漾从书包里摸出手机，找到昨晚保存好的图片。

对于"运动弱鸡"来说，高中唯一的爱好，也就是画画教室后面的黑板板报。

"箫烛，"她起身从后面的柜子里拿出书包，"我打算放学留下来画板报，不用等我一起出校了。"

本来正跟同桌斗嘴的箫烛扭头，看看黑板，理解地拍拍她的肩膀："那你别待到太晚，到家之后给我发个微信。"

"嗯,放心吧。"倪漾眨眨眼睛,顺手从她那里又抢了包辣味小黄鱼。

倪漾从刚进一中就是宣传委员,画了多年的海报,周围的朋友们也都习惯她用放学之后的时间赶画板报。

冬天天黑得早,她们不放心就留下来陪她。而夏天时,倪漾怕自己耽误她们玩的时间,说了很多次天还亮不用陪,她们才习惯把她"扔"在班里。

倪漾先把作业都放进包里,收拾好东西。随后,她轻车熟路地拿起公用抹布和塑料盆,戴上耳机,到水房接水。一个暑假没用的东西有些脏,她有强迫症,搓抹布都快要把手搓破,才善罢甘休。

一中的学生在放学这件事上,永远是反应最快的。等她踏进班级门口,教室里已经没有什么人了。

她把装满水的盆和干净的抹布放在柜子上,又到讲台找了两盒粉笔,搬着自己的椅子走到教室后面。其实倪漾对于到底要画什么,心中还没有什么想法。今年开学的板报主题是文学宣传月,她昨晚从网上匆匆找了些山水图,但也只限于找图而已。

双手抱环站在黑板前仰头看了半天,最后她才不得不妥协,哀叹一声,先拿干净的抹布把黑板擦干净。

反正写"文学宣传月"的标题,总是不会错的。

只是强迫症写标题,擦了写、写了擦,没有几十遍是不会满意的。

一定要对齐,一定要大小相同。就算是竖着写,也要在一列里居中。如果不是因为高二时间紧,她可以调这几个字,调一个礼拜。

耳机里的音乐正播着,倪漾被自己瞎写的字逗笑,翘起嘴角摇摇头,转过身打算从塑料盆里捞出抹布擦掉。脸刚转过去,她的手还没伸进盆里,另一只手就已经先浸入水中。

已经擦过一半黑板的水不再清透,各色的粉笔灰像是冲剂一样融进水里,最后变成浅灰色,水面上漂浮一些还没有混进去的红色粉末。

骨节分明的手毫不介意地捞起抹布,十指舒展又握紧,浅灰色的水从他的指缝间涌出。

"给。"手的主人把洗好的抹布递给她,声音混杂在耳机的音乐中,有些模糊。

倪漾错愕地看着季清延,半晌才找回自己的声音。她接过抹布,因为戴着耳机,说话的声音有些大:"谢谢。"

她把写得扭曲的字擦掉，将抹布放回到矮柜上。趁着等水渍风干的时间，小拇指一勾，把一侧的耳机摘下来。

教室里已经没其他人，站在高处的倪漾转过身，俯视着空荡的教室。后排的两扇风扇依旧开着，在安静的教室里发出"嗡嗡"的响声。盯着收拾书包的背影，倪漾思索一下，才问道："你还没回去？"

男生似乎对这个问题并不惊讶，他把书包扣好，站起身朝她走过去："刚刚数学老师找我去办公室，耽搁了。"

他真的很高，也很瘦。平日里她都是近距离地接触他，没有什么太强烈的感觉。只是现在，在只有一排又一排的桌子衬托下，他的身形更显修长。经过风扇下时，开到最大的风，灌进他的校服T恤里。

她甚至，能幻想到他穿着南华那身好看的校服西装，该是什么模样。

"我帮你。"不是问句，只是一句淡淡的，通知一般的语气。

"不用……"倪漾连忙弯下腰，在按住抹布之前，就被手长胳膊长的季清延抢先。

他像是早晨擦自己的书桌一样，仔细地把抹布折了两折，才开始擦另一半没有擦过的黑板："怎么就只有你一个人在画板报？"

沉吟片刻，倪漾玩笑道："可能因为我有艺术追求吧。"

正擦着黑板的抹布一顿，季清延用余光瞟一眼她，嘴角悄悄向上提了提。

嗯，艺术追求。

刚刚的水渍已经干了，倪漾专注地趴在黑板上重新写着标题。季清延轻手轻脚地绕到她身后，悄悄端走脏水，去水房换了新的，才又端回来。

椹南市的太阳已经斜下去，暖黄色又带着些淡红色的阳光，从窗户直直地打进来。扎着马尾的女生已经写到了最下面的字，她弯着腰低着头，露出白皙修长的后颈。

耳朵里塞着白色的耳机，耳边的碎发也跑到了脸颊旁边。

是一份安安静静的，专注的美好。

鬼使神差地，季清延把盆放回原位，轻声问道："你听的是什么？"

倪漾手中的粉笔刚触上黑板，因为突然出现在身后的声音，而断成了两半。她慌忙地想去接住掉下去的那一半粉笔，却只能懊恼地看着它掉在柜子与墙壁的夹缝里。

她把另一只耳机也摘下来，垂下眼，拔掉耳机："一个乐队的歌。要一起听吗？"

季清延看着站在椅子上，比自己高出一个肩膀的背影，点点头。点完头，他才想起背对着自己的她看不到，缓缓从喉咙里发出一个单音节："嗯。"

温柔的男声在偌大的教室里散开，听了几句，季清延的声音又再度响起："八三夭？"

心猛然下坠，她转过头，猝不及防地对上一直在看着自己的人："你知道他们？"

"不是，我是说，"她慌忙避开他的视线，嘴角却抑不住地上扬，"很多人不知道他们，还有些人以为八三夭是五月天的小号。"

"你以为是野田洋次郎吗？"季清延乐了，梨涡不再仅仅是浅浅的，"用illion（日本男歌手）这个小号发歌。"

"还有味噌汁's（乐队名）！"倪漾拍手，惊喜得差点在椅子上跳起来，"一个有众多小号的主唱。"

半秒后，他们看着彼此，笑出了声。

他们……好像真的是一个频率的人。不论对方说着什么奇奇怪怪的事情，都能立刻理解。

那是倪漾第一次见他笑得这么开心，这也是她这个月，第二开心的一天。

因为，第一开心的是再见到他的那天。

"喜欢"在这个年龄，好像就是一道算术题，看起来和卷面上印刷的铅字题目并无差别。

上学的时间是早上的几点几分，和他肩膀相隔的距离是几厘米，他走路的一步和她的是几比几的差距……

可能唯一的差别就是，她不喜欢做卷子上的数学题。

但却爱做有关于他的，所有的数学题。

——《暗恋星球飞行手册》第6项注意事项

025

- 第二章 -

两名宇航员的飞行与找寻

1. 有些巧合，其实本不是巧合

不知道是不是因为共同的喜好，本来陌生的两人之间，似乎被瞬间拉近距离。

倪漾把椅子挪到黑板中间的位置，拿支绿色的粉笔又站上去。中间有几次需要抹布或更换粉笔颜色时，只要一个转头，季清延都会询问她，然后递过来。

嗯，宣传委员和她的小跟班。

"我一直以为你不想和我们成为朋友，"斜过绿色的粉笔填补已经勾勒出形状的山体，倪漾道，"你转来一中之后，没有见到你和哪个人走得很近过。

"感觉你……好像不需要朋友一样，"她的声音轻下去，"我真的还挺羡慕你的，好像友情对于你来说，没有那么重要。"

季清延正垂着眼，漫不经心地把粉笔盒里的粉笔排列整齐，白皙的手指已经被粉笔灰染得五颜六色："你不也是吗？"

拿着粉笔的手一顿，但也仅仅是顿了一下，又开始在黑板上像是什么也没有发生过一般地涂抹。只是，握着粉笔的人脸色白了一些："我和箫烛……以前不是这样的。"

以前她们也会亲昵地手挽手做很多事，也会互相枕着对方的肩膀在课

间腻在一起,以及放肆地讨论昨天刚看过的韩剧,和今天学校里的八卦。但所有的事情,都在两个月前被改变。

她连忙把思绪从不好的回忆里拉出来,扭头从季清延手里的粉笔中抽出一支黄色的:"你知道吗,我之前见过你。"

她背对着他,不只是因为要画板报,更因为胆怯。

"在中考考场上。那个时候我还不知道,我居然有一天能在一中见到你。"倪漾深吸一口气,尽力让自己把这些话说得轻松。

就好像,在这一年里的关于想见他的渴望,那些梦和莫名其妙掉下来的眼泪,还有日记里工整的文字,全都没有出现过一样。

——"想见你,只想见你,未来过去,我只想见你。"

男人低声轻哼的歌声在偌大的教室里散开,半天,倪漾才反应过来,她居然循环到了这一首歌。她下意识地咬唇,干净的左手伸进校服运动裤的口袋,要把歌切掉。

她生怕这一首歌,暴露自己压抑了一年的小心思。

"我知道,"季清延回应得太快,以至于她还没有来得及切歌,就被他的话吸引心神,"那天,真的很谢谢你。"

他的声音没有波澜,却在倪漾的心里掀起千层浪。

原来他也记得。

一时间,倪漾只感觉五味杂陈,心里所有的瓶瓶罐罐,全都乒乒乓乓地倒了一地。她勾起嘴角,极力让自己的声音听上去爽朗又干脆:"你可不知道,后来监考老师怀疑我考前串通作弊,寸步不离地守在我边上,吓得我写每个字都在打哆嗦。当时考完之后,我立刻就改了机票。"

"不用我爸妈提醒,我就乖乖地飞去全国最灵的那个寺院,求神拜佛说可千万别让我关键时刻掉链子。"她飞速说完,鼓起脸颊。想到那个时候爸妈一有空就轮上阵拎起自己一顿狂扁的凄惨,她又重重地叹了口气。

季清延听着她的描述,脑内浮现小姑娘乖乖地跪在佛祖面前,虔诚地恳求佛祖让自己上一中,顺便在心里把他这个扰乱考场纪律的诱因,上上下下骂八百遍。

他的嘴唇动了动,本来没有任何情绪的声音,不知道什么时候掺杂进些许笑意:"那看来,那个寺庙还挺灵的。"

倪漾把最后一笔画完,转过身,要从椅子上跳下来。她的手上还沾着各种颜色的粉笔灰,手心向上,只能哪儿也不扶。所幸椅子不高,以她平时猴皮积累的经验,跳下来也不会伤到自己。

脚尖刚触及大理石地面,她的手肘就被一只大手抓住。

他的掌心温热而又干燥,握住她的小臂因为使力而蹦起青筋。季清延的眉毛皱起,还没等他把训斥的话说出来,面前的人就仰头给他一个大到眼睛都被吃掉的笑容:"真的很灵。"

那天驱车到景区的路上,和她同行的箫烛告诉她,只能许一个愿望,太贪心就不会灵验了。

当时的倪漾被爹妈训得一个头两个大,一路上把自己"请让我考上一中高中部"的愿望,在心里重复了无数遍。可当跪在有些旧了的垫子上时,她闭着眼睛默念完这个愿望,一片黑暗中却不可控制地浮现出了季清延的脸。

——如果可以的话,我想贪心一次。

——我想再见到他。

——求求您了。

她不信教,到了景区也都是拜一拜,讨个彩头。可那一次,她真的很真诚地双手合十在胸前,默默地、有些不好意思地、偷偷地商量着能不能加一个愿望。

如果就像箫烛说的那样,许多了就不灵验了,其实她也不会很伤心。因为椹南市真的太大了,因为南华和一中各自封闭。

她从一开始,就抛弃了这个愿望。

但可能是那天她真的太虔诚了吧,所以老天爷才会把他送到她的身边。

季清延看着面前女生的笑容,微微有些失神。当年中考的第二天,每一场考试之后都会跟在他身后出考点的女生,在最后一场考试结束之后依然背着包,保持着和他不算太近的距离。

他透过摆放在一楼的荣誉纪念镜子,发现了她。她刚从楼梯上走下来,顺手将怀里抱着的复习资料册扔到扶手边的垃圾桶里,发出一声闷响。但这声不算小的闷响,并没有干扰到她偷偷瞥过来的视线。

那是季清延第一次做一个,思考时间超过两分钟的选择。

在他转过头的时候,他甚至不知道下一步自己该怎么走过去,该跟她说些什么。是说一句看上去正经的"谢谢",还是说一句听上去轻松幽默

的"嘿,下楼要看路"?

但也就是那一瞬的犹豫,当他抬起腿时,白净的女生已经被另一个短发女生一把抱住。她因为冲力而微微弯腰低下头,并没有看到他转过来的动作。

望着那两个嘻嘻哈哈向前走的身影,他也只能吐出一口气,自嘲似的转回身,一只脚迈出考场。

"你信这些吗?"回忆被倪漾清脆的声音打断,她把东西都归回原位,背上书包。

季清延摇摇头,单手拎起自己的包:"我不信。"

他等跟在身后的倪漾走出班,才拿钥匙把门锁上,又轻松地将钥匙放回门框上。背对着她,他的声音很低,更像是一个人的自言自语。

"有些巧合,其实本不是巧合。"

板报画完,校园里除了还在补课的高三生,和几个在篮球场上打球的少年,已经空荡。倪漾和季清延并肩走在走廊,斜阳透过大片的窗子照进来,像是动漫里可以具象出来的,那种静谧的浪漫。

想到这样的比喻,倪漾的脸颊不自觉地飞上一抹红晕,融进带红色的斜阳里,倒是看不出太大的违和。

"你买口算题卡了吗?"如果季清延不开口,那么这一幕放学后的悸动,可能会是倪漾记忆中最浪漫的一个傍晚。

刚刚还沉浸在自己小世界里的女生显然一愣,她尴尬地搓手:"没这个必要吧?"

他还真是认真地说的?

明明隔着紧闭着的窗户,窗台上歇着的一排麻雀,也不知道是谁先透过玻璃发现他们,顷刻间哗啦啦地飞散开来。

季清延把手机开机,随意地扫了一眼消息列表:"数学老师刚刚叫我去办公室,顺带说了让我帮帮你的数学。"

"他和你说我了?"一股不祥的预感,从倪漾的背后油然而生。

他收起手机,神色显得随意多了:"一套卷子,百分之三十不会,百分之三十会但是做不对,剩下百分之四十能做对。"

没想到居然被透露了这么准确的信息,她的脚步停住,僵硬地站在楼梯边缘。

刚开始没有发现异样的季清延下了几节台阶，才转过身，仰头看向逆光而站的女生，脸上挂着浅浅的笑意。

面对事实，倪漾觉得自己还能再抢救一下："起码我还是有百分之四十能做对，而且会做的也有百分之三十，加起来就过一半了。"

他挑眉盯着她，见她的声音越发小下去，他轻笑："百分之三十里面，百分之九十九都是计算错误，改正了就百分之七十能做对了。你挺清楚的，那就写吧。"

"那个……是作业还不够多吗？"倪漾干笑着溜边走下楼梯，打算蒙混过关，"老师是怕我拉低实验班的平均水平吗？我一个人的贡献，也不至于这么大吧。"

刚溜到楼梯的一半，季清延站在楼梯中间，长臂一伸就勾住她书包上的提手。

书包被他拎起来，那一刻，倪漾的脑子里闪过一丝没有往包里装《牛津大词典》的懊悔。她向下拉住两侧的书包带，试图反抗："要不然你帮我写作业，我写口算题卡？"

"写不写？"书包带没有被她扯动，季清延依旧单手拎着，站在原地，好听的声音像是含了沙砾。

这样近距离地站着，倪漾必须要抬头，才能看到他脸上的表情。

他的身上是柠檬味洗衣液的味道，干净而又清爽。倪漾耳尖通红，刚刚的狡黠耍赖荡然无存，继续扯着嗓子嚷嚷："写，写还不行吗？"

"作业呢？"他又问。

"也写，也自己写。"倪漾真心觉得，应该重新评估一下自己对他的欣赏。

听到她这样干脆地改变主意，悬在空中的手轻轻松开。

倪漾只觉得肩上的重量再度回归，紧接着，头顶便响起他低低的笑声。

"我陪你去买。"笑意中还带着些无奈。

学校对面就有一家文具店，同时也卖一些参考书和练习题。季清延显然不像是第一次来这个地方，他轻车熟路地找到那本口算题卡，又连试都不试，就拿了两支黑色水笔。

倪漾转身去拿修正带的工夫，他已经把账结好。

"我转给你，"倪漾付完自己的修正带，"微信还是支付宝？"

季清延正低头看着手机，末了，简短地回了一句："微信吧。"说完，他把已经调出二维码的屏幕转向她。

好像……互加微信这样一个倪漾认为艰难的进展，都来得水到渠成。

她翻看口算题卡后面标出的价格，立刻给他转红包。明明是个花里胡哨的人，这次的红包却少有地没有改标题，也没有加上一个动态表情。

像是这十几块钱有多烫手一样

但刚发出去红包，该收款的那个人却把手机收回了裤子口袋。

"不用了，"季清延一只手推开玻璃门，"就当是新同桌的见面礼物。"

"一码归一码，今天你帮我一起弄板报，已经算是见面礼了，"倪漾追过去，扯扯他T恤的衣角，"你收下吧。"

等她出来，他才放开门把手，快走两步跳下文具店门口的三级台阶。他站在台阶下，转过头冲她笑道："等你写完这一本再给我转账吧，不然你都没有动力。

"我先去坐地铁了，你到家给我发个微信。"少年唇红齿白，嘴角的梨涡像是盛满了夕阳洒下来的金色碎光。

热浪卷着旁边花店摆出来的百合香气，绕过她的鼻尖，带起他的衣摆。倪漾下意识地握紧手机，薄薄的机身卡在她弯曲的指节。她点点头，压抑着自己痴笑的冲动："嗯。"

等他颀长的背影消失在人群中，她才接起一直在手心振动的手机。

是表哥打来的电话，他像是刚下班，还有些匆忙："漾漾，包裹收到了吗？"

"嗯，收到了。"八月的天气，她不过是在室外站了几分钟，背着包的后背就再度湿透。

"御守送出去了？"电话那端的语速很慢，像是在字字斟酌。

倪漾低下头，漫不经心地踢着脚边的石子，含糊地应一声："嗯。"

"换了新的同桌？"那边继续追问着。

"嗯。"倪漾的回应更加模糊，像是黏在嗓子里一样。

还没等表哥接话，她又立刻自顾自地说下去："他刚转来一中，之前是南华的学生。你也是一中毕业的，又不是不知道这两个学校之间的那些事……我就是想让他感觉到自己处于一个友好的氛围里，尽可能让他融入进来……"只是语速越说越快,声音也越来越小。

手心已经渗出细汗,倪漾换一只手拿手机,口算题卡也艰难地换到另一只胳膊夹在怀中。似乎是发现到自己的反常,她摩挲着口算题卡封皮的指尖,速度猛地放缓。

她又咬下嘴唇,叹气:"哥哥,我想,我遇到了和我在同一频率的人。"
只不过恰好,他是她的同桌。

2. 她是最不一样的人

季清延每周周末都在上数学拔高课,从初三开始已经成为习惯。那位老师是南华的退休特级教师,通常都是在家里授课。

学生不多,分高三和初三两个班,一个上午,一个下午。总共只有六七个人,但每一个学生都能被细致地指导。

椹南市的地铁交通线错综复杂,南华和一中地理位置上相距不算远也不算近,只是要倒四次地铁。为了赶上第二天一早的课,季清延索性就先回南华那边的家住一晚上。

冰箱里已经没有什么吃的,他在厨房翻箱倒柜,才找出一桶泡面。先把煮沸的热水倒进纸桶里,再用叉子将盖子封好。然后小心翼翼地端着泡面快速走到客厅,顺手将沙发边的一盏小灯打开。

暖黄色的灯光,英语新闻频道里主播毫无感情的语音语调,还有热腾腾的泡面。

这几乎是季清延独居的两年里,生活的常态。

刚开始他还会学着给自己煮饭吃,后来随着进入初三冲刺阶段,晚饭在学校吃,也就不用做饭了。

到了高一,他更懒得做饭,晚上要不吃点速食,要不索性饿着肚子不吃。如果深夜学习饿了,最多也就到楼下二十四小时便利店买些东西,随便填填肚子。

但他从来不觉得这样的日子有什么不好,总归是要比去到那个陌生的家里好。

面差不多快好了,季清延拿起叉子,薄薄一层的纸盖瞬间便向上卷起来。水汽混杂着香气将他扑个彻底,一时间,他的眼前白茫茫一片。

叉子在一团面条里刚转过一圈，还没有转散面饼，放在一旁的手机又开始振动。他只是瞥了一眼屏幕上显示的字，拿起接通："妈。"

从两年前父母分开直到现在，季清延还会和妈妈偶尔联系，有时一周一次，有时一个月一次。刚开始他还会加上一句"有什么事吗"，到后来，简化成一个字的问候。

"清延，吃晚饭了吗？"季妈妈的声音一如往常的端庄和严肃，和他记忆中，并无差别。

他盯着桶盖内侧锡纸上冷凝的水珠，一颗两颗地迅速滑落。他纤长的睫毛不易察觉地抖了一下，开口道："吃了。"

"今天我给你爸爸打电话了，他说你今晚一个人住回去，明天上老先生的课，"听着电话那端的声音，季清延甚至都能想到她习惯性皱着眉头的样子，"我们也商量了，妈妈还是希望你能来国外读书。你可以在这边读一年多的高中再考大学，或者你想在一中的国际部读完高中再考过来也行，我会帮你提前办好手续。"

不管儿子有没有开口回应，一向叱咤商场的女强人继续说下去："毕竟，那个女人也不能很好地照顾你。"

"我在国外和国内没有什么区别，自己都能活得很好，"只在面桶里搅了一圈的叉子，再也没动过，季清延的声音冷淡至极，"谢谢您的关心，我还要学习，就先不聊了。"

挂断电话，面已经温了，泡面那股油腻的味道，也因温度的流失而渐渐显露。季清延皱眉靠回沙发，已然没有再吃下去的胃口。

电视里依旧叽叽喳喳地播着英语新闻，头顶那盏暖黄色的小壁灯，也只能投射出一个人范围的光亮。

放空一会儿，他一直垂在身侧的右手才捞起手机。他看了一眼，未读消息不多。除了公众号发来的消息，只有两条未读。

一条是二十分钟之前，老季的新老婆询问他有没有安全到达，有没有吃晚饭。另外一条，是来自傍晚刚加为好友的那个头像。

倪漾：我已经安全到家了，周末愉快 [太阳 .jpg]

对话框里的字打了删，删了打，最后又恢复成一片空白。他看着手机上的那一句简单而又古板的话，眉眼里刚刚聚拢起来的冷漠，渐渐散开。

他又叹了口气，起身将已经凉掉的泡面倒掉。聒噪的电视也在他起身的那一刻，没有了声音。

老先生的课是在周日的上午，上完课，季清延和傅云实这两个一路跟着从初中学上来的得意门生，照例被老太太留下吃午饭。

餐桌结束了辅导桌的使命，开始作为正经的餐桌存在。两个身形高大的男生，也帮着把饭菜端上桌。

四菜一汤，都是简单的家常菜。

一晚没有吃饭，早饭也没来得及吃的季清延，已经饿得前胸贴后背，开饭后就端着碗埋头吃饭。

"清延，昨天我也是接到你妈妈电话，才知道你转去一中了。"老先生喝了一口汤，沉吟两下才开口，"从那边过来上课，挺辛苦的。"

被点到名字的人放下碗筷，把嘴里的饭菜咽下去，摇摇头："没事的，您教得好，再远的路也还是要来的。"

"再说了，"他扫了一眼全桌的饭菜，含蓄地笑道，"除了惦念您，我也惦记着师母这一桌饭菜。"

"是啊，"坐在旁边的傅云实和他配合得精妙，当即就接了话，"我这一个礼拜就盼着师母这一口人间美味。"

"不过要我说，你转去一中这事儿在南华根本就没掀起什么波浪，没意思。"傅云实挑眉，脸上一如既往是那懒洋洋的、看好戏的样子。

季清延动筷子的频率倒是一点都没有受旁边人的影响，他斜睨傅云实一眼："听说下周周末南华和一中两个动漫社要办交流活动，有没有兴趣过去看看？"

"你不是一直暗戳戳'圈地自萌'，怎么到了新学校还跑社团？"傅云实的筷子径直伸出去，截和另一双筷子的目标土豆。

扑了个空的筷子在空中绕了一圈被收回，季清延起身给自己的瓷碗里盛了些汤，脸上没有什么波动："我同桌想见你，膜拜中考考神，为月考求点保佑。"

乍听上去是正常的一句话，可怎么听，怎么都觉得酸溜溜的。

"同桌？"一直都在看着饭菜的傅云实，终于舍得搭一下眼皮，偏巧就扫到旁边那位同学发红的耳尖。

季清延常年昼伏夜出，假期窝在家里也都是拉上窗帘看漫画打游戏，

皮肤白得让不少女孩子都嫉妒。只是这白了也不是特别好，稍微染点红色，就能一清二楚的，无所遁形。

季清延啊季清延，没想到你也有今天。

傅云实低笑一声，咬开夺过来的土豆，语气也跟着欠揍起来："行啊，我没意见，给香火钱吗？拜一拜也要收费吧，人家参观摸个门口的石狮子都得收个门票钱……"

还没说完，一道寒光就直接劈过来："活动下周日下午在南华的动漫社活动室办，下课跟我一起去。"

"在学校办的官方社团活动？"傅云实脸上的狡黠在听到地点后荡然无存。

吃了一半的土豆被放回碗里，他摸出手机，眉心蹙起："我没有收到活动申请的表格。"

"不过，要是这样就能见到……"将问责的消息发出去，南华现任学生会主席傅同学沉思道，"要不然就算了？"

半点儿没感谢傅主席的好意，季清延白了傅云实一眼，拿起傅云实的汤碗盛了一碗半片菜叶都没有的"涮锅水"："补补脑，也不差进这点水了。"

南华选了这么个玩意儿当主席，没救了。

从老先生家里出来，老小区逼仄的楼道里充斥着潮湿气。傅云实跟在季清延的身后下楼，一路上都在甩着自家的钥匙，嘴里还不时故意地发出"啧啧"声。

前面瘦高的少年实在忍不住，脚步一顿，直接转过身来，声音中满是不耐烦："有话快说。"

"你的那个同桌，就是考场上逗能的姑娘？"走廊里高而小的窗户只照进来狭长的光亮，傅云实半个身子站在光下，挑起眉毛。

被他注视着的站在阴影处的少年，虽然看不清脸，但身形明显一顿。

那场考试，他们两个在同一个考点，只是在两个不同的教学楼。考完之后，傅云实刚出教学楼的门口，就看到同样一个人的季清延。

他们虽然平时交流不多，但这学校见完补习班见的，也算是半个熟人。

傅云实也不知道自己是哪根筋搭错，长腿快走两步，追上明显因为想事情而走得很慢的季清延："嗨。"

一直背对着他的男生微微偏过头，眉头还微蹙着，眼底没有太多的情感。

没想到他一转过头来，就是这样一副生人勿近的表情。傅云实愣了一下，随即笑了："我刚刚看你好像心情不太好，要不要一起去吃火锅？拿准考证可以打八折。"

在同一所学校里读了三年书，每次考试都坐前后座。但只有这一场考完试之后的火锅，才让他们真正成为朋友。

等那顿火锅吃得差不多，季清延才终于松口。他用纸巾斯文地擦净嘴边的辣油，眼睛因为长时间被蒸汽熏着，而眨了一下："考场里遇见一个女生，我旁边有个男生想找我帮忙作弊的时候，她帮了我。"

"本来我趴在桌上不想搭理的，这种事情，学业水平测试的时候我也遇到过，"他无奈地勾起嘴角，"她一个小姑娘站了出来，我还没有机会跟人家说谢谢。"

傅云实从锅里捞出一片羊肉，刚要在蘸料碟里滚上一圈，动作就因为他的话而顿住。傅云实抬起头，隔着朦胧的雾气看着季清延。两秒后，傅云实也乐了："我看你这样子，不是因为没有机会说谢谢吧？"

傅云实自得地把裹好调料和白芝麻的羊肉片放进嘴里，轻睨一眼微愣着的季清延："哪个学校的？"

手慌乱地拿起筷子，被戳中心事的季清延本已经不打算再吃，却为了缓解尴尬，又往嘴里塞了一片土豆："一中。"

他签到的时候，有在名单表上找到她的信息——考场第20座，倪漾，椹南市一中。

傅云实差点没被一口羊肉噎死："那完了，注定无缘。"

但那个时候的傅云实还是太年轻了，他万万没想到，季清延这个叛徒转学去了一中。

午间的阳光，在推开门的一刹那全部闯了进来，刺眼的阳光让傅云实忍不住眯起眼。他双手插进口袋，耸肩道："真正认识之后，还觉得她很有趣吗？"

傅云实从某种意义上，并不能理解季清延这样的行为。他只把这归结为季清延是少有地在这种情况下被保护，所以被引发了想去多了解一些那个人的兴趣。毕竟他知道季清延复杂的家事，却也聪明地从不直接提起。

但褪去了记忆中的滤镜和幻想的成分,遇到真实的她,当她成为季清延的同桌朝夕相处之后,他还会继续有这样的兴趣吗?

在傅云实吊儿郎当地把门来回弄得"吱呀吱呀"的响声中,逆光而站的瘦高少年垂下眼,声音却是前所未有的温柔:"不是有趣。"

不是觉得她有趣才慢慢接近。

至少,不仅仅是觉得她有趣。

说完,季清延转过身推开整栋居民楼的大门。

他一向自认为自己拒人以千里之外,不需要朋友,也不愿多管闲事,过好自己的生活,就足够了。但好像这一切"自认为",都在遇见她的那一刻,开始被打破。

冲动地走过去问她愿不愿意和自己成为同桌,喝掉他以前不喜欢喝的甜腻牛奶,还有浪费做卷子的时间看她画板报……他逐渐变得连自己都觉得陌生,细想却又合理。

"那好,下周日我会去,"傅云实走到他旁边,"但我总要占点便宜,要不然你也把我搞去一中?"

"一边去。"季清延翻个白眼,也不管傅云实走没走出门框,先抬腿就走出门,手也跟着缩了回去。

傅云实眼疾手快地躲过差点拍自己脸上的铁门,低笑着追上去:"只相信自己能力的季清延,有一天居然包上挂了御守?"

蓝色的小部件挂在他黑色的包上,随着季清延走路的步子一摇一摆的,让人不想注意都难。

季清延扫了他一眼,刚刚的账都还没跟他算明白,此时自然也不会给他好脸色看:"我喜欢。"

"刚刚都没答那么爽快,果然是拿人家手短。"被摆臭脸的人也不恼,光顾着恍然大悟。

"不是,你平时也挺无趣的,在我面前话怎么这么多?"彻底被惹毛的季清延,就差抬起腿往旁边那人的大腿上狠狠地踹一脚。

傅云实立刻收起笑,板着脸加快脚步:"别想了,不是喜欢你。"

"废话。"

回一中的地铁上,原本戴着耳机一如既往听英语的高大男生,反常地从口袋里掏出手机。

一个上午，他的手机里没有什么新的消息。那个粉色小熊的头像，也依旧停留在他界面的最顶端。他控制不住手似的，点开头像，偷偷跑去她的朋友圈逛了一圈。

大多是小女生的日常，通常在周末更新。有时是和家人一起出去吃饭，有时是和那个叫箫烛的女孩子一起去图书馆学习。没有什么男生的身影，字里行间也没有流露出对谁的特别关注。

尤其是，没有那个坐在她前面的男生的相关照片和信息。

很好。

心里虽然是满意，甚至是喜滋滋的，但站在扶手旁边的那个少年脸上却依旧是淡然的，只是……

少年啊，你的脖子根都已经通红了。

是第一次做这种，偷偷看别的女孩子状态的事吧？

3. 透过取景器，看到只有他的世界

周日，倪漾一反常态地起得很早。

她本来是想努力挑一身看上去还算可以的衣服，但拉开衣柜看到满柜子的衬衫和简单T恤，再想到动漫社那些穿漂亮小裙子的女孩子，最后又丧气地关上柜门。

她平时一直觉得买精致的小裙子不仅浪费钱，穿着还很难受。小时候爸妈掌控买衣服的权利，还能被硬塞几件。到后来权利移交回她的手里，以前的衣服也都小了，漂亮裙子也就再也没出现过。

裙子到用时方恨少。

最后，她快快地套上简单的T恤牛仔裤，依旧扎个马尾，露出漂亮白皙的脖颈。

临出房间门，她还是从桌上拿了一条细细的锁骨链戴上。小颗圆润的粉钻乖巧地躺在她的锁骨之间，T恤领口的大小刚刚好。

对着镜子练习一遍自己还算满意的笑，她拎着单反包，出了房间。今早家里没有人，倪妈妈给她留了一杯还算温热的牛奶，和昨晚买好的吐司面包。

虽然交流活动是下午一点开始，但箫烛昨晚上特意跟倪漾打了招呼。

她作为这次的主要摄影师，要早一些到南华，把拍照的点位提前定好，为下午节省些时间。

两个人在地铁站碰面，一起坐地铁晃悠了一个多小时，才到南华中学地铁站。

来接她们的是南华动漫社社长，一个戴着眼镜，发型很干练的短发女生。她们提出的每一个问题，她都应对自如，得体的笑容自始至终都没有散去。

即便是有着一中学子的荣誉感，倪漾还是不得不佩服她身上的那股气质。

好像……没有什么她做不成的事情一样。

南华有一栋专门的活动楼，里面除了大报告厅和体育馆，剩下的楼层全部都是各类社团的活动室，条件很好。动漫社作为南华大型社团之一，专属活动室的位置和规模，也算是楼里最好的。

她们推门进去的时候，已经有不少南华动漫社的人在忙着收拾打扫。

枯燥的相互认识和自我介绍之后，负责对接倪漾的女生趁周围人都在忙着，冲她挤挤眼睛："季清延在你们动漫社吗？"

倪漾正调焦距的手一抖，贵重的机器差点脱手，心因为从其他女生的嘴里毫无预兆地听到那个名字，而狠狠地一抽，"嗯？"

就算心里再过慌张，但表面上还是不易察觉地抿起嘴，让自己的表情，没有大幅度的变化。

"嗐，季清延不是转到你们一中了嘛，和咱们都是一个年级的，不知道你有没有听说，"女生笑得很爽朗，以为倪漾只是因为一中班级太多，而没有听说过这件事，"他是我们社团的隐藏大触，连说都不说一声突然转学，太不够意思了。"

"我们社长说，以后江湖上见他一次，找他勒索一个游戏机。"她冲倪漾挤挤眼睛，先拿起自己脖子上挂着的单反，测了一下光。

南华学校里可以拍摄的外景取景地不少，其中最著名的就是活动楼不远处的喷泉和花园长廊。

倪漾敛起眼底的波涛，跟着蹲下找几个角度按下快门。工作中途，她像是漫不经心地随口问道："季清延……他在你们学校很厉害吗？"

"他啊……中考扣了十分。据说，这个成绩还是他古诗文填空一个空都没写之后,得到的分数。"意料之中地接收到蹲在地上的倪漾投来的惊骇视线,她不好意思地摸着脖子,解释道,"我们都习惯了,他从来都不背古诗文,大大小小的月考也都不怎么写。"

无意之中听到这样的惊天八卦,倪漾站起来,一边看刚刚拍的返片,一边问:"他是没写,还是没写对?"

"一般没写占比比较大,但偶尔也会出现写了但没写对的事。午休的时候,实验班那个语文老师,把他叫去办公室背书是常有的事,全年级都知道。"女生立刻把她拉到下一个取景地。

"不了解真相的人,都觉得那是他的个性,"女生叹了口气,受不了似的抖掉自己一身的鸡皮疙瘩,"也就我们社团的人知道,季清延就是个金鱼,五秒的记忆都算抬举他了。"

"他很喜欢动漫啊?"听着女生坦然地讲着她和季清延的过往,倪漾握着单反的手,悄悄地收紧。

这种感觉很微妙,她并不嫉妒面前的这个人。但如果说只是羡慕,心里的那一份下意识的酸酸感觉,也并不是假的。

也许是问到女生很熟悉的问题,她几乎是连想都没想,就直接脱口而出:"阅片无数,而且很有自己的观点。他以前负责校报里动漫板块的供稿,人气很旺。"

"不对,"女生突然想起什么似的,向后立刻退了一步,"你刚刚自我介绍,不是说你是高二(1)班的吗?你不认识季清延?"

"其实……"倪漾躲闪着女生投在她身上的视线,被碎发挡住一些的耳尖,已经通红,"他是我的新同桌。"

旁边的女生突然失声,让满脸通红的倪漾,心中一直打鼓。

这鼓越打越快,越打越快。如果她此时玩的是太鼓达人,一定能刷新最高纪录。

等小鼓槌都要打断了,她才偷偷地抬眼,便对上女生正坦然打量自己的视线,女生惊诧道:"季清延以前从来都没有同桌。"

但他……是主动提出来和她做同桌的。

话刚跑到嘴边,却又被倪漾悄悄地吞回去,只是耳尖和脸颊,更烫了。

她没有再接话,只是笑笑。

单反屏幕上新刷出来的返片,却是一张模糊的水泥地。

这是倪漾第一次进南华中学,也是第一次感受他生活多年的地方。南华不像一中一样迁过新的校区,教学楼是用灰色的砖垒起来的,每一砖一瓦都带着历史的痕迹。

一下午,她跟着那些穿着精致的女孩子,基本上将南华的各个角落都逛了个遍。趁着午后光线好,交流活动中的拍摄任务,都集中放在了前面。到四五点钟,一群人才浩浩荡荡地往活动楼的方向折返。

作为一中这边的摄影师,倪漾万分庆幸今天穿的是T恤牛仔裤。为了满足社员的需要,她有的时候几乎要整个人趴在地上拍摄,可以约等于一个行走的扫地机器人。

额头前的刘海儿已经湿透,倪漾微皱着眉,毫不在乎地一把将它全都捋到后面。小跑两步跟上萧烛,她的声音里没有半点不耐烦,很是温和:"我去拍几个空镜,你到时候发公众号推送或者剪视频都会比较方便。"

正跟南华动漫社社长聊天的萧烛转过头,在看到她满额头的汗水时愣了一下,连忙拉住正要离开的倪漾:"跟我们上去歇一会儿吧,你出了好多汗。"

"不用了,"倪漾微提起嘴角摆摆手,湿透的左手手心在牛仔裤上蹭了蹭,拿过右手上的机器,"趁着现在阳光好,一会儿说不定还能拍到夕阳。等拍完,我去找你们。"

说完,她脸上挂着淡然的笑容,不着痕迹地放开萧烛的手。

在一群说说笑笑的,穿着精致小裙子的女孩子中,唯独只有那个瘦高的,穿着最简单衣裤的背影逆行着。

"你们的这个摄影师人很好,"站在一旁的南华动漫社社长挑眉,话语中透露着些许羡慕,"不管提什么要求,都特别有耐心。"

"我倒不希望她这样,"看着那个背影,萧烛摇头,"她永远都是在帮别人,从来都不知道该怎么拒绝。"

比起刚刚的吵闹,倪漾更喜欢一个人随手拍些照片。不需要再分神过滤掉周遭的嘈杂,只有不远处喷泉水落的声音,和刚浇过水的草地散发出的淡淡草木香。

她很喜欢那种湿润的味道,几乎是贪婪地闭上眼睛吸着。

"刚刚我那个压哨三分绝杀,服不服?服不服?"一句话重复了很多遍,声音由弱渐强,传入倪漾的耳朵。听上去应该也是周末来学校打篮球的男生,平时走路都要开个玩笑。

倪漾深吸一口气,保持愉悦的心情睁开眼,将手中的相机举到眼前。虽然单反都带着小屏幕,但她还是喜欢像以前一样,眯起一只眼睛,用取景器去看这个世界。

"季清延,你就说你服不服?"男生低沉的,带着些笑意的声音更加清晰。

托着相机的左手在右食指按下快门的那一刻,因为这一句话而抖了一瞬。

倪漾以为自己听错,慌忙把机器放下。眼前没有了视线上的遮挡,两个白衣少年的身影,便出现在长廊的最深处。

也就是放下机器的那一秒,按下快门拍到的照片,也已经返到小屏幕上。并不是手抖到抽象的照片,长廊的万花斑斓中,两团白色的身影,刚好在整张照片的三分之一处。

他们显然也是看到她了,刚刚还大步流星的人,瞬间就收了速度。

季清延总算是知道,为什么南华的人,年年都把花园长廊说成是南华的浪漫胜地。

夏日的花红的粉的,开得如同夏光一样烈艳。浅紫色的牵牛把藤蔓绕满长廊白色的结构架,将头顶的光切得细碎,洒落在大理石随意拼凑的地面上。而她就站在两旁月季盛开,头顶藤蔓翠绿的长廊中央。

最简单的毫无点缀的白色T恤,最简单的略显宽松的浅色牛仔裤。椹南市蒸笼般的温度,熏得她白皙的皮肤蒙上一层微红。汗水撇走的刘海,露出她饱满的额头。

简单,灵动,带着这个年华的少女特有的美好。

傅云实精准地抓住旁边人的胳膊,又看看远处的女生,压低声音戏谑道:"季清延,你跑什么呀?"

"别闹。"季清延不安地看向地面,干咳一声。

也不知道是不是中了邪,倪漾向他们走了几步。尽管脸上是温柔得体的笑容,但抠着单反的手指,却紧得死死的。

看着那个向他们走近的高挑女生,傅云实搂上季清延,笑意更浓:"别啊,季清延。唠唠?"

"别闹。"季清延的声音又冷上几分。

其实本来说想见傅云实,不过是为了和季清延打开话匣。毕竟,只有在和对方讨论他比较熟悉的事物时,才有几率聊得更多。但倪漾没想过,她真的在季清延的帮助下,见到了这位棋南市中考神话。

这位中考神话的话也不多,两人自我介绍完,似乎就没有什么好说的。而一旁的季清延就像个闷罐,一言不发,也不来救场。

算了,救场这种事,可能对他来说更难。

一时间找不到话题,倪漾掂掂手中的单反,提议道:"季清延,我帮你拍一张照片吧。"

说着,她四下看看,想给他找一个绝佳的角度:"平时请我拍写真可贵了。"

傅云实悄悄地"啧啧"两声,本来搭着季清延肩膀的手滑下来,轻推一下他的后背,脸上依旧是标准的面瘫样子:"以后你没什么机会回南华了,拍一张留个纪念。"

"傅云实。"季清延丢出去一个含了刀子的眼神,耳尖通红地走到倪漾让他站的位置。

被点名的人依旧面无表情,声音却足够戏精:"哎,你包上那个蓝色一晃一晃的小东西是什么?"

是谁送给你的呀?

季清延后槽牙差点没咬碎,强忍住给傅云实一拳的冲动。傅云实这人,怕不是个被数学耽误的奥斯卡终身成就奖老艺术家。

摆好机器角度,倪漾的眼睛凑近取景器,全神贯注,已经听不进周围的声音。

她取的近景,侧着脸的少年因烈阳而眯起些眼睛,白色宽松T恤上是两个黑色的双肩包带。其他的,都被撇到了镜头外。

之前就有人问过她,直接看取景器和在屏幕里看到的,真的有什么不同吗?

那个时候她没有什么可以回答这个问题的答案,只能笑着摆摆手,说这可能就是个人习惯罢了。

但现在,她终于可以回答。

因为当她眯着一只眼睛,周围全都被挡住,只能透过那一个小框去看这个世界时。

这个世界,全都是他。

鬼知道季清延在面对倪漾的镜头时,心里到底有多少只小爪子在不停地挠。但倪漾就好像是和他对着干一样,迟迟都没有落下快门。不知道是发生了什么事情,他插在裤子口袋里的双手悄悄握紧,红着耳尖,转过头。

"咔嚓!"

利落的快门声在那一刻,将微微偏过头的少年定格。他黑色柔软的发丝上还带着微微的水汽,转过头的动作间,褐色的双眼有着些许的迷离。

烈阳让他的皮肤白得发光,鼻梁上那一颗浅棕褐色的小圆点,将色彩平衡得刚刚好。

习惯性把单反拿到胸前看返片,明明只有一张照片,她却看了好久。

刚刚给社团里的女孩子们拍写真时,她都是不停地按下快门,企图在她们的动态中抓到最美的一帧。但也不知道自己是不是在取景器里看他看得入迷,直到景中人动了动,她才瞬间反应,按下了按钮。

他的每一帧没有记录在机器里,却已经烙进她的脑海。

每一帧都很好看,超级好看。

"等我回去修完片,就发给你。"倪漾生怕他会拿过机器删掉这张唯一的照片,在他们走过来的时候,立刻就按了关机。

季清延没有异议,耳尖上的潮红也还没有褪去。还是傅云实先走到他旁边,一把搭上他的肩膀,贴心地替他问倪漾:"你一会儿要回活动楼吗?"

"嗯。"她把相机的肩带缠绕在右手手腕,点头,"还要拍几张室内交流的照片。"

"那你带她去活动楼?我先去球场会合,你一会儿再来找我们。"傅云实识相地拍拍季清延的肩膀,然后生怕被拽住似的,瞬间就弹离季清延。

不是刚打完球散场吗?

季清延尴尬地看着那个快步离开的背影,又瞧瞧正微仰着头看他的女生,嘴角不好意思地抹开个笑:"他平时不是这样的,不知道今天怎么回

事,都忘了长廊旁边就是活动楼。"

"你去跟他们打球吧,"倪漾转身扫过一眼没有几步就能走到的活动楼大门,忍俊不禁,"我自己去就好。"

男生摇摇头:"没事,都到这里了,也没有几步。"

和他并肩走在空无一人的校园小路上,两人一度是沉默的。她和他走得真的很近,近到她可以清晰地听见他浅浅的呼吸声,闻到他身上散发出的若有似无的洗衣液香。

他的手臂和她的,不过是只有半拳的距离。

她干咳一声转移自己的注意力,也打破两人之间的沉默:"听说你以前也是南华动漫社的?"

"嗯,之前的社长是一个待我很好的学长,我偶尔帮他的忙。"季清延对她知道这件事,并没有显出太大的惊诧,"今天的活动好玩吗?"

"就……还可以。"倪漾又整理了一遍本来就已经缠在手腕上很规整的相机肩带,又小声加一句,"她们都好好看,但我今天没有穿很好看的裙子。"

迈入活动楼前的阴影,暑气和燥热都减去了一半。曾经她无数次地幻想过,在校外见到在意的人时,要穿上柜子里最好看的裙子,将头发打理得柔顺漂亮,然后带着笑跑向他。

可现实永远都不会是想象中的那样,这会儿她汗已经湿透了衣裤,刘海也油了,脸上出的油都足够炒川菜。

在心里给了自己一个白眼,倪漾不自觉地叹气。她快走两步,先一步站上楼门口的台阶,半转过身,冲落在后面的男生挥挥手:"我先进去了。"

那些都没有也没什么关系,至少还要把笑容保持到最后一秒。

男生没有抬起手挥别,依旧保持着双手插在裤子口袋里的姿势。他站在阳光下,嘴角的梨涡渐渐显现,也渐渐加深。

然后,他说:"其实你这样,已经很好看了。"

倪漾呼吸一滞。

"上去吧。"季清延又淡淡地添了一句,率先转过身。

一直到离开她的视线,他始终都没有再回头,好像刚刚的那一句话,不过是随口一提。

自嘲地扯扯嘴角，瘦高的女孩将脑袋里那些不切实际的幻想都抛掉，也转身消失在了楼里。

交流活动圆满结束，倪漾婉拒了晚上一中动漫社的内部聚餐，先赶回家写作业。即使是实验班常驻户，她也从来都没有身边好学生的那种自觉，作业永远都是拖到最后一天写。

她在家写卷子写到天昏地暗，好不容易写完最后一个字，已经晚上十点。想着还能有半个小时修片的时间，她偷偷出房间找了包零食，又迅速闪回房间内，把电脑打开。

她下午按了不少的快门，读卡器显示照片，要一段不短的时间。把整个身子都埋进椅子里，她惬意地跷起二郎腿，大手笔地彻底撕开那包浪味仙。

啧，这个时候要是再配上一瓶 AD 钙，生活简直美滋滋。

吃到兴头上，照片也读好了。文件夹里的每一张照片都是按时间整齐排列的，倪漾直接拉到最底下，连想都不想就用 PS 打开。

季清延的照片就那样完全地呈现在她的电脑屏幕上，即便被放大，他的颜值依然能打。倪漾几乎不需要其他的修图操作，只是给整张照片调色就已足够，其他的工具连动都没有动。

她抿嘴又欣赏一遍自己的杰作，深吸一口气，直接就发给了季清延。

按下发送键，她迅速地把电脑版微信界面隐藏，紧接着把其他人的照片调出来，手机也潇洒地扔到床上。

不看不看，不看回复。万一他只冷冰冰地回一个字，显得她有多上赶着似的。

可是……

又万一，他还挺满意……

刚关掉不到半分钟的微信界面，又跃然出现在屏幕上。没控制住自己手的倪漾同学，这下控制住自己的眼睛。手按下的那一刻，就条件反射地闭上眼。

在黑暗中，她被这强大的自我保护机制搞愣了两秒。等在脑袋里演了一出大戏之后，她才堪堪睁开眼。

那边已经回复，还是挺长的一句话。

季清延：考神让你见了，照片让你拍了，你做口算题卡了吗？

倪漾抑制住自己想要作诗一首的冲动，默默切到另一个对话框。

倪漾：夏虫也为我沉默，沉默是今晚的小学六年级倪漾。

萧烛：又犯什么病呢？

第一次喜欢一个人是什么感觉呢？

大概就是……做什么事情，都会有点做贼心虚吧。

——《暗恋星球飞行手册》第 20 项注意事项

- 第三章 -
玫瑰与飞行器的秘密

1. 上学的种种巧合，从不是奇迹

季清延从未想过，学校会有一天，除了"睡觉处"以外，之于他有了更多的含义。

上学时，她早上通常出现在路口的时间，是七点十二分，偶尔上下波动两分钟。

这个结果，是季清延用两个礼拜的数据，归纳总结出来的。

从那之后，七点零八分，是他每天推开家门的时间。他会偷偷跟她保持较远的距离，看着她每天早上抱着不同的课本认真地背书。

明明以前是个不喜欢上学的人，竟然开始期待每一个上学日的开始。这种名为"好感"的东西，大概是一种浓度很高的兴奋剂。

在校门口把耳机摘掉，再细致整齐地用理线夹缠好。季清延在校门口磨蹭一会儿，才抬起头迈进学校。

刚好，这个时间差可以避免不必要的，她扭过头来发现他的尴尬。

他一如既往地进班找到自己的座位坐下，身旁的女生已经站着把东西收拾得差不多。

"给。"她别别扭扭吐出一个字，紧随着的，是一个本子从天而降。

季清延一时没反应过来，但还是眼疾手快地接住："什么？"

问完，他就定睛看到那硕大的四个字——口算题卡。

一个没忍住笑出声,他把包放在桌上,拿着她的口算题卡翻了一遍。一共写了十页,所用时间和正确率都有规整地标注,就连错因都用红笔在错题旁边标注总结了,非常细致。

倪漾在心里翻个白眼,凉飕飕地问那个正津津有味看着小学算术的男生:"什么感想?"

"嗯,"季清延还真的停下来思考了一下,"明年教师节的时候记得带回去这本写完的口算题卡,你会成为你小学数学老师教课的那个班——所有孩子的噩梦。"

说到一半,他就把自己也逗乐:"高二学姐屈尊为小六生打造完美作业典范,太大的自我牺牲。"

"还笑!"倪漾一看他这表情就来气,瞪着一双眼睛,愤愤地抓起书包,走到教室后面放进柜子。

她今天起晚了没吃早饭,这下是不用吃了,直接气饱。

倒不是气季清延让她写口算题卡,而是气自己口算题卡的平均正确率,居然只有百分之八十。再怎么说当年她也算是一小的数学尖子生,怎么越混越回去?

一代数学天骄的陨落,从年龄大脑子不好使算数算不对开始。

回到座位,那本口算题卡已经乖乖躺在她的桌面上。辣眼睛的花花绿绿的卡通封面和硕大的字体,让她一个激灵连滚带爬地坐下,飞速把它收进书桌抽屉里。

顺手抽出英语作文本的时候,她的手指,好巧不巧地碰到早餐面包的包装袋。指尖瞬间蜷缩起来,她咬住嘴唇,一双眼睛在眼眶里转了一圈。

她见旁边的季清延起身,连忙喊住他:"哎,你是去交英语作业吗?"

季清延还有些不适应被同桌突然叫住,他低头看了一下自己的本子:"嗯。"

尾音还没收起,一个浅灰色的本子,就快速地叠上他手里的那个。已撕开面包包装袋的倪漾咬一口芝士边,嘴巴塞满食物,冲他憨憨一笑。

嗯……这样直接让他帮忙,什么话都不说,似乎不太好。她迅速反应,刚准备张嘴说个"谢谢",却发现刚刚那一口咬得太急,咬得太大。

救命,面包屑要兜不住了。

季清延的眉毛肉眼可见得快要飞出整张脸,他连忙伸出一只手,把手

049

掌在空中立起来,唯恐避之不及地飞速把话说完:"不用说谢谢。"

大块的面包塞在嘴里,别说说话了,就连咀嚼都有些艰难。在他面前又不能面目狰狞地嚼,一口面包噎在嘴里的倪漾,想死的心都有了。

她强忍着要咳嗽的冲动,艰难地眨眼,期待自己能撑到季清延去交作文本的时候。

只是那人居然一动不动,还有闲心低头翻一下她本子的第一页:"你没有写名字。"

手里捧着面包,嘴里还塞着的倪漾欲哭无泪,只能艰难地发出几个不一样声调的"嗯"。

——你帮我写了吧。

少年蒙住,下意识地也接了个疑问的"嗯"。

快要噎死的倪漾又重复了一遍:"嗯嗯嗯嗯嗯嗯。"

季清延本来白净的脸已经挤成一团,他刚刚才舒展开的眉头又皱起,试探性地问道:"我帮你写?"

"嗯!"一句干净利索的回答,生怕再多说几个字震出面包屑。

他叹了口气,微弯下腰,从笔袋里找出一支黑色签字笔。把笔握在手中的那一刻,他突然有些后悔答应她的请求。

在学校两个礼拜,他几乎没在学校里写过一个字。即便晚上在家里偶尔兴致上来练习用左手写字,他也始终不能写得像真正用左手写字的人一样流畅。

倪漾看着他的视线还没有移开,季清延只觉得自己头皮直发麻。不着痕迹地吸了一口气,他用左手拿着笔,打开灰色本子的内页。第一页是白色的扉页,中间有一个麋鹿轮廓的印刷图案。

在那张纸页的右下角,他一笔一画地、极慢地竖着写下她的名字。

他专注地写着,生怕哪一个笔画因为没有控制住左手,而飞出整个文字框架。明明只是两个字,他居然写到了什么都听不见的境界。

等他写完放下笔再去看倪漾时,她居然迅速头朝下趴在了桌子上,也不怕把脑门撞瘪。他在心里松一口气,无奈地把本子合上,一黑一灰两个本子又在他的手里重叠。

有些人表面上看上去是趴在桌子上睡觉,实际上是在狰狞咀嚼。埋在臂弯里好不容易将嘴鼓到最大限度,咽下食物之后,倪漾觉得自己仿佛重

.
050

获新生。再直起身子时，季清延已经去交作业了。

她恹恹地吐出一口气，再也不想吃剩下的那半个面包了。

刚才看他一笔一画地写下她的名字，她原本是激动得屏住呼吸的。只是在看完他写的最后一个捺，才猛然发觉那两个由笔画拼凑起来的字，太像刚学写字的小孩子写出来的。

本来是没过脑子地想嘲笑一句，结果面包屑就冲出嘴唇走向世界了。还好她趴下趴得快，没让他发现自己是个喷壶。

"昨天的返片记得给我啊，"萧烛又像是掐好时间一样地出现在她身后，手上拿着要交的作业。

倪漾灌了一口温水压压惊，声音沙哑："嗯。"

萧烛看她那濒死得救的模样，"啧啧"地摇摇头："下次别一口吃个胖子了，跟喂鸽子似的。不知道的还以为是自动喂食器，一口把鸟食喷向天空，幸亏人家季清延没看见。"

将剩下的半个面包塞回抽屉，"自动喂食器"白眼一扔："你属喇叭的吗？一天到晚叭叭叭。"

…………

这是每日的学生日常，简单、话多，又寻常。

但有关早上的小心思，还有另外一个版本。

他出现在小区门口，通常是早上七点十四分左右。他从小区门口走到马路对面的路上，通常要花费三分钟等候。

七点十二分出现在季清延家小区对面的路上，可以通过余光看到他背着包戴着耳机的身影。

这是倪漾在开学第五天，因为被身后追跑打斗的小孩子撞了一下，无意间偏头发现的。之后，她又观察了一个礼拜，最终发现，他每天的生活都是这样。

她生怕走在他后面，有一天会被他发现她在跟踪他，所以一定要走在他的前面。于是，倪漾上学出门的时间，永远都变成了早上七点零八分。

她通常是开学第一个礼拜起得最早，然后每个星期递减。最后到期末，总是会因为起不来床而迟到。但这次，即便是起不来床，她也要闭着眼睛摸黑走到卫生间，用凉水洗脸浇醒自己。

把第二天的闹钟确认一遍，又将手机的静音关闭，倪漾伸个懒腰，拿着今天刚发下来的英语作文本就扑到了床上。

在床上惬意地打了个滚,两只腿在空中又一阵无实物狂踢和空中骑自行车后,她才把作文本拿到眼前。翻开硬质封面,第一页右下角便是他签下的,她的名字。

——倪漾。

小学生的一笔一画,因为有些使劲,甚至在第二页的纸页上,留下些凹凸不平的痕迹。

她伸出右手食指抚摸着他的字迹,脑海里浮现的,全是他今天认真写字的侧脸。他认真的眼神,和他额前黑色的碎发。

不可抑制的笑容越扩越大,越扩越大,似乎下一秒就要飞到天上。

受不了自己似的,倪漾猛地将作文本扣脸上,又发疯似的疯狂拍打被子。如果不是今天倪妈妈不值夜班,她真的会放声大笑。

这个作文本,她要用到毕业!

而距这里几分钟路程的另一幢楼里,男生正端坐在书桌前,右手执笔在厚厚的演算纸上,飞速地写着一行又一行的数字。虽然写得飞快,字迹却是清秀而又遒劲的。

室内没有开空调,夏末的蝉鸣透过半开着的窗传进来,却丝毫没有干扰他的思路。就连身后的门被敲响,也是连续敲了一会儿,才被他听到。

将最后的计算结果直接写在卷子上,季清延才站起身,走去打开卧室的门。门口毫无意外地,站着那个年轻的女人,她手中还端着一盘水果:"清延,你爸爸刚刚回来,叫你去一趟书房。"

她的神色依旧是有些怯的,好像生怕他不喜欢自己一样,连说话的声音都要放柔很多。

他将房门在身后拉上,垂下眼,接过那盘水果:"知道了。"

推开书房的门,一股年头久了的书籍纸页散发的油墨香,混着茶香扑出来。看到正坐在书房里看书的男人,季清延几乎已经猜到,他想跟自己说什么。

走到男人身边将果盘放下,他轻声叫了一声:"爸。"

季爸爸这才将金丝边眼镜摘下,用因为讲课而沙哑的嗓子道:"来了?坐吧。"

两个人从书桌边走到小沙发旁坐下,季爸爸煮上一壶新茶:"你妈妈

应该也给你打过电话了,我只是想问问你的想法。"

季清延的父母一个出身书香门第,一心只读圣贤书;另一个家里经商,承了父业到海外拓展市场。两人褪去最初冲昏头脑的爱意,多年生活后,才发现其实他们从来都没有了解过对方真实的世界。

又都是强势的人,没有一方愿意退让。

当生活开始变得充满矛盾时,他们聪明的头脑,在关系出现分裂的苗头时,就迅速理智地选择分开。

和平分手,还能当朋友。

季清延早习惯了他们分开之后的生活,而他也不否认,他们都是爱他的。季妈妈没有再嫁,季爸爸也一直不娶。即便是遇到合适的人,也生怕各自组成新家庭后,会让他感觉自己没有家了。

而季爸爸和现在的这个年轻女人,也是季清延主动和他谈过之后,才真正领证结婚的。

"我目前没有出国的打算,"季清延接过热腾腾的茶,轻吹几口气,看着茶杯里微微掀起的涟漪,"我知道妈是为我好。"

把茶具冲洗干净,季爸爸才缓缓道:"那就不出去。"

他一向尊重孩子的意见。

"在一中不要行事太高调,"即便是大学教授,季爸爸也是对这两所高中的明争暗斗有所耳闻,"两边都是同学,总归会有些不好的声音。"

"嗯,知道。"季清延抿了一口茶,视线扫到放季爸爸所有书法用具的柜子。

思索一下,他把茶杯放在茶几上:"我想拿几本硬笔的字帖。"

"怎么突然又想起来写字帖了?"季爸爸也只是稍微惊讶一下,站起身走到柜子旁帮他挑了几本,"快高考了,字要写得标准?"

"嗯。"把真实的理由在心里挖一个很深的坑埋好,季清延点头回应。

今天在帮倪漾写名字的时候,他察觉到她拼命抑制的笑意。倒不是怕她会嘲笑自己写字难看,只是怕以后必须要在她面前写很多字时,暴露自己习惯用右手写字的小秘密。

抱着三本字帖回到自己的房间,他翻遍那三本字帖,都没有找到她的"倪"。最后,他只好先写一页字帖热身,然后自己在白纸上练习。

倪漾,季清延。

一共五个字,他练习了很久。

前面的那个名字真的很神奇,一共两个字,一个不容易写好看,一个笔画多。

那个名字的主人也应该不会知道,季清延第一次用左手正经写字,写的是她的名字。

她也不会知道,那一晚,他用左手把她的名字反复写了无数遍。

2. 该如何进入飞向你的正确轨道?

如果你在意一个人的话,会去偷偷翻他的所有社交账号吗?
会删除记录吗?
会在做完这一些之后,握着黑屏的手机依旧脸红心跳吗?
这三个问题,倪漾目前还不能回答,因为她——
不敢翻。

倪漾捂着快要跳出来的心脏,叼着片面包,手脚发烫地瞅瞅手机上的那个头像。直到把面包吃完,穿好鞋走出家门,她依旧没有点下去。

他的确加了她的微信,但倪漾这人内心戏丰富,一直迟迟没有看过他的朋友圈。不过还好的是,朋友圈不会出现访问记录。

磨磨叽叽地把家门关上,她转身的一瞬间,咬牙按上了那个头像,再点相册。连呼吸都顾不上,她走进电梯,按下按钮才红着脸颊,迅速瞥一眼手机屏幕。

噫,他的微信朋友圈里什么都没有。

哈,什么嘛。

倪漾的呼吸系统顿时恢复正常工作,她像是松一口气,又像是自嘲似的张开嘴笑了一下。刚张开嘴,不算特别狰狞地提起嘴角,面前的电梯门就不是时候地开了。

上电梯的是送在读小学的孙女上学的老奶奶,慈祥的笑容很快盖住惊吓:"上学去?"

没来得及用手挡住自己的"血盆大口",倪漾不好意思地向后让出位置:"嗯。"

"倪漾姐姐一直都在一中的实验班读书,要多跟姐姐学习。"通常简

单的寒暄后,那些领着孩子的家长都会添上这么一句话。

倪漾尴尬地赔着笑,恨不得缩在电梯的角落。

电梯门开了又关,关了又开。越往下,上来的人越多。倪漾被人群挤着,不免扫到别人的手机屏幕。站在她斜前方的穿着别的学校校服的女生,正低头用手机聊着QQ。

愣了一下,倪漾仿佛突然想起什么似的,又按亮自己的手机屏幕。打开那个几乎是尘封状态的企鹅图标,她第一眼就看见自己班的群。高一刚开学的时候,班主任老刘组织大家一起建过班群,微信和QQ都建了,但QQ要比微信活跃得多。

倪漾对聊天这种事情一点都不热衷,也就设了免打扰。

她点开群成员,毫无意外地找到已经改好群名片的季清延。直到电梯到达一层的提示音响起,倪漾才匆匆地提交好友申请。

她不敢直接点开他的空间,怕他设置非好友不能访问,不能删自己的访问记录。如果她真的被拦下,他是可以在"被拦访客"那一栏,赫赫然地看见她的头像的。

那她心里的那些小九九,估计要被猜个七七八八。

她暗灭屏幕,又在踏出电梯的那一刻再按亮,看一下时间,刚好七点零八分。屏保壁纸,是那个在夏花烂漫中轻轻勾唇的少年侧脸。

喉咙动了一下,手机又被抓紧了一些。

是美好的一天。

一上午,季清延依然是在自己的课桌上进入梦乡。

倪漾按照之前的约定,在下课和箫烛一起去完小卖部后,将一瓶AD钙放在他的桌子上。他除了在大课间清醒以外,上午一般也会在第三节课结束之后醒一下,跟生物钟一样准得惊人。

倪妈妈如果工作不忙能顾得上她,偶尔也会给她包里放一些水果带着。想到季清延醒了后可能会有点饿,倪漾又从书桌里拿出那一袋小橘子,掏出几个放在AD钙旁边。

放完,她瞅了瞅,觉得不够整齐。在强迫症的逼迫下,倪漾贼兮兮地伸出手,把这几个东西像是军训一样,重新摆在一条直线上,还是等距。

这可把买完东西之后,跟倪漾回座位聊天的箫烛逗乐:"您这是放了一堆食物在这儿供奉呢？中考之后去求神拜佛那阵，也没见你给人家佛像前面，虔诚地摆上那么一排 AD 钙。"

"啧，"上下唇嘬出个口水音，萧烛嫌弃得连鼻孔都要撅到天上，"人家佛祖白瞎了你这么个白眼狼。"

萧烛是椹南市土著，普通话能说得标准，但只要不是正式场合，她永远都是带着椹南市腔调的儿化音终极拥护者。

虽然家里不是椹南市的，但倪漾在这里出生长大，偶尔也会带着点椹南调调："去去去，边儿去，少说两句憋不死你。"嘴上够凶，脸上却已经有点发烫。

"人家佛祖哪能喝 AD 钙啊，净忽悠小傻子，"前座的那个叫林榷的男生也回过头，笑嘻嘻地说完第一句，紧接着拉下脸，"我喝。"

萧烛知道倪漾耳根软，一直都不知道怎么拒绝别人的请求。看她又开始主动拆包装，萧烛的气不打一处来。萧烛伸出右手猛地按住倪漾的双手，又凶狠地冲林榷翻个白眼，口吐芬芳："喝屁吧你。"

林榷被萧烛这么一凶，手缩了一下，讪讪地回过头去乖乖地做题。

萧烛也自然没有了唠嗑的心情，恨铁不成钢地盯倪漾一眼，转身就回自己的座位去了。

只是苦了某个正双手握着塑料包装的人，手心的塑料包装，还被团成团握在掌心。倪漾的掌心松开，那一团塑料便膨胀一些。

再握紧，再松开。

正失神着，身边本应该熟睡的男生动了动。他揉一下眼睛，缓缓起身，扫过一眼自己手边那一排雄赳赳气昂昂的橘子，和它们高大威猛的"AD 钙教官"，本来要说的话，还是收了回来："你怎么了？"

倪漾手心里的塑料已经反复被她捏过很多遍，她垂下眼睑，睫毛在眼底留下一片阴影："我和林榷……"

课间本来就因为吵闹而睡得很浅，刚刚他们的对话都被季清延听了去。他虽然不知道之前发生过什么，但就他这段时间以来的观察，这些事情很好猜。他嘴唇抿成一条线，打断她要继续说下去的话："谢谢你的牛奶和橘子，以后不用再给我带 AD 钙了。"

季清延的声音很平静，末了，又加一句："你做口算题卡，可以替代一个月的 AD 钙。"

以每天向她要一瓶 AD 钙来保持热络，他没有必要重复林榷的方式。他知道，倪漾送出去的时候，还是心疼的。

少年的脸上没有过多的表情，一如既往的淡然，没有显出一丝有关心底波澜的破绽。

倪漾以为只有自己有很多小秘密，但她不知道的事情，有更多。比如他不会写字的左手，比如他其实考场上也注意到了她，比如……

比如开学分配座位那天，他什么都知道。

他一向没有迟到的习惯，即便是到新学校的第一天，也是如此。那天他先进了教室，踏进去才发现班主任不在班里。正要折回走廊，就瞥见正低头啃面包和同桌说话的倪漾。

一中有太多个班级，他转来一中时，虽然有所期待，但也没有想过能真的和考场上的女孩同班。可命运之中的巧合，就是来得刚刚好。

她可能已经不记得自己了吧？

毕竟这种正义感十足的人，应该只是路见不平习惯性地出手相助。如果每个都记得，那岂不是脑子里的内存卡要爆炸？

在心里做个鬼脸，季清延没有上去打招呼，平淡地走出教室。

他一直靠在一班前门门口对面窗边的栏杆旁，自然垂在身侧的双手，不经意地轻轻拍着身后的栏杆，发出轻微的响声。视线，却是一直穿过那扇门，直直地投向那个女生的侧脸。

本因为刚和父亲还有那个年轻女人一同住下，又更换学习环境而不自觉绷起的下颌线条，也渐渐柔和开来。

"季清延？"班主任老刘终于抱着教案从走廊拐角走来，他眯起眼睛确认，"对吧？"

季清延这才把视线收回，点头低声应道："嗯，老师好。"

老刘笑着拍拍他的肩膀："先在外面等一下，我们班老规矩是要按排名自主选座的。一会儿叫到你的名字，可以进去选座位。"

"好的。"季清延嘴角抿出一个礼貌的笑，等老刘走到班门口喊大家出来。

紧接着，就是教室内传出来的推拉椅子的声音。几十个人鱼贯而出，季清延就靠在栏杆旁看着，不时有人向他投来询问的目光。但大多也就在两秒后释然，把他当作是从普通班考来的新同学。

只是他唯独认识的那个人，却在踏出门的那一刻，还在扭头看着教室内。即便是转过头，也依旧是低着头的。

"南华实验班的人读到一半转学来一中，从某种意义上可以算是我们的胜利吧？"季清延就站在门口不远处，自然听到她和她朋友之间的对话。

知道是在议论自己，他小声地无奈叹气。

看来一中一直都很介意南华和一中之间的关系，但要是他们知道南华的学生从来都没想过这种事，会不会有点挫败？

他双手插进口袋里，跟在她们身后向队尾走，视线也收敛了些。他自然也听到倪漾怕自己左手写字干扰别人，要求坐独座的话，也听到了她语气里隐含的失落。

这可能是季清延成长中逐渐学会的技能，因为在家庭里太过懂事，他很早便学会察言观色，轻而易举地听出别人话语中隐含的情绪和深意。

本来那个独座是因为他的转入而加的，他也在南华习惯了一个人坐。

和别人同桌很麻烦，他上课睡觉不免会招惹来老师的视线。但这些老师又大多知道他的情况，挪开视线之后，就可怜了他身边的人成为被提问的目标。

这个班级似乎很习惯这样分配座位的方式，队伍前进得很快。季清延站在后面，透过后门上的玻璃，看到她坐到那个末尾的独座上。

他看到她从包里慢吞吞地拿出笔记本，看到她看了一会儿笔记就咬下嘴唇，看到她微微抬眼，看着周围人都在跟同桌聊天后透出的失落。

"季清延，进去选座吧？"走廊里只零零散散地站着新加入的同学，老刘笑眯眯地冲离后门最近的那个男生道。

做决定对于他而言，从来不是什么难题。几乎是踏出第一步时，他就已经知道自己该做出什么样的选择。

他走进教室，径直朝坐在最后的正冲着笔记本发呆的女生走去。

大脑一片空白，目标却异常明确。

走到那个课桌前停下，他修长的右手食指蜷起，用指节轻叩了两下桌面："不好意思，请问我可以和你换个座位吗？"

明明已经做好了和她对上视线的准备，但他还是在那一刻短暂地忘记呼吸。

是发呆被发现的小鹿般的惊吓，混杂着看到是谁之后的愣怔失神，她的眼睛亮亮的，一如那天的中考考场。

也就是那一眼，他确定了她记得他，也改变了主意。他大脑迅速开工，将刚刚在走廊听到的她的担忧，自然地化为组成同桌的理由。

"我们做同桌吧？"这句话，几乎是脱口而出。说出来之后，他才发觉自己竟不自觉地笑了。

他这十几年，说过最不符合人设的话，应该就是这么一句——我们做同桌吧？即便，他要承受左手写字的风险。

但与此同时，也有季清延没有察觉到的事。

倪漾总觉得上午季清延那一番"不用AD钙了，用口算题卡替代"的话，听起来很不对头。这弄得她上午最后一节课都没心思好好上，甚至连午饭里最爱吃的东坡肉都没吃两口。

他依旧是坐在那个靠窗的桌旁，戴着耳机沐浴着阳光，安安静静地吃完餐盘里的食物。

在季清延站起来的那一刻，一直盯着他的倪漾也放下筷子，她猛地站起来，甩下一句"我突然想起来，老刘让我中午去办公室找他一趟，我先走了，你慢慢吃"，就端着餐盘立刻消失，搞得萧烛一头雾水。

倪漾气喘吁吁地在教学楼门口追上季清延，只觉得自己没吃什么东西的胃一坠一坠地疼。她一步跑上两个台阶："季清延。"

季清延的耳机声音没有开很大，听到叫自己的声音，转过头的同时将一侧的耳机摘下。

"季清延，"倪漾又向前走两步，还有点喘，咽下一口口水缓了缓，才道，"我和林榷、萧烛初中是同一个班的，经常坐在一起。"

生怕他再打断自己，倪漾说得很快，都顾不上喘。

"初三的时候，萧烛家里发生了一些事情。临近中考，我和林榷都很生气她对自己一点都不负责，到后来发现没用，情急之下也说过很难听的话。"她的嘴唇动了动，声音也跟着降下去，"当时我们都不知道她发生了什么，还因为她说'不要管她，离她远一点''外人没有资格在这里指指点点'而大吵了一架。那个时候我特别失望，觉得我也不要管她了，就和其他女生一起上下课。所以……"

虽然在那之后，她们还是像往常一样和好如初，像是没有隔夜仇一样。

但倪漾清楚地知道这是自己的问题,却又不知道该怎么开口。以至于,她总觉得两人之间在那之后,有着不能跨过的隔阂。

面前的男生听她迅速地说完,才沉声道:"你吃饱了吗?"

"啊?"倪漾还沉浸在过去的低落里,一时间没反应过来,抬头看向他。

一楼的走廊没有窗,采光不好,季清延的五官模糊在昏暗中,让她无法判断他的意思。

他朝她走近两步,比她高出大半个头的少年从校服口袋里,摸出一个长方形的小东西。手心朝上,他递出去:"给。"

是透明包装的两块饼干。

禁不住美食的诱惑,肚子狂叫的倪漾伸出手,从他的掌心拿走那饼干。刚握在手心,季清延就无情地转过身迈腿离开。

嗯?就这么完了?

她以为他还会多说两句的,真是太无情了。

撕开饼干的包装,留在原地的倪漾轻声"哼"了一下,嘴角却疯狂上扬。

但其实,那少年也没好到哪儿去,转过身的那一刻,就已经翘起了嘴角。

饼干真的很好吃,甜甜的,酥脆的,从舌尖一路甜到心底。走上二楼,倪漾借着窗子透过来的阳光,又看了下手中的分装包装袋。透明的包装上只有一个红色为底,写着白色英文的商标,除此之外没有其他的信息。散发着一股极简,还有甜腻。

顺手把包装扔进楼梯口的垃圾箱里,倪漾舔舔嘴唇。

吃完饭后,季清延通常都会看一会儿书,有的时候是课外书,有的时候是不知道是什么的打印出的纸质文档。

倪漾坐回自己的位置上,旁边那个人连眼皮都没有抬。从书桌里抽出上午没整理完的错题,她装作不经意似的,用只有他们两个人能听见的声音道:"那个饼干很好吃。"

随手翻过一页,季清延的视线仍旧在纸上:"嗯,家里的长辈给的。"

老季的新老婆刚开始是偷偷给他包里塞各种小零食,后来发现他几乎都没动,就把目标转移到他的校服口袋。

好不容易想到可以开启对话的话题,就这样被眼前这个人简单地终结。

"你正在看什么?"沉默了一下,她还是问出了之前一直想问的问题。

又翻过一页,季清延伸出漂亮的手指,把装订好的纸册翻页压平:"南华这个学期开学摸底的卷子。"

"啊?"本来只是随口一问,没想到问出个大问题,"你可别被老刘发现了,要不然全年级都得多一份机密的加考。"

虽然嘴上说着,她还是忍不住把脑袋凑过去,想看看南华自己内部出的卷子是什么样的。本来想要和他唠唠,增进一下感情的小心思,顿时被抛到九霄云外。

能让转学之后的学生还惦记着的考题,不是异常魔鬼,就是分外和蔼。

"南华的祖传摸底考,"离自己很近的空气中突然出现个脑袋,季清延不动声色地向另一边挪挪,"摸底这个学期的东西,但还算基础。"

他看的是数学考卷,用其他人的卷子复印的,翻印之后的题目不是很清晰。

"这个学期?"倪漾本来就有点近视,为了看清楚又往前凑了凑,"整个学期的内容吗?"

"嗯。"季清延很不习惯别人离自己这么近,但又怕自己反应太大,让倪漾觉得他讨厌她。

他轻咳一声,保持着上身不动,只有脑袋不停地往另一边躲,看上去滑稽得很。如果倪漾再靠过来些,季清延不保证自己会不会做出什么反人类的躲避动作。

"你管这……叫简单的预习摸底考?"大致地看过一遍题的倪漾蒙了,"感觉这跟月考的难度不相上下,这道几何题太魔鬼了。"

她开始怀疑自己这个暑假,是不是什么都没预习。

脑袋空空,脑顶生风。

"你们这道立体几何……"她又重新看了一遍题,中文和数字她都认识,就是放在一起又是个陌生的世界。

"是不是还可以在这里做个辅助线?"脑子灵光一闪,倪漾伸出根手指指上立方体,脑袋也跟着立刻就转向身侧。

马尾因为她激动的动作,而在空中小小地飞起一个高度,翘起的发尾扫过季清延的下巴,痒痒的。

没想到她会这样突然地转过头来,季清延看着面前猛然放大的脸,下意识地屏住呼吸。

班里的人渐渐地多起来,没有人察觉到教室最后面角落里那两个座位上的人,有什么异常。在一片背书的声音、交谈的声音,还有头顶电风扇调到最大而带起的风的声音中,他们却好像只能听到自己的心跳声。

她身上淡淡的玫瑰护手霜香味,和他衣领上若有似无的洗衣液味道,也好像在那一刻,融在了一起。

明明只是匆匆回过头的时候不小心对上他的眼睛,但盯着他的下巴,刚刚的那一眼却仿佛在倪漾的脑内定格。

不知道你有没有看过那种小视频,有些视频博主会把专用的颜料杂七杂八地倒进水里,然后用一支画笔开始搅啊搅,最后居然能搅出一池的星空。倪漾敢打赌,她当时脑子里闪过的就是这样一个画面,和一个神奇的比喻。

就是在那样饱含喧闹和杂乱,盛夏的烦躁和午间扫除的躁动都快要溢出的,令人喘不过气的闷热中,她伸出一根手指,却扭头得到一片清凉的夜空。

一片来自他眼底的,有星星细闪的夜空。

"这样做辅助线就完美地跳进了这道题挖的坑里,上课学到这儿的时候,认真看看几个定理。"季清延将脸撇到另一侧,轻咳道。

说完,班里的灯全都灭了,午休强制睡眠的时间,来得刚刚好。

厚重的窗帘和前后门上小小的窗,只透进来少量的光。在昏暗中,倪漾的脸终于被允许以光速变红和发烫。

"哦。"也顾不上为自己的数学面子维护辩解,她撇下一个字,强装镇定地趴回自己的桌上。

闭上眼睛,两只耳朵却又竖了起来。

等旁边的少年趴下,早就趴好的女生突然快速地缩了缩手臂,紧紧地圈住脑袋,一点缝隙都不留。然后,她在自己的臂弯里,肆意地静音狂笑。

如果要采访季清延的南华亲友团,大概只能把唯一称得上是他朋友的傅云实列为被采访的名单。在傅云实的记忆里,虽然和季清延正式认识的时间也有一年多,但看见季清延发呆的次数,也只有两次。

其他时候，这个人不是睡着，就是大脑高速运转。

第一次是中考之后的那顿火锅，第二次，则是高一下学期快到期末的一个周末。那天他们照例从老先生的家里补完课，到小区门口的公交站牌等车。

那年椹南市紧跟步伐，着重文明城市建设，街道上的宣传牌和地铁的广告位全部都是公益广告。广告上的主角覆盖几乎全年龄段，有着不同的身份。其中，就有不少市级文明学生。

"看什么呢？"傅云实见旁边的人没有接自己的话说下去，视线从手机屏幕上移开，才发现他居然正对着公交车站的公益广告发呆。

那是椹南市出名的几所重点中学，今年票选的文明学生代表一起拍的一张照片。大概就是，很标准又很无聊的，每个人脸上洋溢着青春积极的阳光笑容，进行课外活动的，有些造作的摆拍照片。

傅云实在学生会待久了，一向对这种千篇一律的表面东西不感冒："你也想当个文明学生，被贴在家门口？"

"贴家门口？"季清延轻笑一声，"你拿我辟邪？"

即便那张广告照片上，有不少的学生。但季清延还是第一眼，就看到穿着一中湖蓝色校服运动裤和白色T恤的、扎着马尾的少女。

不同于其他人牵强的笑或是躲避镜头的目光，她大大方方地拧着手里的矿泉水，笑出两个浅浅的梨涡，两只小虎牙又添了几分俏皮，好像下一秒就能抛下水，对着镜头做个鬼脸。

"还在一中。"他无意识地把心底的话，说出了声。本来因为课上那几道难缠的数学大题而烦闷的情绪，也好像被抚平。

明明只是一句轻声的确认，却被傅云实听了去。他顺着季清延的视线看过去，也辨认出一中的校服。

参与拍摄的一中女生有三个，傅云实虽然不确定哪个是，但也没有再追问下去。车来了，他推推身边的人："走吧。"

半年后，那个公益广告位换成了商业广告。

他再也没见过季清延对着一个广告牌发呆。

早上傅云实打来语音通话的时候，季清延正通宵学习完准备睡一会儿。

让傅云实天天五点多起床是不可能的，他也就只能间歇性地发疯早起，然后打电话跟季清延显摆完，再躺回床上继续睡。

"这么早就起了？"季清延把窗帘拉上，在床边坐下，"你这个月五点起床的天数，目前为止达到了惊人的五天，是心病还是身体毛病？"

虽然醒了却依旧躺在被窝里的傅云实翻个白眼，恨不得把季清延从手机里揪出来，咬牙切齿道："美梦间隙收获数学摸底考最后两道题的多种解题方法，能再翻个身继续睡吗？你试试？"

傅云实刚刚做梦后醒了一下，手贱地从床头柜上捞起手机看一眼时间。

夏天天亮得早，总是给他时间错乱的错觉。

不看时间倒还好，看完时间他是彻底清醒了。季清延这个人从凌晨四点开始，给他的微信断断续续地发送几张照片，消息提示都罗列在锁屏上。

本来以为是少年怀春，美滋滋地点进去的傅云实差点没瞎掉。

摸底考考了一次，老师讲评了一次，给同班同学讲了N次，时隔两周再从季清延那里看到这些题，他差点吐了。

做题也就算了，大半夜花式做题，是不是就太过分了？

"我觉得你应该跟知识付费的某位著名老师一起合作，你贩卖完焦虑，别人就去买他的付费课，打造知识商业化产业链，"傅云实揉揉眉心，满目沧桑与疲惫，"直接走向人生巅峰。"

他本来是个没有危机感的人，即便季清延在排名上偶尔压过他。真切地感受到焦虑，反而是互相认识之后。不是怕被人超过的焦虑，而是自己是不是没有足够努力的焦虑。

"你平时不是睡觉时开飞行模式的吗？"季清延有些抱歉地放缓语调，在床上躺下后，他没有拿手机的那只胳膊，习惯性地挡在眼前遮去阳光。

停顿一下，他才低声缓缓道："谢谢你扫描的卷子。"

一片黑暗中，眼前浮现的，是中午时倪漾转过头来错愕的双眼。

傅云实深吸一口气，美好的一天从被气炸开始："我听出你话中有话了，以后南华的卷子都有你的一份。"

季清延侧过脸，勾起嘴角："我不是这个意思。"

"嗬，"听到那边带着浅浅笑意的话，傅云实冷冷地从嗓子里挤出一个音节，"欲擒故纵，老招数。"

"下周月考加油，之后把一中的卷子也给我看看，"把耳边的手机

拿到眼前看了眼时间，算着季清延也没有多长时间能睡觉，他叹气说道，"挂了。"

语音电话被冷漠地挂断，房间又恢复安静，只有空调运转的声音。拿着手机的手半升到空中，又猛然地坠落在身侧。季清延另一只挡在双眼上的小臂，依然保持着那样的位置，长长地呼出一口气。

卷子，题目，辅助线。

昨天中午的情景无法克制地在脑海里再度上演，他深吸一口气。

别想了，别想了！

睡觉，睡觉！

那是季清延第一次在通宵复习之后，破天荒地失眠。在床上翻来覆去地躺了一个小时之后，他认命了。

老季的新妻子没想到他会比平时早半个多小时起床，拎着给客厅植物浇水的喷壶，她错愕地看着季清延主动拿了焦糖饼干来吃。之前她放在他包里那么久，他从来都没动过。

察觉到盯着自己的视线，季清延垂眼慢慢嚼着。半晌，他才板着脸，语气平淡地解释："我想尝尝甜不甜。"

真甜。

3. 单反相机与三分构图里的秘密

你喜欢科技带来的新的表达形式，还是传统的？

这是多年后的倪漾，在考场里面对雅思口语考官时，被问到的问题。即将大学毕业的倪漾沉思了两秒，轻提起嘴角，坦然地承认自己喜欢前者。

口语老师说，面对独立口语的题目，不想上升到大道理，就举例子。于是她举了一个例子，一个有关画画的例子——

得益于在黑板上手绘画板报的形式，她能在一个美好的傍晚，和自己在意的人在黑板上填满色彩，彼此的关系似乎进一步。然后，他们一起得奖，能够有机会一起站在领奖台上。那天的天很蓝，万里无云，且无风，一切都是她喜欢的样子。她一直都认为，画画是可以让自己快乐的事，而从那以后，那份快乐放大了无数倍。

那一场雅思考试，她的口语拿了很高的分数。但事实上是，她在口试时所描述的不完全是真的。

因为那天,他没有和她一起上台领奖。

升旗仪式之前,箫烛和倪漾刚从卫生间里出来,就被班长叫住。

"倪漾,咱们班板报又第一了,你待会儿记得直接去主席台领奖。"他看上去找她找了半天,还有些喘。

倪漾的手背都是水,还没反应过来:"可我还得帮学校拍照。"

她一直是学校负责拍照留念的人,小到创新实践课和升旗仪式,大到各种比赛和校际交流。即便她不是学生会的人,推托再三,还是被负责学校对外宣传这方面的主任直接到班里抓她来做的。

这一拍,就拍了好几年。

"实在不行你找人替一下?替你上去领奖,或者替你拍照。"班长有些为难,手里还拿着升旗仪式前要交的作业,"你自己看着办吧,我得赶紧去办公室。"

这种事情是她可以随便决定的?

"哎……"倪漾叫住班长的语气词刚出来,那人早已经跑得没影儿了。

陪倪漾回班里拿上单反,箫烛和她一起下楼走到操场上:"要不然我帮你拍照,你告诉我站在哪个点位,我一按就行了。反正你不也只是领奖环节不在吗,其他的时候依旧是你拍。"

如果她没记错的话,之前和倪漾一起轮流拍照的那个学姐已经毕业了。

"箫烛,"倪漾手指不安地抠着机器的边缘,"其实这个板报是季清延和我一起画的。"

虽然他大多是打杂,帮她涂了几个颜色,甚至只是帮她洗洗涮涮。

"所以我想问问他,愿不愿意上去领奖。"她有些促狭,生怕自己的好朋友看出端倪。

果然,听到这话的箫烛立刻笑得意味深长,脑袋也跟着凑过来:"季清延和你一起画的?"

用胳膊肘把箫烛顶开,倪漾迈开腿继续往前走,嘴上连忙撇清关系:"他只是那天被叫办公室了,回班之后看我一个人挺可怜的,就出手相救,非常仗义。"

可能还有因为要奉命提溜着她,让她写口算题卡的歉疚。

"哦？"这个年纪的女生大多八卦，萧烛也没有免俗，笑嘻嘻地拖长语调。刚巧，她一个激动，转身就看到斜前方正在人群中走着的季清延。

倪漾显然早就发现他挺拔的身影，被萧烛一把拉向那个方向时，还不好意思地向后挣扎一下："别闹。"

"我不闹的话，你怎么跟他说让他上去领奖？心电感应吗？"萧烛才不管这些，拉着她就冲过去，"季清延。"

正双手插着口袋，以正常舒适的步速向前走的季清延听到陌生的叫喊，又向前走了两步，等萧烛再叫一声，才回头。

不解的情绪在眼底闪过，他几乎是同时，就把视线移到了倪漾身上。她被萧烛拉着跑动，额前的刘海被带起的风弄得有些凌乱。

小跑着到他面前，倪漾被萧烛偷偷掐着胳膊，尽管在心里疼得七扭八歪，但脸上依旧保持着得体的笑容："你能不能上台帮我领奖？咱们班的板报年级第一。"

"我？"少年似乎有些吃惊，之前无论发生什么事几乎都是没有表情的面具，终于被摘下一刻。

看着他指着自己的手指，倪漾点点头，坚定了想法："嗯。"

收起手，季清延思考一下："那你呢？"

倪漾扬扬手中的单反，笑意加深几分，露出虎牙："我拍照啊。"

"不是，你别误会，"倪漾见他的表情在一瞬间有些微妙，连忙解释，"我是要帮学校拍照，学生会那边每周都会更新学校网站和公众号的图。"

季清延若有所思地看着她手中的机器，上次搞突然袭击，他都没有注意到机器的型号。是老款的机器，但却是口碑最好的那款。镜头一看就是自己选配的，倒是有点意思。

"我帮你拍，你上去领奖。"他伸出右手，缓缓提议。

她想过他会勉为其难地答应，也想过他会不假思索地拒绝。但面对完全没有想过的答案，倪漾一愣，条件反射地仰起头直视他。

刚刚还挡在太阳前的那朵云悄悄挪开位置，一时间，整个操场都泛着金灿灿的光。她眯起眼睛，没发现季清延有半点要开玩笑的意思。

索性就随他去吧。

倪漾一不做二不休，在萧烛看好戏的样子前，直接就把单反交给了他。但交出去之后，她还是有些不放心地盯着季清延手里的机器看。

"反反"啊"反反",你要懂事,你已经是个成熟的可以自动拍片的单反了。交给季清延之前我就把你调成了自动模式,你就尽管让他按快门,然后你自己努努力,调调光!学会独立,做一个有思想的可以一次性在老师那里过片的单反相机!

交出去机器的时候是一种心态,在领奖台下看着他拍是一种心态,在领奖台上被他拍又是一种心态。

季清延按照倪漾事先嘱咐好的拍照点位,给每个环节都拍了照。即便是不能第一时间看返片,但倪漾却出奇地信任他的水准。

他很熟练地调焦距,拿着机器的手势也不像是新手一样小心翼翼。他也会像自己一样,随意地把肩带绕在手腕上。黑色红边的肩带,衬得他皮肤更白。

"在本学期开学板报评比中,高一(7)班、高二(1)班、初一(3)班和初二(9)班获得各年级第一名,请各班代表上台领奖。"升旗仪式主持人宣读下一项获奖信息。

在负责的老师安排下,代表各自班级的四个人排成队走上主席台。倪漾早就习惯站在上面,坦然地从校领导手里接过奖状,转过头,双手朝外拿着奖状,礼貌地笑笑。所有动作行云流水,在一中的第五年,她已经做过了太多次。

只是这一次,冲镜头微笑的她,却渗出一手心的薄汗。被夏末秋初依旧炎热的太阳照着,又加上无名的紧张,让她礼貌的笑容快要崩塌。

台下的少年拿着机器,向右挪了几步,又调试一下,才迅速按下三次快门。

直到宣读下一个奖项的声音透过音响回荡在操场上空,倪漾才得救似的转过身,偷偷呼出一口气。

重回台下,脸上明显发烫的她不敢再去看季清延,而是仰起头看向天空。即便他的镜头,已经对准了其他人。

椹南市少有纯蓝色的天,带着初秋的天空高而广阔的特色,似乎有着让人心里平和的魔力。只是倪漾手中的那张薄薄的纸,两个角被汗浸湿后起了微微的褶皱。

"倪漾,"升旗仪式结束后,因为离得近,季清延索性就直接走过来,把机器还给她,"不能保证拍得很好,但应该也能用。"

他说这些很谦虚的话时,声音平和,很好听。

"没事。"不敢看他的倪漾把奖状夹在大臂下,接过单反,查看刚刚拍的照片。

季清延拍得不多,不是不停按快门,然后选出一张能看的照片那样的走量选手。她狂按几下向前翻的按钮,直到看到自己出现在照片里。

这几张的构图,和之前的不一样。

她心中一惊,又反复确认几遍。再抬头时,面前的男生已经不见了。

"回去再看吧,你这要在操场上被别人撞到,机器砸塑胶地上还不如直接磕教室的地上,那还平坦点儿。"解散后从班级升旗队伍里过来的箫烛依旧是笑嘻嘻的,顺手勾上倪漾的肩膀,"回班再品味。"

倪漾毫不客气地抬起膝盖,冲着箫烛的大腿就是一下。

不知道是不是刻意为之,那几张有她的照片的构图,都是以四个人中站在最边上的她为基础的三分构图,与其他照片不同。他调整了取景的位置,让整张照片看上去视觉更加舒适。

她咬着嘴唇控制着自己又要疯狂的嘴角,拿着单反的手像摸宝贝一样,除了镜头都抚摸了一个遍。

这点小动作被箫烛看到,她皱鼻,有些嫌弃:"机器又发烫了?"

倪漾摇摇头,笑得像个"憨憨":"不,这是他手心的温度。"

"我吐了。"

周一作为一周的开始,通常也都是最手忙脚乱的一天。倪漾又因为周末作业的卷子做得不好,挨个被数理化生四科老师叫去办公室反省人生,每个课间都是她的专属十分钟谈话时间,非常尊贵。

直到下午大课间结束之后,她才有时间去一中的对外宣传办公室,让老师把照片拷走。好在办公室和高二是同一个楼层,只不过需要在走廊尽头处右拐,穿过打通这栋和另一栋教学楼的空中走廊。平时这个走廊很少有人,基本是为了老师或者校领导来回办公方便。

拐过弯,刚一脚踏进长廊,她就看到那个正微倾着身子的少年。

他正两只手搭在长廊边的护栏上,耳朵里依旧塞着耳机,半垂着眼向远处望去。上课时长廊里刚拖过地,还弥漫着淡淡的消毒水的味道。

半开着通风的窗户,时不时地吹进一阵微热的风,灌进他白色的T

恤中。

好像见到他时，倪漾就会习惯性地屏住呼吸，甚至会忘记呼吸。她轻手轻脚地走过去，明明已经在这个学校走过无数次这个长廊，但她第一次冒出想要知道站在这儿望出去，会看到什么的想法。

她还没有靠近，那好像自始至终都没有察觉到周遭发生的一切的男生，居然转过了头来。

季清延的双手依旧搭在护栏上，轻睨着她，声音好听得就像是这初秋午后的阳光，让人舒服得很："你怎么也在这里？"

问出来的话还没有给倪漾回答的时间，他眉眼舒展开，摘掉耳机："我的耳机声音开得很小。"

随后，他又添了一句："这里阳光很好。"

说起来也是奇怪，他明明没有笑，至少是没有弯起嘴角眯起眼的。但她竟然会觉得，此刻的他看起来很阳光，温暖到她的心坎。

本来想要过去吓一吓他的计划突然被打断，倪漾故意绷着脸噘起嘴，恹恹地走到他身边："我？我来给老师送升旗仪式的照片。"

"嗯。"明明是他问的问题，她回答了，他却用一个字终结对话。

"你在这儿……"倪漾在心里撇嘴，还是口嫌体直地继续开口，"就只是晒太阳？"

反正她脸皮厚，天天被叫去办公室都不怕，跟他生拉硬扯多聊几句又不会掉块皮。

"没有。"季清延不知道想到什么，突然笑了，"校领导办公室这一侧的卫生间，人很少，又干净。"

"怪不得。"把"你只要不在班里，就会很久之后才回班"这样后续的话咽回去，倪漾眯起眼睛，"我们以前也经常这样，只是后来懒得绕路，渐渐就不来了。"

站在这个位置，能看到整个篮球场和半个操场，和学校对面的一片红色砖瓦居民楼。篮球场上有不少趁大课间休息时间长，在课前多打一会儿球的少年。也有三三两两坐在双杠上，仰头望天闲聊的女孩子。

是每一天，在几乎每一所学校都会发生的事情。平淡无奇，好像是"过日子"这个词本来的模样。

可是，倪漾第一次发现，从这样的视角望过去，看到的是完全不一样

的世界。

走廊连接两旁的高大教学楼,遮住些许光亮。又有些日光是透过长廊的玻璃墙,洒进这中间的空地。远处的操场满是阳光,近处的砖路,却是光影交错。那束从他们背后照进的阳光,被一块又一块玻璃,一个又一个障碍物,切割成了不同的形状,落在地上。

"你在学生会宣传部?"安静中,身边的少年轻声开口。

"不是,"倪漾摇头,把机器挂在脖子上,双手拉着护栏,轻轻向后仰,"我不太喜欢学生会的氛围,就没有参加。"

仰到一定程度,她双臂使劲,又把自己拉回来:"以前偶尔参加些小比赛,有一次个人信息里要填学校的名字。也不知道那个主办方怎么想的,没有寄到我填的地址,把证书寄来学校。"

"然后就被学校知道了,负责对外交流的老师那天拿着快递文件,直接到班里找我,"她开个小小的玩笑,"唉,人啊,有时候太过优秀就没办法完全掩盖光芒。"

"你的镜头配得还不错。"季清延轻笑一声,没有否认她的自信。

倪漾爱惜地摸摸自己的机器,语气轻快:"主要是'反反'懂事,从不给我添麻烦。"

说完,她又不好意思地摸一下耳尖,吐吐舌头:"'反反'是我给单反取的名字。"

身侧的少年动了动,虽然没有看他的脸,但倪漾知道,他们之间好像更亲近了一些。

"你之前玩过摄影?"斟酌再三,她才终于将上午的疑惑问出。

季清延一只胳膊支在栏杆上,手托着腮:"也不算摄影,只是随意拍照而已,稍微懂一些基本的知识。"

他知道基本知识,那就是说,他知道最基础的三分构图。所以,他才会改变拍照的位置,将本来站在边缘的她,作为重要的主体放在图像的三分之一处。

倪漾保持着看向外面的姿势,一时间竟然不知道该怎么继续和他聊下去。她半垂着眼睑,长长的睫毛微微颤动着。

"你去送照片吧,一会儿就上课了。"见身边的人没有说话,季清延将手插回口袋里,准备离开。右手伸到口袋里的同时,手背被一个微硬的有些锋利的东西划过。

不知道是不是那天早上太反常,被误认为喜欢吃甜食,老季的新妻子又向他口袋里塞饼干了。早上摸口袋的时候就被划过一下,大半天过去,又不长记性地被划第二次。

季清延在心底叹气,右手顺势从口袋里反手拿住那包饼干,手心朝上张开在倪漾面前,表情像是毫不在意,且随意的。

他没有说话,倪漾看一眼熟悉的小包饼干,悄悄咽一下口水。没等大脑施号发令,贼手就已经伸出去。抓上那块饼干的那一刻,她的心都要甜化了。

他又给她小饼干了,嘿嘿。

她握在手里,饼干包装的塑封锯状边角轻轻扎着她的手心。

"谢谢。"她刚开口了一个字,面前高大的少年已经与她擦肩而过,第二个字也就只好随意地散在安静的空气里。

看着他的背影,倪漾笑着摇头。

这个人,真的是从来都没有让她沾沾自喜超过三秒。

扭头再看一眼窗外,太阳已经被一片云遮住,楼下似乎都笼罩在灰色中,只不过是深浅的区别,光影之间的分割模糊了很多。她拿着相机,也离开空中走廊。

倪漾丢三落四的毛病也不是一天两天,她曾经因为丢过内存卡而吸取教训,每次去给老师拷贝照片的时候都直接拿着相机去。但万万没想到,这次她拿着没拔出内存卡的机器,却忘记带读卡器。

今晚老师那边就要出升旗仪式的公众号推送,要得很急。万般无奈之下,她只好回班去拿。

"同学。"刚准备踏进班里,倪漾就被一道好听的女声叫住。

这个时间经过门口的只有她一个人,虽然赶时间,但倪漾还是礼貌地转过头:"有什么事吗?"

是隔壁实验二班的那个女生,曾经和季清延一起吃过饭。

应该是之前在卫生间门口经常碰见打过招呼,女生见到转过头来的是倪漾,刚刚的笑容更甚,带着一丝亲近:"没想到竟然是你。可以帮我叫一下季清延吗?"

刚刚悬在胸口的大石头,因为对方的这一个请求,顿时砸到地上。倪

漾心中一哽，表情也跟着僵硬，但也只是一闪而过。她舔舔有些发干的嘴唇，魂不守舍地用喉咙应声："嗯。"

女生在提起季清延的时候，眼睛里有光。像是不敢去直视那样的光似的，倪漾慌乱地错开眼，几乎是慌张地就转过身走进班里，连女生的道谢都抛在身后。

季清延端正地坐在位置上，看着刚刚发下来的周测卷。

倪漾走过去，连用手指戳戳他都懒得做，只是没好气儿地扔了一句："喂，门口有人找你。"

和她平时对他说话的语气，完全不一样。

倪漾的声音藏在熙攘的班里，再传到季清延的耳朵中时，已经被掩盖掉其中的脾气。他抬头看一眼门外，动作没有停顿就站起来，走向门口。

倪漾烦心地把桌面上自己考得很差的周测卷拿起，反面朝上再拍到桌面上。倪漾嘴巴嘟着，赌气地从笔袋里拿出读卡器。小跑出教室门口时，她放任自己停下脚步，还看一眼正站在走廊远处说话的一男一女。

女生个子小小的，长着一张娃娃脸，身高只到季清延的胸口。

呵，居然还有美好身高差。

他们该不会……

她握紧手中的读卡器，另一只手插进口袋，摸上刚刚他给她的那块饼干。她坚定地迈开脚步，却不停地拼命眨眼，头也悄悄仰起了些。

明明知道事实未必是自己脑子里想的那样，但就会莫名地涌上情绪，莫名地忍不住眼泪。心里酸酸的，又带着点涩，像吃了没熟的柠檬。

她明明知道这是她自己的脑补和想象啊，为什么还是会难过？

4. 朝他跑去的 800 米

有的时候，不管是在有关他的事情中获得了满足，还是带走了低落，好像都可以转化为做另一件事的动力。不知道别人会不会是这样，但倪漾，身体力行地成为一个间歇性发作的、没有感情的学习机。

这个礼拜说起来也好像是有魔力，周一上完课，紧接着是两天的月考，周四运动会，周五开始放十一的七天假。整个一周，被拆得七零八落。

而她的心好巧不巧的，在这样风风火火的一个礼拜的第一天，就"吧啷"一声碎在了地上。同样的，七零八落。

季清延他不说什么吗？不解释什么吗？

他什么也没有说，什么也没有解释，似乎完全没有察觉到她突然不对的情绪。

即便她承认，自己其实也努力掩盖了言行中的赌气。可她就是想让他发现，让他主动解释。

最后一门的考卷交上去，倪漾闭上眼睛深吸了一口气，企图把刚刚脑子里想的这些话全部都忘掉。

果然有的时候，人还是不能太闲。她刚刚写完英语卷子后，检查着检查着，脑子里就开始不停地蹦这些莫名其妙的句子，握着笔，就酸了眼眶。好像自己不知不觉，就成了一个矫情的人，甚至是一个蛮不讲理的人。

她恹恹地随意把包挂在右肩，也懒得收拾文具，索性就全都拿在手上，回到自己原本的位置。

按照高一全学年的大考排名，她的考场就在一班，不用挪动位置。整个月考结束之后，通常班主任老刘还会再嘱咐两句，顺便说一下明天运动会的注意事项。

椹南市的闷热天气总会在九月底卷土重来，俗称"秋老虎"。在人口密度大的教室，闷热的程度又登上一个新的高度。

不知道是考题，还是天气，又或者是心底的情绪，倪漾只觉得自己脑子里全都是"嗡嗡"的吵闹声，胸口也喘不上气。

桌上的杯子里已经没有水了，她咬住嘴唇，沉默地站起身。

而隔壁的教室里，林榷和几个哥们儿嚷嚷着对完答案，刚走出二班门口，就被身后的声音叫住："林榷。"

林榷转过头，意外地发现是那个平时几乎都不说话的季清延。

季清延是转学来的，考场分配在最后一个考场的最后一个，在走廊另一端的尽头。

"你专门在这里等我？"林榷有些惊讶，顺势将校服外套搭在肩膀上。

林榷比季清延稍微矮一点点，但却因为喜欢打球而长得健硕。两人站在一起，类型截然不同。

"只是刚好走到这里，"季清延拿出手机开机，声音平和，"我刚转

过来，不太知道明天运动会的安排，想问一下，正好看到你了。"

"嗐，这还不简单。"林榷一直都热心肠，精力也旺盛，一到兴头上就在走廊里跳起来，做个无实物的投篮动作，"也没什么特别的，跟你们南华一样，一会儿老刘会讲的。"

毕竟习惯自来熟，他见季清延点头就没再说话，主动开辟话题："对了，你昨天数学选择题最后一道选的什么？我选B，我哥们儿有选D的也有选B的，老刘还没给答案，真愁人。"

瘦高的男生没有停止脚步，他走到一班门口，停住脚步让林榷先进。林榷也不跟他客气，但在与他擦肩而过的那一瞬间，听见季清延犹如魔鬼般开口："选C。"

林榷问了一圈，除了蒙的，没有人选C。

嘴唇绷成一条线，他一句话憋在胸口，保持了一会儿，最后也只能憨笑着拍拍季清延的肩膀："我觉得可能还是B和D靠谱点，哥们儿。"

被这样说，季清延也没恼，只是淡笑一下，和他一起回到座位上。

凉水不知不觉就接满整个杯子，等倪漾反应过来时，只能将杯子拿起来倒掉一些，再兑上热的。她弯着腰，将水杯对准出水口，食指轻轻一按，热水奔腾的水蒸气四散开来，熏得她眼睛眨了眨。

倪漾木讷地把水杯拧好，看着镜子里的自己，深吸一口气。

这个时间，水房里只有她一个人，安静得和走廊里的吵闹比起来，甚至有些不真实。她走上前将水杯放在台子上，把洗手池的水龙头开到最大。手指被冰凉的水冲过，倪漾的耳畔全都是水房里的哗啦声。

她将头低下，本来服帖的刘海垂在空中，露出白净的额头。几乎是没有想的，她双手捧起水，用冰凉的水拍满整张脸。

再抬起头，刘海因为动作而重新遮住额头，和耳后跑出来的碎发一起凌乱地黏在湿漉漉的脸上。看着镜子里的自己，她任由水龙头流个不停，过了一会儿，才反应过来关上。

回到班里，倪漾的情绪已经调整好。坐在她座位上的班长见她回来，拿着手上的纸笔站起来，让开位置。

"其他的运动会项目，还考虑一下吗？"班长将手中的圆珠笔按得直响，问季清延道。

倪漾被笔的响声烦得不行，索性直接从班长手中抽过报名表："不是前两天已经报完名了吗？"

"那天课间我没在教室，"季清延依旧是那副平静的表情，半垂着眼整理复习资料，"我报'秋季丰收'和'齐心协力'两个项目。"

莫名的脾气又瞬间蹿上来，她声音僵硬地道："我再报一个'车轮滚滚'。"

"我也报'车轮滚滚'。"季清延接道。

他之前报的那两个项目，都是倪漾之前报过的。现在她新报项目了，他还要跟着？

什么意思，针对她？

倪漾把名字还没有写满的报名表塞回给班长，赌气："再给我报'两人三足'。"

"我也可以报这项。"季清延依旧淡定。

"'匍匐前进'要是缺人，我也行。"倪漾将双手环抱在胸前，心中燃起无名的火。

男生依旧没有什么变化："我也可以。"

倪漾深呼吸一口，只觉得自己明天急需一个可以发泄的项目："再给我报传统项目的200米和800米。"

说完，她意外地没听见季清延再说话。她噘着嘴恶狠狠地抬眼，被盯着的人居然嘴角噙着笑："那我为你加油。"

然后，他又转向正站在座位后面奋笔疾书的班长："项目够了吗？"

"够了够了，"班长早就笑成了一朵花，"剩下几个我再动员一两个人，就差不多了。"

将最后一个笔画写完，班长感动地为倪漾竖起了大拇指："加上你上次报的那几个项目，你现在是咱们班项目最多的。老刘说了，就需要你这种关键时刻为班集体付出的运动健儿！"

得知真相的倪漾差点被气吐血。

"你是不是在套路我？"要不是和季清延没有熟到某个地步，她一定会揪他耳朵。

没有感受到半点危险，季清延一个没忍住，笑了出来："有这么明显吗？"

他笑得真的很好看，浅浅的梨涡，半眯起的眼睛，还有长长的睫毛……

倪漾盯着他，鼻孔蹿出两团气。

算了，套路就套路吧。

倪漾发誓，这是她这一辈子最充实的一次运动会。从运动会开始，她几乎都没有机会回到自己班的休息区坐一会儿。

"不错啊，真没看出来你还是个运动健儿。"班主任老刘全程跟着自己班的比赛队伍，看着倪漾趣味接力的最后一棒拼死跑得狰狞，还不忘跟周围的同学一起拍照留念。

从萧烛手里拿过自己的水，倪漾一只手撑着后腰，没好气儿地喘两下才缓过来："那您看在我拼死拼活的份儿上，给我数学多弄几分？"

"我这小老师吧，没什么权力，"老刘年纪不大，平时课下和班里的男生称兄道弟，说话也不一板一眼，"也就只能滥用仅有的职权，多给你几块巧克力补补。"

说着，他就偏过身子，从班长手臂上挂着的袋子里拿出几块。看了一眼手心里的包装，老刘又扔几块回袋子里。

"哎，哎，您在我面前还抽走一半回扣？"倪漾拧着瓶盖，气到直哆嗦，"太抠了。"

"刚刚扔回去几个夹心的，那个贵，"老刘把手中的巧克力递出去，看似憨厚的笑中带着几分商人的奸诈，"节省点班费。"

"这您就不对了，"还没等倪漾喝完水伸出手去拿，萧烛就坦然地截和，拿在手里跟老大爷转核桃似的，故意弄得包装纸之间哗啦啦地响，"俗话说得好，养猪千日，用猪一时。喂点好的，必要的时候才能冲在最前面。"

老刘佯装恍然大悟，又伸手准备重新去掏贵的夹心巧克力。

看着两个人突然达成共识，倪漾差点没一口水喷出来给萧烛浇浇："巧克力黏嗓子，你多吃点，最好把嘴也黏上。"

正是两个项目交替的时候，体育老师和各班体委更换项目道具。操场上被划为高二项目区的那片地方，人员攒动，吵闹得很。

"参加下一项'齐心协力'的人都到齐了吗？"班长在一片混乱中撕裂着嗓子，破音中带着沙哑，"趣味接力跑完的人没有下一项，可以先到休息区休息一会儿。"

"'齐心协力'是什么？"刚从休息区走到场地没多久的季清延，从不远处女生的身上收回视线，垂眼问道。

"啊？你不知道就报了啊？"一同参加这个项目的林榷一愣，随即笑开，"这可是个体力活。"

他拉着季清延向前又走一些，和其他人会合："六个人一组，先给六张报纸，之后不断撤掉，坚持到最后的三个班积分。每个班一共出三组，积分制比赛。"

"撤纸很费力？"季清延不动声色地走到倪漾身后，注意力全在眼前的人上，随口问道。

"不是。"林榷刚一开口，站在他前面的萧烛就转过头来。

林榷心中一慌，赶紧把头扭到一边，装作自然地解释："到后期需要拉住周围的人，我每年被喊来参加就是因为能背上背一个，一手拉一个。"

还有就是，萧烛因为瘦，经常参加这个项目。初中的时候，林榷还没有被开发出大力技能，因为太壮而无法参加这个项目，就去给他们加油。

只是有一次，当撤到最后一张报纸时，一片混乱之中，萧烛不知道被谁挤出来。她本身就一只脚站在地上，毫无防备地被突然出现的胳膊肘狠狠撞上右侧的脸颊。

当时站在外圈加油的林榷，自始至终都在看着萧烛，也看到了那一肘，他看到她一瞬变形的脸颊和眼底的泪花。游戏中大多都是无心之过，他来不及心疼，直接就冲进了比赛区，在萧烛跌坐在地上之前，揽住她。

从此之后，他开始研究这个项目里自己的优势，只为了能在她每一次要跌倒的时候，伸出手去拉住她。

只不过，他只敢拉住她的胳膊，然后在她感激地看过来时，装作不是自己拉的那一把。但再怎么说，也是可以保护她。

就这样默默地保护她，足够了。

没有看到林榷眼底的情绪，季清延不明觉厉，注意力全都集中在面前扎马尾的女孩身上。

她今天没有和他说一句话，是因为昨天的套路而生气了？旁边的萧烛都转过身看了一眼，她却什么动作都没有。

一声哨响，林榷推推没有动静的季清延："走吧，咱们分到一组了。"

半晌，季清延才回过神来："好。"

六张报纸起始,每个人都站在一张上。

季清延选择一个离倪漾最远的点位,两个人在这六张报纸拼凑的大长方形里,占据着两个相隔最远的顶点。

对角线,最远的距离。

一张报纸被撤走,紧接着,又是一张。报纸不断被裁判撤走,六个人的距离收拢得越来越近,越来越近。

三张,两张……

越来越挤,每个人都贴紧着彼此的身体。只是他们两个却仍旧没有半点的接触,中间依旧隔着其他人。

明明只是不到一米的距离,但倪漾甚至不能转过身看一眼他。因为保持六个人都站好之后,还要停留十秒,等裁判吹哨。在漫长的十秒中,她甚至都能想到他拉住身边其他女生,保护她们的样子。

当最后一张报纸被撤走,按照他们的计划,最瘦小的那个男生会被抱起来。抱人的壮士林榷就站在倪漾身边,动作间,不免被挤到。

倪漾正巧在找一只脚站住稳定的位置,被这样一挤,顿时无法控制地向前栽去。林榷看到她向前倾的动作,但手上还抱着个人,根本腾不出手拉她一把,只能焦急地喊:"倪漾,拉住我的胳膊。"

慌乱中,倪漾向后伸出手,在空中被结实地拉住。她转过头,看到那只胳膊上戴的,是那块她再熟悉不过的黑色腕表。

季清延本是和她错开背对着的位置,只能最大幅度地转过身,拉住她。能抓到已经很不错了,也没有想过会抓到哪里。

偏偏就是手。

他有力地握着她的手,给她力量。

十秒,不够倪漾在发愣中完全站稳身体,但完全够这一局游戏的结束。

那十秒钟,倪漾只觉得,之前所有的赌气都不重要了。

手背的温暖消失时,倪漾有那么一瞬间的失神。她的手缓缓垂落,眼睛里却都是他的身影。

下一组的人交换上场,人群中,那个就在她眼前的人将手收回口袋。他半转过身,嗓音清冷:"还好吗?"

倪漾眨一下眼睛,右手覆上仿佛还残留他掌心余温的左手手背。她缓缓抿起嘴,嘴角也提起,褐色的双眸里满是柔和:"谢谢。"

走到一边的加油人群中,她和他并肩站在一起,看着箫烛和再一次上场的林榷进行新一轮的比赛。

沉默中,她思索一下,又开口:"一会儿我要跑800米。"

"嗯。"头顶上传来他的声音。

眼球不安地在眼眶里转了半圈,倪漾盯着自己的鞋尖:"你会来给我加油吗?我很久都没有跑800米了。"

"我会在终点等你。"

倪漾几乎是在听到这话的同时,就抬起头转向身侧的那人。他最后一个尾音还没收回,正淡淡地看着她。

她摸不清楚他的情绪,心里却在猛烈地打着鼓。她偷咽一下口水,不自在地扯扯嘴角,眼神也切到别处:"哦。"

她别别扭扭的,已经没有什么心思,再和周围的人一起给场上的人加油。

箫烛那一组比完,最后一组还没开始准备,负责整个运动会流程的班长就又来叫倪漾:"一会儿800米要开始了,快去主席台那边的起始点录入。"

说完,班长又立刻消失在人群里。

原以为可以和季清延再多并肩站一会儿,倪漾有些惋惜。她偷偷扬起头,又看了一眼身侧的男生,却在要收回视线时被转过头来的他抓个正着。

眼神立刻撤走,她轻咳一声,有些僵硬:"我去比赛了。"

说完,她立刻转身朝人群外面走。刚走几步,她的右肩上一沉。

转过头,映入眼帘的是他刚刚握住她的那只手,手心里,是焦糖饼干。

然后,他说:"加油。"

一句加油,什么都值了。

倪漾点头,拿过饼干,然后笑着对他说:"也不看看我是谁?"

转过身,初秋的微风吹起她高高的马尾。攥着手里的饼干,倪漾深吸一口气,唇边的梨涡更深了。

从"我们做同桌吧"开始,到此刻简短的"加油"。他不用多么华丽的词藻和多么繁杂的句式,哪怕是一个词、一个字,甚至只是一个干净的笑,就足够让她充满足以疾飞至终点的燃料。

白色的运动鞋踏在红色的塑胶跑道上,鞋尖与白线相隔两厘米。站在

起跑线后,倪漾眯起眼睛,望向那湛蓝的天空。

——他会为我加油。

深吸一口气,她缓缓俯下身,垂在身侧的双手半举起来,眼神变得凌厉。

——他在终点等我。

"砰!"

一声枪响,瞬间的加速起跑,两侧的加油声犹如排山倒海般一齐冲破天际。

她再也看不到任何东西,看不到两侧喘着粗气的竞争者,看不到陪跑加油的女生。她什么都看不到,只看得到眼前自己线内的,那一块永远没有尽头的红色塑胶跑道。

倪漾不喜欢跑步,只是耐力还可以。中考 800 米成绩堪堪,也从来都不是体育尖子生,甚至也和其他普通人一样,觉得 800 米就是折磨人的魔鬼,听见就作呕。

跑到第二圈,耳朵里传来计时的老师说出的第一圈用时,但她已经顾不上听清。

真的很累,肺中的空气好像被全部抽出,双腿如同灌了铅,就连腹部右侧靠近腰的地方,都有些隐隐作痛。

她一只手掐着腰,已经不顾形象地张大嘴巴。

刚刚还清晰的周遭的声音渐渐弱下去,汇到脑子里,好像就只剩下一个尖锐的"嘀——"声。她咬紧牙关,保持呼吸,挺直身体,摆臂。

——他在终点等我。

身体的极度疲惫,让眼眶里甚至开始酝酿泪水,倪漾皱着眉,努力看清眼前的跑道。

还剩最后一个弯道。

那个弯道转过来,呼吸急促中,她看到站在终点边上的男生。尽管隔着那么远的距离,只能看到无数个模糊的身影,但倪漾就是觉得,那其中站得最挺拔的,是他。

她狠狠地咬下嘴唇,风中灌进淡淡的血腥味。所有的声音好像在那一刻又重回到脑袋,如浪潮般的一浪高过一浪的加油叫好声,悉数灌进她的耳朵。

握紧手心里的那块饼干,塑料包装的边缘扎进她的手心。超过她的没有几个人,该加速了。

十六岁,倪漾终于明白了什么叫冲刺。

她也明白了,有一个目标的意义。

"3分15秒!"她在他面前冲过的那一刻,计时器"嘀"的一声响起,裁判也大喊出她的成绩。

听到这个报数的声音,倪漾只感觉脑子里绷着的线瞬间崩断。她晃晃悠悠地走下跑道,还没来得及弯下腰喘口气,就被大力地一把抱住。

"你也太强了吧!"沉浸在疯狂喜悦中的萧烛抱紧她,恨不得把倪漾抱起来转一圈。

倪漾是什么体育底子,萧烛再清楚不过了,同班好多年的实验班同学也很清楚。但这一次的成绩,让所有人都惊诧。

也许是这样一个温暖拥抱在极度疲惫里带来的温柔舒适,倪漾把头埋在萧烛的颈窝里,已经视线模糊的双眼终于闭上,鼻尖也更酸了。

"你怎么哭了?"萧烛察觉到脖子上的凉意,抱住她的手急忙轻拍她的后背,柔声问道,"哪里不舒服?"

倪漾吸了一下鼻子,悄悄抬眼,在刘海的缝隙中看向那个不远处正看过来的少年,带着些鼻音:"没有。只是觉得,这是我跑过的最好的一次800米。"

为什么会突然这么拼呢?

萧烛抛出这个问题的时候,倪漾正坐在她对面,嘴上吸着奶茶,肚子也叽里咕噜地叫着。运动会只有半天,结束之后学校不管饭。难得的假期,她们一般都会在附近的商场里改善一下生活。

刚刚还在玩手机的人,冷不丁地问出这样的问题,倪漾一个没有防备,差点把珍珠也吞下去。

她赶紧咳了两下把差点卡在嗓子里的珍珠弄回舌尖,细细地嚼碎咽下,右手依旧半掐着吸管:"最后一场运动会,想拼一下。"

"明年还有一场,"萧烛观察着她,眼神里满是探究,"春季运动会。"

慌乱中想的理由被无情地驳回,倪漾垂下眼,咬住吸管,每个字都发得含混不清,生硬地想圆回来:"就……明年不想跑了,所以是最后

一场。"

"以前从没见你在运动会上跑过。"箫烛穷追不舍,她向前伸过身子,几乎半个身子都要贴在桌上,一定要问出个究竟。

"我……"倪漾觉得,自己除了上课以外,从来没有这么积极地锻炼过大脑。

正纠结着,两份铁板烧就滋着肉汁被服务生轻轻放在桌上。一时间,黑胡椒孜然混合着苏焦的肉香弥散开来。

上午的各个项目耗费了太多的体力,倪漾立刻放开手中的奶茶,声音没有吸管的阻碍,显得清晰多了:"吃饭吧。"

见倪漾那一副饿狼扑食的样子,箫烛也没有打断。只是在她第一口肉刚塞进嘴里,还来不及咬下细细品味时,箫烛开口:"我看到季清延拉住你了。"

手中的叉子在铁板盘中划了一下,发出生涩的响声。还好午间的商场足够吵闹,把声音遮去大半。倪漾干笑着,手中的叉子漫不经心地刮着已经有些粘盘的荷包蛋:"林榷也在护着你,只是你没有看到而已。"

刚刚还穷追不舍的箫烛,突然就不出声了。乱糟糟的餐厅里,倪漾定定地看向陪伴自己多年的朋友,声音柔下来:"即便你没有危险,他也自始至终都在护着你,只是你从来都没有发现。"

箫烛低头往嘴里塞着食物,丢给她的只有冗长的沉默。

又和箫烛看了一场电影,两人在下午五六点钟的时候才分别。所幸商场离家也不远,慢慢走二十分钟就到了。

手里拿着吃了大半的奥利奥麦旋风,倪漾哼着歌按下电梯按钮,又低头挖了一勺,塞进嘴里再次看向电梯的时候,这栋楼的大门又被刷开。

习惯性地瞟了一眼,倪漾发现是楼下的那个小妹妹。多年邻居,她扬起笑容:"嗨。"

"姐姐,你也去玩啦?"小姑娘今年读小学六年级,还没长开,脸上圆乎乎的,很可爱,越看越让人喜欢。

几乎所有椹南市的中小学,都会在国庆假期前一天举办半天的运动会。电梯到了,倪漾按住按钮,将嘴里的冰激凌咽下:"嗯,进去吧。"

她跟着小朋友一起进电梯,等小朋友按完楼层,才不紧不慢地按自己家的按钮。

"姐姐，我以前早上出门，也经常看到你背相机，"电梯上面的数字不断蹦着，小朋友看上去有些害羞，在身前的双手手指不断地搅着，"我也想当摄影师，可不可以告诉我要买什么样的相机？"

"想学拍照？"倪漾被她一本正经斟酌词句的样子逗笑，把手中的透明勺子放到纸碗里，"要不要先用我的相机试试？"

小朋友一下子憋红了脸，头摇得像个拨浪鼓。

"这太贵重了，我不敢……"

"一时冲动买了单反的人，大部分玩几天就扔进柜子里吃灰了。"倪漾忍住想要摸摸她小脑瓜的冲动，声音轻柔得不像是从她嘴里说出来的。

小朋友不高，比她矮了大半个头。意识到自己肩上背的那个相机包有多重，她把已经到小朋友那层的电梯门按住："我上楼去给你拿个轻一些的微单，要不要跟我先上去？或者我帮你拿下来？"

"我跟你回家吧，姐姐。"小姑娘回答得倒是干脆，尾音向上挑着，带着些稚气。

"要跟我回家？"倪漾把手从按钮上拿开，笑得快没有眼睛，她微微低着头，逗着小姑娘，"你就不怕我把你卖了？"

"我还没有姐姐一个镜头值钱，姐姐看不上我的。"小姑娘两只大大的眼睛闪闪的，笑容很甜，"我好喜欢漂亮姐姐。"

倪漾可算见识到了什么叫小嘴抹了蜜，感觉自己下一步就像是出门唠嗑的大妈一样，要笑得合不拢嘴。

回到家，她给小姑娘拿了台微单，但翻箱倒柜都没看到自己装着备用储存卡的盒子。估计是昨天倪妈妈收拾房间的时候，不知道又放到哪里摆起来了。无奈之下，倪漾拎起刚刚放在床上的单反包，把常用的储存卡先拿出来，装在微单上："你先拿这个玩一会儿，我给你找一个空的储存卡换上。"

"客厅的茶几上有水，也有水果，你自己拿着吃。"感受到手上的重量一空，她又加了一句。

倪漾让小姑娘先去自己玩一会儿，她在卧室里翻箱倒柜都没找见那个盒子，最后不得不给自家妈妈打了电话。倪妈妈是神经外科的医生，很忙，打了半天都没有接通。

等倪漾找到盒子的时候，小姑娘在客厅已经拍累了，正啃着苹果坐在

沙发上看返片。

"拍完了?"倪漾走过去,随手把手机放在茶几上。

哪知道,头还没有凑过去,小姑娘倏地问出一句:"姐姐,他是不是……"

"嗯?"倪漾心里一惊,视线扫到相机屏幕上挺拔的少年。

"对不起,姐姐。我看返片的时候不小心多按了一下,就只看到了这一张。"小姑娘见她反应那么大,顿时觉得自己手中的苹果不香了,小心翼翼地认错。

"没事。"倪漾轻笑一声,装作毫不在意的样子,她大概能猜到小姑娘没说完的话,"怎么会突然问这个?"

那是一张特写,照片上的少年应该是在跑动时猛然回头,阳光下深褐色的头发甩出些汗珠。他微皱着眉,被临近中午的光晕勾勒出半侧着的脸部轮廓。

如果没记错的话,是第二十六个项目——"秋季丰收"。

她今天运动会的项目太多,一直都没有时间拍照。这一张,还是她好不容易才躲着熟人抓拍到的,手甚至在按下快门的那一刻有些抖。

"因为,有些秘密是能看出来的。"小姑娘神秘地眨眨眼睛,将食指放在唇上。

"我们都喜欢拍照,都喜欢画画,难道不是因为,它们可以替我们传达很多东西吗?"她的语调很轻快,"我在一中的公众号上看过姐姐的图,虽然我不懂行,但我能看出来。他对姐姐而言,不一样。"

即便你有很多的技巧,即便你拍过很多得奖的作品。但这个你藏在心底说不出口的秘密,还是会偷偷地顺着生活中的点点滴滴,悄悄地溜出来。

愣怔间,倪漾放在茶几上的手机突然亮了一下。

萧烛:十一之后的秋游爬山,想不想和季清延一起坐缆车?

喜欢一个人,是从来都藏不住的。

——《暗恋星球飞行手册》第 26 项注意事项

- 第四章 -

银河冲浪,只为与你的星球相遇

1. 红叶,和暗恋宇宙的星星一样

十月是一中人最喜欢的月份,因为不仅有小长假,还有秋游。

秋游特别设在小长假回来后的第一天,省得放在别的时间,弄得所有人都心浮气躁。

椹南市虽然是座平原城市,但北边也有些矮山,不高,也不陡,很适合攀爬,一直都是椹南市人假期里拖家带口、最喜欢去的地方。

正值十一小长假结束,错开高峰期,景区里也几乎没有什么人。之前本该停满旅游大巴的停车场,如今除了他们的车,也就只有零零散散的几辆。倪漾和箫烛一路上坐在大巴后排,和一帮朋友一起打牌玩"狼人杀",玩得有些上头。到了景区,兴奋劲儿也还没过去。

从车上下来,倪漾放眼望去,惊喜地发现半高的山上,红的黄的连成一片,在天空的映衬下,像是一幅油画。

即便有九月底的"秋老虎",但前几天的秋雨淅淅沥沥地下了一天,温度立刻降了下来。本来以为只是普普通通爬个山,谁也没有料到,今年的红叶竟然来得比想象中早很多。

"我还真没见过这个时期的枫叶山,"箫烛眯起眼睛,望向山顶,"平时这里的游客太多,不愿意人挤人。等我来了,枫叶要不然还没红,要不然就已经落得差不多了。"

这个时候来刚好，前两天又是一股寒流席卷椹南市，没带来降水，倒是一夜之间吹落了不少叶子。倪漾都能想到，铺满红色枫叶的山间小路，走上去，会有多么浪漫。

班主任老刘清点人数之后，带着队伍就进了山。又不是小朋友们出行，高中的老师普遍对队伍的整齐程度要求不高。刚走没多远，大家就三三两两地结成队，一路嘻嘻哈哈的。

有些人还拿手机放出歌，周围的人也跟着应和，甚至有点像露天广场KTV。

考虑到要爬山，倪漾没有带沉重的单反，只带了巴掌大的轻便的黑卡相机。

"别拍了！山啊水啊花啊的，感觉跟你出来爬山和跟我妈出来玩，真没什么差别。"不知不觉地落在班级队伍后面，箫烛佯装生气，用脚背踢踢正蹲下来拍红叶落入池塘的倪漾。

倪漾憨憨一笑，终于抓拍到一张满意的，才站起身。

她笑着往前跑两步，马尾在空中转了半个圈，咧着嘴把镜头冲向箫烛："那可不一样，带我出来给你拍照，张张包你满意。"

按下几次快门，倪漾又凑过去，笑着用胯挤一下好友："实在不行，我给你录个视频也可以。等到时候在你结婚典礼上放，让所有宾客看看绝美的新娘子，是怎么趴在山顶大石头上瘫成狗的。"说完，她怕被打似的，立刻又跳离箫烛身边。

箫烛冷哼一声，绷起脸，僵硬地扔下三个字："你完了。"

紧接着，她拉开校服外套，迅速地向前冲倪漾跑去。刚刚还嘚瑟的人见这迅猛的追击，也赶紧拔腿就跑。

日剧里总会有一个概念，叫"日剧跑"。通常是说在某一个故事节点的时候，女主会莫名其妙地，可能是在城市人满为患的街道上，也可能是在教学楼的走廊里等任何地点突然跑起来，去见想见的人。每当出现这样的剧情，都会配有大段的内心独白，和仿佛要把琴弦拉断的，催人泪下的背景音乐。

而这一刻，倪漾偷偷地在脑内给自己的奔跑也加上了独白和背景音乐。不过，不是哀伤的。她拨开人群，穿越人海，向不远处那两个背影跑去。

她偶尔还能有点良心地回头，再冲落在后面的箫烛嘚瑟两下。

追逐了好一阵，箫烛显然已经体力透支，她一只手撑着腰，连管都不管已经贴到脸上的发丝，絮絮叨叨，翻来覆去只有那么一句话："不行了，我不行了。"

"你应该多锻炼锻炼。"倪漾索性也不再皮了，站在原地悄悄又偷拍两张箫烛狼狈的样子。

下一秒，她就被好不容易走到她身边的箫烛揽住。箫烛用胳膊肘钳住她命运的咽喉："跑个800米第三之后就翘尾巴了？看把你喀瑟得。"

喀喀瑟瑟地抖两下身子，肩膀也跟着抖动两下，倪漾睨了箫烛一眼，凉飕飕道："走吧，再往上的路可就不好走了，别不小心掉下去。"

"你这个乌鸦嘴快给我呕出去。"看她那喀瑟的样子，箫烛毫不客气地一巴掌抽上倪漾的后脑勺，"掉下去也要掉在后面哪个帅气小哥哥的怀里。"

"呕。"

即便山不高，但到半山腰就稍微变陡一些。原本平坦的石子路，也变成用天然石头和混凝土垒成的，一个又一个很高的生态台阶。好在比起其他地方的山，它不是一眼望不到尽头的千百个台阶，更多是三五个一组，绕过一个弯，又是一组。

临近中午，温度逐渐热起来。被书包挡着的后背，已经渐渐地有出汗的迹象。又是一组阶梯，只是这次的阶梯被一块巨石挡了大半，只留出勉强能容纳一只脚的可以走过的地方。

尽管前面很多人都已经爬上去了，但倪漾还是怕体力透支的箫烛出什么差错，自己先在前面开道。用左脚外侧艰难地站在阶梯上稳住身体，她没有拿着外套的右手撑着旁边的那块大石头，右脚再踩上宽敞一些的台阶，但总觉得有些别扭，找不到稳定的姿势。

"手给我。"正努力伸着腿，清朗的声音在她额头前方响起。

倪漾扶着石头，缓缓地抬头，看到是季清延之后倒是没有了以往的几次闪避，而是憨憨地傻傻地笑了。

也许是没想到小姑娘居然能笑得这么傻，季清延的眉心微皱。他半蹲下来，左手拿着水和自己的外套，伸出戴着黑色腕表的右手："手给我。"

自从成为使用左手的人之后，他就把腕表戴在了右手。

看着面前那只骨节分明的手，倪漾搭着校服外套的左手缓缓地伸

出去……

然后，她尽分兮兮地，越过他戴着腕表的手腕，握上他的小臂。

手掌下方的皮肤被他腕表的边缘轻轻摩擦着，有些痒痒的。

季清延的脸上没有过多的表情，也没有说话。他尝试着向上提一下自己的右臂，却也只是使一下劲，就放下："这样不太好使力。"

"啊？"倪漾一愣，手也下意识地跟着微微松开。

大脑条件反射的"要不我自己努努力爬上去算了"的礼貌用语还没到嘴边，戴着腕表的手腕没了束缚，在空中转了半圈，修长的手也跟着转为掌心朝上，稳稳地抓住她的手臂。

"小心。"他淡淡地嘱咐一句，借向上拉的力给她。

她垂下眼，抓紧季清延，在他的帮助下，连滚带爬地过了那块大石头。刚上到平台，他看她没站稳地向后仰，拿着水的左手立刻伸出去，用手臂隔着书包揽住她。

经过这块标志性的大石头，上面的路落叶铺得更厚一些。枫叶也基本上全都红了，不像是山脚，半红半不红的。

倪漾以拉不动为借口，季清延也识相地站着不动，让林榷把已经没力气斗嘴的箫烛连拉带扯地弄上来。四个人经过这么个小插曲，自然而然地就变成一起爬山的互助小组。

"还回味着自己爬不过大石头，狼狈地手脚并用最后还是季清延帮你一把才上去的尴尬时刻呢？"箫烛翻着白眼，用手扇着风，嘴里小声说着风凉话，"我觉得这里的宣传语应该改一改，改得好记又好听，还特别吸引游客。"

在倪漾疑惑的眼神中，箫烛凑近，故意把每个字都咬得清楚又夸张："赏红叶，和TA。"

倪漾哽住，呆滞了几秒后，才反应过来什么似的立刻弹出去几步远。

瞅着箫烛，她上下摸着手臂上的鸡皮疙瘩，誓要和箫烛划清界限："太土了！"

整座山不高，爬到山顶不需要很久。他们四个人一起在山顶的观景台上找了片空地，铺上箫烛带来的野餐布，将就着吃顿午饭。季清延只带了一个三明治，吃完就打声招呼，起身走到观景台边缘，似乎是要看风景。

倪漾盘腿坐在野餐布上，嘴里塞着面包，视线始终追随着他。反正箫烛都猜到了，她也没有必要躲躲闪闪的。

她看见他从校服口袋里摸出手机，把耳机戴上，然后微微扬起头。他坐在观景台旁边的石凳上，一个简单的背影，却仿佛融进大自然的画里。

迅速往嘴里把剩下的面包都塞进去，倪漾一手拿着自己喝了两口的AD钙，一手拎着相机立刻起身。

"哎，"见林榷像是要跟着起身，正慢慢悠悠吃着小番茄的箫烛连忙拉住他的胳膊，"你去捣什么乱？"

"不是……"他只是不敢和箫烛单独待着。虽然以前是很好的朋友，但毕竟曾经是自己没弄清楚情况就说了很多伤人的话，还煽风点火，害得她和倪漾大吵一架。这样独处，气氛总是有点尴尬。

箫烛见他也不说下文，顺手就把手里的小西红柿强塞进他嘴里，凶巴巴的："在这儿好好坐着。"

小番茄在口腔里破裂，爆裂出清甜的汁，特有的味道缠满舌尖。林榷一愣，那一刻，他觉得时间好像被拨回了那个暑假之前——她也会这样和他打闹，毫不顾忌旁人的眼光。

林榷的喉结微动，最后也只说了一个："好。"

从野餐布到他坐的那块石头，有一段不算太短的距离。倪漾走到一半，就突然蹲下，将相机取景器靠近左眼，等又一阵风起时，利落地按下快门。然后她把小巧的相机藏在校服外套的口袋里，走过去装作坦然大方地坐在他身边。

不得不说，从这里看出去的风景很好，是他们刚刚爬上来的那一面山。视线前面没有什么遮挡，可以看到从低到高的红色渐变层，像是一幅一点一点晕染上火红的画。

两根缆线上的缆车慢悠悠地动着，刷着红色和黄色的漆，悠闲而又惬意。

"吃饱了？"他总是在她不指望他会说话的时候，开启一个话题。

"嗯。"她轻声应道。

一班是最早开始爬山的班级，他们午饭吃得差不多时，整个年级想要爬到山顶的人，也大部分都到了。

正沉默着，山谷里突然响起大声的喊叫。

"老——李——头——能不能爬完这座山后,下周少留点作——业——啊!"

一时间找不到话说的倪漾,立刻朝躁动的方向看过去。声音是从下面传过来的,应该是还没爬到顶的其他班的同学,她看不到是谁。

"我问过老李头了,他说不——行——你太弱啦,还不如老——头——"山谷里的笑闹声刚平静下来没几秒,另一个声音又在山谷里回荡。

这下,倪漾没忍住跟着山里此起彼伏的笑声一起,大笑出声。

也许是受到感染,山里的喊话越来越多,千奇百怪。而这些声音,似乎让她不再害怕他们的"单独相处"。

倪漾笑酸了脸颊,偏过头,开口问那个依旧挺拔地坐着,戴着耳机仿佛与世隔绝的少年:"你在听什么?"

"棱镜,"他将耳机分给了她一只,"一个乐队,他们的歌。"

垂眼从他的手心拿起耳机戴上,她捧着 AD 钙喝了几口。

"之前你知道八三夭,我以为你喜欢的乐队都是那种……"倪漾想着措辞,咬着吸管缓缓说道,"偏流行一些的摇滚乐队。"

没想到是这样平缓的曲调,每一句歌词都像是趴在耳边的轻声呢喃。

季清延摸了一下鼻梁,轻声道:"他们的歌很适合在这个时候听。"

她又偷偷看了他一眼,学着他的样子微扬起头,看向无际的蓝天,缓缓地闭上眼睛。

在有些吵闹的环境里,很难辨认这样低声呢喃的歌所唱出的每个字句。刚刚季清延把乐队名字说得太快,她也不知道是哪个字对哪个字。索性,也就只听个感觉。

山上的风有些大,吹起他们的头发和略显宽大的校服,将巴掌大的红叶吹得"沙沙"响。喊话的声音渐渐弱下去,山谷里不同鸟类的鸣叫声逐渐清晰。

听着那首歌,倪漾只觉得自己像是飘浮在空中,整个人都放松了下去。把最后一点 AD 钙喝完,她把空瓶拿在手里,双手撑在身后,后背向后仰:"你……以前在南华的时候有……在意的人吗?"

她声音轻轻的,换了一个委婉的方式来问。

他没有过多的思考:"没有。"

倪漾抿一下嘴,内心窃喜着,嘴上却很冷淡地应一声:"哦。"

她又深吸一口气，空气里都是 AD 钙甜甜的味道："那你在一中呢？"反正闭着眼睛，她看不到他的任何反应，问出来也不会尴尬。

至少，自己不会尴尬。

他没有再那么干脆地回答，而是稍作思索，才缓缓道："我不知道。"

"我不知道，未来会不会有。"

倪漾的心似乎在那一刻，被他的话用一个小钟槌敲了一下，她的心晃晃荡荡的，甚至给大脑传去遥远的钟声。她缓缓睁开眼，看着他棱角分明的侧脸，有那么一瞬间的失神。

那个人会不会是我呢？

我很希望是我，我也会努力……让那个人是我。

爬到山顶的人可以选择再走下山，或者买票坐缆车下山。选择前者的，都已经纷纷启程。

"我们坐缆车下去吧？"她提议道。

他点点头，也转过头来："好。"

然后，相视一笑。

浅浅的梨涡相对，在那个满是红叶的秋天，盛满了比 AD 钙奶更胜一筹的甜。

回程的缆车，萧烛早就和倪漾串通一气，不由分说地就先拉着林榷坐到前面那一趟。等下一个缆车慢慢悠悠地转过来，倪漾和季清延就不得不一起坐了。

这座山的缆车和其他景区的不一样，因为山不高，所以不是全封闭的。有点像是滑雪场里的那种缆车，只卡住腰，双腿都在外面。

椹南市的孩子，大多都坐过这里的缆车。倪漾小时候怕过，后来多坐几次，就没什么感觉了。

缆车是能容下一家三口并排而坐的容量，他们两个中间也就刚好放下两个书包。她拿着小巧的相机，笑着拍了几张季清延的照片。他也不恼，很配合地任由她拍。

缆车之间的距离很长，季清延干脆把耳机摘下，直接公放出歌。

"我有一种在看 vlog（短视频）的感觉，配着这种风格的歌，然后镜头不断地移动，不断地拉进，拉进，拍到所有美的瞬间，"倪漾低头看

着刚刚的返片,笑道,"只不过现在的镜头,是我的眼睛。"

只可惜,她没有办法把它发布到网络,让拥有长久记忆的互联网记住。只能把这一切,全都刻录在心里。

少年看着她,没有说话,只是平时毫无温度的下颌线,柔和了许多。

"你看,你从南华转过来,是不是特别赚?"她的手麻利地按着向前翻的按钮,筛选照片,嘴上还依旧说着,"今年南华高二又是去科技馆。"

季清延想到那个几乎每年都要去一次的地方,再想想傅云实抱怨的模样,笑出声:"这你都知道?"

"嚆,"倪漾嘚瑟地扬起头,一副求表扬的样子,"我可什么都知道。"

季清延挑了一下眉,笑着摇摇头。

返程,大巴车上的学生们都累了,睡倒一片。车尾玩"狼人杀"的声音,也不知道什么时候已经消失。

坐在靠前座位的季清延活动一下有些僵硬的脖子,把耳机里的音乐声调小一些。他坐起身调整一个舒服的姿势靠在椅背里,双手抱环,半垂着眼,看着车窗外不断后退的树木。

歌曲列表循环,循环到他和倪漾在山顶上听的那首歌。

她经常能获得小道消息,知道很多事。但她不知道的是,一起听的那首歌的名字叫《一次有预谋的初次相遇》,而在他把耳机递出去之前播完的那首歌,叫《总有一天你会出现在我身边》。

——他们的歌很适合这个时候听。

适合,不只是因为曲调听完似乎更加开阔,还有……因为你坐在我身边。

2. 其实,他也是个温柔的人

那天的秋游,漫山红叶都是真实的吗?回归到家和学校两点一线的生活,倪漾甚至有一些不真实感。

仿佛昨天的那一切,都是一场梦。

而这场梦的痴笑遗留症,在她拿到所有月考卷子的时候,瞬间被治好。心底的美好轰然倒塌,剩下的只是无尽的忧愁。

中午前,最后一科的卷子下发,倪漾彻底没有了吃饭的胃口,草草地

· 093 ·

在食堂扒了两口饭,就回到教室自习。

季清延吃完午饭通常会消消食,在操场上散步走一圈,再回教室里看一会儿书或者练字帖。他拿着从小卖部里买的水,刚坐到座位上,就听见身侧女孩小声抽鼻子的声音。从抽屉里抽出书本的手一顿,他微微偏过头:"怎么了?"

倪漾也说不清是为什么,她一科又一科地拿到卷子,再一道又一道题地逐一修改。刚开始是稍微有些委屈和恨自己为什么不争气,可红笔在纸上不断移动,那股委屈就越积越多,越积越多,然后哽在胸口聚作一团。

她不是个爱哭的人,却在他坐下的那一刻,一团混杂了压力和悔恨的情绪,骤然释放。

刚开始是可以死咬住嘴唇,眼前一片模糊。可后来,身体也无法抑制地跟着一抽一抽的。

就算跟自己在心底骂了半天"哭个鬼啊""你又不委屈,那些计算错误难道不是你自己犯的吗""想不出解题思路就说明你没掌握知识点,还有脸哭",但似乎反而起了相反的作用,整个人更加委屈。

她噘着嘴,双手迅速从抽屉里抽出两张纸擦干眼泪,还带着些鼻音:"我被自己蠢哭了。"

还有心思开玩笑。

季清延把书本放到桌面上,紧接着便是翻动纸页的声音:"看来程度挺深的。"蠢的程度挺深的。

说完,他用余光瞟了一眼旁边,发现小姑娘委屈巴巴地含着泪花绷着个脸。他叹气,把抽屉里的三个小饼干都给了她,却没说一句哄人的话。

有一种蠢,叫自己可以骂自己,但别人不行。倪漾深吸一口气,把注意力从面前的生物卷子上移开,却连搭理都不搭理那饼干:"你带我见的是真的傅云实吗?考神保佑不是这么保佑的吧,怎么我考得这么差?"

"亏了我当时考完,觉得自己手感不错,还拜了拜……"碎嘴的毛病依旧没改掉,说到不该说的话,她才反应过来连忙闭上嘴巴。

拜了拜?

"你还拜了傅云实?"季清延几乎能想到臭屁的傅云实听到这话之后,要不然脸绿,要不然嘚瑟到天上去的样子。

想了半天,他才找到个合适的形容:"虔诚的信徒。"

还好是信傅云实,不是信他。之前的那一点点醋意,此刻甚至转化为了幸灾乐祸。

倪漾撇嘴,用白眼撑回去:"这种时候能不能说点好话?"

本来就只是佯怒的抱怨,季清延也非常配合。他认真地思考片刻,把饼干顺手放她桌上,然后拿着笔点评:"正正得负吧。"

"你又欺负我没文化?"面对这普通人听不懂的话,倪漾恨不得骂他说点人话。

季清延把手上的字帖翻了一页,不紧不慢地写着:"可能是南华的考神和一中的学生底盘相冲。"

考试这种玄学的东西,谁还不迷信一些?

倪漾眯起眼睛,缓缓地点头,面露严肃:"我觉得你说得很对。"

她怎么没想到,她对南华的考神那么狗腿子,一定会激怒了一中的考试仙人啊。

怎么办?一会儿下楼去给校门口的孔圣人石像供奉点好吃的,然后跪下"砰砰砰"行几个大礼?

倪漾越想,眉头越皱了起来。想了几个方案,似乎都不是特别满意。

旁边的人突然没声了,季清延写完这一行字帖的最后一个字,才转过头。没想到这孩子真的开始认真考虑他的话的可行性,他挑起漂亮的眉,右手从抽屉里掏出自己所有的月考卷子给她,声音慵懒:"果然,欺负没文化的还是要对症下药。"

倪漾差点没忍住心底的"口吐芬芳"。

她没好脸色地伸手挑拣那一沓卷子,看到他不知道什么时候已经用红笔批注过的痕迹,没忍住,小声骂了一声。

他错的本来就不多,除了语文的主观题以外,全部都用红笔改了错。

"这都是你自己改的?"倪漾看到最后的几道大题,突然觉得有些奇怪,"感觉跟老师贴在公告栏上的答案步骤不太一样。"

刚刚还神态自若的少年睫毛一抖,重新拿起笔,垂下眼:"之前找老师探讨过其他解题思路。"

"唔……"倪漾鼓起嘴撕开一个饼干包装,若有所思地点点头。她那次画板报的时候,季清延也是放学后去办公室很久才回班的,原来是去找老师了。

她咬下一口饼干,熟悉的味道似乎有让她心底的焦虑瞬间消散的魔力。怪不得每次放学的时候,都等不到偷偷和他一起走回家。

她也要努力了!

深夜,把今日份的所有作业写完,季清延想起之前和傅云实的约定,拿着自己的月考卷子去书房。

老季没在书房,应该是去洗漱准备睡了。季清延扫描完,轻手轻脚地把灯和门关上,老季就擦着眼镜从他身后经过:"怎么这么晚还没睡?"

季清延扬扬手中的卷子:"帮同学扫描一份电子版。"

"早点睡。"老季点点头,嘱咐一声,打开书房边自己卧室的房门。

季清延回到自己的房间,还没坐稳,微信就立刻在锁屏上弹出了框。

傅云实:睡前大礼包,您可真是我的睡眠克星!

季清延将自己的作业都收好,顺手打开电脑,准备休息一会儿。等待开机的间隙,他拿起手机回了一条。

季清延:那下次就不打扰了。

消息发出去,过了一会儿,那边才有动静。手机不停地振动,季清延还没拿起来看,傅云实就直接打电话过来:"刚刚也给你发过去南华的月考卷子扫描版了。"

"嗯。"季清延开着免提,双手忙着输入电脑密码。

"我刚刚看了一眼,"说话不超过三句,电话那头的人又开始作妖,"你这次的考试不太行,在一中的排名估计要到第二考场了吧?"

"嗯。"季清延盯着屏幕,懒得理他。

傅云实翻个身,换了个更加舒服的姿势躺着,舒服得眯起眼睛:"不行啊,你这水平怎么能跟我争状元?"

找到昨天看了一半的动漫,季清延终于舍得多说两个字:"屁事多。"

点开视频,他向后靠着椅背,哪壶不开提哪壶:"听说你们下周秋游又去科技馆?"

"嗨,就知道你会说这个,"傅云实翻个白眼,刚刚的舒服劲儿瞬间散去,"别说了,这次月考教研组的老魔鬼也不知道是不是憋了一个暑假,出了一套选择题全部选D的卷子。"

鬼知道他一个对自己多么有自信心的人,写完整个卷子之后居然也会

096

来不及再磨磨大题，盯着那些选择题来来回回验算了十几遍，算到怀疑人生。年级里贴出答案的那一刻，看着满行的 D，他的"出题人会平衡答案中 ABCD 出现的数量"这一信念轰然崩塌，精神遭到极大打击。

"心灵伤口还没有愈合，又要去科技馆，"傅云实有些苦涩，"要不然我也转去一中吧？"

季清延把视频的声音调小一些，将手机拿到嘴边："没这个必要。"

"你的秋游怎么样？科技馆多适合你，你平时都不愿意动的。"听说他们去爬山赏红叶的时候，傅云实差点没酸到撕卷子。

"还行吧，叶子都红了，缆车也不用排很长时间的队伍。"季清延盯着屏幕，眼神却没有聚焦，昨日的一切都如同电影般在眼前闪过。

说完，他没有什么表情的脸，不知道因为想到什么而突然崩裂了一下。

"挺好的。"他又纠正一遍。

又聊了几句，抵不住困意的傅云实终于挂断电话。世界重归清静，季清延伸手把台灯关了，又将电脑的声音开大。

这一季度的新番，破天荒地有一部暖暖的恋爱番。这几周很多动漫博主都在不停地夸它，以至于他在补完其他的番剧之后，也开始看这部。

它的片头，一直是白色为底，用黑色细线勾勒出轮廓的简单小剧场。只是这一集不一样，只描了线稿的高中生男主和女主并肩站在车站前，两人共用一副白色的有线耳机。女孩半张脸躲在围巾里，即便看不到嘴角，但一定是翘起的。

一辆公交车经过，带起一阵微风。淡粉色的樱花瓣，在那一瞬间撒落，让整个只有黑白的世界被涂上浅浅的，以浅粉蓝白为主调的颜色。美好得干净无瑕，就像是传达出的那份青春悸动一样。

——是你，将我的世界涂上了更美好的颜色。

竖着的日文字体渐渐显露在屏幕的右上角，明明知道那说的是屏幕里的故事，但在看的人，还是微微地失了神。

为什么会转来一中？

季清延除了说自己脑子一时抽了，想不出什么更好的理由。即便是心里已经告诉他最佳答案，但他就是死要面子地不承认。

事实上，更准确的答案是，恰好倪漾也在一中和那件事情的发生，凑巧碰在了一起。

在季清延和老季认真地进行了一场谈话之后，老季的新老婆柳蕴在他初二升初三的那个暑假嫁给了老季。婚礼没有大办，只是两家人一起坐下，吃了顿饭。

他对父母再婚一直没有太大的感觉，只是不愿在每次看到柳蕴来家中拜访时，两个人小心翼翼地看他脸色，似乎棒打鸳鸯的是他。柳蕴一直待他不错，甚至要比他的亲妈还要关心他的饮食起居。

说来也是好笑，季清延初三一整年的家长会，都是柳蕴去开的。在那之前，他的家长会，都是老师要单独给老季打电话的特别待遇。

后来，也就是更多人知道的那样，老季调任到另一个区，工作更加繁忙。柳蕴有自己的画廊，工作时间弹性，也就搬了过去。但季清延提出要自己住，不搬走。

起初，他很享受一个人独处的时光。以他的作息习惯，家中没有一双眼睛甚至是两双眼睛盯着，反而舒适得多。老季和柳蕴周末会来看他，等他周末补课下课之后带他去吃点好的，再买些肉蛋蔬果填满冰箱。

季清延一直以为这样悠闲的日子，会一直持续到他高考结束，甚至是升入大学。直到高一上学期期末的某个周末，因为椹南市的雾霾指数爆表，学校不得不停一次补课。

消息是早上六点临时通知的，正是季清延进入睡眠的时间，他看一眼手机就又翻身睡了，没有转发给老季。

"上周给他在冰箱里放的蔬菜，孩子都没怎么吃。连肉都没动，泡面倒是少了好几桶。这样下去会营养不良的，这可不行。"

他是被卧室门外的声音吵醒的。

"清延说了要自己住，这孩子脾气倔，你又不是不知道。他随了他妈妈的脾气，"老季叹了口气，"我也没有办法。"

"你的孩子你不心疼，我心疼！"柳蕴火气上来，温婉的女人不习惯大声说话，只能因为火气而将话语间填充进喘息，"我没有孩子。从决定跟你携手走下去的时候，我就已经把清延视为己出。"

她越说越激动，甚至小声啜泣了起来："一个三十六七岁的女人，不可能说见到一个孩子学习压力这么大，平时也吃不饱但还特别懂事的样子，可以不心疼。"

"我很想努力做一个好妈妈，虽然我没有经验。清延不愿意叫我妈妈，

我做一个很好的柳阿姨也好。"柳蕴呜咽着，声音也跟着模糊起来，"可是清延他从开始就不愿意尝试来接纳我……我不知道是不是他因为害怕交出信任之后，再受到伤害。"

她哭喊出声："每次一想到这样，我就更心疼你知道吗！

"你们平时也不知道多关心关心孩子的生活，每天就是分数、排名，平日里也不陪孩子，总以为打几通电话就能解决。"

卧室的门不隔音，听着门外柳蕴的抽泣声，季清延本来因为被突然吵醒而习惯性皱起的眉头，渐渐舒展开。眼底的戾气，也逐渐退却，少有地显露出他心底最真实的情绪。

被视为大人习惯了，他甚至都忘了，自己不过是个十五六岁的孩子。季清延叹了口气，翻身将右臂枕在脑袋下。

哭是什么样的感觉呢？

他很久没有体会过了，但他能确定的是，此时他心底有一种情绪在逐渐从胸口升腾。有微微的酸的感觉，却又不至于能顶出眼泪。

冬天的家里开的是地暖，不用穿拖鞋。季清延的鞋又多，根本看不出来他出没出门。柳蕴在调整好心情之后推开季清延卧室的门时，被躺在床上的人吓了一跳。

早已醒了的季清延立刻合上眼睛，装作在睡觉的样子，只是睫毛依旧微微颤着。

柳蕴在门口观望一下，见他应该还是在睡，便蹑手蹑脚地进屋，将他搭在椅背上的衣服拿去洗。

听着温柔的窸窸窣窣声，门关上的那一刻，少年轻轻睁开眼睛。也是在那时，他想，也许他应该试一试和他们一起住。

他从来都没有讨厌过柳蕴，也没有觉得自己有多可怜。但如果搬过去住能让她开心，他觉得这也不是一件不好的事情。

写字帖好像总会让他的思绪飞走，回忆以前的种种。季清延回过神，将这一页的最后一个字写完。

今天作业不多，他比以往践行每日计划要快得很多。简单地又确认一下书包里的东西，本来打算做些课外题的季清延，突然想起自己的包里没有焦糖饼干了。秋游那天在山顶吃午餐的时候，因为萧烛和林榷也在，所以就多分了一些出去。

他轻手轻脚地拿着水杯走出房间，接完水之后，才偷偷摸到厨房的零食柜。万一惊醒了老季或者柳蕴，他还能解释说自己是出来喝水的。

但零食柜里，小包的焦糖饼干都没有了。

也不过是站在玄关处犹豫了两秒，季清延把水杯放下，拿了一件黑色薄外套就换鞋出了门。

便利店离家不远，走十分钟就能到。凌晨，整个世界似乎都是静悄悄的。他踏入店内的同时，门口的感应器发出轻快的"欢迎光临"，吓得原本正打瞌睡的收银员立刻站起来。

店里没有一个顾客，季清延一直向内走，最后终于在侧面的货架上，找到熟悉的透明包装和红白色的标志。他没有犹豫地拿上两大包，经过冷柜时，又拿了瓶苏打水。

凌晨四点的街道，依旧是黑而静谧的。道路两旁的街灯昏黄地照着，洒水车唱着歌慢悠悠地经过，淋湿黑色的柏油马路，像是一块移动下雨的云团。

"砰！"

右手单手拉开苏打水的拉环，瞬间腾起的微小气泡声，在这个静谧的夜里都是那么清晰。站在便利店门口屋檐下，季清延仰头灌了一口，冰凉的感觉从头到脚，袭遍全身。酥酥麻麻的感觉轻点着舌尖，他感觉自己清醒多了。

那次偷听完柳蕴和老季的谈话，等寒假过去，他才和老季说自己愿意搬去和他们一起住，也为此在高一结束之后转了学。

老季向他建议转到一中时，季清延没有拒绝。他知道自己搬过去，就会转到一中。而那日柳蕴真诚又温柔的一段话，只不过是让他说服自己的最后一道关卡。

他知道，在一中，他就会再次见到倪漾。尽管不是在同一个班，他也会找到她。

而幸运的是，她在一班，而他也是。

左手握着那两大包的饼干，季清延将外套的拉锁拉上，慢慢悠悠地跟着洒水车向家的方向走。

昏黄的路灯，将他的影子拉得很长，很长。

回到家中，轻轻关上厚重的家门，季清延在玄关处等了一会儿，确定

没有吵醒老季和柳蕴,才缓缓地脱下外套。经过餐厅时,他想了一下,还是走进去,将一包饼干放在零食柜里。

柳蕴喜欢吃这种饼干,季清延见过她吃很多次,客厅的垃圾桶里也经常会有丢弃的包装。而至于该怎么解释柳蕴经常给他的包里塞饼干,大概就是她认为,自己爱吃的东西,就是世界上最好的东西,所以恨不得也全都给他。

他轻笑一声,关上零食柜,拿着给倪漾的那一大包饼干,转身回自己的房间。

房门落锁发出一声轻微的响动,只透了些月光的客厅里,又恢复往日深夜的寂静。

3. 悄悄种下的玫瑰,是飞行器里的秘密

十月底,一中各年级的篮球比赛,终于在所有人的期待中启动。对于快憋坏了的学生们来说,这是少有的能悄悄为喜欢的人呼喊,以及享受被簇拥、被瞩目感觉的时刻。

之前班长在班会征集篮球赛报名人选时,理科班的优势,就立刻显现出来。林榷首当其冲,不少人都举起了手。

倪漾私心里是想看季清延打篮球的,毕竟哪个女孩子,不想看着自己在意的人在球场上肆意地奔跑,为他喊破喉咙、笑着加油;或者是篮球赛结束之后,递上自己早已买好的水。看着他接过水,布满汗水的脸上是对你温柔又阳光的笑。

可季清延没有报名。

那天班会太吵,季清延也没有心思继续睡下去,便找了本字帖来写,对报名的事情无动于衷。

正如现在,第一次比赛即将开场,全班的同学都在老刘的号召下准备去观赛,班里吵吵闹闹的,季清延却依旧坐得笔挺地写着他的字帖。

经过一段时间的观察,倪漾以为这就是他封印起床气的惯常方法。随着渐渐跟他熟悉,她也敢不怕死地凑上去挑战一下:"你不报个篮球打一打?会有很多女孩子为你加油的。"

少年依旧专注着自己的一笔一画,只有唇动了动:"不报。"

干净又利落,连一点希望都不给她。

倪漾掩去眼底的失落,收拾好桌面站起身来:"走吧,下去看篮球赛,老刘可是规定了所有人都要下去加油。"

直到她推好椅子,他都有没动。

"你先去吧。"季清延仍旧不紧不慢的。

又看了他一眼,倪漾小声"哼"了一声,拿着水转身拉着刚过来的萧烛离开。

"今天跟二班的比,我觉得……"刚挽着萧烛走到班门口,倪漾剩下的话因为站在门口张望的那个女生,悉数又咽了回去。

倪漾在心中悄悄地做一个深深的吸气,换上自认为足够热情友善的笑容:"来找季清延?"

女生巴掌大的娃娃脸很精致,她一双眼睛眨眨,随后摇摇头,语速很慢:"我不找他,我找你。"

倪漾心中一惊,明明自己没有做什么事情,也不知道她在说什么,但居然还有些心虚。其实对方的语气一点都不强硬,脸上也是友好的笑容,可她就是有一种隐隐的,哪里不对的感觉。

将萧烛暗地里掐自己胳膊的手轻轻摆掉,倪漾嘴角礼貌性的淡笑还没有散去:"有什么事吗?"

萧烛虽然不认识这个陌生的女生,但毕竟也是在同一所学校待了那么多年。之前在食堂时,倪漾问她为什么这个女生会和季清延一起吃饭的时候,她就看出来了些什么。如今直接来找倪漾,估计也没什么好事。

"你们聊。"见那两个人都没有说话,萧烛识趣地让开,先走到楼梯间。

班里的人差不多都已经走了,倪漾没有像上次季清延那样被拉至一旁,依旧站在门口处。

"我叫梁西荷,高二(2)班。之前虽然跟你面熟,但一直都找不到机会可以和你正式认识一下。"梁西荷两只漂亮的大眼睛笑起来弯弯的,可爱得让倪漾甚至都有些心动。

她伸出手,大大方方的,声音也很好听:"我知道你摄影比赛每年都拿奖,很早之前就很崇拜你。"

"上次终于和你说上话,可是不赶巧,刚好有些事找清延。刚刚经过

的时候正好看到你，就凑过来，想跟你成为朋友。"梁西荷个子不高，需要微微仰头看着倪漾。她自始至终，都是噙着真诚的笑的。

她叫他，清延？

她说，她想和自己成为朋友。

从头到尾，诚恳得找不出任何问题。

倪漾脸上的礼貌笑容好像僵硬成了一副面具，她顿了一下，在梁西荷的视线中，缓缓地将手伸出去。她握上那柔软的，比自己小了不少的手心，强迫自己的嘴角提得更高一些，让自己尽可能地如面前的女生一般大方得体："倪漾，很高兴能正式认识你。"

听到倪漾这样说，梁西荷脸上的笑加深几分。她拉过倪漾的胳膊，活泼地挑起眉："你是不是也要去看篮球赛？今天咱们两个班可是对手。"

"嗯。"倪漾还是不适应这种自来熟的亲昵，只是轻声应道。

"那清延你也要去看了？"刚刚还在和她说话的女生，突然向她的身后望去。

倪漾的身子微微一抖，也向后扭头。

季清延刚出班门，正站在她身后。他淡扫一眼正亲昵挽着胳膊的两个女生，似乎不觉得有任何惊讶。他像刚刚倪漾回答的那样，只不过他的声音低低的，听不出情绪："嗯。"

"一起去！"梁西荷打个响指，不由分说地就主导三人之间的对话。她一手挽着倪漾，另一侧则站着季清延，一路连抛了好几个问题，大多是关于学习的事。

萧烛估计是看她们相处得还可以，不知道什么时候，已经不在楼梯口了。被梁西荷挽着，倪漾耳朵里不可避免地钻进那两个人的对话。他们的确是认识了很久的老朋友，即便季清延的话不多，但都有在认真地回应。

心中的酸意上涌，她只觉得自己像是吃了百八十个柠檬。酸涩的感觉从内心渐渐向外渗透，似乎连咬唇的那一刻，都能有大把的酸苦迸发出来。

她没有心情去附和，只有在梁西荷转过头来问她的时候，才勉强打起精神回复。

那种心底自顾自加上的压抑感，让倪漾在到达篮球场的那一刻，就立刻找了个借口离开，回到萧烛身边。几乎是逃一样的，连他们是什么反应，她都没有顾及。

"她找你什么事？"箫烛也只是瞥了一眼走得跟跑一样快的倪漾，便将刚刚从小卖部买来的零食分她一袋。

倪漾张张嘴，却只是摇摇头："没什么，看球赛吧。"她把刚刚的不适，全都吞到肚子里。

球赛已经开始很久，计分的号码牌被翻了一页又一页。其实结果早已揭晓，只要有林榷和其他两个校篮球队的主力在一班，就不会有其他的班可以赢。至于来观赛，只是图个热闹，放松些因为学业而紧张的神经。

明明是她一直挺喜欢的活动，可如今却索然无味。倪漾怏怏地吃着话梅干，就算季清延站到身边，她也依旧机械地往嘴里喂着，像是整个魂都离家出走。

"我不打篮球，是因为我不会打。"见她一直没有说话，少年的声音低低的，只有他们两个人能听到。他找不到可以打开话题的方式，只能选择最笨拙的一种。

顿了一下，在一片因为林榷进三分球的喝彩中，他继续开口："梁西荷是我父亲朋友家的女儿，她就是那样的性格，如果你不喜欢，我可以跟她说。"

梁西荷不知道什么时候，已经没在他的身边了。所以他以为，她只是不适应梁西荷的自来熟吗？

倪漾在心底叹气，咽下嘴里的话梅，抬头看向他："你这也不会那也不会，会不会是南华的异类啊？"

"你都说了我这也不会那也不会，所以也不会是南华的异类。"季清延见她无视掉这句，回到最开始的那个话题，整个人也轻松多了。

听到他这话，倪漾佯怒："你又跟我玩文字游戏！"

紧接着，又是一片场下的欢呼。季清延将手插进口袋，无奈地轻笑一声："你对南华有偏见。"

心里像是被扎了一下，倪漾一愣。

是什么时候开始，她渐渐地被这种风气影响，觉得敌视南华是理所当然的？

又是什么时候开始，她也会言语中开些关于南华的玩笑，又不觉得不妥？

倪漾抿着嘴，明明听进去了，脸红着，却转移话题："感觉你的分数

普普通通吧。"

说的是实话,毕竟这次他的排名只能排在第二考场。

本来也只是在篮球场上随便扔出来掩盖内心的一句话,但倪漾真的没想到,半个月后,这个学期的期中考,也就是第二次月考,季清延是年级第一。

甚至,他夸张地将第二名甩了十五分。

并且一如既往地,语文考卷上的五句古诗文默写错了四句。

年级大榜前,相比看到这一次年级排行榜之后,一句话都讲不出来的倪漾,完全将老季"要低调"的嘱托甩在脑后的季清延,只是双手插在口袋里,轻睨着她:"所以其实我体育就是很差。"

都过去半个月了,这人竟然还记着仇,倪漾深吸一口气,魂儿终于找回家地点点头:"我知道啊。"

对于她而言,不会打篮球又不是减分项。

4. 有我们在,倪漾

你有和你的朋友吵过架吗?不一定是很大声地据理力争,也不一定是动手挠脸抓头发。可能只是冷淡地看着对方,然后很长一段时间不联系的冷处理,也算。

这所谓的"很长一段时间",依个人想法不同而不同。可以是一个小时,一分钟,哪怕是一秒钟。也有可能会是一年,十年,一辈子。

对于倪漾而言,这个期限,说长不算长,说短也不算短。

只有几天。

倪漾记得,高一的时候,有一个后来转去文科班的女生说过,她很羡慕萧烛和倪漾从小到大从来没有吵过一次架的神仙友情。当时倪漾只是笑了笑,没有说话。

她和萧烛之前的确从没有吵过架,因此,第一次吵架,就让所有的问题依旧遗留到了现在。

倪漾是个有什么情绪就会直接告诉朋友的人,在那件事发生之前,她以为萧烛也是。但事实上,萧烛处理很多事情要比她成熟得多。

那一年临近中考,大部分学生的成绩都已经趋于稳定,除了萧烛。她不仅在排名上反复大跨度横跳,甚至是波动下滑。各科老师都在找她谈话,班主任的午饭后长谈更是家常便饭,但依旧没有效果。

倪漾和林榷一开始都是哄着、安慰着,希望她能振作,不要再上课开小差,作业也不好好完成了。但后来他们发现没有用,萧烛只会丧丧地看他们一眼,然后无所谓地扯扯嘴角,说"我随便变成什么样子都好,你们不用管我"。

后来,倪漾气急,说了很重的一句:"我们再不管你,你就是市一中历史上唯一一个去中专技校读书的人!"

"那又怎么样呢?"

那时的萧烛眼底已经没有光了,但气急的倪漾却没有发现。倪漾委屈地红了眼眶,满脑子都是恨自己为什么多管闲事,好心没有好报:"我多余管你。"

"那你就别管!"在大声地脱口而出后,萧烛仿佛察觉到自己的失态,声音又重归平静,"很多事情你都不知道,你管好自己就好了。"

倪漾一口气憋在胸口,已经被自己巨大的情绪吞噬。她猛地拍上桌子,气得浑身发抖:"是,是我多管闲事。我以后不管了还不行吗?"

从那以后,她渐渐开始疏远萧烛,和另一个女生走得越来越近。她们会一起挽着手去小卖部,会在体育课一起靠在单杠边聊天,一起去卫生间,一起去水房……做那些她以前只和萧烛一起,形影不离时会做的事情。

倪漾承认,她当时是故意想要把这一切做给萧烛看,幼稚得可笑。

但现在回想起来,那时的萧烛一个人承受着家里的鸡飞狗跳,一个人承受着各科老师的施压。而她,作为萧烛最好的朋友,反而又在背后捅了萧烛一刀。

萧烛最需要她的时候,她不在。

至于她们是怎么和好的呢?

中考后,查到成绩的他们回学校听报考讲座。倪漾因为自己大跳水的成绩而痛哭流涕,是萧烛在楼梯间经过的时候,主动抱住了她。说起来也是惭愧,她伤害了萧烛,而萧烛却一如既往地带给她温暖。

因为成绩而焦头烂额的倪漾和萧烛回到正轨,但已经错过最佳的道歉时间,倪漾似乎再也找不到开口的时机。于是,她一边安慰着似乎她们两

个看上去和之前没有什么区别,一边又唾弃着这样的自己,继续着和箫烛一起的高中生活。

但这件事,也一直是倪漾走神时常常回想到的内疚,甚至是深夜的梦魇。

"倪漾?"梁西荷连叫了几声,终于把筷子没动几下的女生叫回了神。自从那次篮球赛之后,梁西荷就经常找她和箫烛吃饭。就算是没有话题,她也能找出很多个话题,没人回应就一个人从头说到尾,从来都不冷场。

倪漾把视线从正小口喝汤的箫烛脸上移走:"啊?"

"抚原市上午的时候地震了,据说是什么……特大型地质灾害,"梁西荷指指挂在食堂上方的电视里播的新闻,"刚刚我和箫烛一直在说这个事。"

倪漾这才发现,偌大的食堂里除了小声窃窃私语的声音、筷子和餐盘碰触发出的声音以外,没有任何往常的大声喧哗,所有人都在盯着平时很少有人看的新闻频道。

"地震了?"倪漾连忙抬头去看,"十一月地震?"

天已经冷了,这个时候地震……

"七级多。"箫烛将碗放下,补充一句,又扭头看了一会儿报道,皱起眉,"特别严重,看这个样子,要派各地的医疗和抢险救灾的支援队过去。"

果不其然,之后的报道就有关于各方紧急响应进行支援。与抚原市相邻的城市都已经派出支援队,行动迅速。只是前方的状况看起来并不好,还伴有余震和大规模的山体滑坡,非常危险。

"我看不了这样的新闻,"箫烛叹口气,又把头扭过来,闭上眼睛,"家园没了,家破人亡。"

"漾漾?"再睁开眼,箫烛见倪漾一直死死地盯着屏幕,她用右手在倪漾面前摆了摆,"你还好吗?"

"没事。"倪漾吐出两个字,整个身体却依旧是僵直的。她的双眼不停地晃着,寒意从背后席卷到全身。

电视里依旧在滚动报道着死伤人数,以及各大医院迅速集结相关主治医生的新闻,还有当地的恶劣环境。倪漾将筷子放下,将手放回校服外套的口袋,已经全然没有胃口去吃饭。她只是死死地攥着口袋里的手机,仰头看着电视屏幕。

她双眼渐渐模糊，泪水在眼底渐渐聚拢，心底的恐惧也跟着报道的声音而渐渐上升。她有一种很不好的预感。

吃完饭后回到教室，倪漾坐在自己的位置上，整个人僵直着看着自己的桌面，一动也不动。她不知道自己是在干什么，是恐惧到了极点而失神，还是不停地在心中祈祷。她只觉得自己能听到外界的声音，却好像只能远远地听见，恍若隔世。

季清延回到座位时察觉到不对，多看了她几眼。

他以为倪漾只是吃得太满足，需要放空来回味一下，也就没管她。毕竟，之前倪漾干过这种事。

"到午休时间了，别说话了！"分针指到"8"，班长一如既往地在班里大喝一声，然后干脆利落地关上灯。

已经入冬，没有电风扇噪音的班里，安静得更容易让人入眠。厚重的深蓝色窗帘被拉上，整个教室笼罩在深灰色的阴影中，似乎有安神的力量。倪漾轻轻吐出一口气，缓缓趴在桌上。

倪漾不再胡思乱想，而是开始缓慢地数着数字，祈祷能有些催眠的力量。

"倪漾。"刚合上眼，班主任老刘的声音就在班门口响起，惊得她吓了一跳。老刘从来都不会在午休叫哪个人，更何况是这么大的声音。

班里其他人也有的又直起身，睡眼蒙眬地望向门的方向。意识到自己的分贝超标，老刘语气温和了一些："出来一下。"

刚刚好不容易被说服后平缓下去的心跳，立刻又提到嗓子眼。在季清延担忧的眼神中，倪漾缓缓起身，出了教室。

倪漾的动作很慢很慢。在老刘把手机交给她的那一刻，倪漾几乎就猜到了是谁打来的电话，以及发生了什么事。

休眠的屏幕因为被拿离耳边而亮起来，上面一串熟悉的号码印证了一切，让她的心直接坠落到谷底。她哆哆嗦嗦地接过手机，张了半天嘴，也只能说一句干涩的："妈。"

"漾漾，"那边听见她终于拿到手机，冷静地噼里啪啦扔下一长串的话，"妈妈现在要去抚原市参与抢救，那边信号不好，而且会很忙，你可能会有一段时间联系不上我。不过不用太担心，一有机会我就会跟你保持

联系的。"

倪漾的眼泪因为这个消息的确定,立刻就砸下来。恐惧被放大到极点,她几乎是握着手机失控地喊出声:"你就不能不去吗?我看报道了,那边不仅有余震,还有山体滑坡。你知道每次救援人员因为山体滑坡,牺牲的有多少吗?"

她生气,不仅是因为那一刻涌上来的自私和恐惧,还因为每次他们大人都那么轻描淡写地通知她自己即将置身于危险之中,似乎毫不考虑她的处境。

走廊里静悄悄的,偶尔有几个人经过,投来询问的目光。老刘心疼着,却也只能拍拍倪漾的肩膀,把她带到走廊尽头拐角处的空旷地带。

"这是妈妈必须要做的事情,那边有很多人需要帮助,漾漾。"倪妈妈的语气缓和下来,轻声劝着。

"你就不能自私一回吗?爸爸已经为了救人而去世了,你要是万一……我怎么办?我要成孤儿了吗?"倪漾强压着心底想要大喊大叫的歇斯底里,努力让自己的声音听上去平静一些。

所有人都说她的一对医生父母很伟大,所有人都夸倪漾懂事,说他们家会有福报。可这些全都是屁话,倪漾宁愿自己有一对平庸甚至是无能的父母,她也宁愿自己是个费人心神的调皮捣蛋的孩子,强迫父母把所有的注意力集中在她身上。

这样她至少不用每天提心吊胆的,这样她至少……

不用在危机的时刻,没有了爸爸。

"漾漾,听话。"倪妈妈的语气强硬一些,但又随即弱了下去,"妈妈给你转了些钱,这次去不知道要多久。如果不够,又联系不上我,你就跟你们班主任说,等事情过去之后妈妈再还给老师。"

电话那边的声音带着轻微的呜咽和颤抖,不再是平日里的盛气凌人:"对不起啊,宝贝。妈妈走得急,晚上不能接你了。晚上走夜路的时候,注意安全。"

倪漾没有说话,只是死死地咬着嘴唇,尽量不让自己哭的声音透过收音话筒传到电话那头。该死的懂事,再一次打败她心底终于敢冒出头的自私鬼。

倪妈妈看了一眼手表,叹气道:"妈妈必须要出发了。漾漾,不管发生什么，妈妈都是爱你的。等妈妈回来，好吗？"

时间仿佛在那一刻静止，已经泪流满面的倪漾点点头。

半晌，她才想起倪妈妈看不到。

"好，我等你回来。"她说。

你一定要回来。

下午下了第一节课之后，终于睡醒的季清延拿着昨晚没做出的题去找物理老师。一中这种重视成绩的学校，往往对实验班有着特殊的优待。实验班的老师们都在同一个办公室，方便学生们问问题。

"季清延，过来一下。"刚探讨完问题准备离开的季清延，在路过老刘的办公桌时，突然被叫住。

少年将手中的本子合上，转过身来，有些诧异："您找我？"

"嗯。"老刘双肘支在办公椅的扶手上，眉头是少有的皱着的，"倪漾的妈妈作为首批医疗救援队的医生，刚刚已经出发去灾区了。她……平时没人照顾。这种情况下，有些时候我可能不太能跟她沟通到位，所以就让英语老师平时多关心关心，问问她有没有什么需要帮助的。"

英语老师是一位四十多岁的、长鬈发的女老师，说话很温柔，为人和善，班上几乎每个学生都很喜欢她。

"你和她是同桌。倪漾这孩子，我之前也跟她初中的班主任了解了一些，是个不喜欢麻烦别人的懂事的小姑娘。"老刘叹气，心疼和不知道该怎么办的头疼，让他揉了揉太阳穴。

之前季清延听到她在走廊哭喊的声音，大概猜到了一些。此时这些话从不擅表达感情的老刘嘴里说出来，更让人揪心。

"她父亲呢？"虽然知道这个时候不应该问这样的问题，但季清延几乎是脱口而出。

"她父亲也是医生，因为连轴做了很多台手术，刚一出手术室人就没了。"老刘闭上眼睛，声音压得很低。

少年拿着本子和笔的手因为这句话，而彻底攥紧。本来冬日里在教学楼阴面的办公室，似乎更冷了。喉结微微地滑动，季清延的脑子里全都是午休时她失控的声音。

老刘站起来，和季清延平视："好在现在有二晚了，学校可以吃晚饭，

在学校的时间也长。你们是同桌,我刚刚也找萧烛说过了,平时多陪陪她,如果发现她在生活上有什么困难,就跟我说,或者跟英语老师说。"

"我知道了。"季清延点点头,他半垂着眼,不再像往常一样注视着别人的眼睛。

他掩着眼底的波澜,努力平静自己的声音:"我和萧烛会尽力照顾她的,谢谢老师。"

谢谢老师告诉我,看似快乐无忧无虑的女孩,其实一直在自己承担着这个年纪不应该承担的事情。

从十一月开始,原本晚自习之后的六点放学,因为又增加了一堂晚自习而变为了九点半,高二生活才算真正步入正轨。倪漾没有胃口吃晚饭,晚饭时间就一个人趴在桌子上,任萧烛怎么劝也劝不动。

见到萧烛给她从食堂带回来的点心一口都没动,吃完饭回来的季清延轻轻用食指,戳戳倪漾的手臂:"写口算题卡吗?"

倪漾的脑袋贴在桌上,两只胳膊圈着脑袋,像是筑起了一道厚厚的围墙。见她没动,季清延的声音又温柔一些,带着些老师诱导小朋友的语气:"我帮你计时,好不好?"

女生的胳膊后,终于露出两只肿得红红的眼睛。倪漾盯着他那双和善的眼睛,半晌,才点点头,乖得像是丢弃在门口纸箱里的兔子。

"那,开始了?"季清延看着她乖乖从抽屉里拿出那本花花绿绿的书,看一眼自己的手表,声音依旧是轻柔的,"加油。"

她的手在他按下手表计时功能的那一刻,迅速地在演算纸上移动,其实她也不想再想东想西,只是这不是她能控制的。大脑受到刺激之后的过度兴奋,让她甚至把往事都一点一滴地翻了个干净。下午上了什么课、学了什么内容,她一字不知,即使是强迫自己把注意力放在学习上,也是徒劳。

可是,不知道是口算题卡有魔力,还是季清延的话可以安抚人心。算术题目不难,所以不用她强迫自己认真读题,也就不会像她之前那样强迫自己读英语阅读,而一个字都看不进去。

一点一点慢慢来,连做了几页,倪漾发现自己竟渐渐全然投入进去。而最后两页的正确率,是百分之百。

"其实你能做到的,对吗?"季清延在上面用红笔写上"100",轻笑一声。

倪漾盯着他浅浅的梨涡，缓缓地咬唇。

你能做到口算满分，对吗？

你能做到照顾好自己，不让妈妈担心，乖乖等她回来，对吗？

她盯着他，良久，才点头："嗯。"

涌到鼻尖的泪意，悄悄地被她用掐手指的方式，又逼了回去。然后，她听到他轻声的安慰，和若有似无的叹息："有我们在，倪漾。"

不再是告诉她要懂事，不再是告诉她，她已经是个大孩子了。

而是，有他们在。

数日后，第二节晚自习结束，放学的铃声打响。季清延把最后一点练习题写完，从教室后面的储物柜里拿回自己的书包，余光瞥到已经站在一班门口的梁西荷。

他起初也以为梁西荷每次来一班是找他的，可后来证明，她和倪漾似乎是关系不错的朋友。可能是篮球赛那次他多虑了，毕竟对于一中和南华这种生源比较固定的学校，她们又都是一路从小上重点班到大，说不定曾经也是同班同学。

"我走了。"倪漾站起身将书包背好，轻轻地推好椅子。

"注意安全。"季清延将桌上的黑色笔袋收进包里，抬头看着她点头。

箫烛已经在门口催了，倪漾应一声，又笑眯眯地将左手半抬起，重复几遍手心攥成拳又张开，像是做手语操时花开的动作："拜拜。"

"快走吧，天都这么黑了。"季清延无奈地睨她一眼，强压着嘴角继续收拾着自己的东西。

"嘿嘿。"一如既往地憨笑一声，憨憨的姑娘就小跑着穿过大半个教室，一手挽起箫烛，一手挽起梁西荷，有说有笑地离开教室。

只是……季清延总觉得哪里似乎有些不对。被倪漾拉着的箫烛，感觉上并不是那么开心。

女生的事情，他也不是很懂。季清延将书包背好，和林榷打声招呼才走出班级。

从学校门口到家要经过的路，只需要绕着学校的围栏转一个弯，然后

112

一路径直走下去。那条路很平坦,九点半下晚自习之后人也非常少,和马路上堵满了接送孩子的车辆截然不同,一眼就能望过去。

自从开始实行第二晚自习后,倪妈妈有时间就会来接倪漾。季清延走在后面偶尔看到,也放心很多。毕竟也是走同一条路,他往往到自己家的路口时,就回家了。

只是,最近不一样了。

学校后面这条街,两旁种的都是高大的梧桐。夏天枝叶繁茂,和学校围栏里的梧桐枝叶能连成片,走在底下像是进入了爱丽丝的仙境。但到了冬天,就只剩一堆光秃秃的枝干在头顶交叉。

月亮就半挂在这枝干的空隙中,看上去阴森森的。说实在的,倪漾走在这条路上还是很害怕的。昏暗的路灯起不到半点驱逐恐惧的效果,反而是有一种恐怖片的感觉。

她通常会拿出耳机把音乐的声音调大,全身汗毛都竖起来,然后盯着隔一段时间出现在自己前面的影子,仔细地观察身后是不是有坏人。

反正,她就是不敢回头看。

她紧张的时候,肩膀会耸起来,插在大衣口袋里的手也会下垂,胳膊尽力伸直。季清延通常都是在远处跟着,好笑地看着她那一副整个人都处于戒备中的样子。

被梧桐粗壮的枝干切成块状的黄色灯光,移开又回到她绷直的背影上。包上那只红色的御守小挂件,跟着她的动作一晃,又一晃。深秋的风吹起她的马尾,那只御守也跟着荡了起来。

明明是偷偷跟在她身后的,但这种时候,季清延却莫名地希望她转过头来。就像是日漫里经常会出现的那样,风吹起她的头发,她半侧过脸来,在望见他时,原本蒙蒙的表情瞬间笑开。

想是这么想,可如果她真的转过头来看到他,季清延也的确没有想好自己应该如何面对。所以也就只能这样,在她身后的那片黑暗的影子里,内心在期待和退缩间来回地摆着。

倪漾住的小区物业很严,保安要挨个查卡才能进去。季清延通常都会看着她进小区,等那扇过人的小门关上,才转身离开。偶尔,她还会去对面的小卖部里买一罐冰镇苏打水,单手在门口打开,灌下一口,静静地望着黑夜中那如街道路灯般昏黄的月牙。

楂南市的空气一直都不是很好,很少能看见星星。但万幸的是,有一颗星星落在了地上。

季清延又看一眼对街的那一排高楼,眼睛扫过去时,却无意中看到正对着他的那栋楼,一扇窗户后趴着个小姑娘。小姑娘穿着的是楂南市一小的校服,深绿色的,很好辨认。

可能是没想到季清延会发现自己,小姑娘慌了一下,本来趴在阳台上的身子立刻就直起来,脑门儿上磕在玻璃上。

看着小姑娘吃痛地捂着额头,季清延轻笑一声,修长的手指将那罐苏打水向上提了提,含笑打个招呼,才转身离开。

回到家,一瓶苏打水也喝得差不多了。换好拖鞋拎着书包走到客厅,季清延轻轻踩开垃圾桶,将空罐扔进去。

正坐在沙发上的柳蕴见他回来,立刻就站起来,把茶几上削好的那盘水果递给他:"怎么最近回来有些晚?路上耽搁了?"

从这里走到一中的时间她算过的,季清延比她腿长,走得快,居然要用两倍的时间才回家。

"上次月考之后,就经常有同学来找我问一些题目。二晚写完大部分作业之后总是有些不会的,问我的人也比较多,所以就晚出来一些。"季清延说的是实话,只是稍微有一些夸大的成分。

和柳蕴朝夕相处三个月,最开始的不适应感渐渐褪去,他说话也通常带着淡笑,温和了许多。

"你跟我还要瞒着?"柳蕴挑眉,从季清延手中的盘子里拿了块苹果吃掉,"你们班主任给我打电话了,我知道你同桌的事情。小姑娘一个人生活挺不容易的,要不然周末叫来家里吃饭?"

柳蕴和季清延的亲妈完全是两个类型,也许是和生活背景有关。柳蕴生在艺术世家,小时候跟着爷爷学国画,后来开了画廊,自己本身也是画家。所以平时说话语速很慢,也很温婉。

季清延摇摇头,又把手中的盘子向前推了推:"班主任找我们帮忙,也是因为她的性格太不喜欢麻烦别人,叫来吃饭可能会吓到她。她家住得不远,就在下一个十字路口的小区。我怕她不安全,也只是远远地看着送一下。"

"你这样做得不错,我没意见。"柳蕴又拿一块苹果,仿佛忘了这盘水果是给季清延削的。

她嚼着苹果,眉头却又突然地蹙起:"只是……我作为个大人总得做点什么吧?"

季清延看着她那老季口中的双鱼座特性而引发的多愁善感,笑着收回还剩半盘的水果:"她很喜欢吃您经常给我的焦糖饼干。"

"真的?"柳蕴刚刚还渐渐起雾的眼睛,瞬间亮了起来。

她立刻穿好拖鞋,小跑着一溜烟就进了餐厅,再出来时,怀里大包小包的都是各种零食。她困难地抱着,似乎是把一零食柜的存货都拿了出来。

她一边因看不到路而小心翼翼地用脚探着,嘴上也不闲着:"清延啊,把这些都给小姑娘带过去,就说是阿姨的一点心意。她要是不说喜欢吃哪个,你就观察观察,我天天去超市给她买。"

季清延见她那样子,一个没忍住便笑开。他走过去把零食都揽到自己的臂弯,眼底的温柔笑意,倒是有些像别人家父母无奈地看着自家孩子一样:"就不怕我都偷吃了?"

"偷吃了?"柳蕴的眼睛瞬间瞪大,保养得很好的右手立刻就举到和脑袋同样的高度,"我和老季一起揍你。"

季清延索性也不憋着笑了,把零食都抱进自己的怀里,向自己房间的方向丢出去一个眼神:"开门吧,季家的少女。"

他不仅承认了她是季家的一分子,还夸她是少女。好像突然之间,她之前做的所有的努力,全都被季清延肯定了。柳蕴愣了一下,随即立刻反应过来,小跑着去给他开门。

门关上的那一刻,季清延隔着卧室的门,甚至都能听到柳蕴狂奔到书房门口,大力拉开门,高兴地冲老季显摆自己被叫"少女"的声音。

他好笑地将怀里一个小山的零食都倾倒在床上,又将书包轻放在书桌边。手里的手机一直都没有新消息进来,他坐进椅子里,长腿一伸,转了一圈,才笑着打了一行字上去。

季清延:傅云实,你有没有一个特殊的时间,"岁月静好"这四个字突然闯进你的脑袋里过?

半天,那边才回了一条。

傅云实：考完全选 D 的理综魔鬼卷子之后，核实答案时。

季清延：[省略号.jpg]

其实季清延也不知道自己为什么会突然和柳蕴开玩笑，也许是这段时间和倪漾相处下来，偶尔斗嘴斗习惯了。

不过，这样的感觉还不错。

  喜欢一个人，会让你慢慢地改变。

  她会让你变得更好，慢慢地教会你，你以前不擅长的东西。

        ——《暗恋星球飞行手册》第 11 项注意事项

- 第五章 -
冬夜的宇宙飞行游记

1. 宇宙独播剧场——《真爱至上》

单数的友情,真的不能触碰吗?

倪漾曾经就听班级里的女生说过,一起玩的朋友的数量永远都不要是单数。那时她不以为然,因为她只有一个关系最好的箫烛。当然,即便是在高二,她依然也是这么觉得,只是别人不这么认为。

"倪漾,你快点,我要饿瘪了。"中午前的那堂英语课有些拖堂,站在门口等很久的梁西荷苦着一张脸,催促着。

倪漾已经到门口,只是箫烛今天慢了一些。她拉着梁西荷的胳膊,耐心道:"等一下箫烛,好吗?"

"我真的好饿,漾漾,"梁西荷的胳膊前后晃动着,噘起嘴,带着浓浓的撒娇,"我今天早上都没有吃饭。"

"可是……"

倪漾话还没有说完,就直接被过来的箫烛打断。箫烛冷冷地扫一眼反抱着倪漾胳膊的女生,嗤笑一声,语气冷淡:"你们以后不用等我。"

"怎么可能不等你,"倪漾另一只手连忙捉住箫烛,将她拉到自己身边,小声问道,"你是不是不高兴?"

箫烛看了梁西荷一眼,视线又移回到倪漾的脸上。倪漾绷着唇,一双眼睛正紧张地盯着她,等她给出一个答案。如果按往常的性子,箫烛一定会毫不在意梁西荷的面子，直截了当地说"是"。

但最近倪漾烦心的事情太多。不仅是家里的事，下周又马上是一轮新的月考。这是倪妈妈不在身边的第一次考试，她知道，倪漾有多想努力考出一个特别好的成绩。

最后，箫烛还是把眼睛瞥到一边的地上，说："没事，只是最近压力有些大。"

她拉了一下倪漾的胳膊："走吧，去吃饭。"现在不是说这个的时间。

市一中的午饭都是抢着吃的，即便是这帮椹南市拔尖的孩子头脑无比聪明，也大都习惯跑着去吃饭——迅速解决完，再回班多看一会儿题。

倪漾她们到食堂时，已经没什么菜了。随便找人少的队伍点一碗面条，倪漾找个空位坐下，拿起桌边的醋瓶一圈一圈地倒着，眼睛却始终盯向吊在天花板上的电视。这几乎是她这些天以来的常态，目前整个救灾过程已经结束探测救人的阶段，现在更多是保障临时安置点、救治伤员、防疫和重建。

昨晚她好不容易收到倪妈妈的短信，即便是几个字，也让终于确认安全的她长吁一口气。只是今天早上起来时，倪漾的神经依然紧绷着，可能是潜意识里怕又发生余震。

"马上就十二月了，这个学期过得好快，"梁西荷在箫烛后面把餐盘放到桌上，也跟着坐到倪漾对面，"我现在已经开始想元旦的假期了。"

倪漾用筷子将面拌开，挑起眉："别，我可不想，元旦就意味着期末考，我还不想那么快地升天。"

"虽然这段时间没有小假期，那也要休息一下。"箫烛拿着还没用过的筷子，将自己餐盘里好不容易抢到的排骨，夹给倪漾几块。这段时间，倪漾吃饭都没有什么胃口，整个人瘦了一大圈，不仅之前暑假养的膘都瘦回去，下巴更是一天比一天尖。

"月考之后，要不要出去看个电影？"箫烛连看都没看梁西荷，低头用勺子吃着土豆，"听说有一个动画电影上映了，导演好像是叫新海诚。"

"新海诚吗？《秒速五厘米》的导演？"倪漾将嘴里的面咽下，终于来了兴趣。

但不过几秒，她刚刚亮起来的眼睛又暗下去，有些惋惜："可我已经和西荷约好了，我教她用 PS 调色。"

萧烛一愣,刚刚还自然上扬的嘴角僵住。她尴尬地笑着:"是吗,我怎么不知道?"

整张小桌骤然安静,萧烛和倪漾对视着,只有梁西荷似乎像是什么都没发生一样地小口吃着自己的食物。直到把餐盘里的炸鸡柳都吃完,那张婴儿肥的小脸才抬起来,梁西荷慢悠悠地从外套口袋找出方巾纸擦擦嘴,才神态自若地解释:"昨天晚上,我微信找漾漾问了道题,正好就聊到我想学一下如何处理照片的事情。"

视线瞥到一边,倪漾的底气也有些不足:"我想着那天也没什么事,就答应了……"

萧烛只觉得自己嘴唇发干,她抿住嘴,盯了倪漾半天,也没见倪漾抬起头。半晌,她点点头,语气冷淡地站起身拿起餐盘:"挺好的,你们吃。"

齐耳的短发随着她猛然转身的姿势,在空中四散开。萧烛挺直后背,走到垃圾桶边将只吃几口的食物倒掉,再利落地侧身将餐盘扔进回收的巨大塑料箱里。动作极其流畅,力道控制得刚好。如果不是刚刚发生了无言的对峙,甚至猜不到她此刻的怒火。

人来人往的食堂里,倪漾的视线一直跟随着萧烛,直到她的身影消失在挂满塑料片的门帘后。她又看一眼坐在自己对面的梁西荷,垂下眼夹起面条,再也没有说话。

萧烛和倪漾一下午都没有说一句话,就好像之前的那一天再次重演。晚上吃饭,萧烛也没有和她坐在一起。

"怎么回事?感觉你和萧烛今天怪怪的。"迟钝如林榷,都在放学的时候感到异样。他有些担忧地一边收拾自己的东西,一边不时地回头看看倪漾。

倪漾也正因为这件事在烦心,直接一句话撑回去:"跟你没什么关系。"

话音刚落,从教室后面拿完书包的萧烛就从他们旁边的过道经过。擦肩而过的一瞬间,倪漾没多想就扣住萧烛的手腕,歉疚的声音半晌才响起:"萧烛,我们一起出校门吧?"

道歉的话在嘴边,可又在说的那一刻改变。

萧烛回过头来看着倪漾,深吸一口气。毕竟是多年朋友,她最后选择顺着倪漾给的台阶而下:"好。"

"我今天自己坐地铁回家,我妈去外地出差,又赶上我爸值晚班。"似乎是为缓解尴尬似的,萧烛又接了一句。

"你自己一个人行吗?你家不是住……"倪漾一愣,本来就因为摇摇欲坠的友情而微皱的表情,染上一层担忧。

正站在前面位置收拾书包的林榷,也再次回头看过来。

萧烛不是椹南市本地人,父母在这里打拼多年,前几年才终于贷款买下一套房子。只是椹南市房价是出了名的天文数字,一中又是在教育质量最好的一个区。思前想后,他们还是无奈地把房子买在近郊。

近郊正处于发展期,到处都是建楼的工地,人员比较杂。有些街道夜晚时只有寥寥几盏路灯,很不安全。萧烛的父母也不放心,平日里下晚自习后,都是他们开车来接。

"没事啦。"萧烛拍拍倪漾扣着自己手腕的手,反过来安慰她,"那边有很多上班族租房子,加班的人很多,我可以跟在人群里一起走。而且平时和你出去玩到稍微晚一点,不也都是我自己回去的嘛,我家离地铁站也不远。"

即便萧烛这么说,倪漾还是一百个不放心。临走到校门口,她还是一把拉住萧烛:"你下地铁就给我打电话,等你到家,我再挂断。"

倪漾表情很真挚,眼睛在黑夜里亮亮的,认真地盯着萧烛。

"嗯。"萧烛笑了一下,点点头。

和梁西荷说过再见,又将萧烛送到学校对面的地铁站,倪漾拐过回家路上的那个弯,校门口家长们的声音渐渐小了下去。

她一如既往地将耳机戴上,打开歌单,随机听着。只是回家的路才走一半,倪漾总是感到自己的右眼皮一直在微微跳着,就连随机播放的歌,都是八三夭的那一首《水星逆行》。

她心里有些慌,加快往家走的步子,把刚刚扔回口袋的手机又拿出来。借着些路灯光亮,她还是不放心地查了一下从学校到萧烛家地铁站,最少会花费的时长大概是四十分钟。

定好闹钟,她的心里也一直算着这个时间——回到家写完一张英语报纸,差不多时间刚好。

她做英语报纸的实际速度,和估计得差不多。将闹钟关掉,倪漾起身去客厅倒杯水,一边喝着,一边拨出电话:"你下地铁了吗?"

电话那端很吵,地铁报站的声音也被收了进去。估计是椹南市的地铁太挤,萧烛过一会儿才把手机拿到耳边,声音疲惫:"我刚下,还没出站。"

客厅没有开灯,只有窗外透过的淡淡月光,和身后那扇卧室门后的光亮。

"嗯。"倪漾抬头又喝了一口水,听着电话那端出站刷卡机"嘀"的一声,干涩的嘴唇缓慢地张合,"萧烛,我今天想了一下,真的很对不起。我一会儿和梁西荷说一下,和她商量改个时间。"

"没事,我今天也是心情不太好,我……"刚刚还平静说话的电话那端,突然被一声尖叫代替。

"萧烛?"倪漾一惊,手中的玻璃杯应声砸到地上,她颤抖着手,又抓紧手机喊了几声,"怎么了?萧烛?"

到最后,她连嘴唇也开始微微颤抖。

可那边除了一阵翻天覆地的衣料摩擦声,和模模糊糊的交谈喊叫声,并没有人回应。

几秒钟后,只剩下冰冷的忙音。

浅粉色半透明的玻璃杯碎片铺了一地,在寂静而又黑暗的客厅里,反着幽暗的光。

有的人,在危险的情况下会越来越慌乱;而有的人,则越危险,越镇定。

倪漾无暇顾及脚边已经碎裂开的玻璃杯,手指颤抖地按上三个数字,将事情过程和萧烛家附近的地铁站名报出去,挂断报警电话后,她又立刻给班主任老刘,以及萧烛的爸爸打去电话。

将一切自己能做的事情办妥之后,她才跌坐在沙发上。过度的恐惧让她的脑袋里不停回放萧烛的那一声尖叫,以及可能会发生的各种可能。

她感觉自己的脑袋要炸了。

她还没有和萧烛正式地道歉,她还欠萧烛没有说出口的对不起,还没有和萧烛一起去看新海诚的新电影……握紧手机,她蜷缩成一团,抱紧双腿,将脸深深地埋进臂弯。

她很怕接到电话,因为那天通知她父亲正在抢救的电话,就是她接的。但她又在此刻很想接到电话,很想接到所有人告诉她"萧烛平安"的电话。

在一片黑暗中，倪漾闭上眼，冰凉的眼泪一颗又一颗地砸落，洇湿她深蓝色的睡裤。

季清延知道这件事时，老刘已经开车往事发的地方赶了。他到厨房把吃完水果的盘子洗好，路过客厅刚准备回屋时，突然被坐在沙发上追剧的柳蕴叫住："清延，你们班同学好像出事了。"

她精致的眉眼皱成一团，电视也不看了，一直盯着手里的平板电脑。

季清延心中一惊，眼前快速回放了一遍今日的种种，确认自己把倪漾安全送到小区里。他尽量压着声音中的颤抖，走过去："怎么回事？"

"好像是有个孩子出地铁站的时候出事了，你们班主任在往那边赶，让家长群里的家长都确认一下自己的孩子有没有到家。"柳蕴将平板电脑递过去，话语里满是担忧。

已经有很多家长在群里报数，季清延向下一一划过去，表情也越来越阴沉。柳蕴看他的脸色不好，更觉这事的严重，赶紧从沙发上摸到自己的手机："要不然我给老季打个电话，问问他有没有认识的朋友，可以帮忙找找看。"

老季今天正好在外面应酬，现在还没回家。

"谢谢。"季清延点点头，几乎是在同时转过身，拿着平板将大衣外套穿上，"我出去一趟，马上回来。"

已经快十一点，正等着电话接通的柳蕴几乎要从沙发上跳起来，刚想阻止，却又想起季清延那个独自在家的同桌小姑娘，最后只化作一句提高语调的提醒："你记得带手机！"

"带着了。"紧接着，是门关上的声音。

从自己家到倪漾家的小区不过几分钟，季清延拨去好几通电话，却没有一通接通，甚至每一通都只是响了两声，就被挂断。已经十点多了，他有些担心倪漾的情绪会因为母亲和朋友的双重压力而崩溃。

可是这么晚了，他去一个独居女孩子的家里也不是很妥当。正在倪漾小区外面踟蹰着，季清延皱着眉抬头思考解决方法，却看到不高的楼层窗户后面，一个小姑娘的身影。

她正手拿白色的相机，穿着粉色的长袖睡衣趴在窗户上，向下拍着什么。见季清延望过来，小姑娘没有了上次被发现时的慌乱，反倒是没心没肺地笑着冲他摆摆手。

季清延出于礼貌地点头应了一下，低头看一眼手上的平板，在视线扫到桌面上的图标时，灵机一动。

柳蕴心态很年轻，平时是追星族里的妈妈粉，演唱会、应援、周边、后援会一样都不落下。季清延点开图标，修长的手指在屏幕上点了几下。他把字调大一些，颜色也换成瞩目的亮黄色。然后，他把平板拿起来，屏幕向上扬，朝着那扇窗户的方向。

黄色的大字在黑屏的大型号平板上慢速滚动，很是清晰，不愧是陪柳蕴征战各大演唱会的应援软件：你认识倪漾吗？

小姑娘看着那两个字，犹豫片刻。平时邻里之间也都只是打个招呼，她只知道名字大概是怎么念，却不能确定就是这两个字。

季清延见她没有反应，叹口气，将胳膊收回来，替换成几个字：上次我送回来的那个女生，一中高二实验班的倪漾。

自从倪漾借给她微单玩之后，小姑娘为不让家里人发现，经常会偷偷趴在卧室的窗边拍些什么。虽然每天都是那些景色，但倪漾曾经和她说过，即便是同样的景色，同样的位置，每一次拍摄也都会有不同的感觉，甚至是意外的惊喜。

那天无意中撞见倪漾被季清延送回家，她觉得那可能就是意外的惊喜，没忍住就拍了几张，才让他刚巧抓到。

小姑娘点点头，又怕他看不见似的，用两只胳膊比出一个很大的钩。

季清延又打了几个字：你有手机吗？

楼上的那扇窗户后面，回应的依旧是同样的手势。

小姑娘见他把自己的手机号打在滚动的屏幕上，也许是出于对外表的刻板印象，她觉得季清延一定不是坏人，连想都没想就按下那个号码。

"你好，我是季清延，倪漾的同桌。"电话很快被接通，男生的声音清冷得像是今晚的月光。

小姑娘怯声道："你有什么事吗？"

"可不可以拜托你家里的大人，去看一下倪漾的情况？"季清延无奈地叹气，声音里不知不觉掺进一份温柔，"她的朋友出了些意外，我现在也打不通她的电话。"

小姑娘一愣，又确认一遍："是朋友出了意外，不是倪阿姨吧？"姥姥说这几个周末，因为倪阿姨不在家，姐姐都会来她家里吃饭。

知道自己没有找错人，季清延紧绷的神经稍稍松一些："是她的一个很好的朋友，我怕她现在一个人在家里出些事情。"

"好，我知道了。"那扇窗户后面的小身影已经消失，紧接着，电话那边传来开门的声音。

"麻烦你之后再给我回一条短信，"沉吟一下，季清延又加了一句，"不要跟她说我来找过你，就当作邻里间正常的关心，好吗？"

季清延婉转又有些犹豫的措辞，让小姑娘立刻理解他的意思，笑眯眯地连忙应下。她没有吵醒奶奶，把知道的事情一五一十地告诉正准备睡下的妈妈。即便免不了挨一顿批评，但妈妈还是带着她一起上了楼。

门敲了一会儿才开，打开的那一刻，她们看到眼睛已经肿得不行的倪漾，瞬间愣住。

"阿姨，有什么事吗？"倪漾一直都在等老刘给她回一个"一切平安"的电话，却一直没有等到，神经的高度紧张已经让她整个人都疲惫到极致。

没等妈妈开口，小姑娘穿着睡衣，怀里抱着她最喜欢的那只粉色兔子，扬起甜甜的笑："姐姐，我今晚可以和你一起睡吗？"

"我们不太放心，过来陪陪你，"阿姨看到倪漾这副样子也是心疼不已，进屋后强行把灯打开，"你再这样下去，你妈妈会担心的。"

适应黑暗的双眼被亮起的顶灯刺痛，倪漾条件反射地用手去遮，泪水却又无声地再次滑下。

而那个站在围栏外的少年，仰头看到一扇窗后的灯亮起，才活动一下因为举平板而酸痛的手臂，放心地转过身离去。

等到深夜，倪漾才接到老刘的电话。

萧烛是在离地铁站不远的地方，差点被一群流氓猥亵。万幸的是，听到她和倪漾在学校里对话的林榷放心不下，偷偷送她回家，随即冲上去把那群人拦了下来。

"小伙子皮糙肉厚的，看得出来是在球场上摔惯了。左臂骨折，其他就是瘀青和擦伤。"老刘明明也已经疲惫至极，却还是强装幽默让她放心，"还好你及时报警，没让他白挨揍。"

无论如何，也已经是不幸中的万幸。

又和老刘聊了两句，躺在床上的倪漾挂断电话，松了口气。她看向一直坐在床沿的阿姨，轻声说了句："谢谢。"

谢谢她们在她最需要温暖的时候，及时地出现。

"快睡吧，你明天还要去学校补课。"阿姨心疼地轻拍拍倪漾，将被子替她和已经睡熟的小姑娘掖好，又俯身关好灯。

一声门响后，本来蜷缩着睡得正香的小团子突然凑近倪漾。她用手指捅捅倪漾，等倪漾睁开眼睛。

"姐姐，你有看过《真爱至上》那部电影吗？"小姑娘圆圆的眼睛亮亮的，压低的声音带着没能完全压制住的兴奋。

现在的小孩子都这么能熬夜的吗？倪漾将右手枕在脑袋下，迷迷糊糊地小声应道："看过啊。"

"那你记得那个男生站在门口，拿着一堆写好字的白纸，一张一张地更换，向喜欢的人表达情感的经典片段吗？"小姑娘的腿在空中调皮地抬起，又放下，"姐姐如果以后遇到了一个这样的人，会喜欢吗？"

倪漾脑子已经成一团糨糊，强撑着意志给小姑娘重新盖好被子，嘴里的话说到最后已经变成轻哼："这样浪漫又真挚的人，会嫁给他吧。"

2. 真的很难，对最亲的人说抱歉吗

第二天，箫烛和林榷都有按时到教室。林榷的脸上挂了彩，贴着纱布，左臂也打着石膏挂在脖子上，看着很惨，却依旧在跟朋友们耍宝，引得周围男生女生们不时哄笑。很多人喜欢听他像是漫画和小说里的青春英雄事迹，一群人将他围着，不断抛出些没头没尾的问题。

周末的补课，通常都是一堂接一堂的一个半小时的大课。第一堂大课下课，倪漾托着腮，视线穿过那些围拢过来的人，一直看向不远处箫烛的背影。她想说的话太多，但脑子依旧是一团糨糊。

也许是嫌太吵，季清延破天荒地在这个课间直起身。他瞥一眼倪漾，半晌，才说："跟我来。"

声音冷淡，应该是还带着些被吵醒的不悦。

倪漾讷讷地看着他起身，高高的身影，将她圈进他的影子。他没有给她太久的愣怔的时间，那片影子很快便从她身上移开。见他是往储物柜的方向走，她思索一下，又看了一眼箫烛，才跟上。

季清延利落地将自己的储物柜打开，又把瘪瘪的书包拿在手里，另一

125

只手则指指储物柜里面。储物柜很深,通常都被学生们在书包后面塞满各种各样的参考书,甚至还有体育课前换上的运动鞋。季清延看上去应该是前者,可他的柜子里却满满的都是微反着光的五颜六色的包装袋。

顺着他的食指看过去,满柜子的零食让倪漾有些诧异,不懂他是什么意思。

"这是……我妈给你的零食,她知道你最近的事情。"季清延垂下眼,内心因为刚刚改口的那两个字,而微微波动着。

他深吸一口气,笑容有些无奈:"她把这个叫作'燃料',带着它,可以让你冲破一切不安分的声音,去做你心底最想去做的事情。"

"先给你两包。"也不管她的反应,季清延骨节分明的大手从里面掏了两包膨化食品出来,浅浅的梨涡又出现在脸颊,"燃料也不能加太多。"然后不由分说地塞进她的怀里,利落地关上柜门。

被硬塞两包零食,倪漾的手指摩挲着锯齿状的边缘。她看着他浅浅的梨涡,缓缓眨过眼睛,也跟着深吸一口气。

——去做你心底最想做的事情。

"还好吗?"两包零食被轻轻放在桌上,萧烛不用抬头,就知道这是谁的声音。

她昨天经历了巨大恐惧的刺激后,显得仍有些魂不守舍。见倪漾来了,她也只是简单地笑笑:"还好。"

把桌上下节课不用的书本都收起来,萧烛托腮看着正处于人群中心的、那个挂了彩的少年:"还好林榷救了我。"

倪漾没有回话,只是咬住嘴唇。这次她聪明了,没让自己冲动地说错话。

可这小动作瞒不过萧烛:"我昨天回去之后,有想过你之前很多次试图和我说的话。你说他帮过我很多次,是吗?"

她的声音很轻,不像是寻找一个答案。

"我以为你不愿意听。"倪漾慌乱地垂下眼,卷翘的睫毛微微地颤着。

"你说吧。"萧烛舔了一下嘴唇,靠进椅背里,声音低落,语气却又平静得出奇,"我突然觉得,以前太自以为是的人,是我。"

班里的同学大多围在林榷身边,教室另一边的这里却是空荡荡的,像是分割开的两个世界。倪漾又偏过头,深深看了一眼人群中正羞涩笑着的壮硕少年,半闭上眼睛:"好,我都告诉你。"

126

已经入冬，室外的寒风不时地刮进班里，翻动靠窗几排座位上的书本纸页。

"你中考之前那几个月，学习成绩非常不稳定，还记得吗？"倪漾盯着箫烛的眼睛，问道。

那个时候，箫烛的父母因为买房还贷，压力很大，每天都在吵架。她很讨厌那样的家庭氛围，也日渐烦躁，成绩波动很大。当时的几个科任老师每天轮流找她谈话，但效果微乎其微。

箫烛低着头，轻点一下："嗯。"

"林榷专门跑去办公室，用课代表登成绩的公用电脑，打印了当时初三全年考试的排名。算过一遍之后，他发现你很有可能会被挤出一中优秀学生协议的范围。所以他一模和二模两次成绩大跳水，只是为了能让出一个名额。"

优秀学生协议，就是可以保障优秀学生在考砸之后，仍能够按学校录取分数线减二十分录取。其实一中能签这个协议的学生大多也不会考得这么差，但也都以防万一地签了，根本不会将名额顺延。就比如，不幸用到协议"分数优惠"的倪漾。

林榷当时没有想过，万一让出的位置没有给箫烛，会不会便宜了别人。他的直线思维很简单，当时倪漾问他这个问题，他就"嘿嘿"一笑，反问倪漾她不是都说了是"万一"吗。如果是万一，箫烛真的争口气，顶了那个位置呢？

那一年，一中只签了八十个保底协议，箫烛就是那第八十个。

"还有啊。"倪漾回想着以前的种种，不光是林榷和箫烛之间的事，还有她们之间的事，心中泛起酸楚。

她吸一下鼻子，才继续说下去："你初二的时候，不小心磕坏了地理教室的长江三角洲模型。当时咱们班没人不怕'灭绝师太'，你都吓哭了。是林榷主动去办公室找老师认错，不是'灭绝师太'没有计较这件事。还好'灭绝师太'挺喜欢林榷的，只让他打扫了一个月的地理教室。"

"这样的事情有很多很多，小到可能我给你的感冒药是他偷偷塞给我的，大到我刚刚说的那些，悄悄为你分担的很多事情，"倪漾眼底已经有隐隐的泪花，她提起嘴角，手心朝上地摊开，无奈地笑了，"说实在的，很多时候我都特别羡慕，你身边有一个人，这样温柔地陪伴着你。"

一阵狂风呼啸而过，重重拍打着窗框，瞬间将屋内的窗帘卷出窗外。一时间，整个班里各式各样的书本纸张"哗啦啦"地迅速翻着，单页的纸片散落一地。

有人惊呼着赶紧去关上窗户，但深蓝色的窗帘却被吹得横起来，几乎和挂轴在一样的高度。萧烛抬头，望着大半截都在窗外随风飘着的窗帘，重重地叹了口气。

窗帘被站在椅子上的同学捉住时，萧烛也站起身。倪漾慌忙地追上去，却意外地看到萧烛将林榷叫出了人群。

在教室后面的空地，萧烛用他们三个人可以听到的音量，平静地看向林榷："周末一起去看电影吗？"

打着绷带的男生一愣，条件反射地因为紧张想用左手摸摸后脑勺，却尴尬地因为石膏的挂脖而扯了一下脖子。林榷吃痛地叫了一声，随即，三个人相视着笑开。

在笑声中，倪漾缓缓地举起胳膊，做请示状："嗯，我需要明示一下，这个'一起去看电影'，还有我。"

"当然，哪能忘了您啊。"林榷夸张地点头，却又因为萧烛掐上他胳膊的力道而龇牙咧嘴。

"其实……"倪漾拉上萧烛的胳膊，"我还有话……"

说出一半的话，再次被上课铃打断。

萧烛怜爱地摸摸她的脑袋，亲昵地又弹一下她的额头："先上课吧，有什么事下课说。"

看着萧烛离开，倪漾张着嘴，仿佛因为这个铃声而失去了语言功能。

为什么没有先说对不起呢？

她不知道。

之后的午休和课间，萧烛都毫无例外地被老刘叫走，她也一直都没有找到空当。

"老刘找你，是又有什么事吗？"一直到晚上，倪漾终于抓到机会，想和萧烛把心底的话讲出口。

"他跟我谈了一个课间，心理老师中午跟我谈了谈，英语老师也聊了一下，"萧烛无奈地笑笑，"可能是怕我留下心理阴影。"

倪漾垂在身体两侧的手握成拳，又松开："一会儿一起出学校吗？"

128

"不了。我爸爸现在正在办公室,他今天虽然加班,但下班稍微早一些,就被老刘叫过来了。"萧烛冲她眨眨眼睛。

掩起眼底的低落,良久,倪漾才说了一句:"哦。"

婉拒梁西荷想要等她一起走的邀请,倪漾一个人磨磨蹭蹭地收拾东西,眼神却不停地瞟着那个已经坐回自己的位置上,默默写卷子的背影。

是真的害怕道歉吗?

倪漾突然觉得,自己更多的是害怕说出这件事后,反而会让她们之间已风平浪静的平衡,再一次被打破。

如果她们都已经默契地忘记,再一次翻出来,真的是对的选择吗?倪漾不知道,也不敢想,她好像已经把自己置于一个进退两难的时刻——应该说,但又不敢说,却又更害怕真的不说。

和亲近的人说一句对不起,究竟是简单,还是困难?

至少对于她而言,是后者。就好像是考试之前老师画的重点,明明知道那是对你好的东西,是应该要去做的事,却总是磨磨叽叽,抱着侥幸心理,当考试成绩出来时才悔恨不已。

但人生比考试残酷得太多,它从来不会给你重考的机会。错过一次,就只能被时间的长河向前推着走。

椹南市的冬日,自从开始烧暖气,整个天空都蒙上一层更深的迷雾。路灯发出的光似乎变成了光柱,还能看到一团一团的颗粒。

她出校时因为愣神而耽搁一些,这个时候,校外已经没有什么车了。寒风依旧无情地刮着,她脖子上灰蓝色围巾的一截在空中飘着,像极了早上窗外飘荡无援的窗帘。

风速在降至一个速度时陡然再次加快,呼呼的风声灌入耳朵,像极了萧烛的那一声尖叫。倪漾的肩耸得更厉害了,脚步也越来越快,越来越快,似乎下一秒就要跑起来。

直到一只手拉住她书包上的提手。

在她尖叫前,手的主人冷静地先念出她的名字:"倪漾。"

季清延的声音像是有魔力一样,让她紧绷的心立刻就松了下来。倪漾转过头,看着比自己高了大半个头的少年,因为刚刚的惊吓,嘴角还有些僵硬:"你……"

"我家也住在这条路上，"他停顿一瞬，语气平淡得几乎没有什么波动，"年底不太平，我送你回家。"

他刚刚一如既往地跟着她，可看到她明显因为昨天箫烛的经历而担惊受怕的样子，最后还是于心不忍，快走两步追上来。

倪漾没有说话，只是点点头。

冬天的砖地很硬，她和他并肩走着，脚上的硬底板鞋踏在砖块上，发出轻微的响声。

"你害怕吗？"良久，季清延才淡淡地抛出一个问题。

——害怕吗？

——当然怕，怕死了。

这个问题就好像是给倪漾的泪腺开了闸，刚开始只是像断线的圆珠一颗一颗地向下掉，砸碎在砖块地上。但也不过是几秒，她突然哭喊出声："我怕。"

她的脚步停住，侧过身，满脸泪水地抬起头："季清延，我好怕没有爸爸之后，要没有妈妈，还要没有箫烛。"

那是她在经历了这些之后，从接到倪妈妈的电话开始算起，第一次毫无顾忌地哭出声。

她好像只会在信任的人面前放声大哭。

无论怎样想要停住眼泪，但就是刹不住闸。倪漾看着眼前一团模糊的黑色和深蓝色，索性放任自己哭得更凶了："那样我只能独自活在这个世界上了。"

孤立无援的，像是深海上的孤岛。

柏油马路是深蓝色的海洋，她就是那座岛。她什么都没有，只有头顶惨淡的月光。

季清延半垂着眼，伸出戴着黑色机械表的右手，揉了揉她的头发，平静低沉的声音终于有了藏不住的波动："不会的，所有人都会平安的。"

"你害怕失去箫烛而不去提往事，但你心底的隔阂，会一点一点地让你推开她。"他叹了口气。

"倪漾，你知道吗，一句话的力量是无穷尽的。"就像是那句"季家的少女"一样，她无意中教会了他这样的道理，却没有自己掌握要领。

"我们可以随意地对陌生人说温柔的话，为什么却从不对亲密的人

130

说？这听起来，是不是毫无逻辑。"带着叹息的声音在她耳边，擦着她的耳尖而过。

倪漾一愣，随即跑向与回家相反的方向。灰蓝色的围巾因为跑动而松开一圈，一大半搭在身后的书包上。

我们好像对亲近的人太吝啬了。找了太多的借口，还要自欺欺人地告诉自己，我们之间是多么情比金坚。

倪漾以东西落在教室为由瞒过保安，回到学校，一口气跑上楼。

高二一整个年级的人已经走得差不多，黑漆漆的走廊里，和倪漾擦肩而过的人，都没有发现她的异常。她硬憋住想要吸鼻子的不适，加快脚步，拉开一班的门。

班里的灯依旧开着，箫烛还坐在她自己的座位上。也许是没想到有人会回来，她听到响动瞬间便抬起头，见是倪漾，才松了口气："忘记带东西了？"

"没有。"倪漾站在班级门口，听到箫烛的声音，刚刚的冲劲似乎退散一半，腿也像是灌了铅。她握紧门把手，深吸一口气才松开。

教室里静悄悄的，只能听到挂钟走针的低沉响声。

下定决心向箫烛走过去，倪漾蹲在她身边，伸出手，抱住箫烛："对不起。

"对不起，我不应该自以为是，反而伤害到你。"倪漾闭上眼睛，眼角又再次滑下泪水，"对不起，我一直都没有好好地跟你说一句'对不起'。我真的，真的很怕失去你。"

我没有办法想象，以后没有你陪我一起疯笑的日子。

箫烛认真地听她说完，也用胳膊圈住倪漾的肩膀，将下巴放在倪漾的肩膀上："如果你不说，其实我还是会有一点小小的介意。"

"我那天做得也不好，不应该和你发脾气，"箫烛的鼻尖也跟着一酸，"我们以后再也不要闹别扭了。"

将倪漾抱紧，箫烛的声音也带着些呜咽的颤抖："谢谢你，谢谢你再提起这件事。"

如果不提，也许会一直都如鲠在喉。

窗外的夜色正浓，而灯火通明的教室内，两个穿着校服的女孩子抱着，哭着，却又笑着。倪漾突然想起，很久之前她看过一部叫作《初恋这件小事》的泰国电影。电影里的女主角小水因为要去和喜欢的人以及他的朋友玩，而忽视了自己原本的朋友。

同样的只是因为一件小事而引发的友情危机，同样是一直说不出口的道歉。但好在，她们在最后都紧紧抱住了自己的朋友。

如果这个时候再问倪漾重复的问题，倪漾一定会回答，说出道歉的话一点都不难。她很庆幸自己尽早地知晓这个道理，而有些人，可能就没有如此幸运。

更加幸运的，大概是当她再次和箫烛手挽手走出校门时，那个不厌其烦地一次又一次教会她这个道理的少年，正身姿挺拔地站在校门口巨大的梧桐树旁。他似乎也看到了她，只是他背对着路灯，让人看不清表情。

季清延停顿一下，便转过身，迈开腿，似乎不是在等她。

"季清延。"匆匆地和箫烛还有箫爸爸说过再见，倪漾连忙小跑跟上。看到他黑色的背包边，深蓝色的御守在空中一荡一荡着，她心中的温暖连同嘴角的弧度一起上涨。

"还笑？"这一幕被转头过来的少年发现，他冷着一张脸，语气和往常似乎没有什么不同，"还不快跟上？"

这两句冷冷的话听在耳朵里一点都不凶，倪漾反倒是笑得更灿烂了，屁颠屁颠地小跑到他身侧。

当他们再次重复那条刚刚只走了一半的路时，她觉得好像之前那些因为恐惧滋生出来的，身后一直跟着她的魔鬼，突然消失了。

甚至就连路灯，都要更明亮。月亮，也圆润得可爱。

他们的步伐渐渐一致，而他的速度，也渐渐放缓。

夜晚的雾气已经渐渐散了些，紫黑色的天空也清晰许多。倪漾仰着头，甚至能找到一颗发着微光的星星。

她深吸一口气，只觉得浑身清爽："季清延，谢谢你。"

"我也欠你一句，谢谢。"

听到季清延的话，倪漾有些不理解："你为什么要对我说谢谢？"

少年将双手插进大衣口袋里，不紧不慢地看过来，瞬间出手，将她大衣的帽子扣到她脑袋上。

听着倪漾的抱怨声，季清延的梨涡缓缓显现，又走了几步，才淡笑着

解释:"谢谢你帮我消灭我妈妈的零食。"

"那你可要帮我跟阿姨说,我超爱她!"

"你是爱她的零食吧?"

"胡说!"

不远处,私立学校的钟声敲响,悠长而又庄严的声音回荡在这个城市的上空,似乎连冬日凛冽的风都在那一刻散了些嚣张。

在那片因为仪式感而营造出来的肃穆中,扎着马尾的女生将半张脸埋进围巾,悄悄开口:"季清延,下个礼拜,我们一起去看新海诚的电影吧?"

"好。"

其实倪漾一直都不明白,为什么她即便是进入校门后把速度降到最慢,都没有办法落到最后和季清延并肩。

她已经偷偷用手机的前置摄像头观察他很久了,明明是走同一条路上学,又是同一个时间段,但这个人从不在早上追上来和她打招呼。

不过好消息是,从那天开始,季清延和她似乎都有着说好了一般的默契。放学后,他们会在校门外回家路上的拐角处相遇,他送她到小区门口,说一些零碎的、日常的话。可是到了早上,就像南瓜马车十二点就会消失一般,一切都像是一场每晚才会重复的梦。

敌不动,我动。倪漾一不做二不休,终于在某个早晨鼓起勇气⋯⋯

她蹲在地上足足系了六分钟的鞋带。

她磨磨蹭蹭地将鞋带解开又系上,系到一半又解开。她甚至觉得,自己有这时间都可以把鞋带拆掉,再重新穿一遍孔。

走这条路上学的人陆陆续续经过,她淡定地在手上演着戏,心里暗暗地打着自己的小算盘。她刚刚明明算过的,季清延离自己的距离只有几米,以他的步伐,应该很快就能走到她旁边。

可当她看到那个背影走到前面时,时间却仿佛过了一个世纪,在擦身而过时,他又突然提升至正常的速度。

倪漾心里很不是滋味地愣了一瞬,随即立刻胡乱地将鞋带打结,拔腿小跑着跟上。她努力让自己的声音足够甜美,也努力让自己的语气,轻快中带着些许的惊讶:"季清延,这么巧啊?"

只是听起来的效果,像是早期西部牛仔的中文译制片。

少年只是淡笑着瞥她一眼,将一侧的耳机摘下:"不会系鞋带就下次出门换一双尼龙扣的鞋。"

咳,被发现了。

倪漾尴尬地清清嗓子,双手不自觉地背在身后,手背蹭着书包的底部。她眯起眼睛,看着头顶那一方天空。

是椹南市少有的,冬日的晴朗天空。

明明只是想找一个类似于"今天天气真好"的烂俗理由,可她却意外地看到一架飞机从教学楼的楼顶后渐渐显露出大半,缓慢划过天空。

她来了兴致,抽回双手,用两只手的大拇指和食指,在左眼前比画出一个长方形:"季清延,有飞机欸。"

少年一只手拿着摘下的耳机,偏过头去看和自己并肩的女生。她换了一条酒红色的围巾,衬得她的皮肤白皙,脸颊上也带着些淡淡的红。

倪漾虔诚得像是什么飞机教的信徒,安静地过了一会儿才把手放下,恨铁不成钢地仰头盯着他:"你怎么不许愿?你不是喜欢看动漫吗,为什么不懂……"

说到一半的话,被他眼底渐渐晕开来的笑意突然截断。在倪漾大脑短路的那一瞬,季清延的眉毛轻挑:"我喜欢看动漫?"

"呃……"倪漾悔恨地抿住嘴,又在想到编得还算完整的理由时,干笑出声,"之前去南华交流的时候,你们社的社员说的。毕竟你从南华转过来,还是比较……"

她将尾音拉长,想了一下,才找到一个安全指数比较高的中性词汇:"值得讨论。"

"掉睫毛的时候要许愿,看到飞机的时候也要许愿,流星雨、过生日更要许愿。你的愿望有这么多?"忽视掉有关两个学校之间的敏感话题,季清延仿佛心情大好,将另一只耳机也摘下。

"这你就不懂了,"倪漾长叹,抱着自己手里的那本错题整理册摇摇头,"小愿望和大愿望是不一样的,我刚刚就许了一个让我今天的理综考试,单科排名进班级前二十五的愿望。"

"别说了,"她戏精地竖着伸出右手,又莫须有地抹抹眼泪,"你是不会懂我们学渣的痛苦的。"

134

"有的时候痛苦是相通的。"季清延看着她的表演,不禁发笑。

修长的手指将白色的耳机线缠好,整齐地放在黑色硬壳的耳机包里:"南华这个学期第一次月考,理综卷子选择题全部都选 D。"

倪漾愣住:"真的假的?"

"据说,那场考试之后,有五个自暴自弃的人从最后一个考场冲破重围前进了四个考场,更多的人则是凄惨遭遇理综滑铁卢,"走到校门口,季清延示意她换个位置,走靠里面的那条路,"南华历史上最惨绝人寰的年级排名大洗牌。"

"所以你今天的小愿望是?"倪漾若有所思地点点头,心中却已经牢牢地记下重点——不会的就蒙 D!

少年将头歪过来,冲她微微一笑,答得干脆利落:"活着。"

倪漾沉默了。

学霸,你说什么呢学霸?

　　我们好像,很喜欢和陌生人说抱歉,也从不吝啬和陌生人说抱歉。

　　但往往对最亲近的人,却似乎永远都很难开口,说那一句简单的"对不起"。

　　　　　　　　——《暗恋星球飞行手册》第 3 项注意事项

- 第六章 -

地球与开普勒-452b,我与你

1. 飞行员降落的速度,也是每秒五厘米

月考后看电影的约定,因为从两个人变为四个人,而顺理成章地改到他们都有时间的一天。考完最后一门,倪漾伸个懒腰,将书包背好,走到同一个考场靠前的位置,弯下腰用食指第一个指节轻叩两下桌面:"梁西荷,我们谈谈吧。"

梁西荷似乎没有太过惊讶,当两人在离学校不远的咖啡厅坐下时,她也没有急着拿出自己的笔记本电脑,即便是之前约定好让倪漾教她调色。

白色瓷杯冒着热牛奶和咖啡豆融合的香气,倪漾用手捧着微烫的杯壁,驱散些从室外带来的寒意。

考试日放学时间早,咖啡厅里的人不多,只有舒缓的音乐和低低的交流声。她们面对面坐在沙发里,看着彼此,没有人先开口。直到梁西荷将手机放在桌上,冲她一笑:"想说什么就直说吧,不然我就真信你是想熬夜学习,叫我来陪你喝咖啡。"

明明是个玩笑,但没有人真情实感地笑出哪怕一声。

"梁西荷,我们以后还是做稍微有一点距离的朋友,可以吗?"倪漾深吸一口气,终于把自己不敢说出的话,一字一句清楚地讲出来。

自从那天和箫烛把话说开,她终于敢直视自己内心的恐惧,甚至是黑暗面。她不得不承认,刚开始梁西荷说要和她做朋友时,她答应下来,也

并不是没有理由，她既想知道梁西荷与季清延之间的动态，又想通过了解梁西荷，来了解季清延的过去。

但她同时也是害怕的，她害怕自己目的不算单纯的小心思被更多人发现，也更怕重蹈覆辙，在三人的友情中，再度失去萧烛。

梁西荷愣了一下，随即笑开，带着些婴儿肥的脸蛋上五官精致，笑起来像是个可爱的娃娃："我没有想到你会这么直白。"

"抱歉。"倪漾明白，她说的话很伤人，但她没有办法再找到一句能顾两全的话。

"我听说过你和萧烛之前的事情，也知道你们之间有问题没有处理，"梁西荷拿起自己的那杯饮料抿了一口，眉眼间礼貌的笑容渐渐消散，"我只是想让你两边都焦头烂额一下。"

倪漾抿唇，最初的猜想在这一刻被印证。但反而，她却感到加倍的轻松。

"但我没想到，你比我想象中的要聪明得多。"梁西荷支在木桌上的右手轻揉两下眉心，叹了口气。

多年的朋友都有可能成为"塑料姐妹"，更别提只正式认识很短时间的她们，怎么可能轻易成为无话不谈的朋友。

"可惜了，"她古灵精怪地吐了一下舌头，"还没偷师你的调色技巧，就被发现了我的目的。"

倪漾轻哼一声，说出来憋了很久的话之后，她觉得自己舒服多了，打趣道："那我免费教你，条件是让你不再和季清延往来呢？"

"我觉得还是往我身上扔五百万的支票比较管用。"梁西荷将耳边的碎发别到耳后，笑着接道。

她看着倪漾仰头小口地喝着咖啡，也反问了回去："你就不怕我只是表面承认？"

"你不会再做什么的。"倪漾淡笑着摇摇头，她敲敲自己的手机屏幕，"我录了音。"

梁西荷是椹南市出了名的中学生商赛狠角色，她足够聪明，不会让自己承担多余的哪怕是一丝风险。

面对这样的人，倪漾不得不给自己一张底牌。

梁西荷失笑："没想到你还留了一手。"

"习惯使然。"倪漾只是淡淡地回应。

当年她爸爸去世后办理各种手续中,她和倪妈妈见过各种各样的人。也是从那个时候开始,她学会了在面对不熟悉的人时,关键时刻要用录音来保护自己。

周日上午,季清延一如既往地先在老先生那里补课。临时用于补课的客厅里很安静,仅有的几个人都在认真地做刚刚拿到的一张卷子。

老先生背着手,时不时地在他们身后转着,查看答卷的进度和知识的掌握程度。

客厅里老式座钟声音低沉而又缓慢地走着,傅云实正好坐在客厅落地窗前,冬日临近中午的暖阳照进来,晒在后背上暖暖的,舒服得让他眼睛也跟着眯起来。正要放下验算的笔打个哈欠,他的余光瞥到旁边根本没动手算,只是微皱着眉盯着考卷的季清延,惊得哈欠都差点憋回去。

"傅云实。"老先生瞪他一眼,不怒自威,让他又委屈巴巴地拿起笔。

只是再算了几行,傅云实又偷偷看了一圈,发现老先生人已经不在客厅了,估计是去卫生间,或者去书房拿书了。

抓到一个搅和季清延的好时机,傅云实自然不会放过。他将头偏过去,凑近季清延的卷子,又看看季清延:"你在拜考卷吗?用了御守之后越发迷信,迷信上瘾?"

少年右手垫在左肘下,拿着笔的左小臂支着,手撑着下巴,一动不动地看着题。傅云实觉得,要是季清延的眼睛是一双激光眼,都能给卷子盯出个洞。

这又不是要涂坑的答题卡……答题卡也不能识别洞吧?

季清延沉默了一会儿,才不紧不慢地回应:"我在练心算。"

最近倪漾的学习很用功,考试排名已经在第一考场末尾稳住脚,甚至还有要往前冲的劲头。大考按年级排名排考场和座位,他虽然年级第一,坐在最靠边一排的第一座,但倘若她离得近了,不免会在考试中观察他。

拿左手写作文已经快要写抽筋了,同一天下午的数学考试,一向工工整整按步骤答题的季清延,到最后已经开启傅云实的模式——套用公式之后,直接写结果。

考了两天的试,连着累了两天的左手,季清延唯一的感受就是心算的重要性。他甚至连草稿纸上算数,都想能省就省。

"闲出屁来了？"傅云实嫌弃地躲远，觉得这人自从转去一中之后，脑瓜就有点不太好使。

季清延将刚刚在心里算出的数字写上，紧接着去看下面的一道题，随口应着："没听出来吗，我用无实物计算来鄙视你。"

"幼稚。"

刚骂完一句，傅云实坐正再去看自己的题时，突然觉得哪里有些不对："你什么时候开始用左手写字的？"他好像记得之前每周补课，季清延都是用右手。今天因为每次只写几个数，他一开始都没发现有什么变化。

被连抛几个问题的少年应对自如："为了让你一步，我用左手写字降低些速度。"

傅云实无语，心里却也没闲着：吹，你就继续吹，状元迟早是我的。

正安慰着自己，傅云实只听见旁边那人出奇地在写卷子时，主动小声开口："今天中午不跟你一起吃饭。"

季清延偏过头，右嘴角象征性地勾起："下午和同学去看电影。"甚至有点嘚瑟。

紧接着，就是愤愤的摔笔声，连桌上其他几个人也开始跟着闷笑。

季清延都有人可以一起去看电影了，他傅云实要这个破状元有什么用！

电影开场是下午两点，地点则是离一中很近的商圈里的电影院。从南华这边坐地铁回一中，算上走路和换乘的时间，季清延根本就来不及吃饭。

电影院在购物中心的四楼，他刚一出现在二楼扶梯的附近，就被吸着奶茶站在四楼护栏扶手边的倪漾发现。她连忙拽了一下正在自动取票机上扫码的箫烛，将碎发拨到耳后，语速极快："哎，我今天的形象怎么样？"

今天，她特地涂了那支唯一被倪妈妈允许的，有一点淡淡颜色的润唇膏。

"嗯，"箫烛将票拿在手里，语气很敷衍，"还行。嘴边没有午饭渣，牙齿没有卡菜叶，已经是很好的形象了。"

今天中午倪漾和箫烛讨论吃什么，无论说吃什么，倪漾都说会把味道粘在身上，气得箫烛差点没直接给她买个冰冷的三明治堵上那只嘴。

"你能不能认真一点！"倪漾狠狠地捶箫烛肩膀一下。

十分钟后，检票后进场的倪漾，非常大胆地、如泥鳅般迅速地，拉着身后的箫烛溜进对应的一排座位。一共四个并排的座位，倪漾坐在最边上时，才长舒一口气。

那年十二月新海诚的新片，倪漾多年后依然记得片名——《你的名字》。

她不是第一次看新海诚的动画电影，虽然到后来很多人都说他的故事大多是一个套路。但倪漾总是会在心里偷偷地想，一个套路又怎么样，她就是喜欢。

她承认自己不懂动漫，但她很喜欢每一帧都可以截成屏保的精致画风。而且……她总是能看出一些和故事里主人公的共鸣，然后哭得一塌糊涂，让周围的人莫名其妙摸不着头脑。

只是因为她也快要毕业了，面临和与她一起看这场电影的三个人的离别。

好像女生大多会在什么预见性信息都没有的情况下，就开始幻想未来。有的时候，是会笑出声的未来幻想。有时，却会越想越现实，然后除了哀叹和鼻酸，什么也做不了。

他们四个人的未来会是什么样子呢？

他们会不会最终也像《秒速五厘米》里面的贵树和花苗一样，成为不再有交集的平行线，然后在一个午后擦肩而过，回头相望却因为飞速而过的列车挡住视线，最终一笑而别？

他们又会不会如同这次的《你的名字》一样，模糊了对方的姓名，模糊了记忆？

这真的是一场梦吗？

电影播到片尾曲，放映厅内的灯一排一排被打开。从黑暗的虚幻到现实的明亮，倪漾呆愣了一瞬。她突然想起，自己以前特别喜欢《秒速五厘米》的片尾曲 One more time, One more chance。

而记忆里漫山的红叶，就如同电影里满枝盛开的樱花。樱花花落，故人却已不在。

从狭窄的散场通道向外走，她始终心情低落，没有说话。直到看着眼前递过来面巾纸的那只漂亮的手，倪漾才咬住嘴唇。

大学已经不是很遥远的事情，但他们还会有像现在这样的一天吗？

"季清延，听说中学时的朋友，最后走着走着就散了。"倪漾双手插着大衣的口袋，突然轻声开口。

林榷被箫烛拎去抓娃娃，两个人手忙脚乱地胡乱抓了一通，什么都没有抓上来。季清延远远地看着，沉默片刻：" 也许吧。"

他向来不会说假话，即便是在这样的场合。

小姑娘的情绪来得快，去得也快。购物中心里有很多的小商品店，倪漾拉着箫烛就冲进去，这种店逛几百次都逛不腻。林榷和季清延见状，也只能无奈地跟着。

里面卖的东西杂七杂八，比季清延想象的要多，也要精致可爱一些。他在店里走了一圈，突然冒出想给柳蕴带个小礼物回去的想法。于是，原本要踏出礼品店在外面等她们的脚，又转了回来。

"季清延。"好不容易找到一个还算满意的货架，季清延正弯腰看着，突然被叫住。少年的手上还拿着水晶球没有放下，他直起身，看过去。

倪漾正戴着粉色兔子耳朵的发卡，因为穿着大衣外套，脸颊被热得有些泛红，一双含笑的眼睛在白皙的脸上显得温柔又水灵。她冲他眨眨眼，嘴边是他们都有的，浅浅的梨涡："季清延，我可爱吗？"

隔着一排不高的货架，少年的笑抑制不住地扩大，头也点了无数次："可爱。"

倪漾问出来问题靠的是莽撞劲儿，这股劲儿褪去，等待回应时她一度甚至有想要遁地溜走的冲动。可当她得到他毫不避讳的答案时，脸上的红晕却更厉害了。

店里的灯光柔和得似乎能让所有的东西，都蒙上一层梦幻的虚影。她和他就对视着，直到突然也不知道是谁先笑出声。

她和他的星球，似乎也在那一刻，隔着银河相望。

但也是在相视中，倪漾似乎发现了一些端倪。

他是不是胃疼？

从礼品店里出来，倪漾悄悄地瞥着身边看起来动作不自然的人，提着手提袋的手悄悄握紧。

季清延的右手不时会按一下胃的位置，背轻微地弓起，连嘴唇都抿成一条直线，却装作若无其事似的，不仔细观察根本就无法发现。

她也不知道他是什么时候开始疼的，这人连倒吸一口凉气的声音都没有。是不想打扰他们的兴致，所以才强忍着的吗？

倪漾又担忧地用余光看了一下，见林榷和箫烛走近，脸上突然便笑开花。她没有拎着袋子的手摸摸自己的肚子，憨憨一笑："我有一些饿了，想吃点东西。"手拉着箫烛的胳膊，还带着一些撒娇般的娇嗔。

箫烛这才像是想起什么似的，赶紧看了一眼手机。屏幕上的时间已经是下午五点多，她抱歉道："对不起啊，我天黑之前要回去，可能没办法陪你吃饭了。"

"嗯，我知道啊。"倪漾欠欠地一笑，将箫烛的注意力往自己身上引。

她搓了搓手，又象征性地冲着手心哈了一口热气："天太冷了，我想吃点热的汤面。你不用管我，我回家也没有什么吃的，就在外面吃吧。"

箫烛立刻眯起眼睛，以为她是想单独和季清延吃饭，拖着尾音长长地"哦——"了一声。

了解到自己好友的真实诉求，箫烛立刻拉着林榷迫不及待地想要消失："那你们去吃吧，我让林榷陪我去地铁站。"

"啊？"还想蹭一顿饭的林榷一愣，还没摸清楚状况就被箫烛拖着往扶梯的方向走。反抗无效，他最后只好干笑着挥挥手，和剩下那两个人说了再见。

等他们走了，倪漾才转过身。她看着面色已经微微有些变了的少年，叹了口气，左手从大衣口袋里摸出个东西，攥在手心里将手伸出去。

季清延已经胃疼得有些说不出话，看到她手心里小巧的浅粉色星星状电子产品，微皱起眉。他不知道那是什么，也就没有接过去。

见他没有动静，倪漾的嘴角垮下一半，有些生气地将电子暖手宝的开关打开，向前走一步凑近他。

她走近他的同时左手也半举了起来，凶巴巴的，让季清延一度以为这姑娘想要打自己。却没想到，倪漾只是一只手拿开他挡在自己胃部的手，另一只手的掌心贴上他的白色针织衫。紧接着，她手心里的那个星星形状的小东西，透过薄薄的针织衫，渐渐将暖意输送进他的身体。

倪漾把暖手宝调到最热，是暖中带着些微烫的温度，但对于驱散寒意和病痛却出奇地舒适，让他紧绷着的身体终于放松些。

"你胃疼为什么不说？"她没好气儿地看着眼前唇色发白的少年，语气中多了些埋怨。这股心疼的埋怨，甚至都让她忘记了自己的手正捂在他

的身上，更忘记了脸红。

季清延垂下眼睑，喉结滑动一下，伸手接过暖手宝："习惯了。"

自己生活的那两年，学业压力和不规律的饮食让他本就体质一般的身体被摧垮，患上了胃疼的毛病。不过，也因为年轻，所幸只是轻症，偶尔才会像今天这么疼。

柳蕴知道他这个毛病之后，经常给他吃些调理胃的食物。

这次也是赶巧，他本来以为不吃一顿午饭不会出什么事，却没想到还是没有坚持到最后。

"我们去楼下吃点东西吧。"他只能生硬地转移话题。

有胃病患者在，所有在倪漾眼中看起来美味的食物，只能全都被叉出选择范围之外。她闻着从走廊两边的店家门口飘出来的火锅和炸鸡香味，只能含泪将口水都咽回肚子里。

两个人找到一家朴素的家常菜馆，点完菜，倪漾又帮他找服务生要了一杯温水。

"我去一下卫生间。"她将冒着白汽的玻璃杯轻轻放到他面前，连说话都轻了一个度。

季清延点点头，拿起杯子，乖得像个小孩子。

她去的时间并不久，似乎很快，快到他好像只是对着面前只放了一个包的位置刚发了一下呆，那人就回来了。

只是，她似乎不是去卫生间了，至少……不仅仅是去卫生间了。

"我不知道你习惯吃哪种，就按照药店的推荐买了。"倪漾将手中的盒子拆开，有些抱歉地递给他。表哥之前胃疼的时候，她见过他吃的是这个牌子的药。刚刚在药店里她没有多想，就直接买了这一种。

"谢谢。"手心里的暖手宝依旧散发着暖意，季清延熟练地拆开包装，将药喝下。温水从喉咙一路暖到胃里，他的手紧紧地握住杯壁仍带有余温的玻璃杯，垂着眼敛去眼底的波澜。

那天的那顿饭，他大部分时间都在看着坐在他对面的那个女孩子。

倪漾并不适应和他面对面这样坐，等她的面端上来之后便一头埋进面碗里，头都不敢抬哪怕一下。筷子迅速地动着，像是饿了不知道多少天。

勺子在粥碗里一圈又一圈缓慢地搅着，季清延看着几乎要头顶对着他的人，苍白的脸上渐渐有了血色，抿成一条直线的薄唇也添了些微微的弧度。

　　他不知道他偷偷看了她多久,他只知道,那碗没有什么配料的单调无比的粥,可能是加了白砂糖,有点甜。以及,吃甜的食物,真的会让人心情很好。

　　吃完饭后歇了一会儿,季清延已经几乎感觉不到疼痛和不适。他把还剩下一些电的暖手宝还给倪漾,又把胃药和晚饭的钱转账给她。

　　等两个人从购物中心出来时,天已经暗下来。就像是每晚从学校回家一样,他们依旧肩并肩地在街上走着。

　　这两天椹南市迎来寒潮,狂风不止,但也吹散了笼罩这座城市数天的雾霾。

　　倪漾和季清延在一阵风中小跑着过了马路,转身又被另一个红灯拦下。

　　不得不在呼啸的冷风中站定,倪漾将脖子上的围巾紧了紧,又把大衣的帽子戴好。转头刚要提醒身边的人,却发现他也和她一样,已经全副武装。

　　两个瑟缩着的,裹得严实的人影对视。沉默中,不知道是谁先滑稽地耸了一下肩膀,也不知道是谁先笑出了声。

　　红灯转绿,人行信号灯上的绿色小人不停地原地走着。

　　倪漾突然觉得,那个小绿人有点孤独。如果住在信号灯里的小绿人,也能像她一样有一个陪它并肩一起走的人,那该多好。

　　想到这里,她又悄悄地瞥了一眼身侧的季清延。在被他捉到目光时,倪漾居然在这次也可以应对自如,而不是躲闪目光地开口:"季清延,你看,有星星。"

　　椹南市这样高楼林立的大都市毕竟不比广袤无垠的山村,尽管是清朗的天,却也只有三颗可以用肉眼看得见的星星。想到她的星星形状的暖手宝,季清延仰起头:"你很喜欢星星?"

　　"嗯。"倪漾答得很干脆。

　　她歪着头,看着头顶的那片夜空:"宇宙的神秘,对我来说有很大的吸引力。"

　　"你说,会不会真的有小王子住在某个小星球上。他坐着飞船去不同的星球遨游,认识不同的人。"她说着说着,嘴角的弧度越来越大。

　　然后在一个很美的星球上,遇到他喜欢的那枝玫瑰,便定居在了那里。

即便看遍沿途美好的风景，即便知道还有更多的神秘等着他去探索，但他还是义无反顾地留下。

"那小王子的玫瑰呢？他不是应该带着她去宇宙旅行吗？"季清延因为她的话而眉眼更柔和些，顺着她的话问下去。

在脑内硬编的倪漾版小王子故事，后面的剧情她没有说给他听。因为，他和她也是在成长路上的中途才认识的。

她调皮地吐了一下舌头，一团白汽被她呼出，又在黑夜里渐渐消散："别在意这些细节。"

季清延无奈又宠溺地摇摇头，思索一下，才问道："你知道Kepler-452b吗？"

"嗯？"倪漾转过头，清澈见底的一双眼睛蒙上一层迷惘。

别开些视线，少年清咳一声："一个星球的名字。"

"我只知道B-612，小王子的那颗星球。"再长的路，总会走到尽头。倪漾站在自家小区的门口，转过身来冲他笑着。

"上去吧。"最终还是没有解释突然从言语里冒出来的星球，季清延插在口袋里的手伸出来，拿着手机在空中摇了两下，"到家里给我发条微信。"

"嗯。"倪漾将帽子摘下，干净的笑脸毫无遮挡地出现在他面前。

她眉眼弯弯，耳朵不知道因为寒冷还是羞涩而红了个彻底："代我跟阿姨问好，谢谢她的零食补给。"

上次，她还没有来得及感谢。

"好，"他点点头，言语温柔，"晚安。"

倪漾最后看一眼比自己高了半头的少年，也轻声道了一句："晚安。"

风吹着树梢，哗哗地响着，地上的黑影也随着风摇曳。除了他们那四目相对的，被路灯拉得很长很长的影子。

在那个寒冷的夜晚，他们终于面对面地说出了那句，听起来似乎有些小鹿乱撞的——

晚安。

外面比想象中要冷很多，尤其是到了晚上。季清延将家门关上，站在玄关处缓了一会才恢复些，只觉得自己露在外面的脸冰凉而又僵硬。

柳蕴正一个人坐在餐厅里吃饭，季清延和季爸爸不在，她平日里自己一个人吃得也简单。没想到他这个时候回来，她将筷子轻放在瓷碗上，赶紧探头问了一句："要不要给你添双筷子，我再做两个菜？"

"不用了。"季清延摇摇头，背着包走到餐桌边，将包抵在桌子边缘，从里面拿出一个小礼盒，"我同桌送给您的。"

浅蓝色的礼盒上是湖蓝色的纱质蝴蝶结，盒子不大，只有巴掌大小，却很精致漂亮。被他的大手拿着，显得甚至有些可爱。

柳蕴更惊讶了，愣怔一瞬，她才笑着接过："我可以现在打开吗？"

"嗯。"季清延微微点头，拉开旁边的椅子坐下，坐到柳蕴的对面。

柳蕴将包装小心翼翼地拆开，盒子底部铺了层厚厚的打着卷的浅粉色纸屑，纸屑中央放着一颗水晶球。她拿出那颗漂亮的水晶球捧在手心里，透着餐厅的顶灯看着。

小巧的水晶球里，白色的雪花伴着亮片渐渐落下，落在地上和红色的房子瓦片上。

"替我跟小姑娘说一声谢谢，"她轻轻地把水晶球放在桌上，双眼含笑地看着季清延，"看来你们相处得很好。"

季清延没有停顿，也只是抿嘴淡淡一笑："多亏了您的零食交友论。"

柳蕴笑着摇摇头，起身走到厨房，端了一碗银耳羹出来，放在季清延面前。

"谢谢。"他知道，她想听更多，而他也没有拒绝这次的谈话。

"其实我们很像。"季清延垂下眼睑，右手拿着小巧的汤匙，轻轻舀了一勺，放入嘴中。

银耳羹里放了冰糖，羹汤入口即化，甜而不腻，咽下去后，还有些回甘。他轻舔了一下嘴唇，眉眼间不经意泄露出柔和的笑意。

他和她一样，可以很独立，却又很希望身边的人给予自己温暖。

他和她一样，可以很快地发现周围人的不适，然后倾尽自己所能地去帮助。

他和她一样，也会有无助和崩溃的时刻，而平时都可以隐藏得很好，学会如何让家人和朋友放心。

他们都有缺点，却互相教给对方，该如何成为一个更好的人。

"宇宙里有一颗星球，叫Kepler-452b，科学家说它和地球很像。"

就像他和她一样。

他和她就是两个在浩瀚的宇宙中，显得无比渺小的星球。他们各自按照自己的运行轨迹前行，在不同的星系，日夜如此。直到有一天，他才无意中发现，原来在相隔很远的另一个星系，有一颗和他很像的星球。

他的星球，好像就不再孤独。

柳蕴看着他的样子，笑得眼睛弯成了月牙："年少时期的小心思，我已经很久没有感受到了。不过这是不合适的时间，不要让它成为毕生错误和遗憾。"

柳蕴柔和地说完，便继续吃着自己简单的饭菜。

"嗯。"

回到房间，季清延坐在转椅里放空了一会儿，才摇摇头。他转身从包里找出那张水晶球的小票，划乱上面的印字，团成团扔进纸篓。

2. 宇宙中会发光的，他的星球

季清延上学出门的时间，依旧保持在七点零八分。他也依旧会在七点十四分到达小区门口，然后在七点十七分左右的时间通过马路。

只是与以前不同的是，在七点十八分时，原本走在前面的女生会突然转过头来，然后笑盈盈地冲他招手。不再是用拙劣的系鞋带拖延时间的方法，而是大大方方地说"早啊季清延"。

七点二十分，他从一个人上学，变成两个人并肩。

她通常都会讲些自己一个人在家生活的小事，抑或是硬塞给他一本语文书让他检查她背的怎么样，甚至反叫他给她背一遍。痛苦并快乐着——这大概是季清延所能形容这一路的最准确的词句。

"听说，老刘问过你想不想当英语节的主持人。"所幸今天没有背书任务，倪漾只是插着兜，聊些琐碎的小事。

季清延挑眉："你知道？"

每年临近圣诞节，一中各年级都会举办英语节的活动。两年一次大办，即各年级在小礼堂里举办类似于小型晚会的活动。节目通常都是唱英文歌、英文话剧表演、英文影视配音等等。

其实往年学校里大小活动的主持人都有固定人选，只是转学来的季清延是公认的长得好看,又能流利地说一口英音,让老师动了想让他试一试的念头。

"知道啊,年级主任让老刘带话跟我偷偷说的,她特地嘱咐我让我把这次活动拍得像是电视台节目的宣发图。"倪漾做个鬼脸。

她把手背在身后,装模作样地沉思了一下,拿腔作势得像是领导讲话:"然后我和她说,可以是可以,但最好是找像季清延这样天生丽质的主持人,我再怎么手抖都能拍得好看。"

听到这毫不避讳的"彩虹屁",季清延心中警铃大作。他丝毫没有享受,反而略带嫌弃地将一边眉毛挑高,眼神充满怜爱:"年级主任是拿什么和你交易了,让你答应出卖尊严来说服我?"

带着谄媚笑容的脸一僵,倪漾尴尬地搓搓手:"没,其实就是我想看。"

咳,还有就是……要是劝动了季清延,她就能拿到不用表演节目的特赦令牌。

"可以。"

倪漾正打着自己的小算盘,旁边那人居然丝毫都没有挣扎地同意,速度快到让她一下子没有反应过来。

身边的人微微耸肩:"你报一个节目,我去主持。"

倪漾只觉得脑内开心的小人瞬间刹住车,甚至一个跟头栽到地上。

这和她不来劝季清延担任主持,有什么区别?更何况老刘原本只是暗示她报一个节目,而到了季清延这里,就是板上钉钉的交易。

"你在和我讨价还价?"进到教室,倪漾将包放在桌上,为了制造出一些气势,故意弄得很大声。

听到她这仿佛是拍案而起的配音,季清延淡然地从书包里拿出作业:"这交易很划算,我主持全场,一共一个小时。而你只需要表演一个节目,三到五分钟。"

"我什么都不会。"倪漾皮笑肉不笑地抿起嘴,同时也眯起眼睛,持续地坚持自己的原则。

也许是提前猜到了她会这样说,季清延将整理出来需要交的作业都拿在手里,在桌边磕一下整理整齐,临去交作业之前才轻飘飘地扔下一句话:"老刘说你英文诗朗诵极富有感情,初中就名扬整个一中。"

刚刚还敷衍的笑瞬间僵硬，季清延的一句话瞬间把她带回多年前的那个冬天，脑子抽风的她和箫烛抽签抽"中奖"，在小礼堂里即兴朗诵了一首用力过猛的英文诗，硬生生地将诗朗诵，变成了小品里夸张的煽情桥段。

林榷在那之后还做出了非常主观的评价——听完二位的绝美诗朗诵，美国总统竞选不过如此，TED稍显逊色。

"我觉得这是老刘的阴谋。"倪漾急忙抄起自己的作业追上去。

毕竟他分别找同桌二人谈话，暗示他们互相以对方的弱点为切入点。

她一把拉住季清延的胳膊，义愤填膺："这是在离间我们同桌之间的感情，我们应该一致对外。"

少年转过头来，思索一下才点头。他微弯了些腰，凑近她，近得她能清晰地看见他鼻梁上的那个棕色小圆点："那我们告诉老刘我们要推翻他，建立新一班？"

"啊？"季清延的表情太过于真实，一时间让倪漾犹豫得猜不出真假，甚至都没反应过来他的用词。

见她这副蒙蒙的样子，男生笑出了声，修长的手指将剩下未交上去的卷子轻卷了一下。

"砰！"

虽然没使劲，也不疼，但倪漾还是条件反射地捂住额头，五官全部都皱在一起。

他带着些慵懒和困意的嗓音在她头顶响起："你难道就不想拍你天生丽质的同桌吗？"

倪漾的耳尖立刻就红了，她也就只是迟钝了两秒。

两秒后，她立刻拉住了从自己身后经过的箫烛："听说一班和二班一起排练的英文话剧，还缺几个背景板群演？我来。"

不就演个没有感情的大树吗，谁怕谁？

她没原则又不是只有这一次。

倪漾第一次发现季清延比她想象中要优秀得多，就是在那一年的英语节。

一中对学生的成绩管理严格，却又因为外界的声音而不得不偶尔举办一些校内大型活动。只是这些活动举办的前夕，科任老师通常都不会给他们足够的时间去排练。尤其是像倪漾这样的，只是拿个道具当背景板的工具人。

所以，当她真正看到季清延主持活动时，是和台下所有同年级的观众一起。

所幸作为重点班，他们坐的是比较好的位置。林榷到得早，替倪漾和萧烛占了提前规定好的一班座位区里，视野最好的位置。

"我平时在学校基本上就没见季清延醒过，更别提听他说话了，"萧烛拿着学生会在门口发的节目单，撇着嘴摇摇头，"一小时听够一年的量。"

"很有可能你连一年的量也听不到，我赌他也是个工具人。"倪漾笑着接梗。

毕竟老师看上的只有他漂亮的皮囊，完全不在意他抗拒的内心。这种情况下，演个灰不拉几的柱子，和当光鲜亮丽的主持人又有什么区别？

都是工具人罢了。

"怎么这么笃定？"萧烛含着话梅，挑起眉毛，似乎是想要挑事。

倪漾垂下眼，不上套，手上不闲着地将节目单折成纸飞机："你看就知道了。"

又坐了一会儿，整个年级的人才几乎全都到齐。礼堂里渐渐安静下来，用来暖场的单曲循环的圣诞歌终于被暂停。紧接着，红色的帷幕便被隐藏在后面的人左右拉开。

倪漾抬起头，映入眼帘的是毫无意外地被装点得花花绿绿的简易木质舞台，和站在台上的两男两女主持人。其中三个都是熟悉的面孔，她的视线逐一扫过去，却依旧被站在最边上的那个人吸引了全部注意力。

明明是几乎每天都能见到的人，可她却移不开眼。

他穿着剪裁合身的浅灰色西装，不像另一个男生那样打了个油腻的蝴蝶领结，也并没有系上死板的领带。西装外套下纯白色衬衫的每个扣子都被扣好，干净得没有一丝褶皱。

台上的女生或多或少化了些淡妆，就连那个男生也都打了粉底，脖子和脸滑稽得不是一个颜色。

只有他依旧是那副模样，白色的顶灯打下光束，显得他更加白皙。他挺拔、瘦高，像是秀场上行走的衣架，即便是不说话，仅站在那里，也足够闪光。

季清延没有主持的经验，又无意和那三个想要有更多说话机会的人争抢。就如同倪漾预测的那样，他除了在最开始向全场观众用英文问好，几乎没有说什么话。

但他只要站在台上，就足够让倪漾失神。

她听到了周围人小声讨论季清延的声音，其中大部分都是女生。她也知道，每一次季清延捧哏式的"嗯""Yep""You're right"，为什么都能换来一阵热烈的掌声。

他真的很耀眼，像是为舞台而生的明星。即便再内敛着光芒，却还是那么耀眼。

"走吧，要去后台准备了。"倪漾参与的节目在整个活动的中间，是第九个节目。快到他们时，负责工具人统筹的女生便过来叫人。

倪漾点点头，弯着腰从自己的位置溜了出去。

他们这次的节目是《傲慢与偏见》改编的舞台剧，由二班的英语大神担任改编的工作。

本着能省人力资源就省人力资源的态度，倪漾作为工具人，需要扮演很多个角色。舞会上的宾客、院子里的大树，甚至是达西先生雨中告白时旁边的灰白色柱子。

随着吉他声消失，话剧之前的弹唱节目结束。倪漾已经套上舞会宾客的大裙摆礼服裙，从负责统筹的同学那里，拿过自己的那杯装着茶水的香槟杯。

低头和抬头间，季清延与搭档主持的女生重回台上。散着长发的女生拿着话筒，用英文做了简短的报幕："下面，是一班与二班的同学共同为大家带来的话剧《傲慢与偏见》。"

改编话剧的第一幕，是达西先生和伊丽莎白在舞会上相见。

例行的掌声渐渐落下，所有在登台口待命的演员却没有听到登场音效响起。整个礼堂都陷入短暂的安静与沉默，而后台已经炸开了锅，几个学生会的同学赶忙跑去控制室查看出了什么问题。

短暂的沉寂后，礼堂里的窃窃私语声越来越多，声音也越来越大。不时地，还有因为调试设备而传来的尖锐的嗡嗡声。

因为是英文主持，台本上没有可以救场的英文词句，让本来应该在这个时间点控场的女主持像是被定在舞台上一样，拿着话筒，却什么话都没有说。

倪漾站在后台担忧地看着他们的背影,手心也跟着渗出了一层薄汗。她有些不敢再继续看下去,甚至有想要冲到台上,帮他一起扛那份尴尬的冲动。

"你有读过简·奥斯汀的《傲慢与偏见》,或者看过改编的电影吗?"刚刚一直作为花瓶站在台上的男生将话筒拿起,他轻笑,说着流利的英文,"你知道的,它非常有名。"

"我有看过电影,"女主持立刻反应,接下他的问题,"值得回味数次。"

"我看的是文字版本,可能这会给我更多想象的空间。这本书我看过很多遍,里面有一些文段让我记忆深刻。"他停顿一下,在暗示搭档给他一个点头应和之后,又再次开口。

他流利地用英音讲了一段书籍里的片段,倪漾在第一句便听出来,那是达西先生的一段念白。伊丽莎白问达西先生,他是什么时候爱上她的,而达西先生回应——"I cannot fix on the hour, or the look, or the words, which laid the foundation.(我也说不准是在什么时间,看见你的什么神情,听见你的什么言语,便开始爱上了你。)"

小礼堂的音响很多年没有换新,已经是古老的玩意儿,透过话筒讲出来的话,甚至会疵音。可他的声音低沉,也许是融入了感情,又或许是代入了角色,少了几分平日里说话时的少年感,多了一份深情。

但这份动情,却又拿捏得刚好,到位,却又不过火。音质无法阻挡他瞬间将所有人带入情景的嗓音。

"It is too long ago. I was in the middle before I knew that I had begun.(那是很久以前的事了。我是到了不能自拔的时候,才发现爱上了你。)"

倪漾站在他身后的不远处,站在离他直线距离不过几米的地方,透过帷幕没有拉上的夹缝,看着他挺拔地站在光束下的背影,和他念出一样的话。

一字一句,口型一致,和他的声音重合。

她站在后台看着那个发着光的背影,一股酸涩涌上鼻尖。

倪漾曾经很喜欢这句话,就像看过这本书或者这部电影的大部分人一

152

样,她也曾自己试着翻译。多年前看文本,和如今无声地再次念出来,明明是不过几年,感受却完全不同——她已然身在其中。

登场的音乐响起,帷幕被拉开,他的人影却已不见。她手执香槟杯,在那营造出来的觥筹交错的幻象中,和其他群演交谈、碰杯、跳舞,心里回荡的却全是季清延低沉的念白。

直到换了一个又一个角色,当她穿着画得像石柱的道具板站在舞台后方时,才用余光瞄到不知什么时候,出现在后台登台口的灰色的身影。

他面对着她,他们站在同一条直线上,却相隔着半个舞台的距离。

这次,她在亮处,而他却被暗影笼罩。

前面的男女主演正说着雨中告白的台词,你一言我一语间,明明是最经典的场面,倪漾却仿佛什么都听不到了。她微微偏过头去看着他,忘记台上的一切。

那句台词,她其实不是很喜欢把那句话直译成"当我发现时,我已经走了一半的路了"。因为,她根本无法准确地衡量。

这条通往她所希冀的未来的路到底有多长?

她不知道。

她唯一知道的是,她很早就走到了这条路上。

3. 来自遥远星球的鼓励电波

有没有一次烟花,是最记忆犹新的?

临近圣诞节,整个城市似乎都蒙上了一股节日的气氛。就连学校里,也会象征性地摆上圣诞树。

毕竟是一中少有的活动,晚自习时,大家都心浮气躁,这其中当然包括倪漾。

从礼堂回班的途中,她听到不少女生都在议论今天那个主持人,是不是就是一班的转学生。就连平时抬头不见低头见的班里的同学,也都在感叹季清延的脸和口语。

以至于当这个话题焦点换回校服坐在她身边时,她咬着笔帽,偶尔还会偷偷瞄几眼他的侧脸。表面上故作淡定地翻着卷子,心却早已经飞到太空之外,期待着晚上一起和他回家的交谈。

可当两人真正走在路上时，又是每次路途刚开始时，那无法避免的沉默。

倪漾大半张脸都躲在厚厚的围巾后面，毛茸茸的针线帽下只露出一双眼睛。她跟紧季清延，想了一下，才轻声开口："你今天控场的时候，台下有好多女生都在议论你。"

"你不是也在后台准备？"季清延拿着手机回了一条消息，把手机按灭，偏过头来看她。

察觉到他的视线，倪漾不自然地又向围巾里躲了躲，眼神躲闪："我回班的路上听见的。"

"嗯，"季清延将手插回大衣的口袋，没有就那个话题继续探讨下去，"你有看过《傲慢与偏见》吗？"

这他可问到了重点。

倪漾吸了一口气，凛冽的风夹杂着些灰尘的气味，透过围巾的缝隙，被卷入肺中："我看过很多遍。"

在遇见你之前看过很多遍，在遇见你之后却没有。但你的话，让我又回到了那曾经看这本书的时光，甚至有了不同的理解。

"其实，我以为你会说雨中告白的那一段台词，"她笑了一下，睫毛跟着不停地抖动，"但后来我想，其实你说的那段话已经非常经典了。"

"我当时在台上说的时候，还是顾虑观众是否能听懂，所以选了这个大家都熟悉的句子。"季清延也跟着在话语中带些笑意。

他不好意思地伸出手，摸了一下自己的鼻梁："大庭广众说那样的话，我现在都有些不敢回想。"

如果这件事让傅云实知道了，他一定要后悔没来看，不知道传到南华那帮人的耳朵里，是不是要被称为一大奇观。

"是吗？"倪漾眯起眼睛笑开，露出两颗虎牙，哪壶不开提哪壶，"我在后台看你，感觉很熟练哎。"

"并不熟练好吗。"少年立刻否认，只是梨涡也跟着显了出来。

也许是逗季清延会上瘾，倪漾索性插着口袋乐呵呵地向前跑了两步，然后转过身来，面对着他倒着走。因为穿着长长的外套，她小跑那两步的样子像个欢快的企鹅。

"季清延，圣诞节快乐！"倪漾插在口袋里的手拿出来，缓缓张开手

心,"送你一个小礼物。"

她白净的手心里,是两颗小巧精致的铜金色袖扣。圆形的袖扣上,一只刻着小王子的轮廓,另一只,则是他的玫瑰。

那是她上次看完电影后,在那家礼品店里偶然发现的。她一直觉得,季清延很适合穿干净的衬衫,和他干净的少年感可以达到高度的统一。只是可惜,一中没有南华那样好看的校服制服。

但她还是买下了,毕竟只是便宜的做工简单的小玩意,她也没有指望他会戴上。

只是倪漾也没有想到,这次作为主持人的季清延居然穿了衬衫。而她,也没有及时地把礼物送出去。

她有点失落,但送还是要送的。

"谢谢。"季清延没有想到她会送自己礼物,显然一愣。

他抿住嘴,一直淡然的脸上显露出些许的慌乱:"可我……没有给你准备。"

这些天忙着排练和学习,他甚至连星期几都快要记不住,更何况日期。

"没事啦,"倪漾拉过他的大衣袖子,让他的手抬起来,将袖扣放在他的手心,"就当是谢谢你一直以来的饼干投喂,作为货币来抵债好了。"

收下礼物,季清延插在口袋里的手握紧两颗小巧的袖扣:"阿姨有和你说她什么时候回来吗?"

"大概元旦之后吧,一月中旬的样子。"那边的情况已经稳定下来,她也放心多了。

她唇边的笑意还没有散去,突然,一声不算大的"咚——"声从远处响起。她条件反射地循着声音望去,刚定了神,便立刻扯住季清延的袖子:"你看,那边有人放烟花。"

那个方向是五环外,离他们不算远。

不知道是哪家的土豪放的礼花,红的蓝的黄的紫的,接二连三升入空中,绽放出最夺目的绚烂。深蓝色的天空就像一张画布,染上明亮的色彩。

即便没有烟花就在头顶绽放的那种震撼,但对于在椹南市长大的孩子来说,能看到这样肆意的烟花,已经是一件足够幸福的事情。

"期末加油。"季清延也转过头,清澈的双眸倒映着烟花,如同点点星光般发亮,"等阿姨回来,她一定会很开心。"

"嗯。"身边的女生干劲十足地立刻应了一声,然后笑着挤对他一下,"怎么感觉你的发言突然也变得这么官方,这才主持了一个小时,就职业病了?"

他被她撞得突然,但也就是失衡了一下。站定后,他无奈地低下头,看着离自己很近的半扬着头的女孩:"你有没有觉得《傲慢与偏见》很适合你?可能就是冥冥之中自有天意,让你出演了它改编的话剧?"

"啊?"烟花依然不知烧钱地放着,倪漾正专注地盯着看,慢半拍才反应过来他的话,愣了一下。

"我刚开始认识你的时候,你对南华有一些偏见。"季清延挑眉,语气却是温柔的,丝毫不是指责,更像是在开玩笑。

被戳中事实的倪漾耳尖瞬间又红了,她一时间嘴有些瓢:"我……我……"到后来干脆自暴自弃,直接威胁,"那我傲慢吗?"

"嗯?"少年将尾音拉长,又上挑了一些。

他特意停顿了一会儿,才轻笑开,胸膛跟着共振,声音听起来很是好听:"是我傲慢。"

"其实我第一次去南华的时候,就已经改观了。那里的人,比我想象的要优秀得多。"倪漾看着那烟花,半晌才开口。

"那里的每一个人都是充满自信的,从不怯于发表自己的观点。而且,他们都敢去做自己喜欢的东西,即便大人们不觉得那能做出什么成绩。"她笑了一下,却有些无奈,"我真的很羡慕。"

比如她喜欢摄影的这件事,如果她没有拿那么多的奖,也许无论是一中,还是妈妈,都不会让她继续拍下去。

"其实,只要你想选择去做那件事。我相信你,你一定会做出一番成绩。"季清延看着她,每一个字都说得出奇地认真。

倪漾半仰着头望向他的双眼,藏在口袋里的手渐渐握紧。

她真的有那个勇气,决定去将摄影作为自己的大学专业吗?

季清延简单的两句话,却似乎像是在一片迷茫中,突然击中她的心弦。

他说,他相信她可以。

圣诞夜的开始,标志着一系列的,诸如元旦和春节等节日的开始。街边店铺的彩灯早早地挂了起来,就连马路两旁高大的梧桐,枝条上都被缠

绕一圈一圈的，暖黄色一闪又一闪的彩灯。

夜晚的雾气有些重，彩灯散发出来的光芒依旧是富含颗粒感的。从远处看，如同一团又一团，似乎像是绒绒一般的光团。

倪漾甚至感觉，自己能看到每一束光、每一团光照亮这个世界的路径。不同的颜色边界柔和地点缀着，让椹南市的夜晚美得不可方物。

这大概，是丁达尔效应的浪漫。

"你知道，我最喜欢的《傲慢与偏见》的句子是什么吗？"烟花已经放完，世界又恢复一片宁静。只是倪漾心里的烟花，却无穷无尽地升入空中，照亮她的整个世界。

季清延很配合地装作些许惊讶，接话道："难道不是我说的那句家喻户晓的台词吗？"

不是啊。

倪漾在心底回答，甚至那个心底的声音还带着小小的得意。

——In vain have I struggled. It will not do.

依旧是达西先生的话，他说，无论我如何斗争都是徒劳，我没有办法让我自己不去在意她。

"丁达尔可能是个很浪漫的人吧？"

要不然怎么会发现让氛围如此浪漫的效应。

她没有说出心底的那些呼之欲出的句子，反而顾左右而言他。

季清延被她跳脱的思维带得有些晕头转向，他看了一眼身边的人，顺着她的视线向马路对面的彩灯望去，才理解她的话。

她的确是个很有趣的人。

梨涡又深了一些，少年整理好滑落一只肩膀的书包带。

"也许是吧。"他笑道。

可能丁达尔觉得自己伟大的研究，不能被如此亵渎。第二天，倪漾就得了重感冒，整个脑子如同一团糨糊，再也不能灵光地歪曲所有严肃的理论。

她软趴趴地趴在自己的桌子上，和季清延每天在学校里的姿势几乎保持一致，只是怀里还抱着一整包的抽纸。

风水轮流转，还是趴在桌子上睡觉舒服。

倪漾一边手柔弱无骨地抽起一张纸，狠狠地擤鼻涕，一边和正嫌弃地盯着自己的季清延委屈巴巴地控诉:"我以后再也不说丁达尔了。我要永怀敬意,无论是对大自然还是丁达尔,一视同仁。"

季清延实在忍不住,直接笑出声。跟着狂笑的,还有坐在前面那个看热闹的林榷。

"哎哟,昨天舞会穿的那个礼服裙不仅把孩子冻感冒了,还冻坏脑子了?"箫烛怜爱地摸着倪漾的脑瓜,憋笑的语气里没有一丝丝的心疼,全是幸灾乐祸。

倪漾翻个白眼,把箫烛的手扒拉掉,想要手撕她却心有余而力不足,只能有气无力地趴着。

"吃药了吗?"上课铃打响,老刘夹着教案走进教室,箫烛早就溜回了座位。季清延这才瞥她一眼,轻声问道。

又把胳膊往脑袋下垫了垫,倪漾找到一个比较舒服的位置趴着,说话间夹杂着重重的鼻音:"吃了。"

有些感冒药的副作用,就是让人想睡觉。

偏偏这种感冒药,倪漾家里多的是。她早上出门时随手拿了一盒,到学校吃完才发现是有安眠功效的那盒。

"怎么不请假,在家休息一天?"季清延见她这么难受,声音也放柔和一些,只是每个字都带着笑意,似乎是故意逗她。

乖乖趴在桌上的小姑娘已经晕晕乎乎,说话也只能是有些含混不清地嘟囔:"我想上课,不能向丁达尔低头。"

"噗……"季清延再次笑出声,看看那脸冲着自己,已经闭上眼睛的乖宝宝样子,他摇摇头,不打算再捉弄她。

"我们今天来讲评前天周测考的那张卷子……"老刘熟悉的开场白,伴随着所有同学翻卷子的声音,在整个教室里响起。

季清延从抽屉里找出自己的卷子铺在桌上,刚打算如往常一样趴下,就听见旁边的小姑娘模模糊糊地小声嘟囔。

"我不想一个人待在家里。"

就算回到家,也只有她一个人。所以就算是可以请病假的日子,她都愿意在学校又硬又凉的桌子上趴着。鼻塞、头晕和嗓子痛,都让她更想和朋友们待在一起。

季清延拿着卷子的手一顿,他伸出手,用手背试了一下她额头的温度。

也许是他的手有些冰凉，倪漾条件反射地瑟缩，连眉头也皱起。

又对比自己额头的温度，感觉像差不多，他才放心地小声呼出一口气。

本该是季清延最佳睡眠时间的上午第二节课，他却一反常态，出奇地坐得端正，一双眼睛紧跟老刘讲课的内容，清醒得不像是一个几乎熬了通宵的人。这成功引起了老刘的兴趣，一度以为是自己看花了眼。

那一对小同桌搞角色互换了？

带着疑问，在讲某个数学大题疑难点时，老刘用他熟悉的套路说出很多个看起来可行的解题思路，将所有人绕得团团转后，准备抛出一个问题，让不知道是哪个倒霉蛋来选择一个正确的答题方法。

在意味深长的问句结尾，他透过厚厚的镜片，将视线扫过大半个班级，最终停在靠墙的角落里。

季清延看老刘突然不出声，正奇怪着，抬起头却意外地发现他抛过来的眼神，忽然背后一凉。

"有没有同学想为大家找出上述解题思路里，可以应用并算出最终答案的最优选？"老刘敲了两下黑板，轻咳着示意，"上课打瞌睡的同学醒醒啊，再不醒就下课了。"

简单而又普通的一句话，季清延才猛然反应过来，老刘的目标不是他，而是他身边那个倒霉的小病号。

也许是察觉到什么不对，紧闭双眼的女生又缩了缩身子，几乎蜷成一团。

"那我来点了，我看看……"老刘装模作样地再一次拉长语调。

早已经看穿套路的季清延无奈地叹了口气，他举起右手。他发誓，那是他上中学以来，第一次主动举手。

手心张开在空中感受微风时，他甚至都有些不真实的感觉。明明班里没有人看他，他却已经紧张得心跳加快，甚至想打退堂鼓，是种久违的回答课堂问题的感觉。

"哎，季清延同学想给我们解答一下。"老刘演技过于浮夸，带着得逞的笑。

被叫到名字的那人面无表情地看着老刘兴奋地换了粉笔的颜色，根据他的回答，在黑板上一行又一行地写下计算步骤。

帮倪漾成功躲过一劫之后，季清延以为只要课堂被提问一次就会在接下来的时间高枕无忧,便因为困意而有些走神。直到老刘意味深长的视线,再次扫到他和他身边的人身上。

瞬间清醒的季清延苦笑着坐直,再次举起了手。

如此反复。

那是季清延这一辈子里最积极的一堂课。他这十几年来攒着的全部举手次数,可能都在那一天用光了。尽管迷迷糊糊睡过去的倪漾,可能并不知道这一切的发生。

4. 生日快乐,倪漾

对这个需要特殊照顾的学生格外关注的老刘,最终还是发现了倪漾的不适。考虑到学习效率,他决定让她下午请假回家休息。

重感冒让从学校走回家的那一段其实不远的路程,在这个寒风刺骨的下午更加艰难。倪漾强撑着上下打架的眼皮,几乎是凭借自己的意志力回到小区。明明十分钟的路程,她却足足走了快半个小时。

将按钮按下,她气喘吁吁地倚靠在墙边,从包里摸出一瓶水喝了两口缓缓,等着电梯下来。

"姐姐,你今天怎么回来得这么早?"公寓楼的门被打开,灌进的冷风让倪漾感觉自己脸上和身上更烫了。

她强撑起一个笑容,声音却是轻飘飘的:"有些不舒服。"

看到小姑娘旁边的奶奶脸上细微变化的表情,她又立刻加了一句:"不传染的,昨天冻了一下。"

这个时候还有心情去考虑别人的想法,反倒让人心疼。

电梯在这时恰好到了,老太太按住电梯按钮,让倪漾和小姑娘先走,自己最后才进去:"回到家之后先别急着去睡觉,一会儿我煮点粥给你送上来,吃完粥再睡。"

"不麻烦您了,我睡一觉就没事了。"倪漾连忙摇头,已经发干起皮的嘴唇艰难地开合。

听到她这样说,小姑娘立刻扯扯她的衣角:"要喝的,妈妈说过,不喝粥就没有体力恢复。"

而站在旁边的老太太,也跟着点头表示同意。

实在是没有多余的体力说话,倪漾最后只得微微点头,尽力维持着自己礼貌的笑容:"谢谢。"

小学放学早,家里开饭也早。老太太出门前就把电饭煲设置好,等把孙女接回家,刚好能差不多煮熟,所以也就没有耽搁,刚进家门便找个保温桶装了些拎上去。

门敲了一会儿才开,小姑娘从倪漾的胳膊肘下钻进去,怕她生病拿不住似的,必须要自己把保温桶和微单放在茶几上。

"不拍照了?"倪漾摇摇头,将门关上。

"妈妈说这太贵重了,她答应我期末考试考好,可以送我一台。"小姑娘麻利地将保温桶打开,顿时整个客厅里香气四溢。

"那挺好的,"倪漾坐到她身边,不客气地接过小姑娘递来的勺子,"你如果有什么题不懂,周末可以上来找我,或者给我发消息。"

"好呀。姐姐,保温桶明天晚上我再来拿,你就先好好休息。"见她吃得还算习惯,小姑娘也有些饿了,起身准备回家。

小姑娘看着桌上那台在她手里待了几个月的微单,犹豫一下,还是冲倪漾眨眨眼睛:"姐姐,我看到储存卡里还有一些你之前拍过的照片,怕你没有备份,就不敢在电脑上动里面的照片,只是复制了出来。

"如果有时间的话,要麻烦姐姐自己删一下我拍的那些乱七八糟的东西了。"她尽量把一些重要的字咬得清楚,卖力地暗示。

如果你插上读卡器,便会发现里面有惊喜。有一些故事你不知道,但镜头会记录下来。

"嗯,谢谢。"可倪漾似乎没有反应,鼻子的堵塞让她只觉得自己的脑袋越来越沉,"替我向奶奶说声谢谢。"

防盗门再次被关上,在安静的客厅里发出一声响声。又勉强塞了两口粥,刚刚还坐在沙发上的女生缓慢地站起身,步履蹒跚地扶着墙回到卧室。

那台微单,依旧孤零零地躺在茶几上。而防盗门外,扎着双马尾的小姑娘从口袋里摸出手机,找到那个之前发送过短信的手机号码:哥哥,姐姐已经到家了,她也有乖乖地吃粥,放心好啦!

期末考试,从不允许倪漾有超过两天的生病时间。

所幸她身体底子也比较好,那天在家睡了一晚上,基本就好了。之后,她便一股脑地将自己扎进练习题和考卷里，拼了命地想考出一个好成绩给倪妈妈当接风礼物。

而季清延所能做的，也不过就是在午饭和晚饭时间，趁倪漾去盛粥的时候，和萧烛一起偷偷把自己餐盘里的肉菜多分给她一些，再装作什么都没发生似的回到自己的座位，像往常一样独自一个人吃饭。

偶尔林榷会来找他讨论些题目，但更多的，还是他和他耳机里的英语听力做伴。

他也依然会经常去长廊那端的教师办公楼的卫生间，然后在长廊的栏杆旁远眺，闭上眼听校园安静下来的声音。只是倪漾很少来了，无论季清延什么时候回班，都能看到她埋头计算的样子。

这让他想到自己小的时候为了吸引父母的注意，也是如此拼命地学习，拼命考到极端的分数。直到后来似乎养成了这种习惯，虽然依旧能保持着优异的学习成绩，但冲劲似乎比以前有确切目标时少了很多。

每到这时，他都会淡淡一笑。

他总能在她的身上，看到自己的影子。

而每天的上下学路上，他们也从闲谈，变成了"知识储备讨论完善大会"。

这样的日常生活，一直持续到期末考试之后的寒假补课。那晚放学之后，他们像往常一样在讨论一道难解的物理题，他把她送到小区门口，一切都如同每一个晚上那样。

直到半个小时后，已经换好睡衣写完一套选择题的倪漾，接到一通电话。

中学生的电话几乎只是个应急设备，在退订了所有商业垃圾短信之后，倪漾的手机很少会响铃。这一响，把正认真做题的她吓了一跳。

她深吸一口气，以为是倪妈妈打来的电话。好不容易缓过来拿起手机，却又因为手机上显示来电的那个头像，而再度头皮发麻。

是季清延的头像。

那是他第一次给她打线上电话，倪漾拿着不停响着的手机，却也第一次产生了不敢接电话的念头。

网上总是有人说自己有接电话恐惧症，倪漾一直自认为自己不是这样的人，可她却真的不敢接季清延的电话。

162

微信电话的响铃时间比普通的手机电话要长一些,她见他没有挂断的意思,以为是有什么要紧的事,也只好硬着头皮接通:"喂?"

一个简单的字,她的上下嘴唇却在打架,连后背也不自觉地挺得很直。

"倪漾,你下楼,我在你家楼下。"听筒放大他的声音,连他言语间微微的喘气声,都是如此地清晰。

倪漾的耳朵瞬间就红了,听完他说话,慢半拍才从椅子上跳起来,几乎失声:"你在我家楼下?"

"我在你们小区的花园里,有一个小亭子。"没有嫌弃她的叫声,他的嗓音一如既往温柔又清冽。

"好。"来不及多想,倪漾赶忙在睡衣外套了件衣服,又穿上自己厚厚的羽绒服外套,"我现在下去。"

夜晚的椹南市即便无风,但从室内到室外陡然侵袭全身的寒意,还是让人不禁打一个哆嗦。倪漾急着出门,忘记戴围巾了,只得将羽绒服的拉锁拉至最高,半张脸都埋在立起的领子后。

小区里的花园离她所在的那幢楼不远,正好在几栋楼的中心。草坪里放置的灯将鹅卵石铺成的小路点亮,她一边小心地走着,一边眯起眼睛,望着亭子里那个瘦瘦高高的身影。

亭子里没有灯,也只有他独自一人的身影。

"季清延?"即便是通过一团黑漆漆的轮廓早已认出是他,但倪漾还是走到亭子旁时,轻声问了一句。

心跳也因为在这寒冷的冬夜先行开口,而疯狂地重重地跳了起来。那跳动的样子真的很笨拙,每一次的落地,都能发出一声震动全身的"咚"。

亭子中的黑影转过来,又似乎是慌乱地挡了一下什么,才说道:"你把眼睛闭上。"

"啊?"倪漾一愣,却也乖乖地按照他说的话闭上眼。

听说,当人关闭了一种感官之后,其他的感官就会变得更加灵敏。她竖着耳朵听着,听着夹杂在偶尔的风中的,他轻轻的喘气声。也艰难地,在自己铿锵的心跳声干扰下,仔细辨别着属于他的声音。

"啪——"

"呲——"

一连两声,倪漾几乎便猜到了,季清延在这个夜晚的来意。

她的呼吸瞬间屏住，鼻尖也跟着酸了。但她依旧没有睁开眼，垂在身侧缩在羽绒服袖子里的双手，却不知道什么时候已经握紧。

"祝你生日快乐，祝你生日快乐……"他轻声唱着那首几乎所有人从很小的年纪就会唱的歌。也许是因为害羞而压低些嗓音，他的声音听起来像是含了些沙砾，却又出奇地好听。

一字一句，轻柔得如同儿时的摇篮曲。

倪漾睁开眼，原本一双漂亮的眼睛也跟着微皱起的眉，而有些变形。隔着摇曳的烛光，她看着眼前双手小心翼翼捧着蛋糕的少年，也不顾表情管理，强忍自己的泪意。

那是一个很小巧的蛋糕，上面淋了一层巧克力酱，插上几个马卡龙和巧克力棒，是很简单的，普通蛋糕的模样。

数字"1"和"7"形状的两支蜡烛火光摇曳，她听着他低声唱着《生日歌》，似乎连风都变得轻柔了起来。

烛光微弱，只映着他们彼此的脸。

世界黑暗，而他是她唯一的光亮。

他眉眼舒展微微弯着，将捧着蛋糕的手又向上端了端："许个愿吧。"

而她看着他，微微地失了神。

慢半拍，倪漾才缓缓合上双眼。长而卷翘的睫毛贴近下眼睑，她的眼角也迅速地跑出了什么东西。但又很快地，被风吹散，只留下透明的痕迹。

她将双手交叉成拳，抵在下巴。

就好像一年半前，她跪在寺庙的垫子上一样。满堂低声吟诵的经文，就如同现在耳畔的风声。而她闭上眼，脑子里浮现的都是他的脸。

"第一个愿望，希望家人和朋友健康，妈妈平安归来。

"第二个愿望，希望我成绩稳定在第一考场。

"第三个愿望……"

希望明年的生日，除了妈妈回来以外，这一切都不会变。

她缓缓地睁开眼，虚实之间，脑海里的那张脸和面前的人，重叠在一起。他动态地笑着，不再是记忆中静止的画面。

这一切都不是梦。

倪漾的视线渐渐模糊，她忍着泪意，想要多在烛光中，看一看他棱角分明的脸，然后在眼眶再也兜不住泪水的时候，深吸一口气，将蜡烛吹灭。

"我都忘记了,今天是我的生日。"她趁他转身将蛋糕放在凳子上的时刻,迅速用手背将脸上的泪水擦掉。

"一个人也要好好地庆祝生日,"他再转过身时,已经将蛋糕装在了盒子里,"刚刚怕你找不到我,就只能来这个亭子。"

季清延从口袋里掏出手机,打开手电筒,微哂:"我们去找个亮一些的地方,不然蛋糕要吃到鼻孔里了。"

"好。"倪漾被他的话逗笑,带着他去了花园边上的一处长椅边。

长椅的旁边刚好是圆圆的路灯,颜色有些发黄,就像天上的月亮。季清延先将蛋糕放在长椅上,又从背包里摸出两个包装盒:"这是萧烛和林榷送你的礼物,毕竟明天还要上学,他们很抱歉没有办法跟你一起庆祝。"

"没事啦。"倪漾接过,笑着低下头,指尖摩挲着礼物盒上的纱质蝴蝶结。粗糙的质感,能及时给她每一次的动作以相应的反馈,让这一切都变得真实。

再度抬起头,她看着季清延低头重新打开蛋糕盒的侧脸,抿起嘴,又再次无声地笑了。

"谢谢。"她趁他没有直视她,飞速地丢下一句发自内心的话。

十七岁的生日,她曾经以为自己会一个人凄惨地在家中随意地度过。但实际上,她却因为学业的紧张而忘记了这样一个重要的日子。

有人说,当人的年纪越来越大时,就会逐渐忘记自己的生日。即便是想起,也懒得像儿时那样度过。

"切蛋糕吧。"季清延将包装袋拆开,把里面透明的塑料蛋糕刀递给她,自己则稳稳地按住蛋糕的硬纸托盘。

蛋糕刀小心翼翼地切下,松软的蛋糕内部,巧克力酱的夹心流出来。一时间,空气里弥漫着香甜而醇厚的味道。

将第一块蛋糕装进纸盘里给季清延后,倪漾端着自己的那一盘,第一时间却是将自己不小心沾了巧克力酱的手指塞进嘴里。甜甜的味道,让她内心的快乐又再度提升一层。

"看来,我的十七岁一定不会差。"她笑道。

毕竟,十七岁的第一天就如此幸运——

会因为忙碌而忘记自己的生日。

但,有人记得。

真好。

季清延是今天临放学时，才知道是倪漾的生日。放学铃打响后，他一如既往地去教室后面的储物柜里拿自己的书包，刚打开柜子，却被林榷和萧烛神秘兮兮地拦住。

两个人又是挤眉，又是弄眼，生怕别人不知道他们心里揣了些小把戏。季清延只是扬眉，示意他们赶紧把话说完，别挡道。

"观察了一天之后我们觉得，今年倪漾是真的忘了自己的生日，所以打算逗她一下。"萧烛笑得奸诈，似乎是想撺掇季清延和他们一起。

季清延将柜门关上，避重就轻："今天是她的生日？"他事先完全没有听说。

"唉！"林榷叹了口气，两只手插进校服裤子的口袋里，微皱起眉，"平时以她的性子，不仅过生日当天要旁敲侧击地提醒我们，基本上从生日前一个礼拜就天天报倒计时了。"

"所以，今年我们打算不提醒她，给她一个惊喜。"萧烛硬生生地把两个礼物塞进季清延的包里，笑得狡黠，"要麻烦你在晚上送她到家门口的时候，突然告诉她大家给她准备了礼物。"

季清延知道，林榷和萧烛住得离学校远，没有办法在第二天还有课的情况下为倪漾庆祝。但季清延不知道的是，他其实，也在萧烛所说的"惊喜"的范围内。

在季清延拎着自己的书包回座位后，林榷狐疑地又看看那两个人的背影，总觉得不太靠谱："你这真的能行？"

"你知道学渣和学霸最大的区别是什么吗？"萧烛打包票地将双手环抱，下巴微扬，顺带内涵林榷，"给学霸一个模糊的题目，他能给你创造出一个新世界。"

这全都被萧烛算准，季清延从来都不是模范考生，没有按照她的计划行事。他装得完全看不出破绽，在将倪漾送进小区后，站在小区门口立刻搜索离自己最近的几家蛋糕店。

即使寒假补课不用再上第二节晚自习，但这个时间去蛋糕店要求现做，已经是不可能的事情。先不说蛋糕，店里就连面包都已经差不多被卖完。

季清延一连跑了几家店，最后终于在一家快要打烊的店里，从冷柜外

166

看到那个尺寸小一些的，通常被当作下午茶的蛋糕。这是那家蛋糕店里，最后的一个完整的蛋糕。

如果再找不到，也许他就会让店员用剩下的几块切角蛋糕拼成一个大蛋糕，但那总归是差了些意思。

而幸运的是，在以为没有希望的时候，居然有那么一个蛋糕还在等他。

也在等她。

半个小时，从倪漾的小区到不同的好几家蛋糕店，他几乎都是用跑的。只有在折返回来的时候，因为怕蛋糕撞到包装盒坏掉而不得不只能快走。

他不喜欢运动，平时也不愿锻炼。这一次久违的运动，让他甚至觉得自己的小腿都有些抽筋。但一切的疲惫和酸痛，似乎都在见到她笑着的模样后，烟消云散。

"刚刚许了什么愿望？"收回思绪，季清延将只吃了几口的蛋糕放下，靠在长椅的靠背上，仰头望着天，很是惬意。

"许过的愿望说出来就不灵了，"倪漾往嘴里放一块沾满了巧克力酱的蛋糕，吃货的幸福，让她整个眼睛都眯成了月牙，"无非就是学习啊，健康啊……"

还有……

防止自己的嘴巴又不听指挥，她赶紧往嘴里又塞了一口，堵住自己说瞎话的念头。等再把嘴里的这一口蛋糕咽下，倪漾突然想起什么似的，问道："季清延，你考虑过以后吗？"

"嗯？"他似乎没有想到她会突然问这样的问题，偏过来的脸上一双眼睛有些迷茫。

"我是说，"她把有关于自己最后一个愿望的问题吞进肚子，垂下眼睑，玩着透明叉子，装作不经意地问起，"你以后想去哪个大学、学什么样的专业？"

季清延思索片刻，才认真地回答："大学没有想好，应该会是我的分数所能去的最好的学校。"

他突然轻笑一声，似乎是被自己逗笑："专业……也是这个答案吧。一切都由高考分数来做决定，我相信命运。"

"你呢？"他扬着嘴角，看着她，"考虑好了，想去试一下摄影专业？"

他的问题，却没有得到他以为的答案。倪漾沉默一下，才抬起头望着天,重重地呼出一口气:"季清延,你知道我为什么学理科吗?"

"好就业,薪资普遍会高一些?"季清延拧开水瓶,喝了一口,随口答道。

"不是,那是我妈妈想的原因,"倪漾手里的塑料叉子不停地转着,偶尔反射着头顶路灯的光亮,忽明忽暗,"有些东西不是我们想选择就可以选择的。"

她仍然记得,当年父母也是用这些理由劝她学理,而她没有听进去一句,死咬着嘴唇坚持要学文。

但她永远不会忘记的是,在那张志愿表交上去的三天前,医院意外传来的噩耗。而那一晚,她将自己关在房间里,肿着眼睛,咬牙用黑色的水笔将文科前面的钩划掉,重重地在另一个选项前重新画上。

所以她羡慕在南华见到的每一个人,那种不受任何支配的恣意的自由,是她永远盼不来的东西。

萧烛曾经安慰过她,大学里的摄影专业是不分文理招生的。但倪漾只是摇摇头,苦笑地摊手。

第一次的选择被否定,第二次,就更不会有可能。

"阿姨想让你当医生吗?"季清延静静地听完她说的话,轻声开口问道。

倪漾没有回答,而没有回答,就是最好的回答。

她还记得,那天的追悼会,是一片黑色的。有一个小男孩走过来,给了她一瓶甜甜的草莓味的果粒酸奶。他说:"姐姐,我懂你,我们都不希望有一个超人爸爸。"

这句话,她能记一辈子。

"我是一个自私的人,我不想当超人。"她已经没有胃口,也将纸碟放在一旁,靠在椅背里。

"我也怯弱,我很清楚地知道摄影这个专业能找到一份体面的好的工作,不是件简单的事情,"倪漾苦涩地撇嘴,"尤其还是一个扛不动机器的女生。"

图摄还好,但工作难找。电视摄影,又不喜欢招女生。

"我们都不是小孩子了,追梦之前也要去想一些现实的问题。"倪漾勉强地笑了一下,放在腿上的双手却不安地抠着指甲,"终究还是不

太稳定。"

虽然不愿承认，但这是事实。

"你相信命运吗？"季清延温柔的声音，打破那股不知什么时候开始弥漫在空气里的失落。

他看着她，眼睛里仿佛有星光。

"我特别喜欢一句老话，尽人事，听天命，"季清延用左手竖起大拇指，梨涡浅浅的，"我们打个赌吧？你一定能去做你自己最喜欢的事情，不再受任何的捆绑和约束。"

"你就对我这么有信心？"倪漾狐疑地看着他，却还是伸出自己的大拇指。

两个大拇指相触，像是缔结什么样的契约一般，刻下承诺的印记。

分开的瞬间，季清延的拇指弯了弯，像是在谦虚地鞠躬一般："是你要信我。"

言语里夹杂着淡淡的，抑制不住的笑意。

信他，他会给她力量，对吗？

倪漾看着他，突然便释怀了，也跟着笑了起来。

未来什么的，管他呢。

如果时间停留在这里，是不是她就不用再去关心未来所有的不确定。是不是，她就不用因为未来没有他，而感到失落？

又是一阵冬日的风刮过，扬起她的马尾，吹散她耳后的碎发。长椅后的那排灌木丛的枝叶，也跟着沙沙作响。片刻后，一切又恢复宁静。

倪漾呼着气，看一团又一团白色的雾气形成而又消散。

"季清延，你说，今年椹南市会下雪吗？"

"会的吧。"

只要你想，就一定会下雪。

他会发光。

如果你曾经或现在正用心地喜欢一个人，那你一定会懂这句话的含义。

——《暗恋星球飞行手册》第9项注意事项

- 第七章 -

她和他的距离，像是太阳和海王星

1. 一场属于他们的烟花

一中高二的寒假补习，从期末开始，一下子补到了除夕的前一个礼拜。

倪漾照例把学校储物柜和书箱里，大部分的课本和卷子分批搬回家，而这个时间通常会是正式放假的前三到四天。只是今年她太小看自己寒假作业的分量，到了最后一天，她迫不得已才让季清延帮她一起拿。

"你就带这么少的东西过寒假吗？"倪漾抱着自己怀里的几沓卷夹，看着旁边那人背着瘪瘪的书包，突然有些心理失衡。

季清延为了照顾她，而将自己走路的速度放慢一些："我的东西基本上没有放在学校，都在家。"

"也是。"倪漾点点头，算是服了，拐弯抹角地损他上课睡觉，"上课的时候你在梦会周公，周公说你来都来了，不用那么见外，还带着课本来下棋。"

"我这个寒假也打算尝试一下你的学习方式，夜晚效率也许会更高？"玩笑归玩笑，但当她说出来时，居然已经开始在思考这个方法的可能性。

"阿姨白天不管你？两天美国时间，两天中国时间，这样的生活非常伤身体。"季清延赶紧打消她的念头，"更何况放假之后在家学习，也足够清静。"

听到他这么说，倪漾叹了口气，将下巴搁到怀里那摞厚厚的卷子上：

170

"清静是清静了,就是早上起不来,中午睡午觉,吃完睡睡完吃,脑袋格式化。"

"看不出来啊,这么没有自制力?"季清延被她那老气横秋的长叹逗笑,声音里不自觉地带上些许宠溺,"猪吗?"

"你又不是第一天认识我,我就是个在大人面前装乖的蔫坏的孩子。一旦没人监督我,我就立刻打回原形。"倪漾瞥他一眼,恨自己不争气似的摇摇头,还啧啧了两声。马尾在她脑袋后面轻快地摆着,带着些放假的小欢愉。

少年挑眉,若有所思地微微点了一下头,煞有介事地为正陷入放假苦恼的装模作样好学生提供建议:"要不然,每天写几篇口算题卡吧?"

倪漾瞬间收声,抿住嘴,平复一下心情才抑制住自己的恼羞成怒:"你多练练字,写字又慢又不好看!"

字号大就不说了,结构还松散,就像是刚学写字的小朋友!

说完,她还瞪大眼睛扬起下巴,誓要和他一较高下。

来啊,互相伤害啊!

谁知那人居然无奈地笑了,甚至把视线从她脸上移开,大有些轻视对手的意思。甚至可能是觉得她有些太幼稚,懒得和她计较。

"你不是一有空就练字帖吗,怎么一个学期过去了还是那个样子?"倪漾不死心,觉得这人不夯毛,总是一副云淡风轻的样子是真的能让她火气上涌。

季清延一手抱着她的一摞教材,将解放出来的左手拿到眼前,仔细地端详一阵,发表研究建议:"可能是上了年纪,手的灵活性提高空间已经没有了。"

"那你试试用右手写字吧。"倪漾嬉笑着皱皱鼻子,随口扔句揶揄的话。

明明是她随口说出来的话,但季清延居然直接笑出声,连肩膀都跟着抖动起来。他憋笑甚至都憋红了脸,可也管不了仍旧不停地动着的肩膀。

好不容易终于忍住了笑,他双手重新拿好那一摞书,陡然加快脚步,将她丢在身后:"有道理,说不定我真是个一下子就会右手写字的天才。"

哎哟,这个人真的是……

"季清延!"倪漾嫌弃地翻了个白眼,小跑着跟上他,继续撑着,"我劝你现实点,不如脚踏实地背一背语文课文。"

原本走在前面高高瘦瘦的少年,在小区的栏杆前转身,挑眉将手中的书本毫不留情地放在她手里那一沓厚厚的卷子上。他压低些声音,质疑道:"嗯?我那是背不下来吗?"

突如其来的重量,让倪漾立刻慌忙接住,稳住重心不让自己的课本掉在地上。抱怨的话还没想好怎么说,那人又再次开口。

"我是因为古诗文要写的字太多了,还要抠细节。"左手写字太费事了,要是碰上个结构难一些的字,他一丁点的耐心都没有。

季清延无情地看着倪漾抱着厚厚的一摞书本,将双手插进外套的口袋,沉稳而又冷静地总结道:"嫌麻烦,不要分数了。"

嚯,这就是学霸的境界吗?

十分白送的分数,它不香吗?

她什么时候才能有这种分大气粗的感觉,大手一挥,高傲的头颅一仰,说这分我看不顺眼我不要了,然后还能拿年级第一。

人比人气死人。

心里羡慕着,倪漾作为依靠这种简单小分数的底层小细胞,想寒酸地搓搓手,都因为拿着这么多课本而失去了苍蝇搓手的卑微资格。末了,她只能酸溜溜地给季清延补上一刀:"别说得那么让人感动,其实你就是背不下来。"

季清延沉默一下,面部不知道是不是被寒风吹的,竟显得如此僵硬。

他是背不下来吗?字都认识,这么简单的东西看几遍,有这么难让人背不下来吗?

就是背不下来。

别问,问就是每个人都有不同的语言使用习惯,他实在是不会像语文书那样说话。反正不是不想背,绝对不是。

半晌,他危险地眯起眼睛,"嘶"了一声:"你怎么还不进去?"

见倪漾还没动,他气得想跺脚,又补了一句:"我要冻死了。"

倪漾:"嗯?"

这人恼羞成怒的样子,别说还有点可爱。

等倪漾到自己家所在的楼层时,她脸上因为季清延埋怨的表情而忍不住的笑,一直都没有退散。哼着最近流行的一首欢快的曲子,她熟练地打

开家门,却在拉开门的那一刻,闻到了久违的饭菜香。

仍搭在门把手上的手一顿,随即立刻将门在身后关上。倪漾连鞋都来不及换,书包也没有放下,就直奔厨房:"妈……哥?"

"什么八哥?大半年不见,你哥成鹦鹉的亲戚了?"蒋钺一手拎着铲子,侧过身看一眼她,佯怒道,"没大没小的。"

见她还穿着外套和外面的鞋子,他立刻就皱起眉,嫌弃地挥着铲子赶人:"赶紧去换鞋洗手,姑娘家家的怎么这么邋遢?"

"嘿嘿。"倪漾调皮地吐了下舌头,憨憨地笑着立刻就是一顿"彩虹屁","这不是见到哥哥终于下凡沾些烟火气,激动得不行嘛。"

"去去去,洗完手来吃饭。"蒋钺早就习惯表妹睁眼就胡来的"彩虹屁",完全免疫,只顾着赶人,就差把手里的铲子换成菜刀。

蒋钺是倪漾大舅家的孩子,前几年家里二老去椹南市远郊买了新房养老,老房子便给他住。可他这些年工作上又节节高升,算下来一年到头都没有几天闲下来,当空中飞人当得起劲,索性就把老房子租出去,偶尔来倪漾家里的客房借住。正好倪妈妈有时要值夜班,家里有蒋钺,也放心一些。

"年前不用再飞来飞去了?"等倪漾在卫生间里一顿磨叽之后,蒋钺已经把所有的饭菜端上了桌。

冒着热气的家常饭,是她好久都没有吃到的东西。学校里的食堂太大,暖气供应不足,通常刚打到的饭是温热的,等找了座位坐下,基本上就已经凉了。

她贪婪地闭上眼睛吸了一口热腾腾的米饭香气,慢慢地回味着,感觉人生的意义不过如此了。

蒋钺把这些都看在眼里,心酸在心里。他递给她一双筷子,嘴上却嫌弃着:"年前这一个礼拜天天有你的饭吃,别跟饿死鬼一样的了。"

倪漾满足地又吸一口香气,接过筷子,笑得看不见眼睛:"哎,哪家可爱的姐姐能有福气,天天吃到我这不当厨子可惜了的哥哥做的饭菜……呀,哥哥为什么还没有女朋友啊?"

戏精上身,专扎自家哥哥破碎的玻璃心。

"你这问题提早了,"蒋钺就知道她会提这事儿,皮笑肉不笑地牵起嘴角,报复性地把盘子里所有的青椒都夹给她,"七天后,你可以跟着所有人让我做一个无情的问答机器。"

眼睁睁地看着青椒堆成一座小山，倪漾只觉得这碗饭顿时就不香了。

"生日礼物喜欢吗？"蒋钺见状，趁机转移话题。

她皱着眉，咬着筷子，真心点头："超级喜欢。"

蒋钺今年送她的生日礼物是一小瓶的香水，名字很好听——Winter 1972。

就像它的名字一样，是冬日的味道，乍一闻上去有些许冷冽，细细嗅着却又有淡淡的如同暖阳般的温柔。有点像电影里冬天在火炉边烤火时，闻到的混着家中木质结构散发出淡香的木质香气。是那种洒在围巾上，能让你一天都很舒服的味道。

生怕买了不合适礼物的蒋钺见到她这个样子，才放心地点点头。他几乎没有动筷，只是看着倪漾疯狂地填充自己的胃，偶尔抿上两口热汤。

等她吃得差不多了，他才漫不经心地开口："上次你送御守的那个男孩子，怎么样？"

"怎么会突然想起这个？"倪漾垂下眼，端起汤碗抿了一口，想要将这个话题回避。

"说到礼物，突然想起来罢了。"蒋钺见她这副反应，嘴角含笑，"他叫什么名字？"

倪漾从回忆回到现实，记起对面还坐着蒋钺，赶紧敛了些嘴角："他叫季清延，季节的季，清远的清，目守延年的延。"

目守延年，时光匆匆，唯眼神能触及。

"很好听。"她因为细细地拆分着他的名字，眉眼又不自觉地染上温柔的笑意，声音也放柔和了更多，"可他却不是这么文艺的一个人，很理性。是我的同桌。"

"季清延……"蒋钺重复了几遍这个名字，只是越重复，却越渐渐蹙眉。

他总觉得，这个名字有些熟悉，但细想从哪里见过，却又一时间有些记不起。

"哥哥，今天有饺子吃吗？"倪漾以为他只是在努力记住这个名字，为了以后抓住自己的把柄，连忙将他的注意力转移。

她双手托着下巴，分外肉麻而又做作地眨眨眼，故意将每个字都说得甜甜的："今天可是小年夜，要吃饺子的。"

"冰箱里的速冻饺子你会做吧？那就交给你了。"蒋钺恍然大悟似的

拍了一下手,连忙拿起筷子,飞快地向嘴巴里塞着饭菜,"哥哥今天真是太累了,又跑这儿又跑那儿的,不知道家里有没有人心疼一下……"

倪漾翻个白眼,小声哼了一句,趿拉着拖鞋走到冰箱前,翻找之前还剩下些的饺子。

"还有这碗和盘子……"一阵筷子和瓷碗瓷碟碰撞的声音中,蒋钺变本加厉地暗示。

倪漾捂住耳朵:"我洗,我洗!"

没有妈妈陪伴的小年夜,让倪漾觉得过年不过如此。

晚饭后,蒋钺回房间处理没弄完的工作。她一个人趴在沙发上,看着每年都会看的某个卫视的联欢节目。节目里越热闹,夜晚的客厅就越清冷。她身上盖了条薄薄的毯子,甚至连吃零食的兴致都没有。

倪妈妈没有给她打电话,估计还在忙。倪漾想了想,还是给她发去一条祝福的消息。

退出聊天页面,她的手指不知怎么就滑到了那个在她心底已经记了太久的头像。她又一次偷偷地点进季清延的微信朋友圈,里面干净得就像她刚刚洗完的那些盘子。

可她就盯着白白一片的空荡的朋友圈,愣了很久的神。直到手臂有些酸痛,她才换一只手拿着手机,活动一下手腕。

鬼使神差地,她删删改改,最终发出去一条简短得不能再简短的官方消息:小年夜快乐!

而那边回复得很简单,却很迅速:同乐。

唉,这个人,果然依旧是个互联网冷漠大师。

第二天一早,本来打算睡个懒觉的倪漾,就被一阵急促的敲门声吵醒。她迷迷糊糊地在床上翻滚了一会儿,才猛然发现响的不是家门,而是她的卧室门。

"蒋钺你别敲了,大早上的让人睡个懒觉行不行?"起床气顿时涌到嗓子眼,她顶着乱糟糟的头发,连滚带爬地下床,又摇头晃脑地去开门。

昨天加班到深夜的蒋钺,反而看上去清爽得多。他靠着门框,一只手拿着手机,不停地敲着另一只手的手心,心情看上去很好,眉毛似乎都要飞到天上。

175

"这么高兴？"倪漾打着哈欠，一副见了鬼的样子，"你今天不用上班？"

她瞅瞅蒋钺那样子，眯起眼，了然似的双手环抱："是不是舅妈给你安排相亲，给你高兴傻了？"

"你相亲能高兴傻了？"蒋钺懒得跟她嗨吧，打个响指扔下一句话就去厨房弄早饭吃，"你的长期饭票回来了，带你去机场接机。"

"啊？我怎么不知道？"这下倪漾是瞬间清醒了，她冲出卧室门看着那个正悠闲地热着牛奶的人，惊诧道。

"你不知道啊？"蒋钺将奶壶放下，脸上的笑容逐渐僵硬，"完了，这下是要相亲了。"

倪妈妈想给倪漾一个惊喜，结果被他给搞砸了。他不相亲，谁相亲？

时间有些赶，倪漾想在机场提前给妈妈买点热的食物，于是随便拿了几片面包坐车上吃。

啃面包啃得正香的时候，开着车的蒋钺试过一下热风的温度，将电台的声音关小一些："漾漾，你之前说那个男孩子叫季清延？"

倪漾的动作一顿，立刻警觉地缩到车门那一角。

蒋钺直视前方路况，慢慢说道："我今天想起来一些事情。"

"啊？"倪漾被他搞得有些迷糊，"所以呢？"

"季清延是我老板的儿子。"蒋钺将方向盘转到一边，再缓缓地放开，直至整个车身回正，"不是我的上司，是整个公司的老板。我们公司是他家的产业。"

"可是……"倪漾一愣，她记得蒋钺就职的公司是很有名的私企，但相处一个学期，她完全没在季清延身上看到半点娇生惯养的影子。

"他家里的私事你就不用知道了，我也没有立场讲。"蒋钺看了她一眼，犹豫了半天，才将剩下的话说出来。

"只是……漾漾，季清延的妈妈，也就是我的老板，会让他出国留学。"他努力让自己的声音听起来轻柔，尽量不让倪漾情绪过激。

他不敢再去看自家妹妹："你也知道，咱们这种普通人的生活……我不想跟你说什么你们不是一个世界的人之类的话。哥哥只是提前嘱咐你，不要因为一个男孩子而耽误自己以后的人生。凡事要多考虑一些，不能让未来的自己后悔。"

"我知道你很不喜欢听这些话,所有的年轻人都是这样,包括以前的我。可是有的时候,世界真的没有你们想象的那么美好,一切都可以顺其自然地发生。你还小,未来无能为力的事情会有很多。"蒋钺抬手将电台的声音调大,"只是给你一个建议,你可以思考一下。"

"可我们高二都已经读了一半了,他为什么还在我们班,没有转去国际部?"倪漾抓着车门扶手,半垂着眼,强忍着失落。

她想证明什么,证明蒋钺说的是错的,证明她看到的才是对的。

而回应她的,只是蒋钺无奈的叹息:"你说过的,没人知道他在想什么。"

倪妈妈回来之后,家里立刻变得热闹了起来。

考虑到她太劳累,又适逢将要过年,医院索性给她一连放了几天假。平时一直见不到的母女两人刚母慈女孝地和平共处了两天,从第三天起,便毫无意外地鸡飞狗跳。

蒋钺这么一个大男人在中间无论怎么劝,都劝不动,甚至连拉架都显得弱小而又无力。他甚至觉得自己应该出去相亲,以此来躲避这母女俩的炮火。

毕竟她们俩一会儿开撕一会儿和好的,秋后把账全算在他一个人头上。劝架时帮着哪一边,最后倒霉的都是他。

好不容易挨到除夕,一大早蒋钺帮着倪漾把家里打扫干净,贴好对联和窗花,开着车带着她们往自己家出发。自从倪爸爸意外去世之后,每年春节她们都是回娘家和蒋钺一家一起过。

倪漾刚坐上车,屁股还没坐热,就听见蒋钺开始无聊地揶揄她:"寒假作业带了吗?"

通常她们会过去住两天,远郊空气好,人也少。

"嗬,"倪漾直接鼻孔冲着他,心里恨不得掐死他,"女朋友带了吗?"

"一会儿大姨上车的时候,你的小嘴巴给我闭严一点哦。"蒋钺眯起眼睛转过头来看着她,将食指放在嘴唇上做了个嘘声的动作。

"哎哟,哎哟,老规矩。"倪漾狡黠地摇摇头,伸出手,几个指头一齐向他勾了勾。

"什么规矩,"拍掉她暗示意味很浓的动作,蒋钺冷哼一声,"你要是嘴巴严,哥哥一会儿给你买烟花。"

"你要是当大喇叭,"他的手指在方向盘上随意地点了几下,发出轻微的响声,"你那个同学……哎……季……什么来着……"

正说着,后座的门就被拉开。一阵冷风灌进车里,倪妈妈利落地坐进来,将车门带上后,拢了一下被风吹乱的头发:"在聊什么呢,这么起劲?"

"没有。"倪漾最先反应,夸张得将每一个字的语调都挑高,"在夸哥哥呢,一表人才,多精神的小伙子……"

就是没人喜欢。

活该没人喜欢!

但好在,蒋钺是个言而有信的人,出了五环后在沿路的烟花摊上买了不少烟花。倪漾怎么挑,他都笑着买单,然后咬牙切齿地暗暗跟她说,今年别想再在他那里搞到大红包。

可真到了晚上,他却是放烟花放得最起劲的那个人。

之前已经在远郊这边过了几个春节,兄妹两个很快就找了个适合放烟花的空地。他们的东西还没摆好,夜空中就升起了几个漂亮的烟花。烟花的距离离他们不远,应该也是这片新建小区的住户燃放的。

硕大的礼花绽放,似乎就在头顶。

巨大,巨响,巨亮,几乎能填满整个视野。

倪漾扭头看着,一亮一暗间,她猛然想起那条回家的路上,她和季清延并肩,远远地看着的那场远得不能再远的烟花。

他在做什么呢?

有没有烟花看呢?

这一处平地周围没有很近的光源,只能借着远处的路灯辨认轮廓。倪漾从身后的石砌花坛上拿起一根仙女棒,熟练地用打火机点燃。

周围的一团黑暗,便瞬间被小团小团的光亮,装点得漂亮而又浪漫。

她左手拿着那支仙女棒,右手摸出手机,拍下一张照片。

倪漾:季清延,新年快乐!

细腻的形状像是雪花一样的光亮,占据整个黑暗的屏幕。而背景,是不远处的窗户透出的各种颜色,在定焦后被虚化成圆形的不同颜色的光晕。

手机振动时,季清延一家正在餐桌上碰杯。他抿了一口橙汁,左手将

扣放在桌子上的手机翻过来。本来以为是傅云实发来的新年废话，他刚准备划掉锁屏提醒，却在手按上去那一刻一顿。

点开后看见那张有些小小浪漫的仙女棒燃放的特写，他的嘴角也不禁跟着弯起。趁桌上的长辈没有注意，他一只手装作什么都没发生似的夹着菜，另一只手却把手机悄悄拿到腿边，迅速地回着。

季清延：很好看，不过要躲着点放，小心被罚。

按下发送键的那一刻，他的嘴角都快要翘到天上。

等手上的那根仙女棒燃尽，倪漾换了一根，才收到那边的消息。

"漾漾，准备放礼花了！"刚要回复他不在市区，远处的蒋铖就大声扯着嗓子喊着她，声音里还带着点小小的嘚瑟，"睁大眼睛看好了啊！"

倪漾听到这声叫喊，立刻懂了哥哥的意思，小跑着给他送去点好的香柱，然后狂奔着跑到安全的地方。也不知道是不是太高兴了，她还没站定，就拿起手机按下了拨通电话的按键。

拨通对象，自然是刚刚那个只聊了两句话的头像。

季家的年夜饭已经吃得差不多，季清延正陪着老季、柳蕴的父亲，还有季爷爷聊天。柳蕴是独生女，自从嫁入季家，逢年过节都是带着自家父母一起来过节。两边都是文艺世家，聊起来共同话题也多，很是热闹。

刚刚碰杯之后，柳蕴就先陪着想看春晚的母亲去客厅开电视，而季奶奶也忙着准备晚上包饺子的材料。

见桌上只剩几个人，季清延抿嘴，拿起不断振动的手机抱歉地笑道："我去接一下电话。"

"去吧。"以为是傅云实打来的电话，老季丝毫没有察觉到不对劲，笑着挥手同意。

拿着手机经过客厅，电视开着，人却不知道去哪里了，季清延耸下肩，掀开窗帘，打开后面的落地窗，走到阳台上接起电话："倪漾？"

"哎？"正准备挂断电话再拨一次的倪漾一愣，反而恶人先告状，"你吓死我了。"

季清延听到这声埋怨，只是淡淡地笑了："怎么了？文字祝福还不够，还要说一遍？"

声音停顿一下，他又突地轻笑出声，喉咙里发出的压得低低的颤音，透过话筒和听筒，被放大得很是清晰："别以为你这样就可以不做口算题

179

卡了。"

好不容易终于把她乱算数的毛病治好,可不能不巩固,开学又从零开始。

"啧,你可真是扫兴。"倪漾低声骂了一句,正说着,余光便瞥见蒋钺迅速跑过来的黑影。

紧接着,他身后的方向便有一个亮光飞速腾空而起。

她立刻反应:"季清延,你听。"

说完,她将手机冲外举起,试图将烟花炸裂的声音更清晰地收进手机。

一声接一声的礼花飞起声,和在空中炸开,甚至是散落垂下的声音,季清延都在电话那端听得清清楚楚。那种真实感,如同他与她此刻站在同一个夜幕下,仰头看着那绝美的烟花。

他一只手搭在被风吹得冰凉的阳台栏杆上,望着头顶什么都没有的夜空,笑着深深吸了一口气。

在少年时,你有没有一个时刻,觉得自己是被关爱,而且幸福是如此近的?

虽然这个问题将回忆打断,但季清延觉得这并不突兀。

他说,就是这场烟花。

这场,她给他的世界放的烟花。

那天那什么都没有的深蓝色的天空,是她用声音,一笔一画地绘上了最美的烟火。出现在他脑袋里的肆意绽放的礼花,甚至要比他看过的每一场烟花庆典,都要更美更动人。

蒋钺买的是最大的那款礼花,豪掷千金。等全都放完后,他又跑过去琢磨着放哪个小点的礼花。趁他离开,倪漾也把手机拿到耳边:"好看吗?"

"好看。"

蒋钺平时最喜欢的其实不是最大的礼花,而是那种可以不停地呲出火花,像是烟花树的那种烟花,一连买了好几桶。这种烟花小,点完也不用再跑那么远。

在那片被重新照亮的烟花暖光中,倪漾一个人独自站在广场的边缘。她拿着手机,手已经有些冻僵。可她的注意力,却没有在手上。

"季清延，如果高考之后我们都去了自己想去的学校。那个时候，你可不可以考虑，未来把我也规划进去一下？"她望着像是顷刻间冒出很多星星的矮烟花，断句清晰却又失神地说出暗藏在自己心底太久太久的想法。

她敛起眼睑，吸了一下鼻子："现在先不用麻烦你考虑这个问题。爸爸在天上看着我，我必须要努力。"

努力地变得足以与你并肩，这样你也会在未来，轻而易举地在人群中发现我的身影。

细微的烟花声没有再被收入话筒，季清延听着那边微微的风声，眉眼散开，梨涡也露了出来："好。"

也许是听到他的回应之后，她才猛然回想起来自己做了什么事，立刻就把语音通话挂断。

季清延听到那边戛然而止的声音，笑着将手机暗灭。他又抬头看了眼那夜空，笑了一会儿，才转身打开阳台上的落地门。

手刚搭上门把，他猛然想到柳蕴的妈妈正在客厅看着春晚。老宅这边室内地暖开得很高，甚至能让人背后出些细汗。怕外面的风吹到老人，他只好先开了个缝。

室内的欢声笑语很快就涌了出来，带着室内干燥的热气。

"蕴蕴啊，你年纪大了，我们也都老了，经常盼望着什么时候有个外孙、外孙女。你有了儿女，生活才算真正的完整，我和你爸爸才能放心啊。"

"妈……清延很乖，也很懂事。我和老季商量了，我们打算把所有的精力和爱都给清延。他也是我的儿子。"

"这不一样。"

"妈。别说了，我们已经决定好了。"

隔着一层厚厚的窗帘，安静的阳台上，即便有电视节目的聒噪声，母女小声的对话却依旧能听得清楚。

少年刚刚翘起的嘴角，再看却已平了回去。他轻轻地将落地门再次关上，转过身去趴在栏杆上，像是在学校里趴在桌子上一样地抱紧自己的肩膀，将头埋在臂弯。

不过是过去了几分钟，他却开始想念她为他放的那一场烟花。

2. 警报，飞行器已偏离轨道

新学期开学返校，倪漾坐在自己的座位上，意外地发现那人依旧没有来。早上她以为季清延是迟到了，可等所有作业都收齐了，旁边却依旧是空荡荡的。

该不会是蒋钺的嘴，这次又开过光了？

一中只放了两周的寒假，正月初八开始新一轮的补课。班里的同学大多都还沉浸在新年的喜悦中，没人察觉到角落里的不同。

倪漾皱着眉，趁老刘在讲台上数作业份数的时候，偷偷弯着腰在书桌后打开手机，不假思索地给季清延发了条消息：你生病了吗？

一分钟，两分钟……时间流逝，挂在班级后面的时钟一圈又一圈地走着。班级里安静后又吵闹，吵闹后又安静，如此反复不知多少遍。

返校当天通常只上半天课，交完作业后领新书，各科老师再来说些新学期的嘱咐。季清延依旧没有来，而老刘也没有询问怎么少了一个人。

倪漾像丢了魂儿一样，一直挨到中午快放学。

"从下周一开始，大家就步入高二下学期了，现在高三的那一拨孩子马上就要开始百日倒计时……"老刘正严肃地说着，视线来回扫视着班里的每个角落，在触及班级前门时，刚刚说着的话却突然断了。

他微微挑眉，似乎有些惊讶，但不过也只是一瞬，随即，他又爽朗地笑开，冲着门口的方向摊手："想和大家说点什么？"

坐在最靠墙那一排的倪漾回过神来，平日里坐在她旁边的男生已经站在了讲台上。他穿着一中湖蓝色的校服，校服外套里面是浅灰色的衬衫和黑色的针织衫。校服干净而又没有褶皱，裤腿也依旧平整。

半个月不见，他似乎又瘦了一些，但身姿依旧挺拔。

季清延站在讲台上的那一瞬间，她几乎就懂了，他为什么今天没有出现。她放在腿上的手渐渐收紧，眼神空洞地看着他说那些有关于道别的话，却一个字都没有听进去，只觉得四肢都浸了冰冷的寒意。

就好像，那些拼命想要证明蒋钺说的话就是办公室茶水八卦不靠谱的努力，以及坚信自己的自欺欺人，在这一刻轰然倒塌，在心上狠狠地砸了一个洞。

"……谢谢大家半年的陪伴，在一班我度过了一段很快乐的时光。"

182

说完，他缓缓弯腰，深深地鞠了一个比标准九十度还要更低的躬。

他足足停了几秒钟，倪漾坐在底下，一双眼睛望着他低下去的身子，眼前的图像渐渐模糊。

直到老刘要伸手拉他直起身来，季清延才叹口气正回身子，而这一幕，早已什么都看不清的倪漾自然没有看见。她拽了两张面巾纸出来，将头低下去，偷偷地在课桌后面擦掉眼泪。

从此，无论是否天黑，她都没有可以陪她一起上学和放学的人了。

没有人隔着那小区自动放下的栏杆，冲她温柔地摆手，直到她消失在拐角处才放心地离开。没有人天天像个老妈子一样，叨叨她要认真写口算题卡，降低错误率。

她其实，早在蒋钺那天在车上说出那些话时，就偷偷做好了心理准备。甚至，她还能在他转身离开教室的那一刻，跟着全班同学一起笑着鼓掌欢送。除了眼底还泛着的泪花，那一刻她甚至都能骗过自己。

放学时，倪漾去学校主任办公室交整个班新学期保险费用的回执。她强撑着笑着和主任插科打诨了几句，却在回班的路上，在空中长廊里再次遇见很久没见的少年。

他依旧站在栏杆边上半垂着眼看向窗外，耳朵里塞着耳机，整个人干净而又安静，一如她最初在这里见到他的模样。

倪漾垂在身侧的双手握成拳，拼命告诉自己应该忽视他，目不斜视地走回班里。却在经过他身后时，脚尖不听话地在地面上划出一个弧线。

"手续都办好了？"她摸上栏杆，冰凉的触觉混着走廊里消毒水的味道，刺激着她的神经。

他看到她之后似乎并没有惊讶，只是摘下一侧的耳机，低低应了一声："嗯。"

一声简短的应答，却让倪漾的眼眶又开始发酸。她用力地向上看看，几乎翻了一个人生中最大的白眼，想要把泪意逼退："很开心这半年有你做同桌，也谢谢你，陪我度过了很多个无助的时刻。"

少年的喉结动了动，他偏过头去看着她，眉尖也微微地蹙起，握着栏杆的手渐渐攥紧。

"倪漾，我们约定五年的时间。如果那个时候你没有遇到合适的人，如果我们都活成现在的自己期望的那个样子，如果一切都看上去还没有变……"他一连说了很多个如果,矫情得让倪漾甚至都忘了他有多么讨厌语文。

停顿一下,季清延抬眼直视着她的双眼,似乎是下了很大的决心,才继续将最后一句话说完:"不管我们在哪里,都约定见一面,好吗?"

他带着些紧张地,用词小心翼翼地,许下一个带着可能性的诺言。

虚无缥缈的承诺,又混杂着些对未来的憧憬,和她那晚在烟花下说的话,竟然异曲同工。只是这里的天是亮的,空气中也没有弥散开来的烟花硝烟的味道。但他却站在她面前,看着她的眼睛,清澈的眼底却仿佛埋藏着可以将她吸入的深渊。

季清延嘴角是轻轻勾起的,眉眼也是那么温柔。就像上次在寒冷的夜里,微弱的蜡烛火光在风中摇曳时一样。

倪漾伸出左手的大拇指,在他眼前又将拇指晃了一下,直到他的拇指贴上来。她将她指尖的温热,传递给他因为摸着栏杆而冰凉的指尖。

她轻轻点头,答了一句:"好。"

这是他们的第二个约定。

他们……还会有第三个,第四个,第无数个约定吗?

倪漾收回手,深吸一口气,强迫自己笑得漂亮:"前程似锦。"

午间的阳光从空中走廊的玻璃直射进来,照着他们彼此相望的脸。她没有用别的祝福的字眼,用的却是有道别意味的"前程似锦"。

少年的双眼暗下去,一只手停在空中,而另一只却依旧紧紧地攥着栏杆。他隐忍着眼底的骇浪,喉结艰难地动了一下,半晌才开口,声音干涩:"你也是。"

祝你前程似锦,未来可期。人生路漫漫,此时不过是启程。

五年,五年有多长呢?

他们还会再见面吗?

也许吧。

季清延转到国际部之后的那一年,其实算是真正离别前的一个过渡期。

他们仍旧在一个学校,只是能见面的次数变得少得可怜。他们上学的时间变得不一样,教学楼变得不一样,就连食堂也不一样了。唯一能见面的地方,似乎只有操场。倪漾只能在大课间活动的时候,偷偷地看他。

他什么也没有变,穿着一身干净的校服挺拔地站着。在一个班只有二十几个人的小方阵里,显得更加显眼。

他依旧没有什么朋友,独来独往。每次升旗仪式或是课间活动解散之后,即便是混杂的人群里,倪漾都会一眼在人群中认出他的背影。很多年后回想起来,她觉得这是学生时期里,她最莫名其妙突然学会的技能。

有时不知道是不是心灵感应,他会突然偏过头来。而他们,就隔着那人群,遥遥相望。时间便在此刻停了下来,周围所有走动的人都仿佛被定格,一时间只剩下他们。

这时,倪漾通常都会灵机一动,毫不顾忌地做些大大的动作。有时是俏皮地歪头,有时则是手指拉着脸做个鬼脸。如果碰上有高个子的人从他们之间经过,她还会跳起来,生怕他看不到她的活力满满。

然后,她远远地看着他笑着摇头的样子,像是他们之间从未变过。只不过从商场里的那排货架,变成了距离更远一些的操场。

她其实也听说了,梁西荷也在那个学期突然转去了国际部。但倪漾只是拍了拍箫烛的手,反倒像是笑着安慰箫烛,说不定人家是去学习的,不要总是拿八卦的心态揣测别的女孩子。毕竟每年临近升高三的关头,一中都有不少人突然转部,申请更好的学校。

每周期待的那一次两次可以和季清延在操场见面的机会,好像将时间装上了飞快转动的发条。在一周又一周的飞速滚动中,他们结束高二,度过暑假,升入高三,一直到新旧年份交替,国际部提前申请的录取通知喜报陆陆续续地刷屏一中官方公众号。

她知道季清延被从小家长都会念叨的名校录取,她也知道他的托福和SAT分数就像他每次月考那样的恐怖。但她并不惊讶,因为她知道他的耳机里,除了偶尔的歌曲,基本上都是在循环播放英语新闻当听力材料。

他其实一早就做了要出国的准备吧?

"你不会还在听英语听力吧,连吃饭都不放过?"箫烛在她面前放下餐盘,担心地皱起眉毛,"虽然咱们高三了,也不至于给自己这么大的压力吧?"

她之前一直以为倪漾是在听歌消磨休息的时间,直到上个学期有一次她手欠,趁倪漾不注意将一个耳机偷偷戴到自己的耳朵上。

叽里呱啦的美式新闻二倍速播报,让箫烛的手像是弹簧,瞬间就把耳机原封不动地给倪漾"安"了回去。从此，箫烛发誓自己再也不抢别人的耳机了。

"有吗？"倪漾将一侧的耳机摘下来，憨笑着安抚箫烛，为了装得更自然，还伸出筷子抢走她餐盘里的一块鸡块。

"感觉你最近就像是一个没有感情的学习机器。"箫烛端起自己的那碗粥，叹了口气，隔着不锈钢碗壁用热粥焐着手。

食堂里的每一个人依旧行色匆匆，有拿着课本来的，也有跑着来吃了两口又跑回教室的。吊在天花板上的电视播着每天的新闻，也依旧是那几个熟悉的主持面孔。播报的新闻有时能和倪漾耳朵里的英文新闻电台出奇地重合在一起，讲着同样的事情。

她会坐在那个曾经他坐的靠窗的位置，感受午间洒在身上的温暖阳光，或是伴着月色轻轻地发呆，活成了他的样子。

"今天是不是你的生日啊？"箫烛贼兮兮地打了个响指，挑起下巴，从口袋里摸出一个小小的礼物盒，"又忘了？"

她好笑地看着瞬间呆住的倪漾，笑呵呵地咬一口鸡块："别人都是三十以后不想过生日，这位小姐姐二十都还没到，就已经有如此高的觉悟了？"

"高三谁还惦记这个，"倪漾回过神来，勉强撑起一个笑容，接过小礼物，拿到耳边晃了晃，估计是个唇膏，"谢啦。"

"国际部那边都已经解放了，而我们还有半年的时间。"刚刚一直没出声的林榷哀叹一口气，不是滋味地咬一口筷子上的土豆，"这日子简直没法过了。"

"你快吃你的吧，噎不死你。"箫烛连忙捂住他拿着筷子的手，把整个土豆都强塞进林榷的嘴巴里。

倪漾沉默一下，倒也没介意他突然提起有关季清延的事情。她只是揉揉因为室内暖气而有些发干的鼻子，又皱皱鼻子，望向窗外，轻声道："你们说，今年会下雪吗？"

去年的椹南市，没有下雪。

"不知道呢，感觉今年异常干燥，"箫烛耸耸肩，"反正这一周是不可能了。"

"这样啊。"半垂下眼，倪漾失落地再也没有说一句话。

186

只不过，其实那天也有一些值得惊喜的事情。

倪妈妈和蒋钺特地在她晚自习回家之后，偷偷藏在家里给她庆生。他们在倪漾刚进家门还没来得及开灯时，就端着一个点好蜡烛的蛋糕出现，有点像是电视剧里朋友庆生的情节。

黑漆漆的家里，她看着那微弱的烛光，耳畔却全是那个少年清唱《生日歌》的声音。真真假假，掺和在一起。而早就被卷子摧残一天的大脑，也不愿意再费劲分辨，索性就由着那幻觉去了。

"许个愿吧。"他们也是这样说的。

这一岁的生日，吹灭蜡烛前，倪漾依旧许的是去年的愿望。

——身体健康，学业有成，未来有他。

之后，她每一年的生日愿望，都是这三个愿望，从未变过。

那一晚，倪漾端着自己的那块蛋糕回房间一边写作业一边吃，刚把吃完的碟子扔掉，一直放在手边的手机突然响起。就如同去年的那个晚上一样，吓得她浑身汗毛立刻竖起来。

她连忙抽了两张纸巾把手上的奶油擦掉，在拿起手机看到"季清延"这三个字的时候，一整天闷闷不乐的心情，突然间好像就释怀了。

站起身拉开窗帘，她盘腿坐到飘窗的垫子上，笑着揶揄："季清延终于记起给我打电话了？"

"我拿到最适合我的学校和专业录取了。"电话那头的声音带着淡淡的笑意。

"我怎么记得季同学当时说，只要是愿意收留他的学校，就是最适合他的学校和专业？"倪漾鼓起腮，佯装不悦，"原来你就是来显摆的啊。"

"我这是给你分享点喜气，"季清延突然笑开，但声音又瞬间压低，像是在躲着什么，"我妈这两天回来了，抱歉没有办法去给你过生日。"

他坐在转椅里，视线一直停留在电脑屏幕定格的，樱花花瓣落下的画面。依旧是那部动漫，明明已经完结这么久了，他还是翻出来重新看了一遍又一遍。

如果有一天，他们能一起去看樱花就好了。

睫毛抖了两下，一片黑暗的房间里，只有那一块屏幕发着光。

"生日快乐，倪漾。"

比起在小区亭子里的紧张，此时，他的声音似乎多了一份隐忍，每一个字都如同从喉咙里碾出来的一样。

刚刚还盘腿坐在软垫上的女生，不知道什么时候已经双手抱膝，将头埋在臂弯。她没有出声，夜晚的高层，安静得听不见任何声音。

"清延，你一会儿……"门被打开，季妈妈的声音就算隔着听筒，都显出一股不容拒绝的气势。

转椅转过半圈，季清延向后瞟一眼已经半开的房间门，叹了口气："我这边有些事，先挂了。"

"好，"倪漾抿着嘴唇点点头，"谢谢。"

她从臂弯中露出半张脸："我很开心，季清延。"

挂断电话，她从身后的抱枕缝隙中，掏出那张被卷起来的A3纸。也许是因为一直用细头绳绑着，展开时，纸的边角依旧打着卷。倪漾只能像是古代宣读圣旨那样，一手拿着一边慢慢展开。

那是高二上学期期末时，六校联考的排名。上个学期刚开学，她特意跑去办公室，找老刘帮忙打印了一份。

几乎不用再在上面找自己的名字，她一眼就能定位。六校的完整排名，虽然只打印了第一页，但这一张A3纸上的名字密密麻麻，"倪漾"两个字在最边缘。

而季清延，却在前五。

几乎是一个对角线的长度，这就是他们之间的距离，遥远得像是太阳和海王星。

那一年冬天，的确没有下雪。

那一年冬天，倪漾最高的记录，是三天刷完了一本《高考五三》。

她的飞船已经开出去了，就没有返航的可能。距离遥远，那就加满燃料。她希望他能遇见自己的幸福，但她也不会放弃，一切可以飞向他的可能性。

3. 请报告位置，编号1972

高考结束的那天，倪漾回家倒头就睡到第二天中午。等林榷都把车开到她家小区门口，她才终于把眼睛睁开。他们约好一起去椹南市北面近郊

的森林公园晚间烧烤,由年纪稍大一些的年初拿了驾照的林榷和另一个男生开车。

本以为临近正常来讲的期末,森林公园里的人不会很多。但他们到了才发现,那里有不少高考结束之后组团来玩的队伍。其中不少人,是他们以前参加竞赛的时候就认识的。

"椹南市这个城市看上去很大,但有的时候又很小。"倪漾将手里的烤串转着,看着并在一起越来越多的食材和烤架,笑着耸肩和萧烛摇摇头。

萧烛正摇晃着她吹泡泡用的肥皂水,打算一会儿迎着风吹:"有的时候,世界也同理。"

"多好的联谊机会啊。"萧烛贼兮兮地用肩膀顶倪漾一下,用眼神暗示后面不远处那一圈围坐在野餐布上玩游戏的人,"那可基本上都是六校联考里你的仇人。"

倪漾噌地拿起半熟的烤串,凶巴巴地作势要狠狠捅萧烛:"我为什么把他们当仇人,原因你不知道啊?"

"我说,你也别太把约定当回事儿。电视剧里不都演了嘛,大多数都是男方忘记了约定,再遇见时身边已经有了更好的人。"萧烛做作地用电视台放电视剧预告的播报声音,抱着自己那管泡泡水,抑扬顿挫地胡扯着。

最后,重点依旧落在想让自家好友相亲的亲妈心上:"聊聊呗,说不定……"

实在受不了这婆婆妈妈的叨叨,倪漾拿着一次性筷子赶紧撸下来一块骨肉相连塞进萧烛的嘴巴里。都塞进去了,倪漾才悠悠地嘱咐:"小心烫啊。"

成功让世界上诞生了一只不停扇风的喷火龙。

倪漾其实今天本不想来的,不是因为这个意外之中的联谊场面,而是因为……林榷准备在今天告白。作为亲友团成员,他大手一挥,给倪漾免了 AA 的费用。

白蹭一顿烧烤,她真是个小机灵鬼。

食材基本上都备齐,烤好一些之后,倪漾和其他负责食物的人才一起加入到游戏局中。他们刚玩完几局"狼人杀",决定休息一会儿,集中惩罚一下刚刚游戏里的千古罪人。

最无聊的"真心话大冒险",却因为大家彼此之间半生不熟,多多少少都听说些八卦却又都没听全,而瞬间变得好玩多了。

"何榆,你是真心话还是大冒险啊?"刚刚恶搞完一个,这些人接着起哄,"你可是当了两次搅屎棍,给你两次宝贵的表演时间。"

和倪漾隔着几个人坐着的女生笑着撑回去:"搅了你两次,我这根棍子也很不容易。反正我也没什么好怕的,一个真心话,一个大冒险。"

"傅云实上课转笔的时候,到底摔断了你多少根水笔?"听到这个名字,倪漾有些讶异地向后仰了一下身,视线越过中间阻挡的那几个人,看向被提问的女生。

何榆双手跟算命大师一样掐了半天,最后一笑:"没仔细算过,这事要问我弟。世界上没有断水的水笔,只要你有一个可以偷换笔的弟弟。"

女生说完,就抱着膝盖笑得扬起头,及肩的中长发染成了棕褐色,侧脸很好看。

倪漾这才发现,那个女生就是很久以前在南华动漫社里,陪她去采风定拍摄点位的女生。她不仅认识季清延,现在看来,和傅云实的关系似乎也很好。

作为带了尤克里里的惩罚御用伴奏,林榷从惩罚环节刚开始就坐在圈子的中央,随时准备听命弹奏。何榆大方地站起来,小跑着跑到他身边,跟林榷说了自己要唱的歌,然后索性坐在他旁边。

琴弦在空中震动,是一首听起来似乎很欢快的歌。

刚刚还围坐在一起的人听了两句,便站起来跟着一起唱。有人拿着酒跟着摇头晃脑,有人不会唱,就跟着拍手。这场景倒是有些像在海滩边围绕篝火聚会的样子,即便这里没有海,也不能直接在地上生火。

倪漾受他们的感染,也跟着笑着拍手,笑啊唱啊间,似乎所有的失落全都被埋藏了起来。

"我们照一张照片吧。"箫烛凑近她的耳朵,不等她回应就拉着倪漾转身,向后拍一张可以把大部分人都收进相机里的自拍。

"哎,我今天没化妆!"猝不及防地入镜,倪漾悔得肠子都青了,她试图抢手机,愣是没有抢过看起来更瘦弱些的箫烛,最后只能气急败坏地指挥,"你,再给我多烤几串肉去,只要肉,不要菜。"

"行,没问题。"箫烛完全不在意这烤串的事情,立刻照办。

她刚走去拿食材,尤克里里被别人抢走的林榷也起身,冲烤架走去。

190

这边餐布上的人还在狂欢,而倪漾的心中警铃大作。

"公共卫生间在哪里,你们还记得吗?"见时机成熟,人群中,一个男生突然问道。

"我刚刚看到了,我带你去。"另一个男生拍拍他的肩膀,将手中的可乐放到相对平整的箱子上。

他这么一说,又有两个男生也把自己手中的喝的放下:"嘶,我也有点感觉了,要不一起?"

倪漾摇摇头,仰头又喝了一口北冰洋,坐在原地看着和她一同来的另一辆车上的那几个人,像是女孩子组团手拉手去厕所一样离开的姿势,觉得这帮人已经蠢得没救了。

"听说你们班有人要告白啊。"刚刚那个让整场骚动起来的女生,不知道什么时候已经趁乱坐在倪漾的身边。

倪漾瞥一眼何榆,弯起嘴角,右手食指抵在自己的唇上:"嘘。"

"我们刚过来和你们抱团的时候,我就觉得你特别面熟,"这里有些吵,何榆只能扯着嗓门在她耳边说话,"他们跟我说你是一中的,我才想起来你是季清延的同桌。"

倪漾对这个女生,不知道为什么,第一眼就很喜欢。她拿自己的北冰洋碰上何榆的无糖可乐:"我刚刚一直在烤肉,也是你真心话的时候才认出来的。"

两个人刚重新正式地自我介绍完,不远处一声巨响,吓得所有人都回头。

紧接着,是烟花绽放在空中的声音。

这次的烟花其实没有蒋钺过年时买的那个放出来的大,也没有之前倪漾和季清延站在街上远远看到的烟花颜色多彩。但在这个夏日,能买到烟花,已经是很不容易的事情。

"你刚刚唱的那首歌很好听,"倪漾和何榆并肩仰头看着,唇边因为身后那见到烟花的欢呼声,也跟着带了些笑意,"叫什么名字?"

"《等你降落》,一个叫棱镜的乐队的歌。"何榆比她笑得要更灿烂些,整个眼睛都眯了起来。

棱镜……她好像在季清延那里,听过这个名字。

烟花的每一声都很响亮,再加上说话的熙攘声,倪漾不得不提高嗓门:"棱镜?"

"是啊,切割成多面的透明体,可以分散光源的那个棱镜,"烟花绽放的那一瞬间,照亮何榆看过来的眉眼,"我记得季清延也挺喜欢棱镜的,之前我们还约定要和傅云实一起去看live(现场)。"

说完,她似乎就懂了什么,笑着将手机解锁,嗓子因为喊着说话而有些沙哑,却依旧大声:"这次的暑假这么长,我给你推荐几部动漫看看吧?"

"啊?"倪漾一愣,没搞懂她是什么意思。只是心底,已经把"棱镜"这两个字,默念了许多遍,生怕忘掉。

"你关注一下南华动漫社的B站账号吧,上面有本季新番的介绍文章。"她将屏幕调暗,把手机递给倪漾。

说完,她还眨眨眼,充满了暗示:"往期的也有!"

"我懂你的意思了,"倪漾被她这神秘兮兮的样子逗笑,对照着用自己的手机关注那个账号,还不忘继续揶揄,"这烟花燃起了我们的友谊之火啊。"

将手机还给何榆,她开玩笑道:"上次跟我套近乎的人,后来被证明是我的情敌……"

"我可对季清延这个冷淡无聊的人没兴趣,"何榆连忙摆手,她转头看向那已经明显势头不足的烟花,"我只是觉得,我们都是……"

"等待降落的人。"

一句话,伴着最后一个烟花的绽放,消逝在暗下来的天空中。

在那绝美的、椹南市粉红色的晚霞中,她们互相交换了一个眼神,无声却又无奈地笑了。

身后的起哄声,也在那一刻达到顶峰。她们向后望去,只看见在烤架边上站着的两个人,正紧紧相拥。

"看来烟花还是挺浪漫的。"何榆轻笑一声,将剩下的最后一口无糖可乐喝下。

倪漾挑眉,也将手中的汽水一饮而尽:"降落在喜欢的人的星球上,付出了那么多的勇气和燃料,当然要用整个暗恋宇宙都能看得到的烟花迎接。"

而她,还一个人开着飞船,在宇宙中徘徊。

4. 我的少年，被我弄丢了

什么是喜欢呢？

高考结束之后的那个暑假，之前一直受楼下小姑娘一家照顾的倪漾，开始免费为小姑娘补习。每天早上九点，她都会准时到楼下报到。小姑娘家的老人，可以解决倪漾假期吃饭的问题。

而这个问题，就是在一天的补习即将结束时，小姑娘趴在桌上走神，被倪漾打了个响指叫回魂时，问出口的。懵懵懂懂的小姑娘托着脸颊，微皱着眉头，很困扰："姐姐，你说，喜欢是什么啊？"

本来正判卷子的倪漾握着笔的手一滞，她揉揉小姑娘的脑袋："虽然我不收费，但也不能浪费时间。"

可再下笔时，早已没有了刚刚的速度。

什么是喜欢呢？

喜欢就是洒满了星辰的大海，是夏日绚烂的繁花，是遍山的红叶，是冬日呼出的一团又一团白汽，是夜空中最灿烂的烟火，是市一中最清闲的十月份。

是见到他。

是一切有关于他。

回到自己家中，倪漾坐在电脑前发了一会儿呆，才将日记本合上。

她的电脑桌面依旧是那张，她第一次给季清延拍的照片——繁花之中，他的侧脸。即便看了不知道多少遍，她都不知倦。

今天倪妈妈值夜班，蒋钺在天上当"空中飞人"，家里只有她自己。深吸一口气，倪漾站起身走到自己放数码产品的架子上，拿起即便是盖了一层布，也依旧沾了些灰的单反。左手刚拿上沉甸甸的机器，蹭过去的右手不经意又摸过一个白色的微单。

那款微单是蒋钺刚毕业工作时送给她的生日礼物，快门按键是一个很可爱的立体熊猫。虽然只是入门机，但因为可爱的外表，也是她很喜欢的一台机器。当时借给小朋友的，也是这台。

本来就是想把单反里的储存卡清理一下，倪漾想着两个一起也不费事，就把两个机器的储存卡取了出来。

其实她很明白，自己的单反里已经没有什么需要删掉的照片。只是，在那天晚上她就是莫名地想要看一遍。

看照片永远都要有零食做伴，倪漾从客厅拿了两包零食，再坐下时，已经忘了哪张储存卡对应哪台机器，索性就随便挑一张插到读卡器上。等读出来，她才知道读的是微单的储存卡。

怎么说也是小朋友的摄影启蒙人，倪漾本着查看作业的原则，一张一张快速地翻着。不得不说小孩子很有天赋，即便是不懂基础的构图技术，但每一张整体看上去都很有个人特色。

不停按下"后翻"键的手一顿，倪漾刚开始还得意的笑容，突然间僵硬在脸上。

那是一张从楼上向窗外的马路拍的照片，因为是夜晚，又放大了不少，普通镜头处理得吃力，显得很模糊。但她还是能认得出，那一条只有两个人的路上，左边的那个是她，而不远处后面的那个……

是季清延。

小朋友和其他很多人一样，都是喜欢不停按快门的人。倪漾来来回回翻了十几张，确认后面的身影是不停地跟着她的，直到她消失在画面中。

而那天的最后一张，是那个模糊的身影站在小区对面小卖部门口，一只手拿着什么，仰头看向镜头。

脑子似乎一下子就变得乱了起来，虽然已经过去一年多，但她还是能比较清晰地记得，自己和季清延每次放学一起回家，都是并排走的。

她皱起眉，将怀里的零食放到一边，用没有沾上油渍的无名指触上触摸板，调出照片的基本信息。

拍摄的日子是十一月中旬，那个时候倪妈妈刚刚去救援。那天的日期，她记得很清晰，绝对没有错。

刚刚还平稳地放在触摸板上的手指，再看已经微微地发抖。倪漾迅速反应，又飞快地向前翻了些照片。小朋友不是每天都会拍楼下的景象，但有时，她也会无意中拍到他们两个。

季清延从十一月初，高二开始上二晚后，就开始在倪妈妈值班的晚上，远远地送她回家。他从来没有出过什么响动，也从来没有告诉过她。

当时萧烛曾经跟她说漏嘴过，老刘找她谈话希望她能多关注倪漾一些。而倪漾也顺其自然地认为，季清延在萧烛出事后的第二天开始送她回家，

194

也是因为老刘找他谈了话，在面子上抹不开老师的请求。

心因为这一切而重重地跳着，倪漾只有大口呼吸，才能勉强撑住心中撕裂的痛楚。即便是在他们分别的那天，她都没有那么难过。

摸到手机，她吸了一下鼻子，拨出了一个电话："除了季清延送我回家以外，你还知道什么？"

那个晚上，心事重重的倪漾抱着那卷六校联考的排名，做了很多断断续续拼接在一起的梦。

在梦里，一切都是随着时光倒流的。从他们分别，到十一月份那个情绪疯狂积累的转折点，再到他们成为同桌，一直倒带到最初见到季清延的第一面——当天下午，那场炎热的只有两台小风扇不停摇摆地吹着的中考数学考试。

她记得，当一位监考老师经过她身边时，看了一会儿她的卷子。老师走的时候轻微地叹了口气，让心理素质本来就差的倪漾差点心态崩得天崩地裂。

"啪！"

一声掉笔声在只能听见笔尖与纸张摩擦声音的教室中骤然响起，吓得倪漾一个哆嗦。她循着声音望去，那个她熟悉得不能再熟悉的，在梦境里出现过许多次的背影顿了一下，才弯下腰伸左手去捡。

起身的那一刻，他左手中的笔被右手抽走，为稳住身体，已经没有拿着东西的左手则扶上桌子。

倪漾坐在他的左后方，由于他后面那个人的遮挡，只能看到他左半边的身子。做完第一道大题之后，她再抬头看了一眼，他的左手依旧保持着扶着桌边的姿势。

好像一切突然间都说得通了。

为什么一个练了字帖的人，字却依旧像是刚学写字的小朋友那样结构松散。为什么当她随口一说他要不然拿右手写字试试时，他说自己说不定是个天生会右手写字的天才。

她也懂了，那个箫烛出事的无助的夜晚，为什么住在楼下的小姑娘会带着妈妈突然来找她。

他一直，都在用他的方式陪伴和守护着她。

——我们做同桌吧？

那一句话,萦绕在她梦中无数遍。

她以为,是她先伸出的手,试探着,隐藏着。

而真正先伸出手的,是他。

没有给她更多思考的时间,梦境又闪回到那天交作业时,她满嘴塞着面包,喊他帮她在作业本上写上名字。

他没有拒绝,笨拙地用左手拿着水笔,咬紧牙,像是小学生一样认真地一笔一笔,慢慢地,倾注所有的精力,写上那两个用劲似乎都能透过纸背的——倪漾。

梦里的他,每写一个笔画,都仿佛写在了她的心上。每一笔,都仿佛在她心里种下一枝花。它们盛放、纠缠,拧在一起。

那样的梦境,即便让她心痛得几乎喘不过气来,她也固执地不愿醒来。直到一阵大门碰撞的声音响起,才将她猛然从梦境边缘浮沉的状态拉了回来。

醒来时,倪漾望着那灰白色的天花板,愣了许久。她的眼角很不舒服,睡梦中留下的泪痕全都干在了皮肤上,只有枕巾还微微地湿着。

在床上缓了一会儿,等那种不真实感的眩晕渐渐散去,她才苍白着脸站起身推门出去。

厨房里的蒋钺正拿着刚买来的早点,放进微波炉里加热。微波炉转着,发出的声音比没有穿拖鞋的倪漾走路的声音,要大得多。以至于当倪漾出现在他身后时,转身去拿碗装豆浆的蒋钺浑身一抖,吓了一跳。

"你……"

还没把关心的话问出口,他就被倪漾一把抱住。小姑娘将头埋在他的肩膀上,薄薄的短袖T恤瞬间便湿了一片。

"怎么了?"顾不上扭到腰的疼痛,蒋钺一愣,随即温柔地顺了顺自家妹妹的头发,"出什么事了,和哥哥说说?"

听到这温柔的安慰,怀里的小姑娘肩膀抖得更厉害了,甚至哭出声。

这是蒋钺在姨夫去世之后,第一次见到她哭得那么厉害。大概想了一下缘由,他叹了口气,用手掌拍着她的后背,轻声安慰:"是考得不好吗?没事的,我们漾漾这么优秀,就算有一些小失误,也会去很好的大学啊。而且……还有哥哥呢,大不了以后哥哥养你。没事的,真的没事的。"他小声说着安慰的话,像是在哄小孩子一样。

"哥哥……"倪漾哭得上气不接下气,她抬起头,喘了一下缓过劲来,才艰难地开口。

"哥哥,我的少年,被我弄丢了。

"他可能,再也回不来了。"

年少时,我们都幼稚地认为自己应该牺牲些什么,不然怎么会叫作青春。

然后安慰自己,看,他一定会生活得更好。

但你不知道的是,他也在努力地成全你的未来。

——《暗恋星球飞行手册》第 5 项注意事项

- 第八章 -

编号1972,请应答,编号1972

1. 编号1972,无应答

当太想念一个人的时候,就会出现幻觉,好像每一个身边或者远处出现的人,都是他。

而这样的幻觉,在大学的这四年里,倪漾出现了很多很多次。

"学姐,那个展品是要吊在白墙前面吗?"展厅里零零散散的几个身影正忙碌着,做着布展的最后准备。

倪漾将手里的水拧开,递给面前刚上大一来帮忙的女孩:"展品和墙之间还要挂一个挂布,我去找一下。"

大学四年的时间一晃就即将过去,倪漾把马尾放下来,烫了卷,染上温柔的红棕色。穿衣风格也不再像以前一样可爱,更偏爱舒适的黑色阔腿长裤和红色条纹衬衫,衬衫外套一层米色的V字针织背心,将薄衬衫的袖子像当年的季清延一样,仔细整齐地挽在小臂。

她会化上淡淡的妆,涂最显气色的口红,温柔地待人,散去当年不成熟的有时甚至带着偏见和任性的孩子气。

倪漾走到展厅门口,在一堆大箱子前蹲下,翻找着定做的挂布。几个被抓来当壮丁的学弟搬着桌子经过,见她蹲在那里,都笑着喊了一声:"学姐,要不我们一会儿把桌子放下来之后帮你找?"

她精准地找到挂布,小心翼翼地从一堆东西里抽出来,浅笑着摇摇

头:"不用了。"

唇边的浅浅梨涡,依旧迷人。

她站起身,脚上踩着切尔西靴,步速飞快而又走姿潇洒地往摆放位置走去,并顺手捞了一架被漆成红色的梯子。她纤细的手拖着沉重的梯子,丝毫没有停顿地继续走到终点。

倪漾毫不矫情地将沉重的梯子支在新的位置,试了一下稳定的程度,直接爬上最高的一层。

"我一直觉得倪漾学姐,生来就应该是搞艺术的,"刚刚问倪漾问题的那个女生一只手拿着打开的水,一手叉腰,惊羡地摇头,"她有的时候真的是太酷了。"

"可是她这么酷的一个人,做的东西却很少女,很细腻。"在她旁边正整理印发卡片的另一个女生,却跟着叹了口气。

"以暗恋为主题的'星球相遇计划'互动展,学姐应该一直都在暗恋一个人吧?"将手里的卡片拿到眼前,女生看着以灰粉色和深蓝色绘成的暗恋宇宙,声音也跟着低下去,"听说学姐在大学里的这些年,从来没有谈恋爱。"

"真的吗?"大一的女孩子也是刚进校不到一个学期,听到这八卦之后惊诧得说不出话,半晌才憋出一句,"我一直以为学姐是个想要男朋友就随便换的漂亮姐姐,活得特别潇洒的那种。"

完全看不出,她一直都在等自己喜欢的那个人。

"这你们就不懂了吧。"染了深蓝色头发化着浓妆的瘦高女生从她们面前经过,将搬着的大箱子放到她们俩身旁,干脆利落地直起身,拍拍黑色短夹克上的灰尘。

"学姐……"看到直系学姐过来,两个分别是大一和大二的女生也不敢再讨论倪漾的私事。

个子高高的女生倒是毫不介意,只是神清气爽地拍拍两个小姑娘的肩膀,爽朗地笑了:"怀念过去不一定是要叽叽歪歪和自怨自艾的,学着点,像你们倪学姐一样活得漂亮潇洒些。"

她向倪漾的方向走了几步,又想起什么似的,转过身冲她们眨眨眼,修长的食指在空中摇了两下:"这样,等那个人回来之后,就会发现你变成了一个更有趣的灵魂,而不是怨妇。"

这也是学广告的她，为什么会和心理学的倪漾跨学院成为好朋友。

"哎，你那强迫症平时犯一犯就得了，一个墙上的挂布你要挂到深夜去吗？"她走到梯子旁，一只手架上梯子最上面的扶手，贱兮兮地评论。

倪漾站在高处，鄙夷地睨了好友一眼，傲娇地继续摆弄她那破挂布："少管我。"

"前两天你不是说灵感有点枯竭吗？虽然我寻思你一个学心理的，灵感也不是特别重要……"

终于被烦得受不了，倪漾最终又摆弄了一下挂布，利落地从梯子上下来，伸手抽走女生手里没开封的AD钙奶："说重点。"

她们两个一直都是互撑的相处模式，女生也不恼，拿出手机给她发了个位置："我也是上个月才发现的，离这里大概三站地铁的地方有个画廊，里面的东西挺有特色的。这家画廊开了很多年了，只是位置有些难找，据说是做熟客生意的。"

对着透明玻璃上的剪影摆弄一下自己深蓝色的头发，她耸肩道："说不定对你有点帮助。"

"正好我过两天要去换证件，离那儿不远。"倪漾垂眼调出两人的聊天界面，研究一下定位地图，满意地将AD钙奶扎开。

再抬头时，越过那红色的梯子，倪漾的视线范围内，有一个穿着青灰色长款大衣的高高的身影，在不远处的展柜和展桌前一闪而过。只是一晃而过的身影，她却突地像是有什么感应一般，鼻尖如同被针猛地扎一下似的酸痛起来。

"倪漾？"见她突然呆住，旁边的女生叫她一声，纤细的手在她面前晃了晃。

"啊？"倪漾抿住嘴，不自然地笑了一下。

倪漾的手轻轻拍了拍好友的肩膀："谢啦。"

不等回应，她朝着刚刚那个人影离去的方向迈开腿。

阔腿裤的面料因为走的速度太快，而不停地摩擦着她的双腿。靴子在擦得锃亮的白色大理石地面上，甚至有些打滑。但她仍旧握紧了手里的手机，尽量快地走向展厅门口。

展厅在广告学院的最边上，她站在门口，整个长廊便一览无余，可她却没有看到那个青灰色的身影。

200

"你们刚刚有没有看到一个男生,穿着灰色长款的大衣外套,黑色的裤子?"倪漾抓住旁边一个来帮忙的小学妹,柔声问道。但她的眉心却是微皱的,一双平日里清亮的眼睛,此时一片雾气。

"好像没有穿灰色大衣外套的人吧?来帮忙的男生也都穿的羽绒服。"小学妹被倪漾这副样子吓到,捂住她冰凉的手,安慰似的轻轻拍了两下,"学姐你看错了吧?"

看错了吗?

倪漾垂下睫毛,涂着梅子色口红的唇缓缓呼出一口气。

这已经,不知道是她第多少次看错。

展览要在下周周一才正式对外开放,倪漾趁着周五办理证件的服务开放,和朋友们说了一声便溜出去一会儿,将事情办完。

上午办完证件,她正好在中午约了在另一所大学上学的萧烛吃饭。萧烛在自己实习单位周围订了个地方吃饭,工作日中午的餐厅很难有空座,她只能先去占座点餐,等倪漾到就差不多能吃上饭。

"这是展览的邀请函,记得百忙之中带着林权来捧场。"菜刚上了一半,倪漾才姗姗来迟。她几乎是坐下的同时,就从包里拿出两张卡片。

萧烛抿了一口大麦茶,笑着接过,仔细地将卡片正反面看一遍,才评价道:"这个颜色有些梦幻啊,跟结婚请帖似的。"

"你少打趣了,我是不可能比你先发请帖的。"倪漾嗔怒地瞪她一眼,拎起旁边的热水壶,将餐具烫过一遍。

"都快到期末了,还剩一个学期就毕业了,"萧烛长叹一声,又开始重复这四年不断的间歇性焦虑,"感觉一眨眼,大学就要结束了。"

"你还有研究生要读,两年后再跟我说这个。"早就习惯了她这副样子,倪漾懒得理她,拿起筷子先下手为强抢一块肉。

服务生将她们一桌子的菜重新摆放,挤出些空位,把最后一道菜放到桌上。

"哎,说真的,五年之约……"萧烛明知故问,"你还惦记着他吗?"

还好有服务生遮挡了些视线,倪漾的脸不过是僵硬一刻,随即又淡笑开。

"请慢用。"笼罩在桌上的阴影离去,服务生稍欠身子离开。

桌上有两秒钟的沉默，箫烛只是自顾自地喝着手中的大麦茶，一双眼睛毫不掩饰探究地看着倪漾，并没有丝毫要救场的意图。被盯着的倪漾倒是更加淡定，她夹了只刚刚上的虾，放到洁白的瓷盘里，小心翼翼地剥开，尽量不让汤汁龇到自己身上。

她剥着虾壳，才漫不经心地回了一句："明明学的法律，但我却发现你上了大学之后，明知故问的次数越来越多了。"

箫烛轻笑一声，不置可否。她将茶杯轻放在桌上，声音里却透着些无奈："所以你还是喜欢他？"

这一次，倪漾没让箫烛等太久。

"不，"她摇摇头，"不仅仅是喜欢。"

好感是初步，好感叠了一层又一层，就是喜欢。再垒了一层又一层喜欢，到了某种高度，才是爱。

她爱他，她确定。

"你还说我，学了四年的心理学，到头来都没有医好自己的心病，"箫烛叹气，拿起筷子，"吃饭吧。"

而倪漾将那只剥好的虾放到嘴里，只是笑着，没有接话。

她其实，从未觉得那是心病。

那个被推荐给倪漾的画廊，离箫烛请客吃饭的地方只有一条街之隔。送箫烛到她实习的写字楼后，倪漾在一楼买了杯热咖啡，才裹紧柔软的咖色大衣外套，背着米色的托特包迎风走在柏油马路边上。

椹南市冬日的风比起小时候，要温柔得多，不再那么刺骨地冷。只是风沙越来越大，有时划在脸上，有那么一瞬能致人麻木的痛感。

空气里都是灰尘的味道，常青树的绿叶和梧桐光秃的枝干，被风吹得直响。她半眯着眼睛好不容易跟着导航找到画廊，站在门外透过巨大的玻璃窗打探一下，才推门轻轻走进去。

这家画廊开在居民区附近，的确很难找，这是一个两层小楼，外面被漆成灰绿色，招牌边缘用白色凸起做了简洁花纹，门旁边的墙上吊着一盏煤油灯，看上去有一种欧洲小书店的感觉。

推开门时，灰绿色的木质门上挂着的风铃，跟着一起响起，悦耳动听。

门内是满目的画作，倪漾几乎是贪婪地闻着空气里那木板和颜料味交融的味道，还有些淡淡的咖啡香。

店里只有几位看上去和她年纪差不多大的店员，倪漾一幅一幅地看过去，冲店员轻笑了一下，又踏上上楼的木梯。

楼上放了几套木质桌椅，靠墙有个木质吧台，店里的咖啡香就是从那里散发出来的。一对优雅的妇人正在那里轻声聊着天，远远望过去，优雅而又惬意，是她向往的生活。

在心中无奈地笑一下，她尽量让靴子和木质地板只发出轻微的声音，顺着一幅一幅画的指引，倪漾慢慢地走到画廊最深处。

最深处的那面墙上，挂着一幅巨大的油画。深蓝色中掺了些杂色的浩瀚的宇宙中，有一颗很美的星球。长得有些像是地球，可仔细看又不太像。星球身后，则是有远有近的不同的星球，还有一些反着光的小星星带。

倪漾站在画廊的最深处，被这幅巨大的油画所吸引，脚步再也没动过。她仰着头，嘴巴微微地张着，胸口像是被压了块巨大的石头。

"不好意思，小姐，这是非卖品。"一名店员不知道什么时候已经站在她身后，带着些歉意地轻声提醒。

她这才意识到，自己已经走得离那幅画很近了。

"啊……"倪漾轻叹一声，向后退几步，转头有些尴尬地笑了一下，"对不起，我没有注意到。"

店里放着的音乐换了一首更加舒缓的钢琴曲，紧接着是一阵高跟鞋踏在地板上的声音。一声风铃过后，店里又恢复安静。

最初的震撼过去后，倪漾从自己的包里拿出记录灵感的本子，黑色的凝胶笔在上面写写画画。

"这幅画，画的是一个星球，Kepler-452b。"刚刚送走一位客人，妆容精致的妇人缓缓走到她身边，轻柔地开口。

倪漾手上的笔一顿，偏头过去看那优雅的妇人。她的皮肤保养得很好，白皙得好像会发光一样，眼角只有几道并不是很明显的浅纹。

Kepler-452b，那天晚上放学后，季清延没有来得及做解释的一个名词，就这样再一次地进入她的脑海。若有似无地笑了一下，倪漾学着回忆中的那个小倪漾，轻声道："我只知道小王子的 B-612 星球。"

妇人却毫不介意地也跟着弯起嘴角，她拢了下身上的披肩，耐心地解释："据说，这个星球和地球很像，可以被称为'另一个地球'。很有可能是我们苦苦寻找的，和我们的星球很相似的另一个星球。"

"只是它在天鹅座，距离地球1400光年，有些遥远。"缓缓地转着左手无名指上的翡翠戒指，她的声音轻柔得像是在讲故事。

"另一个星球……"倪漾再转头望向那幅油画，突地失了神。

他当时说Kepler-452b，是想表达什么含义？

是说……他们即便相似，却依旧距离遥远吗？

她想起了自己的作品，和脑海里挥之不去的那个少年的身影。

"这位画家是……"尽管知道是非卖品，但她心底还是抱着些小小的期待。

"是我的一个朋友。"妇人懂了她的意思，只是缓缓地摇头，"他只是把这幅画寄存在这里，所以是非卖品。"

"你是椹大的学生吧？"不忍去看小姑娘失落的表情，妇人将话题转向其他。

"不是，"倪漾将灵感本合上，"我是坐了三站地铁过来的。"

她蹲下身，把手中的咖啡平稳地放在地板上，又将灵感本放进包里。再站起时，她手上已经多了几张卡片。

倪漾双手将卡片递出去，有些不好意思地笑了："我们下周会在学校里举行一个互动艺术展，叫'星球相遇计划'。逛到这里，刚巧碰到这幅画，觉得很有缘分。如果您和您的朋友们感兴趣，有时间可以来看一看，这是邀请函。"

"星球相遇……"妇人双手接过，就像是中午的箫烛那样，正反翻看卡片，语气柔和，"怪不得你刚刚会在这里停留这么久。"

"虽然我不迷信，但说真的，刚刚我有那么一刻觉得好像是命运指引我到这里来的，"将咖啡再度拿在手中，倪漾说完，都觉得自己刚刚的话有些好笑，"挺'中二'的。"

妇人和她似乎并没有太大的代沟，妇人也跟着轻笑，将卡片整齐地拿在手中："你是学设计的吗？"

"不是的，我在仁大读心理学，"倪漾双手捂着纸质咖啡杯，暖意渐渐从手心传到身体每一处，"我和广告学的几个朋友一起策划的这个展览，是她们这学期一节实操课的结业作业。"

她将语速保持在一个比较舒缓的速度，礼貌地解释："我在这个展览里，可以收集一些数据，为下个学期毕业论文做一些准备。"

"那就是说，你只是记录数据的测试人员？"妇人恍然大悟。

"也不算是啦，我之前和那帮朋友们讲了我的故事，一拍即合。这个展的整体创意用的就是这个故事内核，她们利用自己的特长来制作物料，也提出很多的修改意见。"倪漾喝了一口咖啡，"是我们共同的作品。"

她看了一眼手腕上的细带腕表，抱歉道："我今天是偷偷溜出来换证件的，现在还要赶回去布展。"

"我送你到楼下。"妇人看上去很喜欢倪漾，她在楼梯边停留一下，和倪漾一起缓缓走下楼梯。

到一楼时，妇人又拿了那张卡片放在阳光下端详："小朋友，你和另一星球相遇了吗？"

倪漾将空纸杯扔进垃圾桶里，听到妇人的问句，蓦地一愣。

"啊，不好意思，"妇人见她没有回应，回过头来看到仍站在原地的倪漾，立刻抱歉地晃了一下手，"别介意。"

还好倪漾今天涂着足够显色的梅子色口红，看不出她骤然发白的嘴唇。倪漾回过神，只是淡笑着摆手，装作什么都没有听到似的："没事的。"

"下周我会去的，如果可以的话，我也会问问我的朋友。"妇人将她送至门口，拉开木门，又是一阵悦耳的风铃声。

"那再好不过了，"倪漾轻点着头，一脚踏出店门，"谢谢您。"

风铃声被关在了店内，而室外，则仍旧是那夹杂着沙砾的大风。倪漾重新围好围巾，将被顷刻间吹起的长发塞进去。

她仰头，看着灰色的天空，深吸一口气，嘴角才微微地提起。迈开脚步，靴子和被冻得硬邦邦的柏油马路碰撞，发出只属于冬天的声响。

——你和另一个星球相遇了吗？

没有啊。

既然没有相遇，那我驾着飞船飞到哪里去了呢？

大概是我所不知道的地方。

一圈一圈的，在没有了路途指引的宇宙里，徘徊游荡。

关上门的画廊室内，妇人这才有时间细细地看邀请函上面，有关于展览的详细信息。小姑娘给了她不少卡片，厚厚的一小沓。卡片上除了用大号的字体在正面印上"星球相遇计划"，背面此时对比着看，居然印着不同的问题。

你相信一见钟情吗？

如果你喜欢一个人，会去偷偷翻他的所有社交账号吗？

你年少时希望的，自己未来的另一半是一个什么样的人？

你有没有站在喜欢的人的影子里过？

会在什么时候渴望一个拥抱？

你有和喜欢的人看过烟花吗？

…………

一下子，似乎把她拉回了曾经年少的青春回忆中。

手指摩挲着卡片上的问题，妇人微微地愣了片刻，却又在指间移动到卡片背面角落里时，突然一滞：主策展人：倪漾

倪漾？

这个名字……

"柳阿姨，今天下午小宝的幼儿园活动您别忘了。三点半开始，这个时间该准备过去了。"正擦着木柜的店员见她这副样子，扭头看过一眼店里的座钟，走过来小声提醒。

柳蕴收起那一沓卡片，透过玻璃望着刚刚那小姑娘离去的方向，怀着心事微点了一下头。

2，我该如何追寻，又该如何爱你

某乎上有一道题，问的是：你身边一直单身的朋友，现在都怎么样了？

虽然现在不在同一个学校，朋友也不在身边，但箫女士依旧很贴心地专门邀请倪漾来回答这个问题。

倪漾当时刚醒，正打算在床上赖一会儿醒醒盹。拿着手机把这个问题在脑子里读了一遍后，她立刻清醒。她一边在心里暗骂着箫烛，一边拿着手机快速地打着"谢邀，人不在机场，更别提下没下飞机了，连床都懒得下，这不活该我单身吗"。

写完这么一段带着抖机灵色彩的答案，她想了一下，还是退出了编辑页面，没有发出去。

206

寝室里静悄悄的，已经是周六，平时实习的室友们好不容易有休息的时间，都还在睡着。倪漾也不是个多么自律的人，索性又翻了个身，拿着手机打开B站。

已经是不知道第多少次，她闲下来时不停地翻看季清延什么都没有的B站账号主页。那是她之前在何榆的关注列表，以及南华动漫社账号里对比后翻到的。

通常，在对着什么都没有的屏幕看了一会儿后，她会返回到南华动漫社的账号，去看每一篇动态或者文章里，季清延的账号留言的内容。

他所说过很好看的动漫，她这些年都挨个补看了一遍，甚至就连刚刚醒之前的那个梦境，都有关于他和他喜欢看的动漫。

梦境的具体内容，倪漾已经有些记不清了。她唯一记得的就是，那个少年穿着一中丑丑的校服，看着书，依旧是一副淡然的样子。而灵魂已经是二十多岁的她，却完全没有写题的心思，反而在晚自习上说悄悄话："欸，你最近最喜欢的动画居然是《擅长捉弄的高木同学》？"

猛然想到春游前一天买酸奶时，被他耍得脸红的自己，梦中的倪漾不满地噘起嘴："所以你之前都在捉弄我？"

梦里的少年只是轻睨着她，没有说话。

倪漾叹了口气，将被子蒙在脑袋上，又瞬间掀开，整个人猛地坐起来。

自己可能还是太闲了。

那天从画廊回来之后，她临时在展厅的角落里用不透明的白色塑料布和不锈钢管架搭了一个简易的封闭小空间。这次再去布展，她又从学校活动室借了两三个木圆凳，也同样用白色塑料布裹得严实。

借着将圆凳放进小空间的缘由，倪漾一个人在那里从早上待到下午。在单独隔出来的小空间里，她把自己用一次性雨衣裹得严实，用提前做好的大小不一、颜色不同的颜料包，随意地扔在空间四壁。但更多的用的是能组成夜空，或者是宇宙的基础色。

等展览对外开放之后，她准备将这个空间作为所有参展人共同创作的地方。参展人可以穿着雨衣坐在这里静静地思考，也可以用准备好的颜料包，扔出属于他们的四溅的色彩。

——宇宙再过浩瀚，也会有我在那一瞬间划过天际时留下的颜色。

而她凝望着那一片自己打了基础的四壁的颜色，发呆了很久很久。

再出广告学院的大楼时，已经临近五点，冬日的天也暗了下来。闻到擦肩而过的人手里烤肠散发出来的香气，一天没有什么胃口吃东西的倪漾，这才感觉到饥饿。

穿过广告学院外面的木栈道，她拎着包，和刚下课的人群汇入校园的主干道。

"倪漾。"正将耳机戴上，倪漾却听到一声温柔的喊她名字的声音。

以为是刚刚在展厅里的事情没有处理完，她连忙回过头，却在主干道近校园湖的那侧看到一位四十岁左右的女人。

是上次在画廊里遇见的那位保养得很好的，从头到脚都带着独特风韵的妇人。她黑色的长发优雅地绾在脑后，身上深灰色的长款羊绒大衣显得简洁干练，剪裁却又精致得恰到好处。

她应该是本来坐在湖畔的木质长椅上的，见到倪漾后才站了起来叫住倪漾。

以为妇人是记错了展览时间，倪漾穿过人群走到她身边，笑着打声招呼："嗨。"

"你就是倪漾吧？"妇人看上去很和蔼，转身将长椅上自己的手提包拎起，才转头又对倪漾不好意思地笑了一下，"我是清延……父亲的现任妻子。"

想要告诉她展览是下周才开始的话，就这样被堵在了喉咙。倪漾愣住，过了一会儿才反应过来她话中的"清延"，是那个多少年没有再听到过的名字。

好像不知不觉，她和她的朋友们聊起从前，都会变得默契地不再提起那个名字，一律地用"他"这个字来代替。以至于乍一听到被代替的名字，居然感到有些陌生。

柳蕴起初只是猜测她就是倪漾，毕竟那张邀请函上有不止一个名字。但在见到她这副反应后，她便确定这就是她要找的那个孩子。柳蕴一时间百感交集，拎着包的手和另一只手在身前会合："有时间和我喝一杯，听我讲些无聊的琐事吗？"

倪漾看着她那双温柔却又带着些雾气的眼睛，抿了下嘴唇，才点点头。

她们去的是学校里图书馆旁边的咖啡厅，咖啡厅里人不多，学生们大多都结束自习去离得近的食堂吃些热乎的饭菜了。

在一个靠窗的位置坐下来,柳蕴细细地打量了一会儿倪漾,唇边抹开笑容:"多年前你送给我的那颗水晶球,我很喜欢。"

她打量人的目光很真诚,甚至带着些欣赏,完全没有让倪漾感到有任何的不适。只是在听到柳蕴说这话之后,将包放下的倪漾一时有些迷茫,发出个疑问的单音词:"嗯?"

倪漾的反应,并没有让柳蕴有多少诧异,反而是意料之中。

这时,侍者将柳蕴点的玫瑰养颜茶端上来,打断空气中突然停滞的气氛。

柳蕴只是轻笑着,戴着翡翠戒指的手将透明茶壶拿起,给倪漾倒了一杯:"不记得了吗?当时清延说他和朋友一起去看电影,在商场里又逛了一下。作为对我零食的谢礼,他的同桌买了一颗水晶球送给我。"

当年的回忆因为柳蕴的提醒,像是茶壶倾斜时壶中的水一样,顷刻间汹涌而出。

兔子耳朵的发卡,季清延说要买给妈妈的水晶球,还有因为夹不起来娃娃而互相埋怨的萧烛和林榷。

"这是他自己……"几乎是脱口而出,说到一半,倪漾猛地闭紧嘴巴。

见她这副样子,柳蕴拿起自己的那一杯茶,嘴角的笑意更深了:"我知道。"

"清延这个孩子,从小就很懂事。其实我一直觉得,他和我永远有那么一道隔阂的。但我一直不觉得那有什么问题,因为我的确是突然出现,而他也努力做出了最大的让步。"将视线从倪漾疑惑的脸上移开,柳蕴轻轻摩挲着茶杯的杯壁。

"我想你曾经一定也很好奇,他为什么会从南华转到一中吧?"

那天,倪漾听着柳蕴细细地将以前发生过的所有,有关于他家庭的事情娓娓道来,握着茶杯的手也渐渐地收紧。

"清延为我做出了两次当时我不知道的让步,第一次是我刚刚说的转学,第二次,则是出国。"柳蕴说到这里,眨了眨眼睛,让眼底泛着的水花找个稳定的落脚点,"我也是后来才在老季那里知道,清延不只是因为他亲生母亲希望他深造,而是因为他希望我更有家的归属感。"

多年前的那个冬天,挂断电话后想念刚刚烟花声的趴在栏杆上的少年,在寂静的夜裹着的阳台上,可能是哭了。

季清延从没有提过这件事，也没有人知道他在那一刻做出选择时，心里有多么难过。季家人只知道，那年冬天，一直不愿意听季妈妈话的季清延，在越洋拜年电话中，主动提出了要转去国际部。

而老季知道得更多一些，他是在大年初七那天，一家人从老人那里回到自己家里后，才把季清延叫到书房谈心的。

"怎么突然改变主意了？"老季吹了吹茶几上的灰，问道，"真的想好了？"

季清延可能是看不下去了，无奈地叹口气，打开他用来泡茶的直饮水水龙头，用纸巾沾些水："想好了。"

虽然老季和季妈妈在很多观点上持有相反的看法，但他不可否认，出去深造是对季清延未来非常有好处的选择。他没有挽留，只是盯着这个和年轻时的自己长得八分像的儿子，蓦地笑着摇摇头："那就去吧。"

和一年前的"那就不去"，一样的句式，一样的语气，只是多了一份感慨。

季清延早就习惯了自己这个明明曾经是文学青年，却又不知道该如何表达自己情感的父亲。他将擦过桌子的湿纸团捏在手心，站起身走到垃圾桶边弯腰扔掉。

"您考虑和柳姨生个孩子吧。"一只手搭上被风吹得冰凉的金属门把手，季清延的声音依旧是那样清冷。

他半垂着眼，极力掩饰着内心的低落："嫁进季家，总不能让人家替咱们说话，糊弄自己的父母。"

说完，书房的门被打开，门外走廊里的白炽灯和书房内昏黄的台灯，像是营造出了两个世界。

老季远远地看着那少年高高瘦瘦，却挺拔的背影，一时间竟说不出话。直到那扇门，轻轻地再度被关上。

什么时候觉得自己错了？觉得曾经的自己自以为是，一意孤行地信任自己所看到的片面的东西。

为此，又付出了什么代价？

萧烛来得及挽回一切，但倪漾觉得，自己回不去了。

她看着面前讲着讲着，终于忍不住眼泪的柳蕴，一时间百感交集。曾经的她以为所有的事情发生得都是那么简单，也曾经在精神被折磨得受不

210

了时,告诉自己,不然就放下吧。

甚至会催眠自己,你看,季清延当年其实是为了自己的前途,而和你约定那摆明是浪费女孩子青春的五年之约。他其实一点都没有在乎过五年的长度,没有在乎过你的感受。

有时她还会一遍又一遍地质问自己,有没有真正跳出来擦去喜欢的滤镜,真实客观地看一看季清延这个人。

他是不是个精致的利己主义者,是不是只有你倪漾是个傻子?

等这一切的质疑将她弄得身心疲惫时,再分裂般地跳出另一个小人,指责自己总是那么胡思乱想。

而事实证明,她真的是在胡思乱想。

"你们大一的那一年,我生下了小宝。坐月子的时候我患了产妇易得的焦虑症,是清延经常给我打来视频电话,也是他敦促着老季多关心我。他甚至查阅了很多的资料,一步一步地教老季该如何做。"柳蕴从桌面上拿了一张面巾纸,擦了一下眼角。

"等所有的手忙脚乱的事情过去,老季才告诉我这一切。这个孩子有的时候,懂事得让人心疼。但当你真的心疼他的时候,他又装作什么都没发生一样,用疏离拒绝掉这种关心。"

将擦完眼泪的纸巾揉成一团,她抱歉地冲倪漾笑笑:"不好意思,和你说了这么多。"

"没事的,阿姨。"倪漾连忙摇头,又叫服务生多拿些纸巾过来。

"其实我今天来,真的是没多思考就突兀地出现了。"柳蕴叹气,捋顺因为低头而掉落的碎发,"清延当时和我讲过一些有关你们的事情,我只是怕你们之间因为误会而耽误什么。"

她停顿一下,艰难地继续开口,说着另一个她不愿看到的可能性:"但如果你已经有了心爱的人,这个展也只是回忆过去的话,就忘了阿姨说的这些,把它也仅仅当成回忆的一部分。"

倪漾茶杯里的茶已经完全冷掉,她却一口都没有喝。

她深吸一口气,才努力平和地笑笑:"我终于知道,他当年为什么会说 Kepler-452b,说我们很像了。"

萧烛曾经和她吵架吵得不可开交时,嘴快一时说出了本不该说的话。她说,倪漾你就那么愿意牺牲自己吗?这样有意思吗?

现在看来季清延和她一样，管得宽，还都固执地不愿意说，做沉默的自我牺牲者。

可是付出了一切的他们，最后又得到什么了呢？

她几乎都能想象到，那天他们在长廊里心平气和地分别时，回忆里应该给季清延一个什么样的镜头。他要转过身去，画面里特写的是他的背影，然后旁白响起之前排练《傲慢与偏见》时，一句她听了无数遍的台词——

Forgive me, madam, for taking up so much of your time.

惊天动地，足够感人，但你真的开心吗？

"那幅画，和季清延有关吧？"倪漾已经收到腿上的双手，不知道什么时候已经紧紧地攥住。

"那是他画的，申请完学校等录取邮件时，认真地和我的朋友学了好几个月。"

倪漾一度很讨厌营销号下，或者是音乐软件里，针对爱情和回忆的千篇一律的，非常矫情的话。

有些人强迫自己制造一个悲伤的回忆，或者强迫本来已经走出来的自己再回去一趟，只为享受那种爱而不得的酸酸的感觉。而有些人则强迫自己走出来，表面上活得潇洒，却仅仅是在走不出的回忆里，搭一间如同展览厅里新架起的小屋子。

在那个小屋子中，她模拟着所有看似平静的正常生活。但她不会承认的是，自己仍在回忆的范围里，从没离开过。

将柳蕴送到校门外后，倪漾沿着校园里的浅湖，在铺满鹅卵石的小路上走了一圈又一圈。她戴着耳机，裹紧大衣，整个人隐匿在黑暗里，耳边一遍又一遍地放着棱镜的歌。

偶尔吹起的风弄乱她本塞在围巾里的长发，碎发若有似无地挨着脸颊，痒痒的。就如同那一天他们肩并肩地坐在山上，耳朵里塞着同一副耳机，仰着头闭上眼，感受山间微风拂面而过，嗅着落地树叶的草木味道。

耳边是《一次有预谋的初次相遇》里的那一句，"我除了爱你更是爱你"。

初中时，她背过李煜的一首词。当时她觉得这首《长相思·一重山》真的很美，在本子上抄写过很多遍，连写作文都用了不下十次。

一重山，两重山。山远天高烟水寒，相思枫叶丹。

好笑的是，这火红的枫叶和翻不过去的山，完完全全地最后印证在她的身上。

五年过去，她已经很久没有和季清延联系了。刚开始是她怕打搅他学习，后来她临近高考，他似乎也是怕她分心。一来二去，本来就聊不上几句的微信，最后便被满目的空白代替。

她不知道他在那边过得如何，发生了什么事情。他从来不更新状态，让她根本看不出他是否有了新的生活，是否有了新的属于他的小姑娘。

一年又一年地退缩，也就越发不敢去主动联系他。

不知道在湖边走了多少圈，倪漾口袋里的手机倏地一响，才将她拉回现实。

"漾漾，明天我和傅云实要去做实地调研，可能会来不及赶回来和你坐同一趟地铁，大概要晚一点去看 live，"何榆的声音听起来很疲惫，还带着隐隐敲打键盘的声音，"你先去，我们忙完就找你会合。"

"嗯，"倪漾轻声应下来，"我一会儿把你们两张票的二维码发给你。"

挂断电话，她找个能被路灯灯光笼罩的地方，将截图发给何榆。

几乎是条件反射地，她点开自己的朋友圈，刷了一会儿，才发现这帮已经临近毕业的同龄人，早已忙得没有发动态的闲情逸致。只有零星的几个学弟学妹发着聚会的自拍，剩下的就是家里长辈转发的公众号养生文章，和健身房小哥发的广告。

而她的最新一条动态，还是几天前发的，关于展览的信息。

倪漾盯着自己的手机屏幕，等到都快要盯出花来了，才长按发了一条文字：明天棱镜在椹南市今年冬天的第一场 live，你会来吗？

分组，只对季清延可见。

她跺了一下冰冷而又僵硬的脚，突然想起什么似的，快步向广告学院的方向走。

学院大楼里只有几盏晚课教室的灯零星地亮着，偶尔在走廊里遇见认识的人，她也都轻轻打了招呼，根本看不出任何的情绪低落。

"学姐？"推开门的那一刻，展厅里坐在椅子上的小姑娘诧异地站起。

倪漾也有些惊诧："这么晚了，你怎么还在这里？"

"我正打算走呢,下午又寄来一批印刷的物料,我趁着今天没事,就先把它们分类整理出来了。"大一的小学妹不好意思地摸摸后颈,解释道。

想起刚刚过来时顺道买的巧克力,倪漾从包里全都拿出来给她:"先垫垫肚子,天冷了,以后就早点回宿舍吧。"

剥开一块酒心巧克力,小学妹望向身后那整个展厅:"学姐,你还在等那个人回来吗?"

倪漾笑了,挑眉:"有这么明显?"这已经是不知道第多少个人,拿着一模一样的问题来问她。

"是学姐以前的恋人吗?"小学妹见她心情不差,又小心翼翼地问道。

"不是,"倪漾也随手拿起一块巧克力,在空中一抛一接,"是很久以前,偷偷喜欢的一个人。"

"他会来吗?"

倪漾耸耸肩,学着多年前的那个少年,偏过头去,小簇的墙灯映出她精致的轮廓:"你相信约定吗?"

再离开展厅时,已经是深夜。

将电闸向下轻轻一掰,所有的灯在一刹那全部都被关掉,连同那对着门的巨大挂布上独立的光源。只是挂布上比之前,多了几个新用颜料添上去的,歪歪扭扭的字迹——

　　我们都曾经,炽热而又努力地爱过一个人。

那是她用右手拿着刷子写的字。

季清延,换手写字真的是件不容易的事情,我以后再也不会嘲笑你写字难看了。

沉重的展厅门被关上,将那份独有的安静与走廊里下晚课的吵闹隔绝,只是空中,仍然余留着一份未全部散去的叹息。

五年了,你会来吗?

3. 总有一天你会出现在我身边

你还相信爱情吗?

从学校到 Live house（小型现场演出）的地铁，倪漾需要换乘三次。以往都是和朋友一起去的，你一言我一语，也就消磨了时间。可这次，自己一人过去的倪漾只能倚在车厢不开门的那侧门边，百般无聊地刷着手机。

那天的微博热搜，就出现了这么一个讨论话题。不用点开也知道，热搜底下会有多少的营销号复制着已经看了许多遍的句子。

倪漾收起手机，侧过身来望着玻璃外不断倒退变换的广告牌，歪头将耳朵里的耳机又塞紧一些。

与其说是相信爱情，不如说……

是相信他。

Live house 在文化中心的二层，出地铁口要经过一个大大的十字路口。这里算是椹南市的城中心，路上行人不多，大多是来看 live 的。倪漾双手插着大衣口袋，跟着人群一起等着红绿灯，突然嗤笑一声。

曾经觉得红绿灯里一个人走路的小人孤单的她，最后还是一个人走过无数的路口。而那个曾经和她一起并肩的人，目前，只是她人生路上短暂的风景。

这不是她第一次看 live，也不是她第一次来这个场地。倪漾轻车熟路地过了安检，调出二维码，手背被盖上一个隐形的图案。

这个场地一直以热出名，她刚一进场，就把大衣外套脱掉寄存在储物箱里。低头给何榆发了一条自己已经到了的消息，她才走到吧台要了瓶最简单的酒。

她也是上了大学才知道的，自己的酒量足够让她在每一次劝酒式的同学会里，成为最清醒的那个人。

只是抿第一口的时候，她永远都是不太适应的。

第一次去听 live 的时候，带她去的朋友告诉她，如果你想跟着蹦，就尽量站到前面去。如果你只是来听歌的，就在人群外面倚着柱子靠着墙，也舒服得多。倪漾就是后者。

还没开场，她望着前面黑压压的人群，找个干净的墙面靠着，一手拿着酒，一手玩着手机。无非就是不停地刷着朋友圈，点进她自己的，又点进季清延的。

她有的时候觉得朋友圈是个好东西，有的时候又持相反的观点。如果她能像空间一样可以看到访客，那她就能知道想见他的信息有没有传达给他。但她又惧怕，假如真的能看到访客，那个界面一直是零，会不会是更加糟糕的结果？

正发呆着，随着欢呼声响起，刚刚还黑暗的舞台亮起蓝色的光。

键盘轻轻地发出几个音的声响，温柔而又缱绻。而人群，就像海浪一样，跟着节奏小幅度地摇摆。

"在那个岛屿，洒满了繁星。拥有我和你，再没有失落。"

是她很喜欢的，棱镜的《岛屿》。

前奏刚刚响起，主唱的声音还没有出来，就连鼓点也没有加入，倪漾只觉得鼻尖酸酸的，看向舞台的眼睛湿润了。

原本，这首歌叫《岛屿心情》，是后来因为和岛屿心情乐队同名，怕混淆而修改了名字。她前阵子突然随机播放到这首时，还和何榆揶揄，问她你猜岛屿心情知道棱镜写过一首《岛屿心情》吗？

结果，乐了不过十秒，她又发了一条消息过去：姐妹，我的眼泪不值钱。

她从墙边起身，走到拥挤后方较为稀疏的人群之中。

来都来了，就享受这一切吧。

她半仰着头，嘴角是肆意的笑容，和周围的人一起在这首歌的最后，大声地齐唱着。live 的魅力，就在于现场的感染力。它和演唱会不同，演唱会的地方太大，太空旷了，你会觉得自己特别特别渺小。但在 Live house，你和有着相同志趣的人站在一起，没有人会介意你唱歌是不是跑调，没有人介意应援的格式，什么时候该尖叫，什么时候不应该。

你可以肆意地在任意角落里和这些人狂欢，可以把所有的情绪，在鼓点达到顶峰的那一刻宣泄而出。

"学姐？"只是这一次，有一个声音有些突兀。

正跟着欢呼的倪漾被这一声过于正式的打招呼声拉回现实，她偏过头，一双漂亮的浅棕色眼睛里带着些迷茫。

刚上大学不久的男生青涩地笑笑，扬了一下手中和她一样的酒："学姐，你是一个人来的吗？"

"不是，"倪漾摇摇头，脸上的笑容依旧，"我和朋友一起来的。"

"哦。"小学弟低低应一声,抬头灌了一口酒,却突然笑了。他在边上站了那么久了,怎么没有看见她的朋友。

今天的倪漾特意化了比较浓的妆,但也说不上妖冶。长长的鬈发被利落地用发圈扎起来,露出漂亮的脖颈。她的头微微扬着,优越的侧脸轮廓在不同灯光的一明一暗中,因为那双亮亮的眼睛,而更加让人不自觉地被吸引。

"我说你看什么呢,看得那么入神,"吧台边,一个满口椹南市腔调的男人瞅着旁边的朋友,好笑地打个响指,"看别人怎么搭讪小姑娘啊?"

等身边那人半皱着眉飞过来一个冷冷的眼神,男人才好笑地拍拍他的后背:"季清延,这是 Live house,又不是小酒吧,没事的。"

被叫了名字的人靠在吧台边,一只胳膊架在吧台上,手里拿着自己的那杯酒,没有说话。他穿着宽松的黑色针织毛衣和黑色工装裤,一只腿倾斜地支着,脚上的马丁靴显得他的腿更加修长。目光从刚刚聊过一个无关痛痒的话题后,就一直停留在不远处的女生身上。

刚开始,季清延一度以为自己看错了。高高的扎起来的马尾虽然烫了卷,却和记忆中的样子重合在一起。她偏过头去和别人说话时,他不得不承认,自己的心因为那熟悉的轮廓而狂跳起来。

每一个响声,都清晰有力,心跳声甚至比过震耳欲聋的音响。

身边所有的声音在心跳快到某一个时刻时,好像瞬间消失了。他在一片安静的慢动作中,凝望着她的侧脸。

只是如果没有她旁边那个碍眼的人,他可能会更开心一点。

收回视线,季清延垂眼抿了一口手中的酒,声音掺了些酒精起作用后的慵懒和沙哑:"要是从外面跟进来的呢?"

"什么意思?"和他一起来的朋友挑眉,摊开手,"这场全部售罄,没有现场售票的。"

季清延没有回答他,只是随手将酒放在吧台上。刚刚还懒洋洋靠着台壁的人,再看已经站姿挺拔。

他盯着那个越来越贴近倪漾的男生,神色隐晦地大步走过去。

那男生个子也不矮,有点驼背,穿着格子衬衫,两只眼睛恨不得贴在倪漾的身上。到后来更是变本加厉,脚上也多了些小动作,离得越来越近。

季清延"啧"了一声,走到他们身后。又细细端详一下那男生的长相,季清延挑眉，突然感觉自己的自信心达到二十多年来的新高峰。

将翘起的嘴角收起，他一只手随意地插进工装裤的口袋，另一只胳膊则拨开那男生，声音低沉而冷淡："借过。"

以为是有晚来的人要到前面去跟着蹦迪，男生倒是很自然地被他拨到一边，让开路。只是男生是侧着身的，以为来的人不会停留，很快就会往前走，所以并没有向旁边移动一步。

然而，季清延就好巧不巧地，停在他借过的位置上，正正好好地，站在那男生和倪漾之间。

"哥们儿，您往前挪点儿行不行？"几次试图眼神交流之后，男生压低声音，在季清延耳边商量着，左手也顺势要搭上他的肩膀。

季清延只是淡淡一瞥，让那手臂尴尬地在空中停留一下，又被收回去。

"我是和我朋友一起来的，"男生有些焦急地解释，"我们是一起的。"因为离得太近，他嘴里呼出来的酒精味悉数喷在季清延的脸上。

"是吗？"这次，季清延终于偏过头去看他的双眼，眼底有些不明的笑意。

男生也不甘示弱地看着他，只是眼底渐渐散去了一些底气，瞳孔不停地动着。

"巧了，我也是和朋友来的。"季清延顿时感觉心情舒畅，他另一只手也插进口袋里，提起嘴角。

说完，他便将头转到另一边，声音大了些："倪漾。"

不仅刚刚还要说些什么的男生呆住了，就连他面前的女生，也静止一瞬。随即，她不敢置信地转过头来。动作间，她身上散发出了淡淡的香水味，不刺鼻，不脂粉气，像以前她身上的淡淡沐浴露香一般干净。

突然甩过头来的动作，和多年前猝不及防的回头一样，让季清延瞬间便失了神，但也只是一瞬，他伸出右手在空中晃两下，语气却有故作轻松的嫌疑："嗨，倪漾。"

发那条朋友圈的时候，按下"发表"键的那一刻，倪漾就做好季清延不会看到，也不会来的准备。即便心中清楚地明白所有的事情，但女生永远会自欺欺人，不停催眠着自己，直到形成惯性地一定要抱着侥幸去看待问题。

万一呢？

直到 live 过去了一半,她心中所有的"万一呢",终于全都被消磨空。她自暴自弃,甚至没有直接推开越来越向自己贴近的,其实并不熟悉的小学弟。

可命运,似乎就在那一刻恰好地出现,挽救了她亏空的"万一呢"。

时隔五年,再听到那一声"倪漾",恍若隔世。在嘈杂的环境中,她还是能轻易地将他的声音从各种千奇百怪的高低音里,准确地剥离。

那声"倪漾"和以前不太相似,却又大部分和记忆重叠——他咬字的方式,他的语速,还有只有他在叫她名字时,才会温柔带着笑意的尾音。

不相似的只是干净清澈的少年声音,比以前,多了份年龄的成熟。

一声简单的"倪漾",却让她的心底像是经历了一场足够大威力的地震,打破所有摆放着的瓶瓶罐罐。无数的调味品乒乒乓乓地混洒,那股说不清的感觉腾然而起,化作倪漾瞬间转过头的冲动。

时间好像就在那一刻放慢了,那熟悉的棱角分明的脸,一点一点地、一帧一帧地慢慢地进入她的视线。

倪漾不知道自己是不是出现了幻觉,眼前的这个男人,和多年前的那个少年,一模一样。只是他的皮肤不再像以前一样白得惊人,稍微黑了一些,但也是正常人里偏白的肤色。而他鼻梁上的那一个棕褐色的小圆点,依旧点在她最爱的那个位置。

他的肩膀因为适度的健身宽了许多,不再像以前那样太过瘦削,却又不是肌肉男那样的健硕,刚刚好能够撑起那舒适的黑色针织衫。

一切都,变得刚刚好。

刚刚好,是她最喜爱的模样。

他放任她肆意地打量自己,然后歪了下嘴角,笑得阳光:"嗨,倪漾。"

他又叫了一遍她的名字。

这一切,原来真的都是真实的,不是梦境。

愣了一秒,也不过是一秒,倪漾伸出没有拿酒的左手,利落地勾住他的脖颈,将他棱角分明的脸猛地拉近。

这一次,他的脸,在她的影子里。

她吻住了他。

他唇边威士忌的味道,混杂着她嘴里残留的小麦和酒精,在口腔内四散开来。而鼻尖,是她再熟悉不过的,他身上的味道。

音响里炸裂开来的,则是棱镜的《这是我一生中最勇敢的瞬间》。她记得,唱片原版里面有一句剪辑进去的,来自于某场现场里女孩子告白的话。

那个女孩子说,明天周六,可以把我们一起出去玩改成一起去约会吗?

倪漾曾经很惋惜,在那个美好的周末第一次单独和季清延在外面时,她没有穿上最漂亮的小裙子。只有简单的白色T恤和牛仔裤,头发还黏在脸颊上。她也曾经很难过,第一次被他出于友情支持拥入怀里时,她哭得很丑,几乎是将所有的眼泪都抹在他的大衣上。

而这一次,第一次的亲吻,是她主动吻上他,再也没有什么遗憾。她化着最精致的妆,手腕和耳后喷的是她最喜欢的味道。有漂亮的小裙子,有满意的身材,还有足够浪漫的场景,甚至还有他们都爱的音乐。

"这是我一生之中最勇敢的瞬间,远在世界尽头的你站在我面前。"

耳畔的歌声和周围的跟唱声快要刺破倪漾的耳膜,她的睫毛在空中微微地抖动,最后终于轻颤着闭上眼。

而后背,也被一股温暖的力量抱紧,似乎要将她揉进自己的身体。

吻上去的那一刻,她在想什么呢?

在想……还好你还记得我。

还好还好,你还记得我。

我不用再和你重新认识一次,不用再和你讲只有我记得的一些琐碎的事情,不用再一次地和你重复,我以前是多么地动心。我只需轻轻地告诉你,我如今,有多么地爱你。

有的时候,我真的很怀念以前。

怀念我们还用空间的时候,我偷偷地去看你的空间,然后删掉我的访问足迹。即便是知道你几乎从来都不发动态,但我还是会偷偷去看,偷偷删掉,如此往复,然后把你设为特别关心。

即便你真的,那么多年都没有更新过动态,特别的铃声也从未响起。

微信就不同了,我没有办法将你设为特别关心,没有办法一眼就从上千个好友的朋友圈里刷到你的动态。我只能在搜索框里输你的名字,从JIQINGYAN,到JQY,我的输入法真的很聪明,它很快就记住了缩写。

甚至，到最后只要我打出"J"，第一个出现的，就是你的名字。

其实我每次都想着，就看一眼，真的只看一眼，看完我就平常心地去对待所有事情。但事实上是，每打一个有你名字的字母，我对你的记忆就越深，越忘不掉。

有一阵子，我担心的不再是会不会被你发现，而是……我到底该不该打上那几个字母。

JQY，这三个字母，早已成为我拿起手机时的肌肉记忆。只要稍有走神，就会打出你的名字。

我很怀念过去，但我曾清楚地知道，我们可能永远都回不去了。没有多啦A梦的时光机，就算是飞行器，也没有足够返程的油量。失去目的地的，来自暗恋星球的飞行员，只能在宇宙中一圈又一圈地徘徊。

飞行员找不到自己的家，也找不到自己爱的人了。

也许油耗完的那一天，她就会坠入宇宙的深渊吧。说不定，还有一个像是游戏一样的出生刷新点等着她，进行新的人生。

她总是这样安慰着自己，安慰着，其实现在的日子，看起来也算过得去。

可是飞行员没有想到，这个飞行器真的太环保了，能耗这么低，在空中漫无目的地徘徊了太多太多年。她没有勇气主动坠入深渊，她还残存着对他的惦念。

所幸，原来他的飞行器也在宇宙中徘徊。他们其实，都是来自暗恋星球的宇航员。

他们遇见，他们共同坠落于他的星球上，最终得以相见。

人群的欢呼和口哨声中，有些缺氧的倪漾才放开季清延。在令人恍惚的光晕下，她一双眼睛蒙眬地看着面前的人，手指轻抚上他的眉眼，晕晕乎乎地在他耳边问出那个日日夜夜在她脑海里挥散不去，不断质疑着自己还是否要等下去的问题。

"你的星球还会欢迎我吗？"

"它其实一直都在等你。"他看着她，温柔地笑了。

那一直被当作壁纸的，繁花里的少年，终于不再只是个侧脸的纸片。而是真实的，可以为他遮风挡雨的人。

她醉眼蒙眬地，用指腹抵着他的眉心，嘴角咧起，眼睛里却盛满泪水。

还好，还好你一直在等我。

还好，还好我没放弃。

他将她的手从眉间拿下，揽着她的肩膀，轻笑着对周围每一个投以艳羡目光的人微微颔首致谢。当没人再注意他们时，他才悄悄地微弯着腰，将下巴轻磕在倪漾的肩膀上。

"你知道你强吻我的前一首歌，是哪首吗？"他的声音也许是故意的，鼻音中带着些诱惑。

倪漾靠在他的怀里，拿着酒瓶的手，不停摩挲着上面凸起的纹路，嘴角是止不住的笑意："《一次有预谋的初次相遇》。"

是那次在山顶，你第一次给我听的，棱镜的歌。

季清延喉咙轻颤，压低些笑声："那你还记得，再前面那一首吗？"

这笑声，引得倪漾脸上的温度升得更高些。如果不是台下没有灯光，她一定能被他嘲笑。想了一下，她才有些不确定地回答："《总有一天你会出现在我身边》？"

"嗯。"脸颊上的梨涡更深，季清延将脑袋歪了一些，贴上她的脑袋。他闭上眼，和她的呼吸保持着同一频率，抱着她一起轻轻地跟着安可场的新歌左右晃着。

等一首歌结束，他才轻轻开口："我以后，再也不会离开你的身边了。"

五年过去，她知道了棱镜，知道了当时在山上的那两首歌的歌名。但她依旧不知道的是，如今这一场 live 演唱的顺序，就是他当年耳机里的顺序。

五年前，他相信她总有一天会出现在自己身边，于是他们的初遇，有一定意义上的他提前谋划好的痕迹。而五年后，他知道他一定会出现在她的身边，他们的再次相遇，也依旧是他提前安排好了他们相遇的轨迹。

那条没有图片，只有一行文字，仅对一个人可见的朋友圈，其实有一条没有发送出去的评论。

——我会来的，一定会。

> 他其实也很有可能，是和你一样的，来自不同暗恋星球的飞行员。
> ——《暗恋星球飞行手册》第 1 项注意事项

- 第九章 -

暗恋星球宇航员，编号 1972，请求降落

1. 燃料是，"我喜欢你"

和多年未见的初恋再次相遇，你会说些什么呢？

在这五年里，倪漾想过很多再遇见时她要和季清延说的话。但面对这个人时，她却连一句话，都再也说不出来了。

就连他的名字，在五年的沉淀后，都已经渐渐成为她心底尘封的记忆。再在唇齿间一字一字地念出来时，甚至都有些生涩，更别提"我喜欢你"，甚至是……

我爱你。

听完最后安可的歌，场内的人还高呼着"棱镜！棱镜！棱镜"。即便知道不会再有返场表演，但这几乎已经成为一种表达对乐队喜欢的方式。

"我们走吧？"倪漾抬头看向身侧的人，声音轻轻的，几乎埋没在一声又一声的高呼中。

季清延微低着头，原本搂着她肩膀的手偷偷跑到她脑袋上，又趁她不备揉了两下。

果然手感很好，发质不错。

"季清延！我今天是扎着头发的，你这样……"佯装的怒火发了一半，倪漾对上他眼底的笑意，声音渐渐弱下去。

索性，她偏过头，伸手将头绳摘下来。一时间，柔软的棕色长发在空中散开,带起洗发水的淡香,最后乖顺地落在肩膀上。她没有再留刘海,温柔的中分露出她饱满而又白皙的额头,更显鼻梁高挺。

女生最美的时候,是她美而不自知时。这么一个最平常不过的动作,却让季清延瞬间失神。直到那张精致的脸再次正对着他,他才反应过来,将视线不自然地别到一边。

季清延抽过她手中的空酒瓶,轻咳一声:"我去吧台那边拿一下我的东西。"

"嗯,"倪漾点头,"我正好也要去储物柜那边拿外套。"

说完,频频点头的季清延,动作间的那股和喜欢的人说话的尴尬和不自然,全都被她看了去。等季清延转身离开,倪漾才终于不再忍着笑。

原来,这个人面对自己时,也会手忙脚乱。

喜欢,真的是个很平等的东西。

"还知道回来?"一直坐在吧台边的男人翻个白眼,恨不得直接踹过去一脚。

他将手中剩了的酒一饮而尽,语气酸溜溜:"连看个 live 都有艳遇,长得帅就是好。"还是刚说没两句话就被女生主动吻了,简直气得他怒火中烧,明明是他先发现那个女生长得很好看的好吗!

"不是艳遇,"将大衣穿上,季清延整理着针织毛衣的领口,带着些无奈地辩解,"是终于和最适合我的人相遇。"

同行的男人顿时瞪大眼睛,一只手张开抵着自己的胸膛,干呕两下。他另一只手支在吧台上打个响指,再度装呕后又翻个白眼,拿起酒瓶灌了两口:"快滚,就你说话好听。"

他和季清延在国外读书认识,同样的学校,不同的院系。不算特别熟,只是还算聊得来,平时偶尔开开玩笑。

"我走了,你少喝点。"季清延将包单肩背上,拍拍朋友的后背。

男人实在是懒得搭理他,背对着季清延,只有一只手在空中甩着,送上最真挚的祝福:"滚滚滚。"

倪漾正在门口等他,见季清延过来,她又加紧把自己的围巾围上。两个人并肩走出黑色的门,外面走廊里明亮的灯光一时间有些刺眼,让她立刻眯起眼睛。离开逼仄无窗的室内,空气要清新多了。

他们从楼梯上下来,倪漾远远地看到站在安检门旁边的一对男女。她

这才想到什么似的,小声惊呼一下,从包里摸出手机。

果然,手机上都是何榆发来的消息,还有几通未接电话。

"傅云实他们也在?"季清延显然也看到那一对身形颀长的男女,讶异了一下,伸出手远远地打个招呼。

早一些出来的两人显然也看到他们,不知道两个人说了些什么,就一致冲倪漾和季清延摆摆手,连话都懒得说就转身离开。

正要追过去叫住他们,倪漾手心里的手机晃了一下。

何榆:我和傅云实去吃夜宵了,你饿着吧!

倪漾失笑,连忙回了一条:不好意思啊,我刚刚把手机静音放在包里了,没感觉到振动。

何榆:没事,我们也是担心你一个人。

刚要回复一个卖萌的表情包,那边又来了一条。

何榆:果然,你一个人挺危险的。

"怎么了?"听到倪漾忍不住的笑声,季清延为她推开门,轻挑眉问道,"什么事情这么好笑?"

回了一串"哈"后,倪漾将手机收进大衣口袋,扬起头,眉眼里满是狡黠:"何榆说,我长得太好看了,必须要保护自己,总有一些危险要接近我。"

"这样啊,刚刚那小男孩不就是吗?"季清延若有所思地点点头,一本正经地将自己撇清关系,"像我这种知根知底的危险百年不遇,属于特例。"

"那是我一个不算很熟的小学弟。"她无奈地解释。

两秒后,她仿佛发现新大路一样地凑近身边的人:"你吃醋啦?"

回应她的,只有他撇过去的脸。

死不承认。

"是哦。你也就占一条知根知底了,我还以为你会说你自己外形优越。"外面的风很大,倪漾条件反射地向围巾里缩了缩。围巾后,是收不回的翘起的嘴角。

"你回家吗?"他们跟着人群一起沿着那座桥走过窄河,"还是去哪里?"

"我回宿舍,"倪漾把大衣的帽子立了起来,顺便将碎发拨到耳后,

"仁大。"

季清延伸手帮她将帽子拉得能够罩住她的额头,才从口袋里拿出自己的手机:"嗯。到前面路口,我们叫个车回去。"

"不用了,坐地铁直达,打车还贵。"倪漾伸出手立刻拉住他的手臂,摇摇头。

帽子太过笨重,遮挡了视线。她不得不比往常还要再仰后一些脑袋,才能勉强看到他的脸。她抓着他袖子的手悄悄收紧,几乎是喏嚅般地轻声又加一句:"我想和你多待一会儿。"

细弱的声音在椹南的大风里,甚至有一些委屈和恳求的味道。

季清延划拉着屏幕的手一顿,他抬眼看着那双真切的眼睛。两个人就那样对峙了半天,最终,还是季清延败下阵来。他将手机按灭,叹了口气:"把你的包给我吧,可以先放在我的包里。"

因为来看live,倪漾轻松上阵,只背了一个小巧的斜挎包,主要起到装饰的作用,其次才是装口红和学生卡。她依旧是轻声拒绝:"没事的,我这个包很轻。"

被接连拒绝两次,空气中似乎弥漫着一股尴尬的味道。倪漾也发觉自己好像总在驳季清延的面子,伸出手掌笑着拍拍自己的包:"毕竟万一包给你了,我却丢了,那我就没有证件回学校了。"

她凑近他的脸,将帽檐向上推,露出眼睛:"你忍心让我睡大街吗?"

他们离得很近,近到下一秒,似乎又是一个绵长的吻。他喉结滑动一下,面不改色地伸出骨节分明的大手,毫不留情地将她的帽子压下去,盖住她大半张脸,就像是上学时他经常对她恶作剧的那样。

噘着嘴正要抱怨,倪漾整理着自己帽子的手,却因为头顶低沉的问句而停在空中:"你会丢吗?"

"我怎么不……""会丢"两个字还没说出口,她举到头上整理帽子的手,被另一只温热干燥的手抓住。

他掌心的温度烫着她被风吹得冰凉的手背,将他的温暖一路传递到她的心上。

倪漾吃惊地抬头,却对上了季清延坦然带笑的眼睛。他另一只手替她把帽子整理好,握着她手背的手顺势在手垂下的过程中,改为十指相扣。

手上每一处的冰冷,都被他用温暖包裹。

226

"这样就不会丢了。"他的声音,依旧是那样的乍一听上去清冷,仔细听却又能听到暖意。

十字路口的红灯转绿,刚刚来的时候她还在感叹自己如同信号灯上绿色的,孤单无目的行走的人。可也不过是两个小时,再走过这条路时,她的身边已经站了那个她等了太多年的人。

"在想什么?"他见她没在变灯的那一瞬间抬脚,以为她是因为牵手这个动作才滞后,好笑地逗她。

"我在想,"她迈开腿,跟上他的步伐,就像是以前每天放学时那样,"信号灯里的小绿人,好孤单。"

谁知,身边那人居然持相反的观点:"它不孤单。"

"你忘记了吗,你身后也有一个小绿人在走着,"季清延放慢步速,让她能够不急着跟着自己,"虽然相隔着距离,但它们依然面对面地陪伴着对方。"

站上马路对面的台阶,倪漾转过头,望着刚刚走过来时没有注意到的那个信号灯。困扰多年的迷雾,在那一刻,被他轻易地解开。

"即便旁人只能看到其中的一个在努力地生活,但它们依然相信,路的那一边,有一个人在陪伴着它。"就像他们一样。

别人只能看到他们遵守着那个听起来可笑的五年之约,心中嘲笑着这是单边的努力和自我感动式的思念。但只有他们知道,五年之约,无论如何,都一定会赴约。

倪漾抬些眼睛,将泪水尽量盛在眼眶。她吸了一下鼻子,极力地让声音平静:"季清延,我真的好开心。"

我很开心,我能够在最美好的年华,遇到你。

我也很开心,我在变得更好的时候,可以带着我悄悄准备好的玫瑰花,降落在你的星球上。

"明天,来我们学校看展览吧?"

来看我倾注了很多心血,为你准备的玫瑰花,好吗?

2. 编号1972 已锁定目的地,全力奔赴

你还留着,你喜欢的人第一次送给你的礼物吗?

这个问题把倪漾问得哑口无言，她在记忆里翻箱倒柜了半天之后，才不好意思但很实诚地回答，你是说他给的第一块焦糖饼干，还是那本最终也没还给他钱的口算题卡？

如果是前者的话，饼干被吃掉了，塑料包装扔进了垃圾桶。如果是后者，好像高考之后被妈妈拿去卖废品了。

答完之后，她吐了一下舌头，为自己辩解——我可从来都不作弊，诚实回答，应该夸我。

"你有没有觉得，今天的学姐有什么地方和以前不一样？"坐在展厅门口的小学妹捅捅身边的人，手里像是洗塔罗牌一样地整理着纪念卡片。

"感觉她今天很开心，"另外一个女生顺着她的视线看过去，思索一会儿才猜着，"估计是因为忙了这么久，终于要开放展览，胜利在望了。"

将卡片整齐地放到桌子上，小学妹从文件袋里找出签到表，摇摇头："不，我觉得不是。至少，不仅仅是。"

八点五十分，倪漾抬手看了一眼手腕上的表，抚平最后一处展览桌上的罩布。

开放展览五十分钟后，人终于开始多了起来。因为附近的大学很多，即便是这样的学生作品小展览，也会有不少人从别的学校赶过来看。

倪漾和一起策划展览的朋友们忙了一上午，应对各种突发状况。等到了中午，才终于放心地在边角找凳子歇一下。

阳光透过窗照在背后，头顶的出风口又足够给劲。她懒懒地靠着玻璃坐在凳子上，舒服得眯着眼睛，享受着没有人打扰的午间时光。

"广告学院的楼在你们学校真的不好找，但最难找的还是你。"正刷着微博，倪漾身后的白色罩布被掀开，带着笑意的声音在她身后响起。

倪漾吓得身子抖了一下，手机差点掉在地上。她正坐在墙角，躲在那个简易小空间后面靠着墙的地方。这地方要从搭建的支架后面绕过去，再掀开多余的布料才能发现，很难找。

"难吗？"见是他来了，倪漾收起手机，明知故问地无辜地眨眨眼。

她刚刚太无聊，故意告诉他自己在忙，让他到了再来找她。本来打算过一会儿跑出去偷偷吓他一下，谁知道还没得逞就被找到了。

季清延好笑地叹气，依然保持着半个身子探进来的滑稽样子，看着

228

她:"有一种童话故事里一路披荆斩棘,最后终于在城堡的角落里找到仙女的感觉。"

哦,是吗?

这是什么俗套的故事结构?

"这样啊,"倪漾表面上冷哼一声,装作听不进去地呛回去,"一般这种骑士或者王子都是找公主的,找我这个仙女干什么?"

他又弯些腰,一把拉住她的手,脸上却一本正经地解释:"魔仙堡不行吗?"

哟,还知道魔仙堡?

一时间不知道该怎么再撑回去,倪漾做作地翘起小拇指,将手搭在他的手上,学着影视剧里的样子,毫不满意又做作地翻个白眼:"行吧。"

季清延见她要出来,拉着她的手稍稍使劲,将她拉出逼仄的角落。

他刚要往后撤一步给她让开地方,却没想到后面有人恰巧从旁边密闭白色小房间的出口出来。怕撞到后面的人,季清延本来向后倾斜的身子随着动作的变化,向相反的方向收了些肩膀,变成稍稍驼背的样子。

当倪漾不受控制地跌过来时,他也只是向后挪了一小步,没有撞到身后的人,也顺势将她抱紧到怀里。

倪漾低头正注意着脚下的电线,没想到季清延还站在那里,额头直直地撞上他的肩膀。下意识吃痛地轻呼一声,她另一只没被他拉住的手,几乎是条件反射地便圈住他的腰。

后背被他温暖而有力的手臂圈着,时间仿佛静止了那么一瞬,倪漾的左腿甚至还在空中向后跷着。

惊魂未定,她贴着的那个胸膛反而微颤起来。他低低的笑声通过胸腔共振而出,低沉的笑意,像是贴着她的耳朵,擦过她的耳尖。

倪漾的脸瞬间红了,她抬起头,刚要赌气似的跟他理论些什么,唇上便一凉。

不是上次在 Live house 那样,带着重逢的激动和被压抑的思念,积累到极致之后的那样缠绵。而是蜻蜓点水的,只是轻轻地贴了一下。

如果没记错的话,她今天涂的应该是不沾杯的那个口红,太有先见之明了。倪漾恨不得在心里赶紧给自己鼓个连绵不断、此起彼伏的掌。

身后已经没有再经过的人,季清延揉揉她的脑瓜,好笑地问道:"还要抱多久?"

刚刚还思绪飞远的倪漾,似乎被这句话瞬间激活了。她轻咳一声,赶忙将圈住他腰的胳膊放下。

等季清延转身时,她才赶紧用手冰了冰自己已经发烫得能煎鸡蛋的脸颊。她又迅速做了几个深呼吸,快走几步跟上:"你刚刚都看过了吗,需不需要我再带你在这里溜达一圈?"

"我刚刚一进来就在找你了。"

如果问倪漾在和季清延重逢之后,最喜欢他身上的哪一点。她一定会毋庸置疑地回答,他和她说话的时候,都会认真地看着她。足够体贴,足够尊重,足够温柔,就像此刻一样。

他唇边浅浅的笑意被她尽收眼底,心底泛起一阵久别的只属于少女的涟漪,倪漾本来被他牵着的手,主动地改为挽着他整个胳膊。她亲密地贴着他的臂膀,说话的声音也不自觉轻柔:"那我们从一开始的地方开始看起吧?"

"好。"季清延没有异议,看向她的眼睛里温柔得像是洒满了星星。

倪漾这二十多年来,第一次非常形式主义地做事情,就是这次带季清延看她的展览。她特意和他牵手出了展厅门,当作他是第一次进来。

她感受到当她挽着季清延重新出现在展厅入口时,坐在签到处的小学妹们惊诧的表情。但倪漾只是笑笑,反而用手指戳了一下季清延:"先在这里签到。"

为了便于收集数据和反馈,他们专门设置登记基本信息的地方。

他牵着她的左手短暂地放开,先带着温和的笑意轻点了一下头,和签到处的小学妹们打个招呼,才接过签字笔。几乎是想都没想,季清延用右手摘下笔帽,左手拿着签字笔在白纸上认真地填写。

比起以前,他的字已经好看了许多,几乎与常人无异。虽然偶尔写出的几个笔画比较多的字,还是能看出有些结构上的滑稽。但他不再会是一笔一画地生涩地书写,现在这样的流畅,是倪漾从未见过的。

倪漾看着他认真的侧脸,仿佛回到了高二他们刚认识的时候。

即便身边没有了她的视线,他是不是还依旧练习着拿左手写字?

"填好了,应该没有什么漏写的,"季清延将笔帽仔细地盖好,直起腰来,又好笑地发现她的魂儿不知道飞哪里去了,"倪漾?"

倪漾再回过神来时，别说季清延了，周围那几个认识她的人都悄悄地笑着看她。这一看，彻底把她看得发怵。她连忙拉着季清延离开那个地方，一边走还一边给自己开脱："没想到你左手写字这么好了。"

无意中的一句话，反而轮到季清延一怔。他任由她拉着，走到展览的起点。

一个浅紫色的星球装置挂在天花板上，因室内空调的微风而轻轻地转着。装置后面，则是一块挂在墙上的涂满颜料的画布，上面是展览的名字——星球相遇计划。

"你以后，用右手写字吧。"倪漾仰头看着慢慢转着的星球，眼眶酸酸的。

因为她再也不会因为写字撞胳膊肘，会给同桌带来麻烦，而感到自卑。

季清延望向她，半天才反应过来她的意思，说话的声音也弱下去："你都知道了？"

"嗯。"她伸出手去指着那块挂在墙壁顶端的画布，仰头看向他，一字一句说得认真，"季清延，我终于知道，在这个年纪学会用另外一只手写字，有多难。"

季清延眼神闪烁，顺着她的指尖，看到画布底端的一排歪歪扭扭的字。

我们都曾经，炽热而又努力地爱过一个人。

他第一次并非玩闹地用左手写字，写的是她的名字。而她第一次并非玩笑地用右手写字，写的则是回忆他们故事的一句话。

一笔一画，是喜欢，

一笔一画，是思念。

每个人都有与众不同地纪念过去的方式，而他们，是在地球的两个相距甚远的地点，跨越海洋，用一笔一画，承载了所有的思念。

"其实我觉得你用右手写字，比我用左手写字要难看一些。"他道。

"谁给你的自信？"

"老季那里还有很多的字帖……"

"不！需！要！"

倪漾拉着季清延在展厅里走走停停，一起去看了名为"小王子的记忆玫瑰"的展柜。那里面有不同的人展出的有关初恋的纪念,季清延一眼就认出放在最上层的那袋焦糖饼干,还有那个被他写了她的名字的作业本。

尽管已经很久不吃甜食,倪漾还是在展览前专门跑了好几个超市,才买到那个记忆中的饼干。这么多年过去,那款焦糖饼干即便换了全新的包装,但所幸商标依旧是红底白字的配色。

他们也一起去玩了一款占据一整面墙的互动装置,用来投影的屏幕上,会根据参观者不同的动作,而绽放出不一样的,只属于他们的烟花。他们站在那里很久,久到似乎把所有预设的烟花模式都看了个遍。

一路走走停停,他们仿佛在一个巨大的名为回忆的世界里,再去经历一遍他们曾经经历的故事。

"这是做什么的?"当走到那个一开始见到的,被隔出来的小空间时,季清延询问的声音已经有些压着泪意的轻颤。

倪漾本来不想带他去到那个因为间歇性的失望,而被她临时搭起的展区。但她没有拗得过他,所幸他们转到那里已经是下午一点多了。周一下午有课的人很多,此时的小空间里已经没有了其他人,只有他们两个。

"坐吧。"倪漾找个圆凳坐下,挑眉示意季清延坐在旁边。

他点点头,坐在临近她的那个位置,将身后的背包放到腿上。书包带在空中划过,也就是转瞬之间,倪漾看到同样在空中划过的深蓝色的,小小的挂饰。

她的呼吸一滞,再定神时,便确定那就是她送给他的第一件礼物。

季清延从第一次收到她送的礼物时,就挂在他的包上。尽管这么多年,他从运动品牌的黑色书包,换成手工老牌的简约休闲双肩包,即便是失联多年,他的包上还挂着那个深蓝色的御守。

他曾经在第一次到那所知名大学时,在空间里发过一个,也是这些年来唯一一个动态。背景是那个学校标志性的草坪,而他背着包,只有一个背影。那个包上,就挂着它。

那条动态的下面,有倪漾不认识的人问他为什么还挂着这样的小挂饰,他说,懒得摘。看上去,说得轻松而又坦然。

倪漾甚至觉得,他可能是真的一点都不惦记她,是真的放下了才会这么坦然。可这么多年后的今天,她亲眼看到他的背包上,依旧挂着那个深蓝色的御守。

只是如今，他们再也不用考试了。

"你还留着它。"倪漾的睫毛在空中微抖，她伸出手，轻轻握住那枚小巧的御守，连声音都因为压抑情绪的激动，而变得有些沙哑。

那枚御守已经很旧了，上面有风吹雨打的痕迹。这不是只有一次两次在她面前故意挂上，就能产生的痕迹。

昔日的少年也垂下眼，看着已经褪浅的蓝色御守："因为是你送给我的。"我从来都不舍得摘。

其实最初那个有关礼物的问题，不是问倪漾的，而是问季清延的。每一份她送给他的礼物，他一直都带在身边。

"这里是一片星空。"倪漾的手摩挲着一针一线制作出的御守，抬眼向他轻声介绍着自己灵光一现的临时作品。

一个上午，这里已经被很多观展的人用颜料包甩上了不同的颜色。尽管颜色是她们提前配好的，但如今整体看起来，还是有些抽象。

她从旁边拿了两个一次性的雨衣，一个递给他，一个套在自己的身上。她又戴上一次性手套，拿了一个深蓝色的颜料包，却没有直直地甩上去，而是用手指挤破一个缺口，用指尖弄了些颜料在四壁涂抹。

季清延看着她用深蓝色填补些空缺，又用黄色叠上白色，点了些星星。他学着她的样子戴上手套，拿起黄色的颜料包，用手指戳破后，在空中一挥，又拿指尖沾些颜料填补，画了一道流星。

那个即将上大学的假期，他的绘画没有白学。

"我教你画流星？"季清延满意地看了一眼自己的作品，偏过头去，笑着提议。

倪漾没想过他居然画得还挺像，立刻点头："好啊。"

只有他们两个人的小密闭空间里，他站在她的身后，左手贴着她的左手手背。他带着她的左手去拿那剩一小半的颜料包，直接拍在涂满颜料的布上，紧接着，紧握着她的手又迅速划出一道弧线。

手被他温热的掌心包裹，倪漾失神地看着他们一起画出的那一道流星，嘴唇动了动，将心底再次翻涌上来的情绪压下去。

"季清延，你知道这片星空叫什么吗？"她任由他操纵着她的手，扭过头问道。他们贴得很近，她这样扭过头来，视线让她甚至觉得那颗他鼻梁上的小圆点变得很大。

季清延耐心地教她画完最后一笔,才挑眉问道:"叫什么?"

"这是从暗恋星球仰头看到的,暗恋宇宙的天空。"

也是她曾经无数次,在她的星球仰头看到的星空。

"从我的星球望去,我能看到的景色除了这样美的星空,还有你的星球。"她认真地盯着他,言语中的每一个呼吸都洒在他的脸上。

当身后的胸膛离开时,倪漾拿着已经没有颜料的颜料包,不知所措,以为自己说错了话。然而季清延却在下一秒隔着雨衣,握上她的肩膀,让她转过来,面对着她。然后,他向后稍稍退一步,一双深褐色的眸子始终都是看着她的。

他说:"从第一眼见到你的时候,我就觉得,你是个很有趣的人。我也是第一次觉得,原来有一个白白净净的小姑娘,扎起马尾,笑起来会这么好看。"

"这个小姑娘会很善良地帮助一个陌生人,害怕他被欺负。她也会因为不习惯考场,而紧张得手都在抖。她是市级文明学生,是最好的中学里实验班的好学生。"他一字一句,将所有心底的话在那个时间,讲了出来,隐隐地,带着些回忆的笑意。

"后来,我真正地认识了她。我发现她比我想象中的还要善良和勇敢,她会替别人着想,她会承认自己在某些方面做不好,敢于去挽救。无论是看红叶,看雪,还是看夜空中恣意绽放的烟花,她的眼睛里永远都有最亮的星星。"

"她太过美好了,美好得让我有时不敢去触碰,"季清延停顿一下,强迫自己去面对内心深处的,他从不愿承认的恐惧,"可是,我的原生家庭并不美好。我一直不敢去承认自己心底的那份感情,我也很害怕,我会不会也像我的父母一样,没有办法给我爱的人一个一辈子的家。"

高二那一年的新年,让他主动离开的不仅是无意间听到柳蕴的话,还有……倪漾妈妈的话。

具体是哪天,其实他已经记不清了,但那时,他已经和倪漾见了最后一面。

那天他正从超市回来,买了些他喜欢的苏打水。超市离家里不远,季清延拿着一罐已经打开的,一边喝一边溜达回家。

经过一中门口时,他看到了倪漾的妈妈。毕竟是过年期间的寒假补课,

没有晚自习。当时正是放学的时间，倪妈妈拎着从旁边菜市场买来的菜，正站在校门口旁边和另一个家长聊着什么。

季清延在送倪漾回家之前的那段时间，偶尔会看到倪妈妈，也就一眼认出了她。

"平时还是要劝劝你的大女儿，她现在一个人在外面读大学，总归是管不到的呀。找男朋友这种事情很重要的，一定要找个原生家庭美满的，那样的孩子宠老婆……"他经过时，无意中听到了两句话。

也就是这两句话，几乎打碎了他所有的，和倪漾在一起的勇气。

为什么在之后很少主动联系她了呢？

因为自卑。因为很多人都说，原生家庭不幸福的人会重蹈父母的覆辙。因为太多人说这话了，以至于他都开始信了。

因为他觉得，她值得更好的。

"五年，我以为你不联系我，我就可以放下你，"季清延喉结一动，从刚刚的回忆里回到现实，"但我还是去了棱镜的那场 live。看到你的那一刻，真的什么都不重要了。一小部分的人，永远不能代表所有的人。我当时想，如果你还喜欢我，我会努力给你，你想要的生活。"

"倪漾，你愿意和我在一起吗？即便我可能会有那些所谓的原生家庭不幸福的孩子，会有的毛病。"他认真地看着她，一字一句地把心底的恐惧讲给她听，"但我会很努力地给你你想要的一切，加倍呵护和照顾你。"

倪漾看着季清延陷入痛苦的表情，不假思索地扑进他的怀里，手套上的颜料都抹在他后背的雨衣上。她的脸贴在他的怀里，拼命摇头："我的原生家庭也不幸福啊。这不是你的问题，季清延。幸福家庭的孩子也有不负责任的人，人的成长和家庭关系没有太大的联系。"

"我在失去爸爸之后，更加懂得珍惜。我想你也是这样，不然你也不会为了柳阿姨，悄悄地同意出国读书。"她抱紧他，听着他有力的心跳，闭上眼，"经历了那些，我们更加懂得家庭的意义。你的处事方式，你待人的温柔，从来都不是假的。"

她深吸一口气，忍着自己心底的那股心疼，柔声道："未来的路，我们一起走。"

我们会更加呵护彼此，更加地爱护我们组建的家庭。

抱着怀里的女生，季清延的鼻尖全是她发间的清香。一直淡漠的男生，此时却有些哽咽:"倪漾,你是第一个让我不需要小心翼翼,就能感受到家的温暖的人。"

从那之后,他就爱上了听烟花绽放的声音。

他将下巴放在她的肩膀上,也闭上眼睛:"我真的很幸运,第一眼便喜欢上你。"

时隔多年,他终于敢承认,当初藏在对爱情自卑的自己内心深处的秘密——我很喜欢你,真的,很喜欢很喜欢你。

3. 编号1972,欢迎来到我的星球

为什么会喜欢CB I Hate Perfume Winter 1972 (CB我讨厌香水冬季1972)?

倪漾看着这个问题,想了想,说,我给你讲个故事吧。

那年季清延为她过的生日,她一直都记着。即便过去那么多年,那天所有的细枝末节,她都记得清清楚楚。

因为那个时候还没有放假,户外又很寒冷,他们聊了一会儿就互相道了晚安。倪漾把季清延送到小区门口,隔着过车的升降杆,目送他离开。刚要转身原路返回自己家所在的那栋楼时,她却突然被保安叫住。

原来是蒋钺寄给她了生日礼物,往年如果他不在国内,都会提前买好生日礼物寄过来。怕物流耽搁,礼物寄得早,通常都会早到几天。

而那一年,恰巧就在生日当天到了。

还在上高中的小倪漾对香水一窍不通,倪妈妈又因为工作的关系根本就用不到香水。她对香水的认知,大概仅限于购物商场一层的那股混合的脂粉味重的花香。

这是她人生的第一支香水,也是她人生中的第一支小众沙龙香。不再是甜到牙齿都要腻掉的果香,也不是浓烟妖冶的花香。淡淡的木头味道,带着些沉稳的感觉,却又层次分明,隐含着些草木的清香。就像它的名字一样,是冬天的味道。

这味道,就像她记忆里的季清延,沉稳,却又无意中透露若有似无的温柔。

倪漾和季清延牵手走出展览的小空间时，没有高浓度颜料味道的清新空气，让他们不约而同地深吸一口气。在同步做完这动作之后，他们看着对方，被彼此逗乐。

如果问季清延教会她最重要的一点是什么？

倪漾一定会答，是及时地解决和重要的人之间的隔阂。

无论是当年和箫烛的友情，还是如今，和季清延的爱情。如果她不知道季清延这五年的内心煎熬，她也许不会对他的感情变味。但诚实地说，心里一定会有些小小的不适。

"清延？"他们刚走到展览的最后一站，也就是又转回到展厅门口，就被门口刚登记完的柳蕴叫住。

她穿了件米白色的廓形大衣，头发依旧温婉地绾着，妆容精致而优雅。在辨认出季清延手臂上挽着的那个女生后，她显然很是惊喜："倪漾？"

"柳阿姨。"

"柳姨。"

即便是被长辈撞见后有些不好意思，但他们还是快步走了过去，礼貌地打声招呼。

柳蕴看着登对的两人，双手自然地垂在身前，欣慰地笑了："看来，这个展览等到了她要等的人。"

这一句话即便不是很直接，却还是点破了倪漾的小心思。她脸红地松开季清延的胳膊，手垂下去的那一刻，却被他拉住。他的手掌厚实而有温度，像是给了她不用逃避的力量。

"柳姨，您别逗她了。"季清延微哂，语气里听着像埋怨，实则拉着倪漾的那只手用指尖轻轻地刮刮她的手心。

倪漾痒得腾出另一只手，羞愤地隔着厚实的衣服掐他的腰一下。偷偷搞完小动作，倪漾轻咳一声，眼神警告季清延后，才正经地对柳蕴道："阿姨，我带您看一遍展览吧？"

"没事，不用。"把他们两个甜蜜的小动作收进眼底，柳蕴掩面轻笑。

等上下把这两人又打量了一遍后，她才装作微怒的样子，恨铁不成钢地看着季清延："人家的展览等到了想等的人，你是不是忘记了你也有东西，在等着一个人？"

被柳蕴一点，季清延醍醐灌顶。他连忙和柳蕴道了再见，拉着倪漾走出展厅。

"你还给我准备了礼物?"看他那副少有的焦急模样,倪漾心底泛起甜甜的涟漪,又明知故问地噘嘴向他重复一遍。

听出她声音中调笑的意味,季清延放慢些脚步。他推开广告学院的大门,顺势将他和她相扣的手,揣进自己的大衣口袋里。

学院一楼大多是专业课教室,窗子都被教室占去,只要不开走廊里的灯,整个学院的走廊和大厅就会显得很暗。阳光从那个被他推开一些的门缝照进来,洒下一地细长的黄色暖光。他的眉眼沐浴在冬日午后的阳光中,一如记忆中那样的干净而又漂亮。

季清延微翘着嘴角,纤长的睫毛闪了一下,一双褐色的眼睛轻睨着她:"你猜。"

那个记忆中温柔干净的少年,真的从未变过。

他带她去了柳蕴的画廊,周一的画廊很冷清,只有一个店员正坐在楼下玩着手机。见他们两人进来,她立刻便站了起来:"小季先生。"

季清延淡笑着点点头,不等倪漾有所动作,他就主动,甚至还带着些自豪地介绍:"这是我的女朋友,倪漾。"

"你是上次……"店员惊呼一声,却又立刻换下太过夸张的表情,礼貌地打招呼,"倪小姐好。"

见是那天提醒她不要站得离画那么近的店员,倪漾笑了:"又见面了。"

"你之前来过?"这次,换季清延蒙蒙的,"刚刚忘了问,你也认识柳阿姨?"

从小空间出来之后,他因为之前的那一长段告白太过窝心,魂一直都是飘着的。就算见到柳蕴,他第一直觉也只是办了展览的倪漾和开画廊的柳蕴事先认识,是很正常的事。但如今细细地回顾一遍,他才觉得有些奇怪。

"之前办展览的时候没有灵感,我的朋友推荐我来的这里。"倪漾和他沿着木质楼梯走到楼上,轻声解释。

"那你……"他们在二楼尽头的那幅油画前停下,季清延的声音有些迟疑。

微扬着头看着那幅巨大的油画,倪漾偏过头,眼底泛着光:"我想听你说。"

我想听你再说一遍,这幅画画的是什么,那个画它的人,想到了什么。

一路上在地铁里一遍又一遍从脑海里组织的语言，在此刻因为倪漾这样的一句话，而瞬间被打乱。季清延看着她眼底的光，愣怔一瞬，然后轻笑出声："暗恋星球的宇航员，你看，这是我的星球。一个和你很像的，一直在等着你降落的星球。"

只是说到一半，他的眼底也泛了水花。

停顿片刻，季清延又用一声轻笑来掩盖自己瞬间的失神。他悄悄吸一口气，才继续说下去："这里的每一个地方，都是我一点一点地布置的……每一笔，每一画。不知道你还喜欢吗？"

第二次再看这幅画上的星球，倪漾的感受和上次完全不同。那次是惊讶和怅然若失，而这次，则是坦然和幸福。

"暗恋星球宇航员编号1972，说，"她转身偎在他的怀里，将脸埋在他的肩膀上，"她再也找不到比这里，更美的星球。"

有你的星球，是全宇宙最美好的星球。

半个月后。

和倪漾一起办展的广告专业同学，邀她作为策展人一起参加结课答辩。那堂课是上午的课，她提前给季清延发了一条消息，叫他起床之后坐地铁过来，中午一起在学校吃饭。

"为什么宇航员的编号是1972？"是教授在她们的汇报之后，问的第一个问题。

"我想，这个问题还是由心理学专业的倪漾同学来讲，答案才会更准确。"主汇报的女生笑着将问题抛给好友，将她拉到话筒边。

结课汇报的教室是一个很大的阶梯教室，倪漾站在讲台上，心已经有些打鼓。在放话筒的演讲台后面悄悄踹了一下朋友，倪漾自知逃不过，只得向前倾些身子靠近话筒。

就在她小口深呼吸时，教室的后门被轻轻打开，一个高大的身影悄悄溜进教室。

大学的汇报课堂，人都是零零散散地坐的，整个汇报耗时长，学生们进进出出很正常。季清延也深谙这个道理，居然顺着阶梯快速走到前排，找个位置坐下。

心似乎因为那个人的出现而立刻安稳下来，闭上眼睛再睁开，倪漾的脸上已经有了浅浅的梨涡："因为有一款香水叫1972年的冬天，那个牌子很有趣，明明是做香水的，却叫'我讨厌香水'。刚刚汇报中也说了，这是我的故事。我飞向的那个星球，就是一个即便冬日也有温暖阳光的星球。"

"即便我在飞向那个星球的路上，有口是心非过，自欺欺人过，有想到放弃过，说着'我不想再飞了'。但我最后还是义无反顾地，将所有的燃料都用来加速去奔向最初的目的地。"她站在讲台上，语速缓慢地，噙着淡笑回忆着过往。

他就是在她的星球处于冰冻的有厚重泥土气的冬季时，清晨透过松林，照进她的世界的，第一缕阳光。

编号1972的宇航员，在漫长的路途中将这个味道洒在生活的四处，就好像，他一直陪伴在她的身边。驱动她熬过漫漫冰冷长夜的燃料，始终都是那一句"我喜欢你"。

我喜欢你，所以会义无反顾地奔向你。

"那你的故事，结局是什么？"另一个参与评分的女老师笑着问道。

刚刚的汇报里，只讲到了相遇之前。

在课堂上突然被问到这样的话，倪漾不好意思地将视线撇开："这个问题嘛……"

她看向刚坐下不久的男生，他坐姿挺拔，解开扣子的大衣里是熨烫得一丝不苟的衬衫和灰色羊绒衫。他坐在那里，就像是她年少时期幻想着的，他穿着南华衬衣校服的样子。

他正全神贯注地看着他，唇边是和她一样的浅浅的梨涡。

嘴唇再度凑近话筒，倪漾盯着季清延，笑着说出那个她早就准备好的答案："我很幸运，降落在了我想要降落的星球。"

暗恋星球的宇航员坠机了。

但庆幸的是，居住在目的地星球上的那个人，提前摆好了超级超级大的缓冲垫，让她完好无损地降落。

然后，他笑着冲她张开双臂，在她耳边轻轻地说："欢迎来到我的星球。"

——你好，暗恋星球宇航员编号1972请求降落，降落在你的心上。

——收到。

- 星球番外一 -
如果你还爱她，就去找她

在国外的那几年，你过的是什么样的生活？

季清延被傅云实问到这个问题的时候，只是伸手松开衬衫的第一颗扣子，另一只拿着杯子的手提起，将杯中的酒一饮而尽。

他过的是什么样的日子？

忙碌，忙碌地让自己不去想她。但事实上，越是忙碌，越会想她。

为了治好自己没事总会去偷偷看她朋友圈的毛病，他中间一度卸载了微信。但后来他又安装回来，如果微信会说话，估计要跳出来大骂他是不是在逗它。卸卸装装的，他不知道重复了几百次。

"你有没有睹物思人过？"季清延又往自己的玻璃杯里倒些酒，仰头一饮而尽。

他盯着傅云实沉默的脸，倏地嗤笑出声："也是，也就你送给人家何榆一本《百年孤独》，能收到回赠的礼物就奇了怪了。"

傅云实被他撑得哑口无言，觉得这次季清延和倪漾见面之后，再答应他一起喝酒，完全是一个不够明智的决定。

一时间找不到回撑的话，傅云实只能讪讪地摸摸自己的鼻子，晃晃自己那杯没怎么动过的酒，他踹一脚和他一起坐在客厅地毯上的季清延，嫌弃道："你少喝点啊，别吐得我家哪里都是。"

被他踹的人却不恼，只是盯着自己的袖口，修长的手指把玩着袖子上的袖扣，朦胧的眼底满是柔情。

睹物思人，这四个字，几乎是他在外读四年大学的日常生活写照。

大三时，他受邀组队和其他几个专业的同学一起参加创业大赛。创业大赛这种商科项目，大概都带有攀比的色彩，穿着也有了不成文的传统。从西装、领带，到袖扣、手表，都要有足够的档次。

以至于季清延的朋友在项目结束之后的晚会上，突然问他怎么戴这么旧的袖扣时，季清延并没有感到意外和难堪。

他靠墙而站，轻笑着抬起一只手臂，细细端详着已经磨损，甚至有些褪色的袖扣。价值不菲的领带被扯松一些，挂在解了一颗扣子的衬衫领子上。白皙的皮肤在灯光的照射下，显得整个人淡漠至极。

可偏偏是这张脸，嘴角居然噙了这些年从来没出现过的笑意。他坦然道："这是我爱的人送给我的礼物，在很多年前。"

标准的英音，深情的嗓音像是老式留声机。

那套袖扣只是礼品店里便宜的小玩意，在他只要穿衬衫就会戴上的重度使用后，外面的一层金铜色的包浆已经斑驳得露出原材料的颜色。就连上面刻的小王子和玫瑰的图案，也变得有些模糊。

磨损严重又是卡通图案的袖扣，别在剪裁精致的衬衫袖口，多多少少显得有些滑稽。但即便是这样，他也从来没有换成别的袖扣。

在国外，他不是没有被示好过。有的人说喜欢他做报告时的条理清晰，有的人说喜欢他做学术研究时的专注模样，有的人说喜欢他独来独往的神秘……甚至有人说，喜欢他无意中会透露出的，"一个有故事的男人"的感觉。

每当这时，季清延都会在心里苦笑着摊手。

"五年，我活得像是一个不需要爱情的憨人。"甚至还有人偷偷议论他是不是身体不行。

傅云实听出了他这话背后的深意，就差抱着腹肌狂笑着在地毯上打滚。等大声肆意地笑完，傅云实才莫须有地抹抹笑出来的眼泪："您那不是憨人，是圣人，是贤者。"

连用两个相同的句式，熟练地将语句的内容升华。

浸入回忆中的季清延，就这样被自己的老友狠狠地拽出来。他轻睨着傅云实，薄唇轻启："滚。"

"你这次回来，打算待多久？"向后靠到沙发边，傅云实将脑袋仰过，

放在沙发上,看着天花板,"别怪我没提醒你啊,你还没毕业。"

季清延沉默一下,才缓缓地回答:"给倪漾过完生日之后吧,差不多那个时候就开学了。"

"你这不行啊,刚在一起画了未来的大饼,就又是小半年见不到面,"担忧地吐出一口气,傅云实头疼地揉揉太阳穴,"而且你妈会让你在国外把研究生也读完吧?哪有本科在全球最好的大学读完,研究生反而回来读的道理?"

季清延本没有太多的醉意,被他这么一说,太阳穴也跟着疼起来。

"有时间和她好好聊一聊吧。"半个身子瘫在沙发上的那人,难得说了句人话。

傅云实大三开始就在校外租房住,地方离季清延家不远。从傅云实家里出来后,季清延打车回到在一中旁边的家。

之前他一直和老季说,二胎都有了,把老房换成个大点的房子,别委屈了孩子。但柳蕴和老季一直都拒绝这个建议,怕他每次回到新房子,会有一种不是他家的感觉。

出租车不能进小区,季清延走了一小段路,醉意也消散大半。他将双手插进口袋里,抬头望着夜空,深深地吸了一口气。

在小区里溜达几圈,让身上的酒气消了些,他才拖着疲惫的身子上楼。刚推开门,小朋友的声音立刻变得有兴致起来:"哥哥!"

"清宇。"季清延看着这个和自己长得四分像的小朋友,笑着眯起眼睛,弯腰摸摸他的脑袋。

将季清宇抱起来,玩了一会儿模拟空中飞机的升降,他才在柳蕴的笑意中,将小孩放下:"柳姨。"

"刚刚我和漾漾通电话,她今天已经考完试回家住了。我约她明天一早来家里玩,你早点睡,明天别赖床。"柳蕴将热好的两杯牛奶,一杯递给季清延,另一杯给季清宇。

季清延呛了一下,有些惊讶:"明早?"

倪漾好像事先没有和他说这件事。

"你赶紧喝完牛奶就去睡觉。"柳蕴不由分说地将他推到卧室门口,又叉腰转过身去,心力交瘁地看着把牛奶洒得满地的季清宇,没好气儿地凶道，"你也是。"

碍着季清延在，她还是没有直接教训家里那个小的。

好笑地回到自己的房间，季清延听着门外"叮咣叮"的"母慈子孝"毒打日常，觉得生活的美好也不过如此。打开手机的录音功能，他把季清宇杀猪般的哭喊声悉数录了进去。

如果柳蕴当年没有和老季结婚，家里应该会是无比冷清，又没有人情味的吧。

他将电脑打开，握着那杯微热的牛奶，习惯性地打开B站。把今天更新的新番看完，季清延意犹未尽地又去看那年冬天他最喜欢的，很细腻的那部动画。

读大学之后每天都很忙，他已经很久没有回顾以前的番剧。

依旧是没有上色的，只有黑线勾勒的温馨小故事的片头。熟悉到他几乎都能在脑袋里，画每集对应的分镜出来。季清延将台灯关上，整个人滑进转椅里，小口地喝着牛奶，拿起手机给倪漾回复一条"晚安"的消息。

再将视线移回屏幕上时，他拿着玻璃杯的手一抖，牛奶险些晃出来。刚刚还慵懒地窝在转椅里的人，此时已经直起了腰。他立刻点击鼠标，将画面暂停。

没有来得及跑出屏幕的弹幕，就那样停留在屏幕靠左的地方：JQY，你是我世界里，最美的色彩。

握着鼠标的手僵在了桌上，他的睫毛在空中微微地抖着。可是，他没有办法从这条弹幕里看到是哪个ID发的，也无法求证这个JQY，是不是季清延。

但他承认，自己的心是疯狂跳动着的。心中有一个声音不断地告诉他，这说的就是他。

像是着了魔一样，他发疯般地将这部动画的每一集都点开，毫无例外地，在每个小短片里见到了有关于"JQY，……"的弹幕。每一个后面接着的句子，都是改编自片头那个小短片里，竖着出现的日文短句的翻译。

季清延把剩下的半杯牛奶放在桌上，酸着眼眶，将网页滑到评论区。他按照时间排序，从最近的日期翻起，一页又一页地翻着。

他也不知道自己在固执着什么，那部动漫实在是最近很经典的清新校园番，评论多得让他翻到眼睛酸痛。到后来，他几乎是机械般地按着鼠标，

流水线似的滑动着滚轮。

以至于当他看到那条评论时,一闪而过的两句话被滑走,反应一会儿,才又滑了回来。评论只有两句话:JQY,我好想你。可是五年了,我找不到我最喜欢的那个少年了。

他迟疑一下,手指先于脑袋,点开那个ID的账号详情。

眼角好像有什么东西,随着新网页加载出来而滑落。这是他上了大学之后,第一次任由自己的情绪宣泄。

上一次,是在听完她给他放的烟花之后。

那个账号里,标了"在追"的番剧,全都是他喜欢的番。而它的关注,有南华中学动漫社的官方账号,也有何榆的账号,却没有关注他的。但季清延眼熟这个ID,因为这个ID不止一次地给他在动漫社的动态下面的留言点赞。

五年,他居然毫无察觉。倪漾,一直都在悄悄地用另一种方式陪伴着他。

桌上的牛奶已经冷掉,而那个陷在转椅里的人,也久久没有回神。

他还记得几周前,考试周结束之后的自己给柳蕴打电话,聊一些关于季清宇的成长问题,还有自己研究生申请的相关事情。临近挂电话时,柳蕴只是叹了口气,突然说了一句——

"清延,如果你还爱她,你就回来找她吧。"

  爱,是飞行的最佳燃料。

——《暗恋星球飞行手册》第12项注意事项

- 星球番外二 -
年少时，没有说出口的秘密

你年少时，有什么从没有对喜欢的人说出的秘密？

这次，被邀来一起答题的两人，相视一笑——太多太多了。

自从上大学之后，因为课程不会排得满满当当浪费时间，再加上有全程被教授盯着的小组导师课，季清延再也没有日夜颠倒地生活。但这并不代表他就能在假期的时候，一大清早就起床。

相反，因为他昨晚的辗转反侧，到天亮才合上眼，还是季清宇不停地用小手拍打他房间的门，把他吵醒的。

季清延躺在床上呆愣地望了一会儿天花板，才在门口的噼里啪啦声中缓缓起身。简单地洗漱之后，昨天酒后的头痛让他不得不揉着脑袋，怏怏地走到餐厅吃早餐。

"怎么脸色这么差，激动得失眠了？"柳蕴将他的那份早餐从微波炉里拿出来，瞅着季清延那副样子，毫不避讳地直接戳穿。

男生接过瓷盘，摇摇头，尽是无奈："不是激动的。"简直是惊吓。

谁受得了要在喝得半醉的情况下，半夜里急速收拾房间？他就差把衣柜里夏天的短袖都拿出来洗一遍了。

刚咬下一口蛋饼，门铃声便在屋内响起。正在吃早餐的一家人动作整齐划一地一愣，其他三个人还没有反应过来，刚坐下的人端着盘子像是脚底抹了油。

"你急着……"柳蕴以为季清延是等不及要给倪漾开门，调侃的话刚

246

说个开头,就眼睁睁目送高大的背影以相反的方向,光速溜进自己的房间。

"咔嚓!"

还落了锁。

柳蕴回头看着目瞪口呆的老季,老季则讪讪地闭上嘴巴。

只有桌上那个小不点还津津有味地手里抓着半根火腿,嚼到一半,季清宇皱起眉,委屈巴巴地抿着嘴,奶声奶气道:"妈妈,番茄酱被哥哥拿走了。"

柳蕴恶狠狠地吐出一口气,扯了两张纸巾硬生生塞进季清宇的手心,非常嫌弃:"还吃?不去开门?"

刚刚还装作委屈巴巴的季清宇一愣,僵持中,面对妈妈的黑脸,他识时务地跳下椅子,走去开门的背影无比落寞。

他大概真的是家里的工具人吧?

倪漾第一次登门拜访,虽然是柳蕴邀请的,但还是听了蒋钺的意见,带了不少的礼品来。手上的礼品挡在腿前,门开的那一刻,她还在心中惊呼了一声——这就是传说中的家用自动门吗?

刚迈出一步,她就险些引起踩踏事故。

脚停在空中,倪漾准备好的甜甜笑容僵在脸上,尴尬地扯着嘴角,紧急问候:"你就是清宇吧?"

倪漾今天特意穿了件深蓝色牛角扣的大衣,棕色的鬓发乖巧地披在肩上,头顶别着一只浅棕色的贝雷帽。毕竟要在家人面前留个好印象,她今天没有往成熟随性的方向打扮,妆容更清淡。

季清宇仰着头,在倪漾移开礼物袋的时候,才看清她的脸,肉嘟嘟的嘴巴微微张着,一双和季清延很像的眼睛呆呆地看着她:"漂亮姐姐……"

这么直接的四个字称呼,一上来就把倪漾逗乐:"清宇真的是比你哥哥会说话太多了。"

见倪漾半天没有进屋,柳蕴也顾不上解开围裙,就跑到门口赶紧招呼她。

"季叔叔。"这是倪漾第一次见到季清延的父亲,他看上去很健硕,戴着一副无框眼镜,一边吃早餐一边看报的姿势很是儒雅。见倪漾和他打招呼,他也将手中的报纸放下,和蔼地冲她点点头。

没有她想象中的可怕,反而亲切得像是看着她长大一样。

"姐姐，我带你去找哥哥。"季清宇拽拽她的裙摆，神秘兮兮地半捂着嘴，小声谋划着。一双葡萄般圆圆的眼睛滴溜溜地转来转去，一看就不是个正经的方法。

倪漾忍俊不禁地跟在他身后，就看见季清宇不停地敲着一扇门。敲了一会儿，他趴在门边听见没有反应，又发起新一轮的攻势："哥哥，你还我番茄酱……我要吃番茄酱……哥哥……"

那爆发力集愤怒与可怜、忧伤于一体，不去演戏真是可惜了。

门内的人也似乎受不了这喊叫声，无奈地将门开了个小缝。

倪漾就站在季清宇的身后，眼睁睁地看着离地不高的地方，一个玻璃瓶从刚好能通过的缝隙里，缓缓地出现。她好气又好笑地弯着腰，一把握住那瓶番茄酱，压低声音："季清延，你在玩什么欲擒故纵的把戏？"

话音刚落，眼前的那扇门就被人立刻从里面打开。

身形颀长的人一只胳膊架着门框，半垂着眼睑居高临下地看着还保持弯腰姿势的女生："你应该少看些霸道总裁文。"

倪漾眉眼弯了弯，把手中的番茄酱温柔地给季清宇。等小孩子跑回餐厅，她才笑眯眯地直起身："你也应该少看些青春少女漫。"

季清延沉默。

"不让我进去？"仿佛刚刚什么都没说似的，倪漾自然地将双手背在身后，浅浅的梨涡旁是扬起的嘴角。她微仰着头，一双漂亮的眼睛直直地看向他。

被发现秘密的男生不自然地轻咳了一声，他收起手臂侧身让开些空间，就连脑袋也撇向一边，脖颈泛起淡淡的红色。

这是倪漾第一次去到除了蒋钺以外的，男生的房间。房间里一尘不染，装修得很简单，东西也不是很多，但很整齐。不知道是他自小性子就这样，还是因为大部分的东西都在学校。

窗边一半处放了写字台，采光很好。另一半则是推拉门，外面是个小阳台。阳台晾衣杆上已经没有了衣服，只有几盆小多肉，地上还在墙边立着些画板。

"我可以看看吗？"倪漾隔着半拉开的推拉门，站在阳台上问不自在地坐在写字台旁的人。

季清延站起身来，点点头，从推拉门处绕过来走到她身边。

248

"又画了什么好看的画？"倪漾蹲下身，打趣着将画板翻过来，却突然一愣。

画上是一个星球，星球上种着一枝玫瑰花。

"我上次听你在课上汇报总结之后，才画的。本来打算给你当作生日礼物的，但不小心被你发现了。"季清延叹了口气，觉得自己真是太蠢了。他以为柳蕴叫她来是要带她去楼上的画室看画，就提前把自己的作品都转移到房间里。

现在看来，反而是多此一举，还不如留在楼上。

——星球宇航员要带着他的玫瑰，飞向远方。

这是她在答辩的时候，说过的话。

"但今天就是我的生日啊。"倪漾笑嘻嘻地站起身，一把抱住不知所措的男生。

她抬起脸，窝在他的怀里故作生气地怀疑："你难道忘了？"

"我是说……要在一个浪漫的场合，为你庆祝生日的时候再送给你。"温暖的大手轻轻捂在她的头顶，他的嗓音是无奈而又温柔的宠溺。

"给你们的水果……"卧室的门没有关上，柳蕴端着一盘刚洗好的水果，站在门口直直地撞见拥抱在一起的年轻人。

被长辈撞见卿卿我我，总归是不太自在。倪漾吓了一跳，条件反射地从季清延的怀里钻出来。她几乎是腾空而起，跳到一边，装作没事人却又显露些紧张地把玩着耳边的一缕头发。

柳蕴冲转过身来的季清延抛了个意味深长的眼神，笑着将果盘放到桌上。临走时，她又调皮地歪了下身子，视线越过季清延，逗着倪漾："漾漾，他书桌这边的柜子里有很多小时候的照片。清延小时候，长得超级可爱。"

"柳姨……"这下，不自在的人再度换成了季清延，刚褪去的皮肤上的微红，此时又冒到了耳尖。

"好好好，我不打扰你们了。"柳蕴看着这两个好逗的孩子，笑得都快要眯起眼睛。她转身出了房间，还贴心地将门关上。

只是这门一关，屋内的二人反倒更像两只煮熟了的虾子。

"你小时候真的那么可爱吗？"似乎是为了缓解单独共处一室的尴尬，倪漾笑着找了话题，走到刚刚柳蕴指着的书柜边。

季清延没有回答她，只是从鼻腔里哼出了个傲娇的声音。

既然这样，倪漾就毫不客气地打开了书柜。手指刚要触上看上去长得像照片簿的塑料本子，做了美甲的指甲却不小心碰掉横放在书本上面的一沓纸页。

顷刻间，不算厚的一沓A4纸从柜格内倾撒而下，阳台上的风透过半开着的推拉门吹进来，将空中垂落的纸张翻飞而起，散落一地。

"不好意思，我不是故意……"倪漾连忙蹲下去，一边道歉一边拾起那些纸页。

可指尖触及躺在地上的纸页时，她却没有办法继续将刚刚道歉的话说下去。

那一张张A4纸上，写满的全都是她的名字。有的纸页上一整面都是歪歪扭扭的字体，有的纸页上则是"倪"写得还行，而"漾"的字号却大了两倍。只有那么几张，写得还可以。

满满一沓，所有的纸，正反面的全都是"倪漾"。

其实，季清延的心底还有一个没有说出来的秘密。

高中时期的他，一直都在为下一个替她在作业本上写上她名字的机会，而偷偷做着准备。

> 我未开口的秘密，是我远比你以为的，更加喜欢你。
>
> ——《暗恋星球飞行手册》第10项注意事项

- 星球番外三 -
那年冬天，最美的一场大雪

你记忆中最美的一场雪，是什么样的？

倪漾几乎是不假思索，像是答案已经刻在脑海里抹不掉般地，轻笑着回答——大四寒假，那一年的第一场雪。

季清延自然是知道的，今天是倪漾的生日。可他似乎一点都没有要给她正经庆祝的样子，就连倪漾主动说明，因为今年过年早，蒋钺已经提前住进她家了，晚上要跟家里人一起过生日，季清延都没有任何的表态。

但倪漾也不是因为这点小事就和自己过不去的人，想了想自己都已经收到他提前准备好的生日礼物，其实已经很有心了。

更何况季清延带她去了，他们曾经一起走过的很多地方。

在季家吃完午饭后，他带她去年少时的那家电影院看了电影。电影是点播的，居然是新海诚的《天气之子》。即便他们各自都已经看过一遍，但却默默保持一致地，当作这是他们第一次看这部电影。

当影片中后期出现新海诚式的节奏快剪时，倪漾平稳的呼吸也跟着急促起来。

她无意识地绷直后背，抓紧椅子把手。冰镇可乐纸杯外的水珠蹭到她手背，在空中迅速地蒸发，留下冰凉的皮肤。

旁边那人似乎也察觉到了她的不对劲，下一秒，他的掌心包裹上她整只手。等她从电影里抽离些神魂出来，那只手才动了动，一下一下轻拍着她的手背，安慰着她。

说起来也是奇怪，倪漾自知人的生命中是很少能像电影里那样，把矛盾放大化，追求爱的路上设置那么多如此难以跨越的对抗力量。可作为观众，她却总是能将这些情节，和自己身上发生的其实并不算严重的爱情磕绊，重合在一起。

以至于电影散场，即便是看过一遍的倪漾，在被季清延揽着肩膀走出影院时，还是有些恍惚。下楼的扶梯上，她拽拽季清延的衣角："你来找我来得太晚了，我都没有机会去微博营销号下面评论。"

"什么营销号？"季清延一只手护住她，挑眉问道。

"当年陪你一起去看《你的名字》的人，有没有再陪你去看《天气之子》。"即便是看起来很正常的问题，但被她复述出来，总觉得怪怪的。她皱起眉，大口吸着刚买的奶茶，试图化解尴尬。

耳畔，却是男生低声的笑意："陪了。"

"我不是问你！"

到了下一层，季清延拉起她的手，带她绕到那一家曾经一起逛过的礼品店，若有所思："那就没陪吧。"

倪漾无语。

她觉得自己的男朋友一定是被中途调换了，不然怎么出了家门之后的季清延，和刚重逢之后的他完全不一样？从一个一本正经说情话的人，变成了个不解风情的木头疙瘩。

以至于，她脑袋上戴着兔子耳朵的发箍，在体验过回忆一条龙服务之后，乖乖地被他牵着手……送回了家。

还是在一个天还没黑的冬日下午。

"其实我妈妈说的……"要给我过生日是晚上七八点钟之后。

说到一半，倪漾绝望了。她泄气地垂下头，就连脑袋上的两只兔子耳朵也跟着垂落："我回去了。"

在她看不见的地方，男生的嘴角微微挑起。季清延压了些笑意，勉强用正常的声音严肃地点点头："那你注意安全，早点睡。"

就差再加上一句"多喝热水"。

倪漾回家太早，蒋钺和倪妈妈都还没有下班，整个房子里冷清清的。窗外的夜色已经渐渐浓起来，她从书架上抽出本书，盖上薄毯坐在飘窗的

折椅上，静静地看着，直到放在腿边的手机骤然响起。

看到屏幕上那闪烁着的"季清延"三个字，她轻笑一声，一边感叹自家男朋友是不是真人回魂了，一边接起："嗯？"

"倪漾，你往下看。"他低沉的声音中有压不住的喜悦，杂着些风声，透过听筒传入她的耳朵。

一只手压住放在腿上的书，倪漾另一只手拿着耳边的手机，扭过头去望向窗外。小区的栏杆外，一个身影正站在正对着她这扇窗户的路灯下，举起一块平板电脑，在空中摇晃着。

倪漾看着他傻傻的动作，不禁莞尔："你是在跟我显摆，你回家的路上捡了个平板？"

季清延眼皮跳了一下，刚刚还在空中嘚瑟的手立刻僵住。他尴尬地将伸直的手臂收回来，才发现自己忘记点生成键。

再度将平板电脑亮起时，屏幕上面自如地滚动着文字：有一个人陪我度过了年少时最美好的时光。

一句话播放完，他将平板拿下，在上面又点了几下，才再次举起：她很有勇气，勇往直前地来到我的星球。

拿下又打上新的一句话再举起，这样的动作，被他重复了很多遍。

△我很喜欢她送给我的"玫瑰花"。

△我喜欢她的一切。

△我很幸运，我能眼光这么好地喜欢她。

△祝倪漾小朋友生日快乐！

如同演唱会应援般滚动的字幕，每一个字都在夜幕中那样清晰。倪漾听着自己清晰有力的心跳，刚刚还压住书页的手已经不知道什么时候，捂在嘴巴上。她盘腿坐在飘窗上，垂着眼望着楼下那滚动的字幕，眼底闪烁。

把最后一句话放完，他的声音再度出现在听筒："老地方等我。"

老地方，他们的秘密基地。

倪漾挂断电话，飞速地从飘窗跳到地板上，胡乱地套上外套和鞋子，拿着手机飞速冲出家门。

时隔多年，她再度感受到了，那种焦灼地等电梯的煎熬。她恨不得电梯就是个发射器，立刻蹦上来，又立刻蹿下去。

和上次不一样的是，当她赶到小亭子时，他已经点燃蛋糕上的蜡烛。

她抿着唇,眉眼舒展,细看却是眉头微微皱着的。幸福感让她开心得无法描述,以至于有点想哭。

"祝你生日快乐,祝你生日快乐……"他再一次,为她唱起了《生日歌》。

倪漾抬脚走进亭子,伴着他的清唱,在他面前停下。

摇曳的烛光因风的肆虐而大幅度地变幻着,眼前那张棱角分明的脸忽暗忽明。每一次被烛光照亮时,她都能看到他真诚的双眸里,有她的身影,和点点亮光。她知道,自己此刻的表情一定丑爆了,像哭不哭,像笑不笑的,眉毛眼睛和嘴角又不直又不弯的,几乎要抽搐,但她完全控制不住。

她深吸一口气,在他温柔的清唱中闭上眼睛,双手在下巴前交叉。

第一个愿望,希望身边的所有人都身体健康。

第二个愿望,希望我和季清延都能在学业上如愿以偿。

第三个愿望,希望陪伴我一生的人,是他。

依旧是那三个她连续许了太多年的愿望,一个给健康,一个给学业,一个给爱情。而最后一个愿望的代词所指代的人,也从未变过。

过去的那些年,也许是她太虔诚,所有的愿望都有幸被实现。她从未想过,自己原本糟糕的生活,会被幸运眷顾。

倪漾闭着眼,嘴巴却因为忍着泪意而死死地抿住。一片黑暗中,她的脑海里不停地闪回着往年的今天。

真正认识他的第一年生日,眉目清秀的少年偷偷叫她下楼,端给她一个小蛋糕,用褪去稚气的干净嗓音,不好意思地带着微抖为她唱《生日歌》。

第二年生日,他隔着冰冷的手机,一句"生日快乐",似乎像是他们之前的故事一般转瞬即逝。从那之后,她都不想过生日,因为没有他的生日,一点都不好玩。

之后的第三年、第四年……杳无音讯。

她睁开眼,几近贪婪地看着面前那人的眉眼。

"许好愿了吗?"他弯着眼角,笑意正浓。

倪漾点点头,鼓起脸颊,准备吹灭蜡烛。

"妈妈,下雪了!下雪了!"吹气的动作,被小区里小男孩惊喜的叫声与回音打断。

倪漾顺势偏过头向亭子外看去，意外地发现整个世界都被蒙上一层白色的滤镜。鹅毛般的大雪，大到似乎能将整个世界笼罩。厚厚一层折射着小区里路灯的光亮，让那个夜晚如白日。

"下雪了。"季清延显然也看到了。

"是啊，下雪了。"她转回头来，唇边是和他一模一样的梨涡。

第三年的生日、第四年……尽管杳无音讯，但她却依然相信，相信命运，相信他，也相信自己。

而相信，总会有回报。

多年后再相遇的那个冬天，雪地里，那个已经成熟的男生端着蛋糕，又一次给她唱了《生日歌》。

一如当初那个少年。

蜡烛微弱的火光照映着那张她日思夜想的脸，而这世界，满是雪落下的声音。在她吹灭蜡烛的那一刻，眼前的人也开了口。他说："生日快乐，嫁给我好吗？"

亭子里暗下的瞬间，她因吹蜡烛而不再是许愿姿势的手上一凉。他温热的指腹摩擦着她纤细的手指，将指环推到最后一个指节。

"好。"她轻声应道。另一只手却迅速地打破那之后沉默的温馨，抹了奶油便在黑暗中蹭上他的鼻尖。

亭外的雪折了些光亮进亭子，昏暗中，她笑着凑近他的脸："我要是不答应，你还强买强卖？"

季清延一手端着蛋糕，另一只手将她调皮的手指捉住，不顾她的反抗，把指尖剩下的奶油抹到她的嘴角。

"我不收费的，看在倪小姐这么好看的份上。"说完，他便俯身，含笑吻上她。

学生时代的焦糖饼干很甜，长大之后，奶油蛋糕更甜。

——你说，今年椹南会下雪吗？

如果下雪的话，我们就在一起，好吗？

——会的吧。

只要你想，就一定会下雪。

那年的冬天，没有下雪。

第二年也没有。

而再见面的这一年,椹南市下了十年一遇的大雪。

——"姐姐,如果你遇到了一个像《真爱至上》里面那样,拿着自己写好的真心话向你告白的浪漫的人,会喜欢吗?"
——"会嫁给他吧。"

- 星球番外四 -

最美不过，和你一起躲雨的少年时光

你最怀念的是什么？

是和他一起的，曾经的年少时光。

趁着大四的尾巴，升学的事情都已经尘埃落定，倪漾和季清延去拍了婚纱照，打算等两人一毕业，就去领证。

在国外拍了些西式婚纱照，又回椹南市有名的特色古建筑里拍一套中式礼服照。等最后一天在周边城市有名的海岸线教堂补拍完所有的照片，倪漾已经累得恨不得自己是穿着休闲装和平底鞋的摄影师。

她索性把脚上的高跟鞋脱掉，提在手上，一双脚光溜溜地踩在水泥地上。那一刻，倪漾感觉到了自由的美好，整个身子都松散起来。

刚想拉着身边的人发出舒适的喟瑟，她的视线就对上季清延微皱的眉："脚不冷吗？女孩子就算是夏天也……"

得，这位季老同志又开始喋喋不休了。

在一起之前只觉得这人温柔又体贴，可真的时间长了，她反而觉得季清延完全就是爹式关怀，一个人顶三个倪妈妈。从小被放养的倪漾，觉得一个头两个大。

用脚指头都能想到他接下来的话是什么，倪漾不等他说完，提起婚纱的裙摆就光着脚跑下教堂前的水泥地，一溜烟地跑到沙滩上。

柔软细质的沙子还带着些白天的余温，半个被高跟鞋折磨的脚掌陷在里面，说不出的舒适和享受。倪漾像个小孩子一样在沙子上踏了几步，眯起眼睛笑着转过身。

暖棕色的长发在空中荡了一圈，脸侧的碎发随性地被她别在耳后。她一只手举在空中，大笑着朝不远处的男人喊着："季清延，来玩一会儿沙子！"她明亮的笑容在那晚霞中，甚至要比金黄的斜阳还要明亮。

季清延从口袋里拿出手机，为她拍了一张照片，才迈着长腿跑两步到她身边。还没稳住步伐，他的胳膊就被一把挽住。

"你说，我刚刚像不像落跑的新娘。"小姑娘眯着眼笑得贼兮兮的，还不好好走路，就差把他拽倒在沙滩上。

嘴角含着笑，季清延任由她拽着自己胡闹："那请问倪小姐是想和我跑去哪里？"

"所有有你的地方。"也不知道是谁传染的谁，倪漾只觉得自己最近越来越会说情话，甚至张口就来。

他被她这一本正经说情话的样子逗笑，装模作样地细细品了前后两句话，点评道："这是个病句。"

"啊？"还沉浸在自我感动里的落跑新娘一愣。

"你想和我跑去所有有我的地方，这是个病句。"见她不理解，他又重复一遍。

倪漾一秒收起笑容，愤愤地拖着他在沙滩上跑起来："你信不信我给你扔海里？"

傍晚的海风吹起她的长发，被她一只手拎起的裙摆，被风吹得泛起如海水的波浪。紫粉色的晚霞与蓝紫色的海洋在遥远的边界线相融，映着点点的金色阳光。鼻尖萦绕着淡淡的海水咸味，季清延感觉她似乎真的会带着他，一口气跑到世界的尽头。

他笑道："因为有你的地方，就是有我的地方。"

所以你不用特意跑去有我的地方，我一直都在你的身边。

拍完婚纱照后，趁着中小学快要放假，倪漾和季清延专门回了一中一趟，去给老刘和其他老师送请柬。

当年还显年轻的班主任老刘在过去四年之后，似乎一下就长出些白发，倒是有了四十好几的中年人的样子。

"来送请柬的？"老刘接过纯白色的卡片，明显一愣。

打开卡片看了一眼,他随即又合上,拿着卡片抽了季清延一下,佯装怒意道:"你小子挺厉害的啊,当年我说让你多照顾倪漾,照顾着照顾着,就照顾到自己家里了?"

一句话引得办公室里的老师都偷笑起来,就连来问问题的几个学生也都投来视线。倪漾满脸通红,不好意思地别过脸去,手上倒是毫不犹豫地将季清延推到自己前面,让他挡着老刘的调侃。

"这不是要有始有终嘛,她一直需要照顾,我就一直照顾下去。"在国外别的没怎么学会,季清延学得最熟练的是用对方的话回过去。

"腻歪死了。"老刘赶忙抖落一身的鸡皮疙瘩,正色道,"你们以后呢?继续深造,还是工作?"

这个问题,将两个人问得沉默。

和老刘又多聊了几句,他们就没有再打扰他的工作。这个时间,已经考完高考的高三都已经放假。教室的钥匙大多被放在门框上,季清延一路摸了两三个班的门框,最终摸到一把钥匙。

教室已经被清空了,他们不知道是避着谁还是戏精上身,竟一齐鬼鬼祟祟地溜进去。

倪漾看着熟悉的教室,本来想和他再坐一次同桌,却遗憾地发现所有的桌椅都已经被分散开,排成了考场的样子。估计是最后一次模考之后,就再也没有变过桌椅的位置。

她正失落着,却灵机一动,将手腕上的卡片相机立在讲桌上调好。

"季清延,"她一把拉过还在教室里转悠的男生,将他安排在教室靠中间的位置上,"你在这儿坐着。"

知道她又有鬼点子了,季清延显得有些无奈:"嗯。"

他坐在座位上,看着女生跑回讲台上拿起相机按了一会儿,然后飞速跑下来拉开他后方不远处的椅子。

"咔嚓!"

"你别看我啊!"快门声过后,倪漾咬牙切齿地看着正回头看过来的人,气不打一处来。

而罪魁祸首却只是冲她笑着,让她冲天的怒火似乎全都打在了棉花上。

倪漾认命地站起身再度走到讲台前调试,一边按着按键,一边愤愤地嘱咐:"老实看镜头。"

"嗯，都听你的。"

还是嬉皮笑脸的！

倪漾猛吸一口气，压住心底想要冲上去一顿暴揍季清延的冲动，将相机稳稳地放好，然后按下快门键。

在感受到按动的那一瞬间，她如同弹簧一般立刻飞出去，连滚带爬地找到自己的座位坐下，脸上绽放出她认为的最灿烂的笑容。

快门声再度响起的那一瞬间，她的笑容依旧灿烂，只是眼睛却失了神。

这是他们第一次相遇的场景，他坐在她右手那一排再往前几个的位置。她也是如现在一样，痴痴地看着他挺拔的背影。

当年瘦削的少年如今已经长成高大的男人，而梦中的思念，也变成现实的触手可及的浪漫。那张座位确认表上他的一寸照片，还有底下那一串的考号、座位号和他的名字，也是从那时深深地烙印在了她的心上。

她少女时代最恐惧的考试，却送给了她一个她最喜欢的礼物。

等他们从教学楼出去时，才发现外面下的雨比他们来时要大上很多。刚刚还淅淅沥沥的夏雨，在几声雷响后变得如同瓢泼。即便是站在屋檐下，还是不免会被斜进来的雨水浇湿。

季清延紧紧握着倪漾的手，带她向后退了退，避免被雨淋到："我们一会儿再出去吧。"这雨量，即便有伞估计也免不了雨中洗澡。

本来还正焦急着，他只觉得肩膀一沉。刚刚还惊呼雨大的小姑娘已经歪着脑袋靠着她，脸上居然还挂着憨憨的笑："这雨好浪漫哦……"

季清延腹诽，到底是谁少女漫画看多了？

"季清延，我想在婚礼上放棱镜的歌。"伴着雨声，她的声音却没有往常和表情匹配的憨，反而温柔而又清亮。

这雨，似乎让所有的事情都变得慢了下来。季清延也放松一些，换个姿势让她更舒服地靠着自己，明知故问："为什么？"

"因为……"

"因为你手机的锁屏和桌面都是我的照片？"他故意在她卖关子的时候，快速地打断。

倪漾一愣，另一只没挽着他手臂的手拿着手机，不自觉向身后缩了下。

虽然在一起大半年，但他们两个都很注重彼此的隐私，从来没有看过对方的手机。她的电脑桌面是她第一次给他在南华拍的照片，手机的锁屏

260

和桌面，却是秋游时在缆车上为他抓拍的瞬间。

见她那瞪大眼睛有些惊吓的样子，季清延的恶作剧得逞，带着微微嘚瑟地笑出声。他食指蜷起，伸出去轻轻刮一下她的鼻梁，好笑道："缆车上你以为我相信你说的，是给风景拍照的鬼话？"

在她低头看返片的时候，他全都用余光瞄见了，那块屏幕上面，全是他的脸。

"你知道刚刚你和英语老师聊天时，我被年级主任叫到一边，回答了什么问题吗？"

倪漾撇着嘴，拉着脸，没好气儿地顺着他的话问道："什么问题？"

"他问我，对学校有什么建议。"

"哦。"

看看，看看这人这嘚瑟的样子。

"我说，"季清延将她拉进怀里，怕她被过堂风吹感冒，"秋游爬山赏红叶，应该发展成为一中的传统活动。"

"你还嫌男生女生走得不够近吗？"

"巧了，教导主任也是这么评价的。"

- 星球番外五 -
我想以世纪和你在一起

你觉得,你的生命中对你影响最大的人是谁?

季清延对这个问题似乎早有准备,他说,是倪漾。

他曾经不知道自己想要做一个什么样的人,从事什么样的工作。他只能笑笑,说着"哪个学校哪个专业录取我,我就去"这样毫无意义的话。

是倪漾告诉了他,他的人生目标。

倪漾和季清延的婚礼在椹南市郊外的森林图书馆举行,倪漾穿着婚纱从车上下来的那一刻,就呆住了。小木屋的外面,整齐地摆放着一圈晶莹剔透的星球摆件。

就连凸出来的屋檐下,都用细细的线挂满或大或小的,剪成星星状的反光镭射纸片。一阵夏日的微风拂过,星星们反射着太阳的光芒,来回摆动着。细听,还能听到屋檐四角挂着的风铃声。

从下车点一直蜿蜒到木屋前的石板路两旁,被种着满娇艳欲滴的玫瑰,空气里满是甜得刚好的香气。

她挽着蒋钺的胳膊,银色的细跟高跟鞋小心翼翼踏在石板上,鼻尖却已经酸了。

"憋着点儿啊,"蒋钺似乎察觉到了她的情绪,半开玩笑似的安慰道,"你可别感动错人了,进去再感动。"

蒋钺从小照顾父母工作忙的倪漾到大,在倪爸爸去世之后,也是他请

了长假陪着她。尽管推辞了好久，倪漾还是执意让蒋钺代替倪爸爸，送她出嫁。

这场婚礼的规模很小，一是小木屋里没有足够的位置，二是他们也没有想大办，只是请了些关系很好的亲朋好友。倪漾深吸一口气，在木门前站定，就连放在蒋钺臂弯的手也不自觉地收紧。

"漾漾真的是长大了。"门被打开一个缝隙的那一刻，蒋钺突然深吸一口气，感叹道。

他就像是倪爸爸一样，说了这句夹杂着太多关心和把她交给另一个小子的不舍，叹息中还带着些苍老的话。

"哥……"曾经乖巧跟在他屁股后面的小女孩，如今亭亭玉立，隔着头纱，轻轻叫了他一声"哥哥"。

蒋钺突然觉得有些好笑，自己明明刚三十，却突然有了嫁女儿的心理经验。他吐出一口气，嘴边漾开来笑容："要是他欺负你，哥哥就去替你欺负回来。"

就像是他在她小的时候被调皮的男同桌欺负之后，每次会说的那一句话一样。

话音刚落，那扇沉重的木门就被完全地拉开。

那首最经典的《婚礼进行曲》响起，倪漾透过眼前的白纱，模糊地看着远处站在高台上的男人。他逆光而站，身后的花色玻璃折射着不同颜色的光芒。他依旧是那挺拔的模样，只是穿了白色的西装，像是她小时候会在梦里见到的王子那样。

她突然发现，倪小朋友的梦想好像都实现了。

小的时候她想当一个可以帮助别人的人，长大之后她阴错阳差地学了心理学。

小的时候她想遇到一个童话书中的白马王子，长大之后，他就是季清延。

是个很幸福的小朋友啊。

坚定地看着眼前那个越来越放大的身影，倪漾唇边的笑容不自觉地越扩越大。

《婚礼进行曲》就像是一个仪式感的象征，她的每一步都落在一个节拍上，一步一步地，一步一步地走向他。少时参加了不少婚礼对婚姻想往的小女孩,如今也穿上了属于她的一袭白纱。

那条路说长不长,说短不短。当她走到尽头,走到他面前时,甚至觉得有些不真实。

蒋钺的臂膀弯了一下,将她的手轻柔地递给季清延。他们离得很近,近到都能听到蒋钺声音中压抑着的微颤:"替她爸爸好好照顾她。"

季清延接过倪漾的手,自然地让她挽住自己的手臂,他向前走了一步,轻拍两下蒋钺的肩膀:"放心,我会比爱自己更加爱她。"

在台子的正中央站定,《婚礼进行曲》戛然而止。取而代之的,则是熟悉的伴奏。他们相对而站,拉着彼此的双手。倪漾微微仰着头看着他,小声在证婚人老刘说话的时候开小差:"你还真放了棱镜的歌啊?"

他只是微微勾起唇,含笑着回答:"摄影是你传达你心意的方式,歌曲则是我的。"

他们都知道,那首是棱镜的,《我想以世纪和你在一起》。

一首发表于情人节五点二十分的,时长为五分二十秒的,足够浪漫的歌。

"我真是爱死棱镜了,要是没有他们,我估计你都说不出一句情话。"隔着白纱,倪漾做了个鬼脸,用只有他们两个才能听到的声音揶揄着,"你就是个会抄歌词的哑巴。"

听完这话,面前的那人也微微耸着肩,和她一起小声笑开来。

只是两人的小动作全都被当惯了班主任的老刘尽收眼底,他拿着话筒,佯装生气道:"倪漾、季清延,别再交头接耳了,我站在上面可是看得清清楚楚的。再小声说话就出去罚站。"

大喜的日子,这对新人身型一僵。

自己的婚礼,却要中途出去罚站。

问题是,他们已经站在所有宾客前面罚站了。

趁着宾客们笑作一团,两个花童小天使便从台下飞跑上来。弯腰接过穿着小西装的肉嘟嘟的季清宇递来的戒指,他们相互看着彼此,说出那句最真诚的誓言。

"我愿意。"

"我愿意。"

我愿意陪你到老,不畏艰难险阻;我愿意陪你到老,组建一个属于我

们的甜蜜的家庭；我愿意陪你到老，从此以后无论时光蹉跎世纪变更，我都想与你在一起。"

带着些冰凉的指环被套在无名指上，她也将自己手上那只指环，套在他修长的手指上，轻轻地推至指根，她却没有收回手。

看着面前那个突然竖起的大拇指，季清延挑眉："夸我棒棒？"

"棒个……"屁。

最后一个字还没出来，他的大拇指便带着熟悉的感觉，贴上她的大拇指。

时隔多年，他们再一次，许诺下一个有关于一辈子的约定。

"现在新郎可以亲吻新娘……哎，我这个班主任都不敢看了。"老刘始终贯彻着他的搞笑主持风格。

季清延跟着也笑了，他扭过头去，挑衅般地回了一句："看好了啊，老刘。"然后便立刻转回来，双手放开倪漾的手，低笑着问，"听说你高考之后去联谊了？"

"啊？"倪漾一愣，随即才想起来那次原本是林榷想告白，却意外变成了联谊野餐，"联谊个……"

"屁"字再次委屈巴巴地被堵在了嘴边。

只是这一次，眼前那人迅速扬起头纱，弯着腰钻了进来，从下自上地吻上了她。耳畔，那群狐朋狗友的起哄声此起彼伏，他们就在那喧闹声中，紧紧地相拥。

年少的喜欢，终于在这一刻，变成了一个家庭的组建。

他们终于，有了属于他们的，足够幸福的家庭。

"缔结约定后，就不能再离开我的星球了。"绵长的吻过后，季清延在两人快要窒息前，松开倪漾，却依旧保持着环抱着她的姿势。

倪漾抱着他结实的腰，将脸靠在他的肩膀上："嗯，我的飞行器还是留给我们以后的宝贝，飞去她喜欢的星球好了。"

"那个时候就成古董了。"他煞有介事地分析。

"飞行器这个东西你不了解，越古董越显地位。"

"是这样啊。"

"我们是不是有点太'中二'了？"

"嗯，有点。"

晚饭后,他们换回便装,回到森林图书馆。

夏夜里,只有风拂过耳畔的声音,还有森林里小生物的叫声。倪漾脱下鞋子,和季清延一人拿了瓶啤酒,在木屋屋檐下的走廊边席地而坐。

椹南市郊外的污染小,漫天的星空,是她从未见过的景象。

倪漾靠在季清延的肩膀上,抿了一口手中还冒着气泡的冰镇啤酒。泡沫泛起酸酸麻麻的感觉,从喉咙一直到鼻腔。趁着这一股劲,她轻声开口:"季清延,我一点都不生气你去学医。"

前些天,似乎终于瞒不住的季清延在接她回家的路上坦白,自己在国外一直有读医学预科,也申请到了学校的医学专业。

他以为,她会因为失去父亲,而抵触他学医这件事。但如今的倪漾却淡笑着告诉他,她没有。

季清延将自己的那罐啤酒打开,一瞬间的喷气声,在安静的夜里很是明显:"为什么当年没有学摄影?"

靠在他的肩膀上,倪漾的指尖不停地摩挲着易拉罐凸起的边缘。

为什么呢?

她还记得出成绩后报志愿的那几天,她和倪妈妈闹得有多么不愉快。高考分数如愿以偿地正常发挥,其实倪漾是可以去不错的医学院,她却赌气地在所有学校后面都没有填报这个专业。

她也还记得,在最终确认报考的前一天晚上,她一气之下和妈妈说了什么话。

"我以后绝对不要成为医生,因为我不想让我的孩子有一天失去母亲,天天活在水深火热里!"

听到这话的倪妈妈瞪大了眼睛,不可置信地看着她:"倪漾!"

而那时的她,虽然知道自己的话伤害了妈妈,却咬着牙继续说下去:"我受够了。我尊重每一位医生,但我只是个自私的普通人。"

她不想再向妈妈隐瞒自己内心一直迈不过去的伤痛,就像很多人说的那样,如果你不会哭,很多人便以为你是个不难受的孩子。她知道她不应该说这些,可她不得不说这些。

"我那时有想过,如果你在,你会怎么劝我呢?你会说什么,会不会像以前那样,一言不发地抱住我?"讲完那个过去的片段,倪漾叹了口气,

抬眼看着天空中闪烁的星星。

"我会告诉你,按照你心里想的去做。"他一如既往,总会那么认真地回答她随口说出的问题。

换个更舒服的姿势靠在他的怀里,倪漾点点头:"我也觉得你会这样说。"

所以她选择了除临床医学以外,看上去还可以的几个专业,而没有去学摄影。不是所有人都有勇气选择自己喜欢的事物。有的时候,生活就是这样,但你必须要继续生活下去。很多年少时期的梦想,不过都是白月光罢了。

其实当作爱好也很好,不是吗?

应该是的吧。

也许,嗯。

"其实心理学也不错,目前看来还可以和摄影结合,做些不一样的东西,也算是歪打正着,"她突地笑了,一双眼睛看着他深邃的眼,"你为什么突然想要学医?"

在她的印象里,季清延一直都是一个随缘的"佛系"少年。

突然,一声礼花蹿到空中的巨响把倪漾吓了一跳,条件反射地转身抱紧身边的人。直到烟花绽放后四散开来的声音,她才堪堪回神。

季清延正睨着她,浅浅的梨涡就在她的眼前:"因为我看过叔叔生前的电视采访,我想成为和他一样的人,去守护他想守护的人。"

烟花绽放又落下,光芒闪烁间,她看着他的脸,觉得世间能让她倾注一生去爱的人,也不过是眼前这人了。

郊外的夏夜,木屋屋檐下摆满了的星球装饰灯一一被点亮,无数颗星球,照亮了他们的整个世界。头顶上挂着的纸片星星随着风摇摆着,如同此刻黑夜里那真实的星星一般,闪烁着亮光。

而坐在屋檐下荡着腿的那一对男女,动作一模一样地微仰着头,看着那一场只属于他们的,世间最美的烟花。

那一年,椹南市下了十年里最大的一场雪。

那一年,婚礼上他们如约放了棱镜的歌,最美的歌词是"十万光年银河系,亿万个星体,而我只想以世纪和你在一起"。

那一年,他们坠落,他们相爱。

点完烟花一口气跑到旁边空地上的蒋钺，正和其他宾客在远处仰头看着烟花，却无意中听到周围有啜泣的声音。他点亮手电筒，才发现是那个追着季清延跑去国外读书的，叫梁西荷的小姑娘。

小姑娘保持着四十五度仰望天空的样子，流下青春伤痛的泪水。

蒋钺是季妈妈的手下，自然也认识梁西荷。他在心里吐槽完，"啧"了一声，将烟头丢掉，才从口袋里掏出随身带着的糖果，好言好语地哄着："别哭了啊，冲烟花许个愿吧，说不定就能实现了。"

最大的一颗烟花升入空中绽放，完全映亮他们彼此的脸。看着眼前那一双仰望着他的泪汪汪的大眼睛，蒋钺的呼吸一滞。

完了，铁树要开花了。

－星球番外六－
夜空中，我不再是孤独的星星

拿到医生执照后，季清延和倪漾在国外又生活了一段时间，等他在医学界小有名气后，便受邀回国，经过多年的努力终于成为知名医学院的副院长。

他平时要在附属的医学院做手术，也要带学生，每天都很忙。但倪漾知道，他的心里永远是有自己的。

他白大褂下衬衣的袖扣，永远是那一对磨损严重的，她年少时送给他的礼物。不论她提过多少次再给他买一对新的，他都摇摇头，像小孩子护着自己心爱的玩具一样，手里握着那袖扣不放。

椹南市的晚高峰从六点一直持续到七八点钟，倪漾在高架桥上堵到地老天荒，指尖不停地在方向盘上点着。见车一时半会儿也动不了，她从副驾驶座上自己的包里找出两包坚果，递给坐在后座的女儿。

小姑娘今年已经十五六岁，长得亭亭玉立，眉眼更像倪漾一些，可气质却完全是季清延的复刻。晚饭后，倪漾和季清延牵着手在河边散步，经常会笑着感叹这孩子的背影像极了年少时的他。

"妈妈，今天爸爸回来吃饭吗？"伸手接过坚果，已经饿了一下午的季时星像个饿鬼一般地赶紧撕开，倒了两粒扔进嘴里。

前面的车子发动，倪漾也跟着向前开了一小段，才又再度停下。车窗外的霓虹闪烁，她无聊至极，将下巴轻轻放在方向盘上，叹了口气："他回不回来吃不重要，重要的是我们还能不能赶上晚饭。"

这小姑娘新学期第一天上晚自习就已经这样,要是以后天天上晚自习,她估计自己要在路上无聊死。她觉得她得使唤个人,代替自己做这种无聊的工作。

"以后让你小叔叔接你好了。"倪漾毫无感情地听着车内专门给季时星放的英语听力,感觉儿时被考试支配的恐惧再度泛起。

刚刚还在后座"嘎嘣嘎嘣"的季时星立刻愣住,她组织半天语言,才结结巴巴道:"不……了……吧……"

她还记得上次季清宇碰到自己和一个小男生在学校地铁站拉拉扯扯。当时怎么样不重要,重要的是之后年级里全传遍了,说她有个拉小提琴的艺术家亲戚,冷笑着从后备厢里掏出个崭新的琴弓,追着拱自家白菜的猪跑。

见小姑娘如愿跳坑里,倪漾不易察觉地在黑暗中挑眉:"清宇说,你有喜欢的人了?"

怎么说也是小孩,季时星猝不及防地被自家妈妈戳破秘密,立刻猛咳了起来。

季清宇那个狗东西,又当面一套背后一套的,跑去跟她妈告状。

"舅舅说,你以前和爸爸也是高中互相喜欢的,"见自己难逃一死,季时星立刻便搬出蒋钺救急,"他也没有棒打你们两个鸳鸯啊。"

"星星,你还记得妈妈之前跟你的约定吗?"终于通过拥堵的路段,倪漾索性将无聊的英语新闻关掉,换成手机里的歌单。

棱镜熟悉的前奏声在安静的车内响起,车里的两个人不约而同地跟着放松。季时星低头看着手里的坚果包装,声音低下去:"如果喜欢,就喜欢一个比少年时的爸爸还要优秀的人。"

"那星星喜欢的那个人,是一个什么样的人呢?"倪漾突地笑了,声音比往日还要柔和。她们母女二人经常会有这样像闺密一般的谈心,用自己的心理学知识和以往长大的经验,努力给季时星最好的引导。

季时星抬起头,望向窗外不断飞速倒退的行道树,沉默一下,平时淡漠的眼神不自觉地软了下来:"是个很优秀很优秀的男孩子,瘦瘦高高的,戴着一副眼镜,不爱说话。他从来不会像其他男生那样开无聊的玩笑,班里圆圆的女孩子被欺负时,他永远都会站出来。"

"他会很细心地给我讲题,会和我讨论我喜欢的画家和音乐家。他也

喜欢瓦格纳，懂摄影，懂围棋，还会很多很多我不会的东西。我们两个似乎有很多只有我们才懂的话题，有的时候感觉我们就是同一个频率上的人。"她认真地说着，每一字每一句，都经过深思熟虑。

原本只是以为季时星是到了年纪一时兴起，而如今听了她这样的叙述，倪漾反而笑意更深了。

同一个频率的人……

这样形容自己喜欢的人，是她再熟悉不过的词语。

"妈妈，季……小叔叔说的不是真的。其实我也不确定是不是喜欢，但你放心，我肯定好好学习，学习才能让我快乐，爱情不值一提。"噘起嘴，季时星将嘴里的腰果嚼得震天响。

"等等……"倪漾细品着刚刚的描述，觉得有哪里好像不太对，"你说的该不会是你干爹家的儿子吧？"

"季时星你可以啊，干爹家的孩子都不放过？"身后一阵沉默过后，她立刻就懂了，一边"啧啧"，一边揶揄着。

"就觉得……挺有缘分的。我前些年才第一次见到干爹和何阿姨，谁知道是他的爸爸妈妈啊，"车后座传来小姑娘小声嘟囔的辩解声，"你们要是早点让我们见面，也不至于……"

她现在过得那么苦啊。

"不过妈妈，我对他真的……就是见到他望过来的那一刻，我就觉得，心'嘭'地有烟花在这里绽放了。"小姑娘蹭到后座中间，挺起后背，双手从左胸口做着花开的动作。

即便倪漾看不见她的动作，但能听到她是认真在说的。

原本打算左拐的车子，在逼近路口时突然猛地一转。在季时星的惊呼中，快到家门口的车利落地掉头，重新驶上来时的路。

"我们去哪儿啊？"季时星猝不及防地握住门把手，声音都有些变形。

回应她的，是夹杂着淡笑的温柔声音："去接你爸爸。"

季清延任职的医院离家不远，平时为了锻炼身体也不开车，工作结束后就散步回家。接到倪漾突然说要来接他的话，他也就不得不在门口当了一会儿石狮子，用足够回家的时间，等那辆不知道什么时候才能到的车。

车稳稳地停在医院门口，副驾驶座被打开，高大的男人裹着热气迅速地钻进车里。倪漾也习惯性地把原本放在副驾驶的包递给季时星，放到后座上。

"怎么今天突然来接我?"扣着安全带,季清延含笑着看着倪漾,问道。他从上车开始,视线就没有离开过那个他爱了几十年的人。

尽管在一起生活了那么多年,倪漾还是不习惯他长时间盯着自己看的视线。她不好意思地推了一下他的肩膀,发动车子:"星星说,她遇到了一个和她兴趣相同,在同一个频率的人。"

"真的吗?"他的视线仍旧在倪漾的身上,"季普也要去拱人家的白菜了?"

看着前面那两个大人腻歪的样子,季时星怀疑自己就是个意外。她戳戳副驾驶上的人的肩膀:"爸,你们在说我的事情,能不能看一眼我?而且,我不是吉普。"

季清延敷衍地向后瞟了一眼,也就是一瞬,又回到一只手撑着脑袋看自家老婆的样子。一系列动作娴熟地做完,他还不忘提醒女儿:"看了。"

季时星顿时无语。

好不容易挨到了家,实在受不了车内甜甜的气息,季时星抓着自己的书包等车刚停稳,就如同火箭一般打开车门蹿出去。

车内,只剩他们二人。

地下车库很静,倪漾看着打在墙上的车灯,也来了兴致,一只手支在方向盘上托着腮,扭头瞅着盯着自己的男人。另一只手则被他牵着,手心的温度,几十年如一日地温暖着她。

她看了他一会儿,才神秘兮兮地冲他眨眨眼:"其实,我买了两张下个月八三夭演唱会内地场的票。"

男人的脸上已经全然褪去当年的稚嫩,却依旧保持着干净的气质。他的手指一圈一圈地摩挲着她手指上的那枚钻戒:"好巧,我也买了。"

末了,他又加了一句:"也是两张。"

说完,他们几乎能想到自家女儿鬼哭狼嚎的样子,两个四十几岁的人四目而对,瞬间幼稚地笑作一团。

在笑声中,车里的电台,也刚好放到孙燕姿的《克卜勒》。

> 藏在众多孤星之中,还是找得到你
> 提醒我,我不再是一颗寂寞的星星

"倪漾，谢谢你给了我一个家。"

"我也谢谢你，给了我所有我能想象到的，家的温暖。"倪漾被季清延拥着，突然笑出声，"还有季普。"

倪漾生产那天，产房外围了一群亲朋好友。

伴着响亮的啼哭，产房的门终于被打开。抱着孩子的护士立刻被家属围了上去，而季清延和倪漾的一帮朋友只能在外围干着急。

"你说是男孩还是女孩啊？"何榆急得像是自己生孩子一样，抓着傅云实的袖口一阵小碎步地跺脚，"我得赶紧和箫烛一起给孩子买点东西去。"

"男孩吧，这哭声太雄厚了，"受不了孩子哭的林榷眉心一跳一跳的，"也不知道想要贴心小棉袄的那两位，有没有做好给男孩子起名的准备。"

一群人中最淡定的傅云实听到这里，突然有兴趣地挑眉："那干脆叫'季普'得了。"

"Jeep给你广告费了？"听到这个玩闹的名字，何榆没好气儿地翻个白眼。

"你不是一直都挺喜欢开吉普的吗？"

"你觉得那俩会乐意让我开他们儿子吗？"

刚出生的季时星也没有想到，她亲爹在那之后，真的采纳了这个意见作为她的小名。而这个给她随口起了背负一生重量的小名的人，是她第一眼看到就忍不住笑飞了眼角的少年的父亲。

她不就是当时嗷得太欢了点吗？

人生啊，太离谱了。

- 星球番外七 -
"暗恋星球"号请求起飞,目标,永恒星

你认为爱情最美的地方,在哪里?

回答这最后一个问题,倪漾和季清延不约而同地思考了一阵。

可能是遇见彼此真的是件太过于幸运的事,以至于回顾以往,他们竟然能挑选出太多可以体现这个问题的场景。甚至是无论哪一个场景,他们都不愿意割舍。

最后,还是季清延紧了一下握住倪漾的手,淡笑着回答——

爱情最美的地方,在于它会是一个有关于一生的约定。

"奶奶,我们来看您了。"病房内的窗帘被打开,年轻的护士凑近躺在病床上的老太太,帮她将额前的白发整理好。

人群中为首的穿着白大褂的中年男人走到另一个病床边,微微颔首:"季老师。"

即便是过去那么多年,他已经成长为科室的主任,但面对躺在病床上的那位老人,依然是敬重,不敢出半点差错。

病房里那一对老人的病床离得很近,如果不是必要的医疗器械阻挡,也许会贴在一起。病房外的走廊里站满了人,除了亲朋好友,还有很多业内人士闻讯赶来。

九十五岁高龄的季清延和九十四岁的倪漾,已经是他们各自领域里德高望重的顶尖学者。除了季清延广为人知的医术和发明的新型病症的手术

疗法,倪漾也因为她在视觉影像对心理疾病的疗法方面取得重大的成就,而真正做到了和自己心爱的人并肩。

旁人总是会提起这一对神仙眷侣的名字,而那一段一见钟情的故事,也成为流传在社交媒体上的一段佳话。

眼看着时日不多,病重的倪漾决定不再浪费医疗资源,自然地离开。作为小辈,在尊重她的选择之后,医院将他们移动到同一个病房。

季清延扭头看着旁边病床上的爱人,握着她的手使尽全部力气,想要将身体内的温暖都传递给她。他们的手穿过可移动病床的护栏间隙,在两张病床之间的半空中紧紧地握在一起。

"把星星叫进来吧。"知道时间不剩下太多,季清延和手边的得意门生说道。即便是躺在病床上,他依旧是那样温和儒雅。

病房的门被打开又被关上,季时星走进来时,已经是捂着嘴无声哭着的样子。她步履蹒跚地先走到倪漾身边,拉着倪漾的另一只手:"妈妈,你放心吧,我都已经这么大了,会照顾好自己的。"

将倪漾眼角的泪水轻轻抹去,季时星凑近嘴唇微弱动着的老人,侧耳听着她微弱的声音:"妈妈除了爸爸,也爱你。"

因为这一句话,她破涕而笑,已经六十多岁的季时星无比享受妈妈在这个时候秀的恩爱。她双手握着倪漾的手,不再像是小时候一样吐槽着赶紧溜走,而是想更多地听她讲话。

她点点头,连说了好几个"我知道"。

已经感受到生命流逝的倪漾不舍地又看了女儿一眼,才使尽全力地将头扭向另一边。那个她从十几岁爱到生命最后一刻的男人,正用他最深情的双眼看着她。

对上她的视线,他唇边的笑又深了些。

就算梨涡因为苍老松弛的皮肤,而不再是那样的显眼,但倪漾还是能看到那浅浅的痕迹。

即便是视力已经大不如以前,她也能在脑海里为他的鼻梁上,在那个她记忆中最深刻的位置,添上她最爱的那一颗棕褐色的小圆点。

"倪漾,我会陪你一起飞向我们的星球的,相信我。"他苍老却依旧沉稳的声音,在她的耳畔响起。

他像是哄小孩子那样,轻轻地说着:"不要怕。"

在一片医疗器械发出的声音中,她感受到自己的手被他找去了大拇指。他们依旧保持着牵着手的姿势,只是两只大拇指变得贴在一起。

这是他们这一生,最后的一个约定,一个有关于永远的约定。

十四岁之前的她,人小鬼大地不相信一见钟情。

十四岁那一年,她命运般地遇见那个改变她生活轨迹的少年。一眼,便望进了彼此的世界。

二十四岁那一年,她陪着中间休学一年的季清延前往国外,在 White Coat Ceremony(白衣典礼)上看着他穿上白大褂,庄严地宣誓。记忆中的少年,已经长成了可以保护她的,如她父亲一般伟岸的男人。

四十四岁那一年,她面对季时星和傅家臭小子的鸡飞狗跳,想起自己最初见到季清延的那一眼,反而觉得有些恍惚。说起来也是有些奇怪,小时候坚信的爱情,反而在人到中年时,给了她一种像是梦一样太过美好的不真实感。

而九十四岁的这一年,她是看着不远处躺在另一张病床上的男人,手被他温暖的掌心包裹着,嘴角上扬着幸福地闭上了眼。

那个当初她一见钟情的少年,真的陪她走到了一生的最后。

——你一定会有一天,能够去做你自己喜欢的事情,不再受任何捆绑和约束。

这是季清延第一次给她过生日时,对她说的话。

当时她还不信,可事实上,这个人从未食言过。他为她组建了一个足够完美的家庭,为她挡去路上一切的艰难险阻,让她可以尽情地去做她喜欢的研究。

所以这一次,她相信,他会陪着她一起飞向远方那个属于他们的星球。

这大概就是爱情最美的地方。

伴着一台仪器上心跳平直后而发出的毫无感情的"滴——"声,季时星握着倪漾的手,眼泪终于夺眶而出,一颗一颗地砸在了旁边的床褥上。

"星星,"在她哭成泪人时,季清延的声音反倒更加平静,"过来。"

他看着也已经满鬓白发的女儿,抬起一只手,慈祥地笑了。

季时星在旁人的搀扶下,走过去,慢慢地蹲下身子。她的手附上季清延摸着她脸庞的手,眼泪从眼角滑落:"爸爸。"

"你永远都是爸爸和妈妈的好孩子,"垂暮的老人含着笑,眼眶也渐

渐湿润,"以后季家就是你做主了,要有一个大人的样子。"

即便是已经有了孙子和孙女的老人,在爸爸妈妈的眼里,却永远都是个孩子。

季清延将手拿离季时星的脸颊,苍老的手指拿起身体旁边的一个灰蓝色的本子。那是倪漾在他离开的那五年用的日记本,上面写满了小倪漾对于考试的牢骚,对日常生活的抱怨,还有……对他的喜欢。

一字一句,都被她记在了可以永久保存的纸页上。

他用右手在季时星的帮助下,一页一页地翻着。而左手,却一直拉着倪漾的手不放。没有人上来劝,病房里他的学生们都静默地看着他。

1月16日,多云
没有你的生日,一点都不好玩。

6月8日,晴
高考考场上,交完最后的英语卷子,我看着右手那一排前面的位置,看了很久。
我好想你。

8月31日,晴
网上说,夏天的开始是五月天,而八三天是夏天的结束。
我的夏天,是不是也结束了。

那双旁边布满了皱纹却依旧深邃的眼睛,看到这里,变得更加柔和。他用拇指轻轻摩挲着上面的字迹,反复一遍又一遍,感受着那上面的凹凸不平。

他又深深地看了一眼身旁那已经睡去的人,他想,他此刻嘴角翘起的弧度,是他今生最大的弧度。

在那无言的笑容中,另外的那一台机器,波形图也最终成为一条直线。

夏日的风透过半开的窗子溜进屋内,调皮地在病房四处转着,微微掀起纸页的边角。纸页保持在8月31日那一天的内容,而他的拇指指尖旁的,是一行看上去歪歪扭扭的字。一眼看上去,就能发现是后来才补上的字,好像握笔也并不熟练。

　　△不,你的夏天,才刚刚开始。

　　窗外,季家的孩子们燃放了那个夏天,最美,也是最盛大的一场烟花。

　　嘿,按照约定,我们一起去一个有烟花又有漫天大雪,冬日不会太冷,夏日又有乐队和冰镇啤酒的星球,好不好?

　　——飞行器"暗恋星球"号各项指标正常,人员已到齐。

　　——目标,暗恋宇宙,永恒星。

　　——航线已确认完毕,请求起飞。

　　"坐稳了哦,我们手牵手,一起去看宇宙繁星。"

　　"看轨道!你别像平时开车不看路一样行不行。"

　　"终于没有季时星了,有这小鬼在我们都没办法过二人世界。"

　　"我也这么想的,世界终于清静了。"

　　"哈哈哈哈哈哈!"

　　掠过秋瑟,走过寒冬,待到春暖花开,你便会遇到那个你最爱,也爱你的人。在那之后,每一天都会繁花似锦。

　　所以,不要放弃,你的那个人在未来等你。

　　　　　　　　　　　　　　——《暗恋星球飞行手册》最终指导事项

- 星球特别番外 -
暗恋星球飞行手册

到这里,所有的采访都已经结束。

"这么快就结束了?"倪漾仍坐着,微怔中带着讶异,像是还没有完全从回忆里抽离。一旁的季清延偏过头,好笑地看着她。自始至终,他都是这样微侧着的姿势,与她紧紧地十指相扣。

"你还想说什么?"他问。

安静的室内,只有一盏暖黄的灯亮着。这是他们无数个相伴度过的夜晚,最寻常的样子。

"你还记得我们第一次去他们的演唱会时,你一个大男人躲我肩膀后面,哭成傻子吗?"倪漾双手抱环,下巴得意地扬起,"我还以为他们会问到'你见过季清延最傻的样子,是什么时候'。"

季清延轻哼一声,扬眉:"我哭了?"

喊,又在耍赖。倪漾小声骂了一句,托着腮,手肘支在腿上:"不知道这次星球音乐节,他们来不来演出。"关键时刻,她还是会给她的生活合伙人一些面子。

"应该会吧,他们毕竟从不缺席。"季清延若有所思地摸摸下巴,又突然点头,"我猜这次的星球音乐节,会在暗恋星球上举办。"

"那看来我们要携手回快乐老家了,"对这个猜测表示肯定,倪漾眨眼,"昨天我用星球望远镜,偷偷看了一会儿星星,她真的长大了,把家打理得很好。"

想到自己的孩子,季清延的眉眼更温柔:"我就说她可以的,你总是放心不下。"

他揉揉她的脑袋,伸手将她揽进自己的怀里。胸膛被她枕着,他的下巴轻抵在她的头顶:"如果刚刚的那些回忆和采访,会有很多人能听到的话,倪老师还想再补充些什么?"

他的轻笑通过微震的胸膛,以具象的触感传达给她。倪漾一直以来,都很喜欢这种亲密又安静的时刻。她环抱着他的腰,轻声笑道:"离开的亲人,都会在另一个星球,依旧陪伴着你。"

所以,不要悲伤,你爱的和爱你的人,都有在陪伴着你。

在一片暖意中,季清延点头:"嗯,还是手牵手地看着。"

"建议改名叫甜甜恋爱羡煞单身人的望远镜,"倪漾做个鬼脸,望向刚刚一直在回答问题的方向。眼底不知什么时候蒙上一层雾气,她嘴角的弧度却变得越发柔和。

虽然不知道会不会有更多的人有机会看到,但是……

"天气越来越好了,穿上小裙子去见你喜欢的人吧,"她抿唇,"就算没有小裙子,没有精致的妆,也不要害怕。因为勇敢降落在喜欢但陌生的星球上的飞行员,是最美的。去见他吧,只要你想。"

十四岁的倪漾,也从未想过九十四岁的倪漾,身旁依旧还是那个和她做同桌的人。不鼓起勇气试试,又有谁会知道结果呢?

书本翻至最后一页,半躺在床上的少女猛然坐起。她随意趿拉上拖鞋,拿起桌上的手机,飞奔出卧室:"喂?听说,最近椹南市新开了一个大型游乐园,我们一起去吧……"

声音随着脚步声越来越弱,而身后忽起的微风穿过窗,带起半掩着的纱帘。摊开在床上的书,纸页快速翻动着,发出阵阵摩擦的响声。另一侧的书桌上,秀气的字迹已经填满日记本的一面纸张。

"喜欢"在这个年龄,好像就是一道算术题,看起来和卷面上印刷的铅字题目并无差别。上学的时间是早上的几点几分,和他肩膀相隔的距离是几厘米,他走路的步子和她的步子是几比几的差距……可能唯一的差别就是,她不喜欢做卷子上的数学题。但却爱死了做有关于他的,所有的数学题。

——《暗恋星球飞行手册》第 6 项注意事项,那本口算题卡是小